U0961180

雪域山水藏地人

我的西藏生活

金志国 著

中国藏学出版社

目 录

引言

西藏地处地球上高高隆起的青藏高原，它蓄天水以成江河，固地水以成冰川，山川壮丽，山河锦绣。亚洲的大江大河多源自这里，甘泉洌水养育了众多的生命，被视作生命之源。冈底斯山脉和喜马拉雅山系自西向东横贯西藏全境，境内雪山交叠，河湖遍布，是世界上海拔最高、地域最为广阔的高原。这里拥有地球上最高的高山，最深的峡谷，最大的冰川，最高的湖泊，最壮观的草原雪山，最别样的人文景观，世人对这片高地充满了想象和敬仰。

西藏高原生活着我们人类的杰出群体，代表人类据守在这片地球上最高的陆地。他们把人类坚忍顽强的意志发挥到了极致，在大地缓缓上升的过程中经受了大自然无休止的考验，他们不停地认知生养自己的这片土地，尊重每一处山水，呵护与之伴生的飞禽走兽，顺应天时四季，成功地在这片最接近“生命禁区”的地域繁衍生息，并伴随着这块陆地的抬升而发明出了适应这块高地环境气候的生产生活方式，创造出了绚丽多彩的高原民族文化，拓展了人类和自然相处的空间，丰富了人类的生存经验，在人类漫长的生存史上，书写了浓墨重彩的画卷。

和世界上其他具有悠久历史的民族一样，藏民族同样有过政治、疆域、文明的辉煌，千年以前，作为一种较为强势的存在，吐蕃王朝通过和亲、征战、物质和文化交流，对周边的民族产生过重大影响，同时也吸收了大量其他民族的精神和物质成果，并将其融入到自己的精神和物质生活之中。显而易见的就是佛教的传入，一千多年以来，几经沉浮，外来的佛教占据了西藏人的精神信仰高地，如同喜马拉雅山的山体，牢牢地在这片土地上扎下了根。寺院、僧侣、无处不在的转经筒和经幡，时时刻刻向人们昭示着除了肉眼凡胎能够看到的现实世界，还存在着另一个一般情况下看不见的神和佛的世界，这个世界的色彩只在特定的情境和时间段显现，如高僧大德降生和活佛转世、人世间重大事件发生等。佛教的传扬和对人们日常生活的影响使西藏呈现出神话和俗话两种现实景观，而“神灵”对世俗无条件的支配限制了人性的活力和创造力，滞缓了西藏社会向现代化的迈进。

古老的西藏创造了丰富灿烂的历史文化，这些历史文化遗产至今仍然贯穿于西藏社会的方方面面，滋养着生于斯、长于斯的藏民族。随着古老中国的焕然变迁，西藏自然也开创了新的纪元。半个多世纪以来，西藏社会所受到的强力震撼产生的巨变，是西藏历史上任何一次变革无法比拟的。世界意义的现代化以令人目瞪口呆的速度铺天盖地的在这里实现和交替，影响着、改变着人们的精神和物质面貌。四十年前，我们看到一处景观、一种行为方式，可以依据文献知识和经验，追溯它数百年前的形态，而现在已经不是这样了，只要三两年不见，就会强烈地感到星移斗转，除了天地如斯，人和物都非昨日。即便如此，还有不少没有涉足过这里的人依然想象着今天的西藏社会还是过去一、两百年间，形形色色的冒险家们向人们描绘的那种酷似欧洲中世纪的图画，对这片土地充满了疑问和好奇。迄今为止，对于当代西藏半个多世纪所走过的历程，一些人基于自身的需要，进行罔顾事实、片面的解读和宣泄。无疑，这对于一个民族全面、正确地对待飞速发展的世界和审视已经发生的过去和现实以跟上时代步伐是有害的。

作为一个外来者，在这片土地上生活了数十年，我感到十分庆幸。这块神奇的土地和善良的人民以其特有的质朴，潜移默化地塑造了我的外貌和精神境界，在这里所感悟到的关于生命、关于人间世外，关于为人处世的理念和方式，弥足珍贵。就人生路径而言，也是一片我引以为豪的曾经到达的高地。这片高天厚土每时每刻都在变幻着奇妙的色彩，让人目不暇接。文中记叙的所见所闻，折射出的是西藏某一个时段或者某一个瞬间的真实场景和人物故事，呈现的不是西藏生活全貌。至于读者如何看待，另当别论。

无论怎样，巨变所产生的划时代意义不容置疑，西藏已走进了现代化的阳光里。

第一章
20 世纪 70 年代的故事

虽然时隔半个世纪，但离开故乡时的情景依然清晰地留在脑海里。

那是一个薄雾蒙蒙的江汉平原的早晨，古城沉浸在湿冷的空气中，城墙边一座土墙青瓦的小院里，清寂无声，院墙边冬青树墨绿的叶片上，敷着一层薄薄的冷霜，预示着严冬即将来临。从住家们低矮的双扇门里，偶尔传出老人们的轻咳，宣告沉重劳作的生活又迎来了新的一天。在院子深处一所两进的屋里，我的姨婆（我奶奶的妹妹），正凑在黄亮的油灯下，将一团布一层层解开，从一卷纸币中抽出面值最大的一张递给我。不管我父亲如何再三让我不要接受，最终这张五元钱还是被塞到我的手里。接着，我姨婆再一次叮嘱我父亲，让他要对我好，说你们家就这一根独苗，一定要培养成人，最后说，恐怕这一走就再也见不着了，说完又是一阵唏嘘。我坐在门边的小床上，望着外屋的一角，两条老式板凳还放在那里，不久前，那上面放着我奶奶的棺木。这个棺材一直让我感到恐惧，从它放在那儿起，就是白天，我也不敢一个人进屋。现在那儿已经空了，它装着我奶奶，被埋在南山老家的坟地里。我父亲从西藏回来，既是奔丧，也是接我，很显然，从小和奶奶相依为命的我，因为奶奶的去世，转眼就变成了“孤儿”。告别了流泪不止的姨婆，随着父亲和表姑出门来到院子，我一想到将要和父亲奔赴一个我完全陌生的地域，心中充满了惶恐，忽然之间，对生长于斯的小院油然生起一种通常只有成年人才会有的留恋。

这座小院里住了六七户人家。最早这是一座城墙边的土地庙，后来四处流浪乞讨的人和卖苦力的山里人，慢慢把这儿当成了落脚之地。中华人民共和国成立，人们索性搬走了庙里的泥菩萨，在此安家落户，后来，又有一些人在近旁修房盖屋，再后来，边上又修起了一所幼儿园，这所院子及其相邻的院落和幼儿园的围墙之间，就形成了一条小巷。这条小巷弯弯曲曲，一头通向城里的街道，另一头傍着菜地和老树荒草延伸到城墙的南门。可想而知，住在这所院子里的人们，都是社会底层的劳苦大众，划分成分时，所有人家无一例外都是城市贫民。他们没有财富，没有更多的技能，只能干些诸如拉板车、贩水果、卖卤肉之类的劳力活和小买卖。我的姨婆就是夏天卖粽子、冬天卖元宵。小院子一年四季只要天光还亮，就难得消停。最有情趣的是夏天的夜里，在一片夏虫的争鸣声中，为了节省一点灯油，人们全都坐在自家的门口，一边挥动着蒲扇驱赶蚊蝇，一边有一句没一句地说些家长里短，抱怨度日的艰难，也有乐天一点儿的人，抿一盅小酒，抽一锅旱烟，对着围坐一圈的小男小女讲古摆鬼，讲到关键处猛咳一声，喷一口浓烟，吓出孩儿们一片惊呼，招致大人们一片责骂，然后哗哗大笑。随着夜色深沉，各家各户的人们又纷纷抬起屁股底下的板凳，返进门里，也不点灯，窸窸窣窣摸黑上床，院子这才沉寂下来。只有卖卤肉的人家的灶房里，大锅里的卤肉在微火的烹煮下，不懈地散发出香味，伴着人们也许并不香甜的夏夜之梦。

我就是在这个小院里度过了整个童年时光，这段时光是和我奶奶一起过的。记忆中我奶奶一直很老，实际上我记事时她才六十几岁。记忆中她永远是一双小脚，一头灰白的头发，一脸的皱纹。她永远也不闲着，好像也不得什么病。那时我父亲每月给我们祖孙俩寄 15 块钱，那个年月，应该说是够用的，但她仍一年四季手脚不停地忙碌。她在我们院子后面开荒种地，种点儿瓜豆小菜，因为种在路边，顺手牵羊的实在太多，收到手的果实远不能和付出的劳动相提并论，但她总是没头没脑地骂几句，仍然毫不懈怠地春种秋收。她到农村跟在麦收后耕耘的铧犁后边，捡拾麦子的根茬，拿回来当柴烧，那时城里供应的燃料是谷壳，虽说便宜，但也是要花钱的。到了冬天，她就一天到晚纺线，用的棉花有的是旧棉衣里拆出来的，有些是从摘收过的棉田里丝丝缕缕捡回来的，然后把纺的线拿到山里，请老家的亲戚帮忙织成布并用颜料染成黑色，再拿回来，她自己一针一线做成衣裤，我好像一直就穿着我奶奶做的粗布衣裳。大山里老家的亲戚农闲的时候会到城里来，进城对于山里人来说是一件大事，他们绝不会单纯为串亲戚而进城，而是附带着很多的事情要办，所以，我所见到的亲戚大多数是男性，女性亲戚往往是在奶奶带着我进山走亲戚的时候才能见到。进城的亲戚们自然是落脚我们家，他们用尖担一头挑着一捆木炭或烧柴，一头挑着一个箩筐，箩筐里装着带给我们祖孙的山地特产，东西当然不是一家的，是若干户亲戚凑的，有红薯、板栗、拐枣和野味，有时也会有一小袋粳米。他们一般要在我们家住个三两天，要把柴或者炭换成钱，然后买下各家托带的一应什物，再返回大山。每次他们来的当天，我奶奶总会给客人下一大把挂面，罕见地用菜油炝葱花浇在面里，香了满条巷子，不光我流口水，我看一院子的人都流口水。我多次听我奶奶跟我姨婆说起山里人们日子的艰难，难得吃到精米细面，每说到这些，总是唉声叹气。山里的客人走的时候，我奶奶总会不知从什么地方摸出两三块钱，塞在他们手里。在我奶奶身上，集中地体现了中国妇女勤劳节俭的美德。那时的钱太值钱了，两分钱可以买一大捧炒花生，五分钱可以吃一碗热气腾腾的煮蘑芋，一毛钱可以下饭馆要一大碗香喷喷的肉丝面。我姨婆卖的元宵，也才五分钱一碗，一碗四个大元宵，还免费喝汤，而且元宵是从馅开始一层层滚出来的，吃起来又瓷实又筋道。卖的粽子纯糯米红枣芯，包粽子用的是从山里弄来的笋壳，蒸出的粽子有股子清香味，五分钱两个。我常常到我姨婆的摊上帮她洗碗包粽子，作为犒赏，我姨婆有时会给我一两分钱，积攒起来，也常常可以买点小杂食，仅凭这一点，比起院子里的小孩，就有了些优越感。但我的钱也不是都拿去买东西吃，我特别爱去听书，五分钱听全场，享受一杯茶水，两分钱听半场，干听。我常常是干听半场，然后出来，扒在棚子外面蹭半场。听书相当于听老人们讲故事，但更精彩、更惊心动魄的是，每说到关键处，说书人总是要卖个关子，端起黑乎乎的大缸子，咕咚喝上一大口，把下面一张张紧张的面孔扫视一遍，才接着往下说，尤其是上下半场之间，刚说到“只见那刀光一闪——”便打住，就有人端盘子来收钱。凡坐在里面的人，都得往盘子里丢两分钱，收完坐着的人的钱，还要收挤在门口探头探脑的人的钱，往往这个时候，门口的人就会一哄而散。这时，说书人惊堂木一拍，暴喝一声“哪——里走！”吓得人们大惊失色，然后他哈哈一笑，说：“且听下回分解”，接着往下讲。

我记住了小时候的许多事情，唯独怎么上学记不清了，光记得入少先队的情景，因为当时宣誓我好像很激动，还有那条鲜红的红领巾，为了学会系红领巾，我表姑教了我好多遍。记得最清楚的一件事是在护城河里洗澡，被老师把衣服抱走，把我们光着屁股从城外赶进城里的学校，虽然年纪不大，但也知道不好意思，在路人众目睽睽之下觉得特别难为情。一直到了学校，进了老师的办公室，老师才把衣服还给我们，还把我奶奶叫来，狠狠训斥了一顿。“文革”一开始，学校就莫名其妙地停了课，我最大的乐趣就是一天到晚去看人家大辩论、“破四旧”。城南的校场坝边上有个庙，我经常跟奶奶去庙里拜佛，里面佛像不多，比较重要的是一尊千手千眼的观音菩萨，之所以印象深刻，是因为每次进庙都会被奶奶摁在蒲团上给观音菩萨磕头。“破四旧”刚一开始，观音菩萨像就遭了殃，被一群戴红袖章的红卫兵用绳子捆绑着拖出庙，在校场坝广场上焚烧，看着以往顶礼膜拜的偶像转眼间七零八落被火焰吞噬，觉得十分迷茫。还有东关的天主教堂里，平时没见过的修女、神父被绳子串成一串，赶到大街上游斗。古城小，但凡有这类事，马上传遍全城，这些对我来说都是热闹事，肯定要跑去围观，还要跟在人家后面抢花花绿绿的传单，努力地去读每一个字，但还是不懂意思，这并不影响我抢传单的积极性，因为传单可以拿回家引灶火。一天到晚在外疯跑，外面又乱，肯定让我奶奶放心不下，而且在外面一玩，经常忘记回家的时间，而天一黑，我就不敢走进那条回家的巷子，只好在巷口的路灯下徘徊。一会儿，我奶奶就会拄根拐杖，从黑暗里走出来，一边呼喊着我的小名，一边咒骂，并举起拐杖，做出要打我的样子，我则会一溜烟地跑回家。回家的第一件事是喝水，揭开放在外屋的水缸，把头伸进去，做牛饮状，然后上床睡觉。有时把我奶奶气得要死，她常常威胁我，再不听话，她就要上吊，有时还真拿根绳子，做上吊的样子，这时我就会吓得大哭，抱着她的脚说再不敢了。这次说再不敢了，下回还是照旧。后来“文革”进入高潮，两派的斗争开始白热化，整座城市成了战场，整天枪炮声不断，连城墙上的古建筑三台阁都炸飞了，上面的构件掉在城墙下面的饮马池里，漂了一层。这个饮马池据说是汉王刘邦当年饮马之处。双方的武斗队员在城里拉锯，他们有点像电影里的便衣队，腰扎武装带，手提驳壳枪，在街巷里出没。我们院子有位大爷，早晨起来倒夜壶，还没走到厕所，不知从哪飞来一颗子弹，把个夜壶打了个粉碎，吓得他瘫在床上好几天下不了地。有天早晨，院子里的人家一觉醒来，赫然发现院墙边立着个炸药包，吓得院子里的老老小小夺门而逃。城里待不下去了，院子里的人家纷纷像逃难一样，收拾点细软，门上上把大锁，携幼搀老地上山下乡，去投亲靠友，躲避武斗。我们家是最后实在是几乎连门都出不去了才搬的。开始我奶奶怎么都不走，她是舍不下家里的东西，生怕她要一走，人家会把家里的东西拿走。后来证明她的担心多余，城里武斗那么厉害，连小偷都打跑了。我们在离城市不远的乡下亲戚家住了一年多，躲过了武斗最激烈的日子，刚刚消停一点，我奶奶就急不可耐地要回去。那时正值秋季，一天到晚秋雨绵绵，我们家房上的瓦被震坏不少，房顶上很多地方漏雨，满屋子都湿乎乎的。正是秋收大忙时节，乡下的亲戚也抽不出空来为我们换瓦，等到亲戚们闲下来帮我们把瓦换好，我奶奶已经被阴冷潮湿击倒了。

古城自古以来受楚文化的影响大于黄河文化的影响，道家香火一直比较兴旺，住民们信奉鬼神，即便是经过“文革”和“破四旧”的毁灭性打击，社会上装神弄鬼的事仍偷偷在进行。我奶奶病倒后，在求医问药的同时，我姨婆也找来了隐伏的道士为我奶奶在病床前作法，镇妖驱鬼。道士是一中年壮汉，面孔红润，留着短发，一身黑色衣裤，没有长髯羽扇，但有一把桃木剑。他念了一些咒，舞了一通剑，化了几道符用碗扣在床下面，叮嘱我们不能随便揭开后，从我姨婆手里接过两块钱便飘然而去。床底下是我储放诸如子弹壳、玻璃球、烟盒、弹弓等心爱之物的场所，自从这只碗神秘地扣在床下以后，在我的内心引起极大的恐惧，搞得我再不敢往床下钻。这只碗就这样一直趴在我和奶奶合睡的大床下面，直到我奶奶去世。我奶奶去世十分平静，时令刚进初冬，早晨我抱着我奶奶的一双小脚从酣睡中猛然醒来，屋子里一片寂静，专门来照顾我奶奶的姑妈在小床上还在熟睡，阳光透过屋顶的亮瓦恰好照在我奶奶的脸上，她的神色十分安详，在暗夜里的某个时段终结了她劳碌的一生。

奶奶去世，父亲没能赶回来，作为长孙，报丧和披麻戴孝的事自然落在我的头上。我穿着姑妈专门为我赶制的一双白布孝鞋，由生活在我姨婆家的王爷爷带领，到南山的老家去报丧。关于这个王爷爷，有必要交代几句，他最早是院子里土地庙的庙祝，解放初土地庙被游民乞丐霸占之后，他没了立身之地，自己又没什么技能，转眼就没了依靠。我姨婆早年守寡，一双小脚出来进去地做生意很是不便，一直想找个人相帮，看到庙祝老实，便把他招进家门，帮着做些力气活。他姓王，我记忆里他比较老，但特别能干，滚元宵、包粽子这类活全他一人包揽。夏天的清晨，人们还在熟睡，他的风箱声就响起来了，他要把一天销售的粽子煮出来；冬夜里，各家都挤在火盆边上的时候，他要把第二天卖的元宵滚出来。他喝劣酒，抽旱烟，喜欢吃肥肉，但却沾不得鸡肉和鸡蛋，稍沾一点，便肚子疼得满地打滚。我问我姨婆，为什么王爷爷不能吃鸡肉？我姨婆说王爷爷是童子身，是土地爷的佣人，土地爷闻不得鸡腥气。王爷爷被我姨婆招进家门，虽然我们没有亲缘关系，但从大的范围讲，他也算是我们这个大家的一员，自然是到过我奶奶和我姨婆娘家的。他带我一路步行，过独木桥，坐渡船，走了一天，进到南山里的金家湾。金家湾里的人家自然都是姓金的本家，拐弯抹角的都是亲戚，第一天在堂叔家住下，第二天便是挨家挨户去报丧。我头一天穿着新鞋走了一天的路，脚底下都打起了血泡，睡了一觉起来，脚一沾地更是疼得钻心，但这种事别人又无法代替，只好一瘸一拐地一家家跑。每到一家，见人先下跪，也不知该怎么称呼别人，就说我奶奶死了，别人赶紧把我拉起来，哀叹一番，问是什么时候的事，准备什么时候出殡，在哪儿安葬等。王爷爷替我回了别人的问讯，又赶往另一家。翻山爬坡一天下来，跑完该跑的人家，已是山里的日暮时分。又回到堂叔家住下，第二天一早便往回赶。

奶奶已经被换了一身簇新的寿衣停放在屋子当中的地上，身下是铺床的稻草，稻草是竖着铺在奶奶身下的，据说只有死人才能竖着铺草。奶奶的脸上盖着一张麻纸，我很想看看奶奶的脸，但又不敢，只是远远地看着那个衣着和样子都令我感到陌生的躯体。这个躯体带给我很大的恐惧，尤其到了夜晚，虽有亲戚在旁边守灵，我却根本就不敢到跟前去，为此还遭到大人的责怪，说你奶奶活着的时候如何如何疼你，死了你也不在跟前守一下。我根本不听，早早的，我就跑到隔壁的姨婆家里，爬上床，在惊恐中入睡。

出殡的日子到了，大人们将我奶奶抬进棺材，把她身下的稻草和一些衣物烧成灰，包成小包放在身体的四周，还放了些好像是随身用的东西，安置妥贴，在我姑妈呼天抢地的哭嚎声中，钉上了棺盖。我披麻戴孝顶着一个瓦盆走在送殡队伍的前面。听说家人惩罚不肖子孙的最后一招就是让顶装满滚烫香灰的瓦盆，虽然我表现不是很好，但毕竟还小，大人并没有为难我，头顶的瓦盆里的香灰已经放凉了，手扶着瓦盆也不烫手。出了巷子，在大人的指点下到第一个十字路口将瓦盆摔碎，然后和人们一起，把我奶奶送到南山祖坟。就此，我结束了和我奶奶相依为命的童年生活。

到西藏

那时进藏，虽不像十八军进藏时那般艰苦，但毕竟路途遥远，加上又是“文革”期间，一切都处在混乱当中，火车、汽车都不正常。我和父亲在 1967 年的 11 月底启程，次年的元月份才到达拉萨。时间主要耽误在沿途转火车和在柳园等进藏的汽车上。柳园是火车的终点，是建在戈壁滩上的一个运输站，茫茫荒野，只有几排铁皮房。从这里就要坐汽车进藏了。我们住在一个运输站的招待所。柳园这地方很冷，有水的地方都挂着冰凌子。招待所没有热水供应，早晨都是自己到水井边打冷水洗脸，外面天寒地冻，井水反而觉得不那么冰冷了。运输站里进出西藏的汽车断断续续。那时候极少客运汽车，进藏主要还是靠搭乘拉货的解放牌大汽车，所以司机很了不起，驾驶室更相当于飞机头等舱，没有过硬的关系是坐不进去的。父亲每天都跑出去打听进藏汽车的消息，因为进藏的汽车大都已经搭载有人，等了有十多天，最后终于找到一辆拉货的解放牌卡车，车厢里装着大米。我和父亲，另外还有若干个进藏的男女老少坐在车厢里的麻袋包上，为了抵挡高原冬日里的寒风，帆布车篷把车厢捂得严严实实，即使是白天，人也是陷在黑暗里。大人之间的交流很少，后来才听父亲说因为正是“文革”期间，派性闹得很厉害，谁是哪一派的互相也不知道，生怕暴露了身份给自己惹麻烦。路上还遇到过盘查。过了格尔木不久，快要进到西藏的时候，那晚住在一个运输站，运输站的条件很差，只有一条大通铺，男女老少都挤在一条铺上，半夜突然闯进一伙腰挎盒子枪的人，也不知是什么派别，凶神恶煞地把大家从睡梦里叫起，除了小孩，一律检查工作证，然后又挨个盘问是哪一派的。所有的人都说没参加组织，当然有各种原因，有的说自己因为出身不好，哪一派都不要自己；有的说自己长期在内地治病刚回来，还没来得及参加群众组织；有的说自己是到西藏探亲，总之谁也不说是哪一派的。武装人员没查出什么名堂，只好草草收场。

那时的青藏公路还是坑坑洼洼的土路，道路破损得厉害。汽车一路颠簸，时不时就得走便道，车不像在路上走，倒像在浪里行，一起一伏，有些地方还结冰积雪，一会儿要加防滑链，一会儿要取防滑链，一会儿又要加水，一会儿又要换轮胎，一天也赶不了多少路。到了一个叫五道梁的地方，车上人人都开始高山反应，有人就说，唐古拉山虽然海拔高，但容易过，就这个五道梁，不知什么作怪，谁到这都说难受，不是万不得已，司机都不在这停车。俗话说，到了五道梁，喊爹又叫娘。也许是被人一说，我觉得特别难受，刚吃下的一个冻苹果转眼吐得一干二净。行驶中，有人忍不住想换换气，一撩开篷布，寒风卷着尘土直扑进来，引起一片大呼小叫，只好再把车捂严。那时，我对于高海拔、辽阔和苍茫这类词没有任何概念，只有满脑子的陌生和好奇。车到羊八井，听说距拉萨不到100公里了，没有便道了，路也相对好一些，大家都显得比较兴奋，索性揭开了篷布。高原冬日里的阳光十分灿烂，空气的透明度极好，这般亮堂的天和地是我从未见识过的，这种视觉冲击使我陷入了短暂的昏迷。公路是沿着山壁开的，山体的巨石悬挂在上方，仿佛随时可能掉下来，而且山石的颜色是褚红色的，这种印象十分鲜明，深刻地留在了我的记忆里，所以，西藏在我的内心深处，一直有两种东西交织在一起，即红色和明亮。

1968年1月的一天，我进到了西藏的腹地。

冬日里的拉萨寂静无声，街上没有行人，汽车停在紧靠布达拉宫左侧的运输站的院子里，大家艰难地挪下车，匆匆地相互告别，然后作鸟兽散，全然没有共患难十几天的依依惜别之情。我从车上下来，双脚第一次踏上拉萨的土地，有种轻飘飘的感觉，就像没有根一样。后来这种感觉一直伴随着我的高原生活，如果说当时是一种生理的感觉，那么到后来，这种感觉完全演变成了一种心理感受，并一直扩展到对生活状态的认知。父亲在前面走，我跟在后面，觉得不是在走，而是在飘，头顶上是很蓝很蓝的天空，大朵大朵的寂寥的白云垂下，我仿佛随时可能飘浮而上。这也许是一种预感，从到拉萨的这天起，多年来，这种感觉一直就伴随着我。归根到底，是一种没根没底的漂泊感，是一种汉族人脱离了家乡、离开了亲人、在一个完全陌生的环境无家可归的感觉，我总结为“悬浮人生”。这感觉让我的心头增加了一份惶恐和紧张。正是中午时分，街景十分清冷，虽然那时的街道不是很宽，但显得十分空旷，几乎没有行人。太阳轰轰烈烈地铺洒下来，很耀眼，但我很奇怪为什么不觉得热。这种景观于我是这样陌生，以至于我手足无措，举步艰难。近旁就是布达拉宫，当时我并没感到它有多么的高大，只是觉得它十分奇特，是我的视觉经验里所没有的。布达拉宫静静地躺在（就觉得是躺着）1968年初冬一个阳光灿烂而又凄冷的正午，显得无精打采，丝毫没有后来人们赋予它的色彩。正当我好奇地东张西望的时候，走在前面的父亲突然指着一条土路说，我们家就在这条巷子里，说完并没有走进巷子，而是依旧往前走。我停下脚步正在疑惑间，父亲又转回头催促我快走。后来我才知道，父亲所说的“我们家”是他的工作单位，“这条巷子”今天已经是拉萨最为繁华的北京路了。因为派性，他所加入的那一派在单位处于劣势，随着两派斗争的升级，他们这一派被赶了出来。几分钟后，我随父亲来到了被赶出后的住地，位于直对着大昭寺的人民路（现在改名为宇拓路）上的自治区交际处（现在叫迎宾馆）。现在这条路的变化非常大，修成了一条充满现代气息的步行街，所有那时的建筑几乎荡然无存，只有早年留下的宇拓桥（属自治区级文物）和我们当时居住的那幢始建于

20 世纪 60 年代初的临街楼房还面貌依旧。这幢三层楼在当时拉萨属高层、高级建筑，如果不是“文革”派性，一般人很难住进去。我跟着父亲沿着宽大的楼梯上到二楼，穿过宽阔的走廊，进到 202 房，随即就有他的“革命战友”前来看望、慰问。这些人的形状和我在老家见过的造反派差不多——男男女女一身短打装扮，头戴安全帽，显得生龙活虎。他们除了问一些路上的情况和表达一些人之常情的关怀，更多地就是谈一些我根本听不懂的“革命形势”。

拉萨琉璃桥，又称宇拓桥，位于大昭寺正西约 300 米处，是一座石墩木梁的五孔廊桥，人字形桥顶覆盖绿色琉璃瓦，故名“宇拓桑巴”，即“绿松石桥”，18 世纪时由驻藏大臣向清政府申请专款修建。那时人们要想从布达拉宫一带进入大昭寺，进入属于那个时代的拉萨城，必须从桥上通过，而且要举行进城仪式。

以人文地理的角度来划分，西藏的腹地主要指一江两河（雅鲁藏布江和年楚河、拉萨河）流域。雅鲁藏布江是西藏境内最大的一条江，长度近 3000 公里。雅鲁藏布江上源主要为杰马央宗河，源出于喜马拉雅山中段北坡的一系列冰川，由西向东，穿行西藏日喀则、拉萨、山南、林芝四个市 23 个县，先后接纳喀藏布、年楚河、拉萨河、尼洋河等主要支流后，切过喜马拉雅山脉东端的珞瑜地区，向南流入印度的萨地亚，称布拉马普特拉河，流入孟加拉国后又改称贾木纳河。河水在孟加拉国戈阿隆多市附近与恒河汇合，最后注入印度洋的孟加拉湾。雅鲁藏布江河床高度大都在海拔 3000 米以上，是世界上最高的大江之一。

年楚河在日喀则境内蜿蜒，是雅鲁藏布江右岸最大的支流，发源于喜马拉雅山中段以北的宁金岗桑冰川。年楚河意为“尝味水”，相传莲花生大师所持盛甘露的宝瓶寄放在宁金岗桑雪山处。此后，甘露水就不断从雪山流下，让人们品尝甘露，故名“年楚”，亦称“娘曲”、“年曲”。年楚河流经日喀则市，注入雅鲁藏布江。

拉萨河，藏语称吉曲，意为“快乐之河”，发源于念青唐古拉山脉中段北侧的罗布如拉山，汇入位于拉萨以东 150 公里、海拔 5000 多米的米拉山上的冰雪融水，沿途流经墨竹工卡县、达孜县，最后经过拉萨市，在拉萨市的曲水县汇入雅鲁藏布江。拉萨河在拉萨河谷穿行，干流呈一个巨大的“S”型，从东北向西南伸展，全长 500 多公里，是雅鲁藏布江五大支流之一。

拉萨河和年楚河如同雅鲁藏布江生出的两翼，伸展在雅鲁藏布江南北两岸。一江两河流域气候温和，地势相对平坦，集中了全藏大部分农业人口，繁衍了西藏的农耕文化。丰沛的水源和充足的日照，加上人们世代的辛勤耕耘，使得江河两岸广阔的河谷滩地年复一年春花雪月、夏绿秋黄，盛产青稞、土豆、小麦、豌豆、油菜、蚕豆等农作物，被称为西藏的粮仓。日喀则和山南分别位于雅鲁藏布江南岸的西、东两头，拉萨在江的中段北岸，构成这一区域的金三角。历史上，藏传佛教各大教派争相在这一带修筑寺院，彰扬理念，使这里成为了西藏宗教文化的核心地带。优越的地理环境和西藏长期以来独特的政教合一政体决定了这一带数百年来作为西藏政治、经济和文化的中心存在。藏地有个说法，卫藏（西藏核心地带）的法，上部（安多）的马，下部（康区）的人，说的是拉萨、山南、日喀则一带佛事兴隆，名寺高僧云集，藏西北一带马匹牛羊的质量好，康区的人长得高大健壮。

拉萨地区是一片狭长的谷地，顺着拉萨河自东向西南蜿蜒 200 多公里，东进林区，西出草原，南临雅鲁藏布江，最宽处数公里，是典型的河谷地带。除了文字记载的拉萨，上世纪 80 年代后期对拉萨市北边山脚下的曲贡村新石器遗址的考古发现，还为人们提供了距人类文明史更为遥远的拉萨河谷人类活动的图景，那时的拉萨河谷沼泽遍布，灌木丛生。人们居住在干爽的山脚高地，男人渔猎，女人采集加工，以土陶为器皿，木石为工具，兽骨为装饰，部族之间经常发生战争，死难者被统一葬在部族的墓地，出于祭祀神灵的需要，砌墓的石头一律涂成红色，并杀牲随葬。后来随着部族人口的增多，人们逐渐走进河谷，在沼泽之间的凸起处修建房屋，落脚生根，最终形成称霸一方的苏毗部落。

“拉萨”在藏语里的意思是神之所在。公元 7 世纪以前，拉萨河谷由称为“苏毗”的部落统治着，是苏毗部落管辖的放牧场。现在的拉萨城所在地那时叫吉雪沃塘，到公元 7 世纪初，吐蕃第 32 代王松赞干布统一了全藏，在吉雪沃塘的红山顶上，修建了举世闻名的布达拉宫，又迎娶了尼泊尔的尺尊公主和内地大唐的文成公主。尺尊公主从尼泊尔带来了释迦牟尼六岁时的塑像，文成公主赴藏时，带来了最为尊贵的释迦牟尼 12 岁等身像。这尊像据说是释迦牟尼在世时所塑造，由佛祖释迦牟尼亲自为其开光加持，佛曰：见此像如见我。因此，这尊佛像在佛教信众心中，有无上崇高的地位。众多虔诚的信徒，不远千里万里，翻山越岭，爬冰卧雪，一步一步叩着等身长头，来到这尊佛像前，祝祷祈福，了却一生的心愿。为安置这两尊佛像，吐蕃王国修建了小昭寺和大昭寺，随着佛教的传入和兴盛，前来朝佛的人日益增多，围绕大昭寺逐步建起了旅馆、商店、民宅、官府，形成了一条环形的八廓街，“拉萨”之称也随后产生。

公元 9 世纪吐蕃王朝崩溃，伴随公元 11 世纪西藏佛教后弘期的

雅鲁藏布江随着四季的变化而变幻出不同的景色。这是雅鲁藏布江初秋的风景，宁静柔美。

兴起，拉萨成为很多高僧大德弘法之地。13 世纪，西藏纳入元朝中央政府的行政管辖，元、明中央政府先后在西藏地方扶持萨迦王朝和帕木竹巴王朝，西藏的政治中心一度转移至日喀则的萨迦和山南地区。13 世纪中叶，前藏十三万户长之一的蔡巴，在拉萨东面修建蔡巴寺、贡唐寺，此后历代蔡巴万户长组织力量疏通拉萨河道和加固河堤。14 世纪中叶，帕木竹巴地方政权取代萨迦地方政权后，支持宗喀巴及其弟子，在拉萨修建甘丹寺、哲蚌寺、色拉寺，强化了拉萨的宗教“圣城”地位。17 世纪中叶，五世达赖喇嘛罗桑嘉措受清朝皇帝册封，建立政教合一的封建农奴制政权，以拉萨为政权的中心，拉萨城市有了新的发展。著名寺院在这一时期都有较大规模的修葺和扩建，其中大昭寺改造、扩建，对拉萨的城市布局产生了重大影响。布达拉宫的重建及以后的增修改建，使之形成了今日的规模。七世达赖喇嘛时期，在布达拉宫以西约两公里处建起了罗布林卡，以后迭经扩建，成为占地36万平方米的大园林。由此形成以布达拉宫为中心，辐射八廓街、罗布林卡周围约3平方公里的拉萨古城。

20世纪70年代末，拉萨大昭寺南广场举行讲经活动。

在上个世纪上半叶之前，拉萨整个还是一片湿地，水塘和沼泽遍布，其间有无数小河溪流。城市居民主要聚集在八廓街一带，布达拉宫、哲蚌寺、色拉寺、罗布林卡等宏伟建筑远远地散布在拉萨平原，还有一些贵族的宅第也建在巴廓老城之外的高地上，每一处建筑都有大片林卡、草地围绕。

新兴城市拉萨的诞生，使这里成了西藏社会政治的策源地，频繁的宫廷争斗和权力更迭使人们的生活翻云覆雨。经过长期的磨砺，这一地区的人们较少地保留了强悍，更多地发展了应变能力，心理积淀相当成熟，日常用语也发展成为两个体系，平民化的俗语和贵族化的敬语，宫闱巨人和贵族之间即便是唇枪舌剑，一套完整的敬语也把要表达的诅咒装扮得优美动听。

拉萨城市不大，和平解放前的城市规模只有几平方公里，基本上是四面环山。拉萨人认为，拉萨是个祥瑞之地，八瓣莲花似的山体环绕城市，布达拉宫恰似花蕊，居住此地，尽享佛恩。一般的肉眼凡胎虽然看不出周遭山峰组成的莲花形状，但山体雪落巅峰、白云缭绕的好景观倒是常见的。拉萨四周的山上没有树，大部分的时间呈现的是一种迷蒙的褐色，只是到了雨季，山的颜色便丰富起来，随着连续不断的夜雨，山体的褐色逐渐褪去，扎根在浅土和石缝里的荆棘和矮草开始泛绿，于是一种青黛色便铺陈开来。加上山顶的积雪和流动的白云，拉萨便显得活泛起来。

十分清晰的印象是初到拉萨时，觉得空气和水中总有一种陌生的气味儿，开始并不知道是什么气味，过了好久才明白是汉族人不大习惯的酥油味。酥油是藏族食品之精华，是从牛奶、羊奶中提炼出的脂肪。高原人每天的餐饮离不开它。藏区人民最喜欢食用牦牛产的酥油。产于夏、秋两季的牦牛酥油，色泽鲜黄，味道香甜，口感极佳，冬季的则呈淡黄色。羊酥油为白色，光泽、营养价值均不及牦牛酥油，口感也逊牦牛酥油一筹。新鲜酥油没有异味，但陈年的酥油会散发一种独特的膻味，这种味道很多汉族人刚接触时很难接受。

1968 年，我没有学可上，当时拉萨的小学因为“文革”还没有正常复课。我每天也不知干些什么，楼下经常还在搞武斗，我的活动范围十分有限，每天下楼的主要任务是烧开水。在交际处楼房的背面，是单位的伙房。伙房一般都是把锅台修在房子里，灶门修在墙外面，这样可以避免柴烟进到伙房。灶门上方搭一个简易棚，遮风挡雨。灶门周围散乱地堆着一些劈了当柴烧的圆木。因为舍不得烧水壶被柴烟熏得黑糊糊的，就用装蛋黄粉的空铁皮桶烧开水。蛋黄粉是一种浓缩食品，有点军用性质，铁皮桶很薄，好在装上水，也烧不坏。我每天提着烧得黑乎乎的蛋黄粉桶下楼，用绳子吊一个干净的铁桶，从井里打上水，倒进蛋黄粉桶里，找三块石头支个灶，放上铁桶，拣些碎木块引火烧水。开始不会烧，老是引不燃火，后来有长辈教我“人心要实，火心要空”，按此法操作就容易多了，还从中发现了不少的乐趣。这个时间是我的自由活动时间，活动的空间也相对大了一些。在等待水烧开的时间里，我可以四处转悠，可以饶有趣味地去看看贴满墙的大字报和标语，似懂非懂地琢磨其中的内容。在有意无意间，脑子里被灌输了一大堆革命词藻。

到了 1968 年的下半年，乱哄哄的“文革”局面开始有了好转，标志之一是誓不两立的两派实现了“革命大联合”，领导进到西藏自治区的最高领导层——“西藏自治区革命委员会”。“革命”告一段落，该抓生产了，在革命理论牢牢把握下，各行各业开始恢复“业务”和“生产”。也就在这种背景下，1969 年春天，我进了拉萨实验小学。

拉萨实验小学坐落在拉萨市老城东面的居民区里，属于八廓街的范畴。每天上学要穿过整个八廓街。八廓街是拉萨的老城，环大昭寺而建。“八廓”是藏语，是圆圈的意思。大昭寺建成已有 1300 年，唐朝的文成公主嫁给吐蕃三十二代王松赞干布时，带来的释迦牟尼 12 岁等身像后来就供奉在这里。随着佛教在西藏的深入传播，并最终成为藏族的最高信仰，这里便成了辽阔雪域大地上人们心中最为神圣的祥瑞之地。信徒们把一生中能拜倒在这尊佛的脚下、在佛的面前祈祷来世，看成是现世的最大福报。佛前的酥油灯火数百年不灭，朝佛的生灵也是汹涌不绝。因为大昭寺，八廓街应运而生。经过千年时空运转，这里成了拉萨的中心，也成了藏地的中心。过去，贵族的府邸、商铺、行政机构密密麻麻地挤在八廓街道路的两侧，人流野狗日夜穿梭，一幅尘世人间悲欢图。八廓街一直以来都是一条重要的转经道。拉萨有三条著名的转经道，一条在大昭寺内，一条是八廓街，还有一条是环绕着大、小昭寺、布达拉宫、龙王潭在内的外转经道。这个区域是拉萨人心目中真正的拉萨。直到现在，从这个范围之外到这个范围之内去的公交车，卖票的会喊“拉萨拉萨”，意思是车是要到转经道里面去的，之外的地方不叫拉萨。

有意思的是，早期进藏的四川人多，“八廓”在他们的嘴里就成了“八角（guó）”，望文生义，成了有八个角的街，恰好整个八廓街一圈分布着若干条通往外面的小巷子，数一数，说是八条也可以，于是以讹传讹，到现在还有人这么以为，八廓街还经常被书写成“八角街”。

那时缺电，燃料主要是牛粪和柴火。早晨走进八廓街，几乎像是进了雾都，家家户户都冒起熬茶的牛粪火烟，每家升起的蓝烟在半空汇集起来，形成一片薄薄的蓝色，把那些古老的街巷和石头房子笼罩起来，使这片古老的区域显得更为神秘。八廓街的街巷那时没有像样的下水道，也没有自来水，每个院子都有一口水井，人们从井里打水上来，洗衣洗菜，用过的水就倒在院子里，又流到街上。夏天还好说，一会儿就干了，冬天就很糟糕，很快就在路面结一层冰，人走在上面一不小心就要摔倒。我们却专爱在冰上走，助力跑几步，冲上冰面滑行几米，觉得很好玩。几年的小学经历，使我对八廓街十分熟悉。许多的居民大院都是相通的，不知道的人进到八廓街，一旦离开了主街就像进入了一座巨大的迷宫，院院相连，街街盘通，从一个侧面反映了拉萨老城在千余年间扩张和生长的历程。虽然是在一个压抑的年代，但对于不谙世事的孩童来说，生活还是有着无穷乐趣的。我们无拘无束地穿行在八廓街谜一样的街巷里，每天都在寻找新的通往学校的道路，我们像一群小老鼠在一座座大院里穿行，有时转了一圈又回到了原地，有时又会发现一片新天地。在那些街巷里，有些实在无以为生的居民，不顾不准做买卖的禁令，总是偷偷地做点小买卖，只要有几毛钱，就可以大饱口福。冬天我们可以买到煮豌豆、煮土豆；夏天可以买到酸萝卜、凉粉，没有碗，就把头上的帽子一脱，把凉粉装在里面，拌上水辣椒，倒点醋、放点盐当作料，用指头当筷子，香喷喷地吃完，从水井里打上凉沁沁的水，把帽子一搓，又扣在头上，凉凉的，很舒服。

后来普及革命样板戏，小学也不例外。学校组织演样板戏，然后到军营、工厂去慰问演出，每次演出结束，解放军叔叔和工人叔叔都会好吃好喝招待一通，在食物并不丰盛的年代，无异于打牙祭。出去演出，既可以不上课，还可以穿上演出服炫耀，所以，每次演出都是我们的节日。占据我们时间的另一个内容就是玩赢铜钱的游戏。旧西藏有自己的钱币，分纸币和硬币两种，后来被人民币替代，旧币就没用了。我们玩的是硬币，硬币有银币和铜币两种，银币比较少见。有种硬币叫“雪贝”，是用红铜铸造的，直径约两厘米，无孔。玩法很简单，各出五枚或十枚，然后以“包、剪、布”决先。夺得先行权的一家将全部硬币码在拇指和食指并拢形成的虎口平台上，然后抛起用手背接住，再抛起用食指和中指夹，夹多少就算赢多少，掉在地上的不算。还有一种玩法是在地上挖一个深约十厘米、直径约五厘米的圆洞，几个人各拿出数枚铜钱放在一起，以“包、剪、布”决先，然后在三五米外画线，站在线外往洞里抛，抛进洞的，就算赢的，散落在洞外面的，用石头抛击，击上的也算赢，再继续；如果放空，就轮到下一个人将余下的钱币捡起重新开始。那时没有收藏概念，更不知道旧钱币有什么价值，也许有好多珍贵的钱币从我们手上流失了。

那个年代的生活场景

旧时西藏在人们的眼里，被视为蛮荒之地、西天之旅，而鲜有涉足。对于这片“地球第三极地”的了解，人们大多是从少量的边官商贾的诗文和那些有意或无意、合法或非法进入这片土地的少数外国人带有沙文主义的不确切的描述中得到的。加上西藏本身迥异于其他民族的风土人情，更使域外之人感到云遮雾罩，神秘莫测。西藏一百二十万平方公里的土地上，除了土生土长的藏族，定居在此的其他民族人数不多，汉族人更是屈指可数。撇开其他原因不谈，地理因素是最直接的制约。汉族人有史以来主要生活在氧气充足的河谷平原地区，适应了平和运转的春夏秋冬四季，习惯了君君臣臣、父父子子按部就班的生存方式，从来将高山荒漠视为畏途。虽然有深厚的文化依托，但缺乏冒险开拓的雄心和勇气，非逼无奈，决不铤而走险。到了上个世纪 50 年代，由特殊材料锻打的中国共产党人，肩负统一国家的神圣使命，在高昂的革命英雄主义精神鼓舞下，在革命理想主义精神的支撑下，义无反顾地踏上了雪域之旅。他们一边修路，一边进军，把共产党的理想和宗旨播撒到雪域高原。他们如一支火炬，照亮了高原的夜空，唤醒了千百年来沉睡于至高无上的神权下的千千万万个灵魂。共产党人以特别能吃苦、特别能忍耐、特别能奉献、特别能战斗的精神潜移默化地把自己的光和热向四周散发。长期处于封闭落后的西藏面对这股清新而又强大得无法抗拒的外力显得不知所措，疑虑、排斥和敌视无所不在，而处在西藏社会最底层、最穷困的人们从这些来自于另一个世界的陌生的汉族人身上，看到了今生今世改变命运的曙光。他们不敢相信，自己世代为奴的天命会由这些人帮助打破，他们开始不安分起来，他们蜷缩在与牲畜为邻的低矮破烂的屋子里窃窃私语，交流听来的和看到的“红汉人”的所作所为，心中生起了做人的渴望和反抗的勇气，主人举起鞭子的时候，他们甚至敢抄起石头来回敬主人。领主的庄园、贵族的宅第开始出现了奴隶逃跑现象。在共产党没来之前，奴隶们也有过逃亡，但很少，因为无处可逃，一旦被抓回来，命运更加悲惨。现在他们有了逃跑的目的地，这就是共产党的队伍。到了那里，他们要么被送往内地学习，要么干部服一穿，转眼成了革命队伍里的一员。西藏的权力上层不甘失去固有的一切，他们不能容忍社会的任何变革和转变，终于在外国势力的支持下，力不从心地和共产党武装摊牌，结果不仅是鸡飞蛋打，而且使得西藏的“喇嘛王国”彻底崩溃。

到了20世纪60年代，随着祖国大陆统一大业使命的完成，随着时间的推移，随着年岁的增长，思乡之情笼罩了这支队伍，返乡成了人们最大的心愿。为了巩固革命成果，保卫边疆、建设边疆，上级的思想政治工作紧跟而上，提出了响亮的口号：边疆为家，扎根西藏！在政治高于一切、主导一切的年月，政治的需要，就是每个个人的最大需要，不管是军队还是地方的汉族干部、职工和官兵，只好把思乡之情、返乡之念深埋心底，对着白雪皑皑的喜马拉雅山望穿秋水。时间一长，他们似乎已经断绝了某种念头，开始踏踏实实过日子，把自己的文化和观念抽丝剥茧般移植到这片雪域，在一个自然和人文环境都十分陌生的天地里，娶妻生子，经营极其有限的个人小生活。说极其有限，是因为那个时代的人们几乎没什么隐私可言，一切都是革命化、透明化，大家无形中处在一种相互设防的环境中，窥视别人成了一些人的癖好，把一对不是夫妻的男女从床上捉拿几乎等同于亲手放了一颗原子弹。机关单位里的人嘴边常挂的一句话是“人都是公家的”，公家的人按公家的行为准则活着天经地义，谁要离经叛道谁就没好果子吃。那个时代物资极端的匮乏，一般都是拿几十元的工资，管个吃穿，桌椅板凳床都是公家配发，连照明的蜡烛都是一个星期发两支，没什么个人财产，谁家要是做个油漆木箱，也会招来别人异样的眼光，有的眼光是探询木材的来历，有的眼光是嫉妒，当然也有的眼光是羡慕。高压锅、自行车、缝纫机和手表是一个家庭豪华的标志，这些东西不是每家都有，首先是极其稀缺，过一段时间来一批货，大部分走了后门，分发到各单位的寥寥无几，没法平均分配。当时最流行的办法就是抓阄，广大革命群众只能凭运气了。再者，工资不多，有些人即便抓到这个阄，也无力购买，只好拿来转让给其他人，换几个罐头。穿的都是棉布带补丁的衣服，谁要是买了一件十二块钱的涤卡衣服穿在身上，会光鲜半个月。食物主要是冷冻成干柴棒一样的牛羊肉和因碱性过大而总是发黄的馒头，也有猪肉，但除了单位养的猪年终可以杀了吃点新鲜肉外，平日里主要是为数不多的咸肉。这种肉被厚厚的盐粒包裹着，泡上好几天再冲洗干净拿来炒菜还咸得邪乎。也有一些桔子、桃子、菠萝罐头，脱水干菜、蛋黄粉和干海带。猪肉罐头炖大白菜属于上品。这两样东西相对新鲜一些，大白菜是自己种的，那时候的猪肉罐头是配给部队的，一个罐头两斤，里面肥瘦搭配，味道也好。以至于到了今天，一些“老西藏”到饭馆吃饭，不管菜谱上有没有，都要点这道菜，想吃出过去的味道来，虽不足，也算是差强人意。令人颇为费解的是那时的蔬菜怎么会那么缺，因为三四十年前拉萨的气候和今天并没有太大的区别，现在遍布拉萨郊区的各种各样的蔬菜那时也应该能生长，但却没有。有的只是老三样：土豆、萝卜、莲花白，把人都吃腻了。不过这些东西到了四川女人的手里，又另当别论。当时流行一句话；“烟不好大前门，老婆不好四川人。”话是反着说的。大前门烟四毛钱一包，在当时算中高档烟，按户供应，一个月一条。四川女人不光长相好，还能吃苦，特别能干，简简单单的一点米面蔬菜，到了她们手里，都弄得有滋有味。

人们都盼着过年过节，不像现在盼望过年过节放长假短假为的是休整游玩，那时候主要就是盼过年过节时可以改善一下生活，可以吃到点好吃的。单位里都养着几头猪，逢年过节，各个单位都要杀猪“会餐”，食堂会做几样平时难得一见的菜肴：烧海参、烧鱿鱼（当然是干货发的）、油炸花生米，最重要的是能吃到新鲜猪肉，比如回锅肉、木耳炒肉等，豪华点的也可能会有红烧肉，这取决于单位杀几头猪，杀的猪是否够肥够大，吃饭的人是不是多。菜都是有定量的，每家一样只能买一份，多了没有。各家各户早早就会派人拿着饭折子和家里几乎全部的锅和碗，到食堂门前排队等候开饭那一激动人心的时刻来临。到了打饭的时候，往往是全家出动，你端两个碗，他捧一个锅，乐哈哈地把会餐菜带回家。有时也会因为某个菜卖完了，后面的人没买上，就会引发一些争吵。这时候单位领导会站出来，一面批评炊事员考虑不周，一面要求他们想法弥补，毕竟大家等这一天等了好久。这时候厨房里就会再找点下水之类或炒或烧应付过去，如果实在没有东西了，领导只好把自己的让出来，所以那时的领导确实好。“会餐”的时间一般是在过年过节的前一天下午，第二天就放假了。各家吃完饭，灯也亮了。那时供电不正常，尤其是冬天老是断电，但如果过年，供电是要保证的，水电因为枯水发电不足，就来火电，听说火电的成本高，一般不用，但过年了，为让大家感到温暖和明亮，怎么也得让大家的电灯亮起来，但一般也就一两天，还要限时段。人们会充分利用这个时间，聚在一起打扑克、喝酒，放松自己。

上个世纪的60年代末到70年代初，西藏跟全国一样也十分混乱，自治区1965年刚刚成立，农牧区的人民公社化还没有完成，也就是说社会主义改造还没有结束，“文化大革命”就开始了。“文化大革命”运动在西藏由于受各方面条件的限制，不像内地那么深入，那么广泛，但也十分火爆，体现“文革”精神的基本的东西都有了——破“四旧”、搞派性、文攻武卫。当然，这些主要是集中在城市，农牧区除了局部破“四旧”外，其他都还谈不上。拉萨城虽然很小，但也划分成两派，各自占据着自治区下属的一些机构的大院当根据地，双方各有攻防。西藏在武斗当中使用的家伙除刀枪棍棒、手榴弹、炸药包外，还有一种具有民族特色的武器，就是牧民放牧时用的抛石器，藏语叫“古朵”。这玩意儿其实就是用牛毛编织的一条绳子，约两米长，中间有一椭圆形用于兜石头，抛射时，装上石头，一端挂在中指上，一端用拇指和食指捏住，在头顶上挥舞盘旋几圈松开拇指和食指，石头便飞出去。运用这个东西虽说技术难度不是很高，但要既准且狠还是不易的。往往一番短兵相接之后，双方撤退到一定的距离便开始用石头说话，这时候翻身农奴的战斗力就充分显示出来，“古朵”在他们的手上发挥出巨大的威力，鸭蛋大的鹅卵石呼啸着飞向目标，令人胆战心惊。制止武斗的解放军“一颗红星头上戴，革命的红旗挂两边”（《智取威虎山》杨子荣唱词），腰扎皮带，手挥“红宝书”（毛主席语录），站在街当中，不停地呼喊“要文斗不要武斗”的口号，但双方战得酣畅，尤其是又有解放军在中间隔断了对方，不怕对方势力强大跑过来白刀子进红刀子出，远距离作战有了一定的安全感，更是打得热火朝天。不时有中了石头的解放军战士头破血流地倒在地上，一场武斗下来，受伤的解放军比两派受伤人员加在一起还多……

西藏的武斗从 1967 年开始，持续到 1968 年 9 月两派实现“革命大联合”、成立西藏自治区革命委员会为止。出外闹“革命”的职工纷纷回到各自的原单位，但文斗还在继续，争执的焦点是到底谁是革命派，谁是保皇派，谁对“文化大革命”的贡献大，谁揪出的走资派多。虽说两派的头目都结合进了各单位的“革命委员会”，但明争暗斗一点儿也不见消停，两派群众仍像斗鸡一样互相盯着。靠革命群众的觉悟难以达到安定团结，只好由在“文革”中始终固疆守边的解放军组成毛泽东思想宣传队（简称军宣队）进驻到各单位，把两派撮合在一起，整天开会斗私批修，消除派性，但派性消除起来也非易事。虽说都是些普通群众，可长久以来政治观点不同，争争吵吵旷日持久，甚至还刀棍相向，因此积怨甚深。军宣队只能以更高的政治要求来转变人们的思想，组织大家反反复复地学毛主席著作，唱毛主席语录歌——“在工人阶级内部，没有根本的利害冲突，在无产阶级专政下的工人阶级内部，更没有理由一定要分裂成为势不两立的两大派组织”。

各单位在政治挂帅的前提下开始往正常化方向缓慢运转，社会上也如暴风骤雨之后的水面开始平息，但这种平息是乌云压顶的平息，气氛是沉闷的。一切宗教活动都遭禁止，老百姓日常的转经活动因为是封建迷信而同样绝迹。每天中午过后，街上就几乎断了行人，城市显得了无生气。而广大的农牧区，社会主义教育运动又开始接着往下进行，把零散的互助组拉扯到一起成立人民公社，生产方式立即按大寨模式开始运行。一开始就高唱粮食产量要“过黄河、跨长江”（一种亩产指标）的高调，在这个过程中树起了一些先进典型，如山南地区的列麦人民公社和那曲地区的红旗公社。

20 世纪 70 年代初期的拉萨城，还基本上是旧貌，城区建筑除了机关单位土坯墙、铁皮顶的平房，还是以老的藏式房屋为主，一般都是两到三层。这些房子大都是过去领主和贵族官员的财产。1959 年参加叛乱的，其财产全被没收；没有参加叛乱的，国家对其房产也实行了赎买政策，分给了翻身农奴或者机关单位。所以这种楼里，过去是住一家，现在都像填鸭一样塞满了若干住户，但藏族人喜欢种花，各家各户的窗台上都摆着几盆菊花、秋海棠、吊金钟一类的花卉。这几种花的花色丰富，花期也长，为生硬的石头房子和黑色的窗框添加了一些亮丽。全城没有高层建筑，布达拉宫显得极其高大雄伟，加上高原天低云垂，布达拉宫金顶常常像长在云天里一样。旧时的贵族们的林卡也一片片保存得比较完整，林园里古树参天，马兰花遍地。最多的昆虫就是绿蚂蚱和红蜻蜓，它们酷爱浅蓝色的马兰花，常常在花蕊上起落，跳跃飞翔的它们和静止的花草是夏日里生动的风景。秋天来临，雁阵不时掠过湛蓝的拉萨上空，由北向南飞去，阔叶杨金黄的叶片在树梢被秋阳映照得亮亮的，在已有了凉意的清风中抖动，间或有一两片飘落下来，清晰地传达着另一个季节的信息。尤其是布达拉宫后面的龙王潭，据说是当初修建布达拉宫时取土挖成的一个深潭，常年积水，形成一个湖泊，四周古树成林，遍地绿草茸茸，特别是湖边长相奇特的左旋柳，相传已有几百年的树龄，树身旋成麻花状，要两三个人合抱。湖中间有一座小亭子，绕着湖心亭有一条石铺的甬道，甬道两旁花树掩映，每到春天，鸟语花香，犹如仙境。我们上中学时，经常早出晚归，时间主要就是耗在龙王潭了。夏天，搭人梯上树，揭草皮打仗，斗鸡；冬天湖面冰封雪冻，是滑冰的好去处。谁拥有一双冰鞋，马上就成了受巴结的对象。冰鞋分两种，一种是速滑一种是花样，速滑的冰鞋冰刀要长一些，花样冰鞋短一些，男孩子大都喜欢速滑冰鞋。后来，不知是什么部门什么人做了件好事，就是在冰场的上面拉起了几个大灯泡，供人们晚上滑冰照明。于是，这里成了当时拉萨唯一的“夜生活”去处，不过时间不是很长，因为这样时髦的运动加上又是夜晚，年轻男女趋之若骛，难免引发一些争风吃醋的事，那时候人的火气大，不用说争风吃醋，就是在滑冰时碰撞一下也往往大打出手。所以，频繁的流血事件使这个令人着迷的地方最终被围上了铁丝网，夭折了。

在所有为人民服务的革命职业里，为边疆建设“多拉快跑”的长途汽车司机成了人们仰慕的对象。那时拉萨的汉族女性不多，因为生活和语言方面的障碍，藏汉通婚的也不多。很多汉族男人都是在家乡农村找老婆，然后带进藏当家属，有办法的也就安排了正式工作，但大多数女性也就是当个临时工。1959年民主改革以后，为了开展统战工作，西藏工委从内地南方招了一些十分水灵的女中学生在政府交际处工作，她们成了拉萨城里的亮点，不管是军队还是地方的干部职工，都把眼光瞄在她们身上，梦想娶她们做老婆。但后来的事实是，她们中的大多数都嫁给了司机同志。因为司机们身上笼罩的光环太诱人了，一是在尘土飞扬的拉萨城出门可以坐在解放牌汽车的驾驶室里风光一把；二是不会断了新鲜蔬菜瓜果。再说司机在那个年月算是见多识广的人，对于由于种种原因而被束缚在一方小天地难得动弹的人们来说，他们生活的天地更为广阔，他们跟其他人不一样，还拥有另外一片天空。除了人人都具备的革命的浪漫主义，他们还具有另一种更符合人性的浪漫。他们的举止言谈、衣着打扮都可能成为一个时期的时髦，比如夹克式的工装，样式呆板的墨镜，抽烟的样子，粗鲁的口头禅，等等，成了人们，尤其是年轻学徒竞相模仿的对象。他们所拥有的精神和物资比一般人富裕，甚至超过好多干部。那时的干部也没太大的特权，当官的也都谨小慎微，生怕哪儿做不好被革命群众揪了小辫子，一般也就是开会带头发个言，念个文件，管个劳动，做个思想工作啥的，平时还不是端条板凳和群众一起挤在墙根晒太阳。比一般人多出的几块钱工资也不敢乱花，在生活上反而要比一般人更表现得艰苦朴素一些。别人穿打了一个补丁的衣服，他恐怕就得穿有两个补丁的衣服。所以，司机们具备的优势是显而易见的。那时候的拉萨，地方也有点军事化管理的味道。西藏自治区交通局下属一个汽车团，汽车团下面又分若干个汽车营，配备的是一色的国产解放牌大卡车。这些解放牌大卡车日夜奔驰在青藏线的灰土路上，把一些基本生活物资运往西藏。那时的青藏公路十分简易，道路动不动就出问题，但比起川藏线还是好跑得多。川藏线山高路险，夏天塌方断路，冬天大雪封途，所以供应西藏的物资给养中转站主要设在柳园和青藏公路的起点格尔木。

司机们一般一个月跑一到两趟柳园或是格尔木，如果能跑三趟那就是标兵级的了。除他们外，还有各单位的大车司机，那时全城也没几辆小车，自治区有几辆伏尔加，后来也有了红旗，是供自治区领导坐的。各单位的大车主要是保障各单位的后勤，拉粮食、拉柴禾、买菜买肉、送病人上医院、接送职工看电影、接送领导开会等等。工作杂一些，但无形中权力也很大，他们在进行革命工作的过程中，顺带会为自己谋取点福利，比如烧个汽油、走亲访友开个车出去啥的，更重要的就是跑长途时捎带一些新鲜的蔬菜瓜果。每每回到拉萨，他们便成了带有几分神秘的人物，人们的眼睛都盯着他们从车上拖下来的一个个麻袋，判断里面装些什么，暗忖自己能分得几许。夜晚降临，司机家的窗子里透出的蜡烛光比平时要亮些，也许点了两到三根蜡烛，门前不时有拎着小口袋的人进进出出，这中间，有些人要掏钱，有些人不掏钱，这全看你和司机的关系如何了。分菜的时候司机是不动的，他一般坐在公家配发的铁椅子上，喝着茶，抽着烟，口沫横飞地向来人吹嘘此行的奇闻逸事或是惊险遭遇，对满地的果蔬表现出不屑一顾的样子，只是用眼角瞟着漂亮的老婆在那儿张罗，自豪感溢于言表。还有至关重要的一条，除了捎带死东西，他们还可以捎带活物，当然主要是人。那时空中航线虽已开通，但航班很不稳定，干部职工出差、休假、探亲、生小孩主要是从陆地走，拉萨运输站有不定期的班车往内地，但因为路况车况等原因几乎很少发车，到内地的人绝大部分都是搭长途便车，到了柳园或是格尔木再换乘火车。同样，从内地来的人也是坐火车到了柳园或是格尔木后搭便车进西藏。因为地方的车大部分都是单车，路途又是那么艰辛，路上难免抛锚翻车一类的事发生，也只有靠往来的司机相互帮助化解。另一方面，那些搭乘便车的单身女性和司机之间也在这条路上发生过无数绯闻逸事，成了那个时代人们茶余饭后解闷的话题。我听得最多的是关于女鬼的传说，说是某个司机赶夜路，在荒郊野外，突然在灯光里出现一个女子的身影，司机急忙停车，人又不见了，再开灯往前走，女人又出现。就这样走走停停，到天亮了，司机才发现车子在原地根本没动。当然还有更可怕的，这一般都是翻了车，拣了条命的司机说的，说是晚上正开着车，突然看到路边有抱孩子的女人要搭车，司机一停车，上来的是一个满脸血污的死人，司机当即吓昏过去就什么也不知道了。

上个世纪70年代，拉萨城里柏油路面极少且质量不高，坑坑洼洼的街巷里，最多的就是马车，车上装满了鼓鼓的麻袋，里面不是麦草就是土豆。马车夫们坐在高高的车辕上，神气活现地挥舞着鞭子，有必要没必要地甩着响鞭，趾高气扬地呵斥着牲口和路人，神态跟汽车驾驶员差不多。驴、狗和猫在城里成群结队地晃来晃去，也间杂着一些放生的牛和羊，替代了前些年革命群众走街串巷闹革命。这些动物基本上属于无主的，藏族人心地慈悲，善待动物，驴主要是用来运输，一旦老而无用时便将其放生，任其自生自灭。驴儿们性情温顺，它们是食草动物，所以一般都是待在林卡里，啃啃青草，晒晒太阳，在树上或是墙上磨蹭一下皮毛，一般没人打扰它们，最多就是有时和想爬上背的小孩子周旋一下。狗是自由繁殖，属野狗性质，它们在拉萨这座古城至少已有了几百年的盘踞历史，虽然没有人专门喂养，但它们却是一个非常庞大的群体，至少有数千条。它们也搞割据，划分势力范围，几十上百条一伙，在自己的地盘上吃吃喝喝晒太阳，一旦有其他的狗进入自己的领地，便群起而攻之。城里整天都是狗的打闹声，尤其到了夜晚，一只狗叫，全部都跟着叫，狗吠之声响彻全城。它们之间为争夺领地经常发生战争，但和人却是和睦相处。只是到了晚上经过狗们的大本营时要小心，狗们仗着狗多势众和暗夜，会向骑车经过的人发起进攻。这时骑车人只有猛蹬脚踏，然后提起双腿，利用惯性冲出狗的围追堵截。猫跟狗差不多，也是自生自灭，它们的数量比狗少一些，但身手敏捷，活动范围大，不分昼夜在墙头屋顶上蹿下跳，晚上发出的求偶的叫声十分凄厉，令迷信的汉族人毛骨悚然。晚上经常会听到某人披衣起床，对着求偶心切的猫一阵乱骂，向房顶上的猫扔去不大不小的石头。猫没打着，石头砸在铁皮房顶上，反而把响声搞得更大，让人不得安睡。

藏族人虽然也经过了“文化大革命”的冲击，但根深蒂固的宗教禁忌和长久以来的饮食习惯并没有太大的改变，他们绝不滥杀乱吃动物，而那时机关单位的汉族干部职工在意识形态领域虽然是刺刀见红，但在道德方面还是比较多的继承了进藏初期的十八军的遗风，他们中间很多人本身就是原十八军指战员，言行上讲究尊重民族风俗习惯、凡事讲个民族政策。在那个物资匮乏、油和肉都按月定量供应的年月，看着肥肥胖胖的驴、猫、狗一天到晚在眼前晃悠，很难不动心，但谁也不敢公开捕而杀之食之，最多是背着人装作不经意地带点游戏意味地偶尔捕杀一两头（只），偷偷摸摸炖了解个馋。如果这些完全野生的家畜的大脑也和人类一样可以储存记忆的话，它们会记得那个时候及其以前的拉萨是它们这类生物的天堂。此外，拉萨城里城外还有不少的野生动物，它们的命运不是那么好。那时在汉族人心目中缺乏动物保护意识，枪支管理又不严格，县级干部都有配枪，各个单位也都有几杆枪，没枪也很容易借。打猎是人们的休闲内容之一，尤其是獐子兔子一类，好像是人们的当然猎物，由于猎杀，它们的踪影在城郊慢慢地消失了，躲进了附近的山上。城里飞禽很多，但不大见人捕杀，主要是因为人们觉得用制式武器打这种小东西划不来。最常见的是野鸭和野鸽，它们在城里城外的湿地、河边起起降降，给寂寞的城市带来了一点儿生机。时常听养鸽子的人说，一会儿是家鸽把野鸽拐了回来，一会儿是野鸽把家鸽拐跑。

那时拉萨的供电极不正常，一年 365 天里，有 300 天是靠蜡烛照明，风沙又特别大，尤其是冬春两季，每天中午一过，大风刮起，卷起漫天沙尘，黄色的尘土在天地间形成凝固不动的雾态纱幕，数十米外就看不见人影，太阳不知躲到了何处，整个天昏地暗。呼啸的风声撕破尘雾，在人们的耳朵里激荡，行走的人全都缩着脖子，弯曲着腰身，转眼都变成了整天挨斗的“四类分子”的模样。才到傍晚，人们都早早关门闭户，坐在只有十来个平方米的房间里望着窗外昏黄的天色发呆。熬到天黑，起身点上蜡烛，用煤油炉烧点水，洗洗弄弄然后上床睡觉。人们的生活有点儿百无聊赖，白天除了抓革命促生产，还有就是挖防空洞。

白天总是有各种各样的事，晚上当然更不能闲着。从形式上经历了这样几个阶段：白天黑夜地开会学习、每天晚上开会学习、每周一三五或二四六晚上开会学习、每周两个晚上开会学习、每周一个晚上开会学习、晚上不学了改成下午开会学习。两派刚大联合时，每天晚上都要点着蜡烛学文件或开展革命大批判。革命群众人人手捧一个玻璃的水果罐头瓶子，权当茶杯。瓶子外面套着一个用塑料绳编织的杯套，用以隔热，呷着七、八十度水温的茶水，兜里揣本“红宝书”，懒洋洋地踱进会场。每次会议的开场是由主持人先凑在烛光下根据当天的会议主题，从《毛主席语录》里翻出一段有针对性的话，带领大家念上一遍，然后接着念中央文件和“两报一刊”（即《人民日报》、《解放军报》和《红旗》杂志）的社论，那时候社论也多，几乎隔两天就会发一篇。接下来轮着发言谈体会，深挖灵魂深处的非无产阶级思想，供大家批判；或者是揪出来的“走资派”站在屋子中间，接受大家批斗；或者是“历史反革命”在大家指指点点下交代旧社会如何欺男霸女，为什么娶三妻四妾之类的事。原来的封建领主更是要接受翻身农奴的猛烈批斗，不仅要交代如何残酷地压榨农奴，还要交代如何吃喝玩乐、打麻将等属于“资产阶级腐朽思想”之类的劣迹。开完会，剩余的蜡烛总会被革命群众顺手牵羊抄走，下次开会又会为此事斗私批修半天，循回往复。

半个月到一个月看一次电影，电影一般是晚上在大单位的礼堂里放映，比较豪华的是在原来的自治区第三招待所（现在的区党委党校院内）礼堂和区党委院内的“小礼堂”。这两个地方有点“内部”色彩，票一般只发到自治区直属单位。当时的劳动人民文化宫是面对社会的演出场所，位置在今天的布达拉宫广场，现在已经拆掉了。另外在老城区还有一个东方红电影院，一个胜利电影院，条件要差一些。一说要看电影，大人小孩都比较兴奋，看电影也是受教育，就可以不开会学习。人们早早地吃完饭，挤上单位的大卡车，领导这时就显示出领导特权了，他们当仁不让地坐进驾驶室。在车厢里的喧哗和吵闹声中，牛哄哄的司机一个急刹车，把大家放在礼堂门口。因为新电影太少，各单位领导会想方设法通过走后门、拉关系从封存的片库里弄出两部“文革”前的老片子放放，打的旗号是“供批判”，当然也不能是特别有名的大毒草，那得冒政治风险。哪家领导能经常干点这类事，一般威信就比较高，被群众视为有办法、有背景的领导，会被人常常挂在嘴上对其他单位的人炫耀。看电影其实并不重要，重要的是看电影的活动本身。这几个小时的时间人们觉得解除了身上的某种禁锢，可以自由地舒展一下，男人们抽着烟，互相开些粗俗的玩笑，女人们在一起交流毛线针的编织体会，孩子们在过道上打闹奔跑，间或响起两声尖利的口哨。还有一些相互爱慕的男女借此机会在电影开映后溜出去幽会一把。演电影的大礼堂里常常烟雾缭绕，吃瓜子的、吐痰的、呵斥小孩的，吵吵闹闹，跟个集市差不多。除了电影，也有演出，主要是自治区的几个文艺团体，歌舞团、话剧团、藏剧团等，再早还有秦剧团和豫剧团，看演出要凭票，由文化局统一给各单位发票，当然不可能按人头发，所以管发票的文化局文艺处很吃香，经常有人找他们“走后门”，尤其是剧团排演了新节目，更是一票难求，除此之外的娱乐活动就是打扑克和下象棋。一到星期天，先是逛商店。拉萨那时候只有一家国营商店，人们叫它“大贸总”，是贸易总公司的意思，成立于 50 年代，位于拉萨当时最主要的大街人民路，人们所有的日常用品和凭票供应的物品都是从这儿购买。现在这儿已将原来的大仓库一样的铁皮屋顶房子扒掉，修起了有电梯上下的人民商场。这条路上还有一家人民食堂、一家五金商店、一家理发馆、一家新华书店，当然也都是国营的。逛完街回到家里，女人就开始洗洗涮涮、缝缝补补，男人们就凑成一堆在太阳底下打扑克下棋。一般打拱猪和升级，输了贴胡子，不像现在，玩什么输赢都是拿人民币说话。打牌的男男女女脸上挂满了象征胡子的纸条子，风吹纸条抖，一个个怪模怪样。其间也会有人跑回家翻出保存的毛主席像章拿出来展示，比较谁的多、谁的新、谁的大，谁的造型特殊。那时过一段时间就有毛主席像章的新品种面世，一般的大路货单位里要分发，但精致些的、造型别出心裁的，或者用料考究的，就不可能人人都有，一般都是通过一些特殊管道弄到手。谁拥有，谁的身份自然就往上抬升一下，佩戴毛主席像章成了风气自不必说，在衣着普遍灰暗，稍稍装扮一下都可能被扣上“小资产阶级思想”帽子的年月，毛主席像章的的确确成了人们躯体上一道亮丽的风景线。实事求是地说，有的毛主席像章造得非常好，从设计到制作，都凝聚了革命艺术家和工人阶级的智慧和心血，比如有一种“夜光”像章，在黑夜里可以发光，契合了“毛泽东思想永放光芒”。人们过几天换一枚像章，仔细地别在左胸心脏部位的衣服上，内涵是心永远贴在毛主席身上，但外在的表现却是一个人身上最引人注目的装饰品，尤其是出席大会小会、照个相什么的就更讲究像章的佩戴。枯燥的生活使得有些人对革命运动乐此不疲，热衷于慷慨激昂的大会发言、比赛背毛主席语录，朗诵马列著作或书写标语，并因此练就了演讲的口才和一手好毛笔字，为日后的升迁打下实力基础。那时候还有一项重要的活动就是动不动要欢呼游行，党中央的英明决策和毛主席的最新指示时常通过电波半夜三更传到高原，人们从睡梦里被唤起，操起锣鼓家伙，打着手电筒，有的还举根火把，糊里糊涂地踏着泥泞的道路，在渺无人迹的街上逛一圈，回来又钻进热被窝继续睡觉。第二天醒来，对夜里发生的事没几个人能说清楚，更不知道为啥游行都喊了些啥口号，有些人还以为是做了南柯一梦。

消磨时间的另一个办法是侍弄菜地。那时的干部职工大多来自农村，虽说都已参加革命多年，但本色依旧，多少还能干点农活，家家都在房前屋后开地种菜。这确实是一桩有百利而无一害的事，既可以改善自己的生活，又和封、资、修不沾边，还在一定程度上表现出自力更生、艰苦朴素的革命风尚。一些种菜能手探亲休假时从内地带各式菜种，在自己的小菜园里精心培育。但不知为什么，那时的露天蔬菜生长起来很艰难，也就是些萝卜白菜大葱长得好些，后来有人种花菜和西红柿，生长得也可以，而细菜类的如黄瓜、茄子和辣椒只能在温室里生长，量小不说，到了冬天还长不起来，所以新鲜蔬菜对“食草”民族汉族来说，显得比什么都金贵。菜少就发豆芽，高原阳光强烈，利用其热能发豆芽可能是拉萨最早将太阳能直接服务于生活的创举。拉萨各单位修的都是平房，一般都是坐北朝南，人们在门边墙根下挖个两尺见方、深约 50 厘米的坑，底下先铺一层沙子，然后把泡过的黄豆铺在沙子上，再用沙子盖上，为了吸热，坑的四壁用墨汁涂成黑色，再用同样涂成黑色的报纸盖在沙子上，最后用一块普通玻璃封住坑口，每天浇一次水，过一个星期，又肥又壮的黄豆芽或绿豆芽就长出来了。看效果不错，后来就有人以发豆芽的土坑为原型，发明了太阳能小厨房，用木板钉一个小箱子，内壁密封用油漆涂成黑色，里面放上锅蒸饭煮菜，虽说还可以吃，但人们嫌味道不怎么样，终没推广开来。70 年代中后期，革命和生产都逐渐走上正轨，各个单位开始有了一些招工指标，几乎所有的人都把精力用在这个事情上面，通过关系，把自己的远近亲戚从农村带出来安排工作，走后门成风。各级领导和掌管人事的干部突然显示出了重要性，人们又才认识到权力的威力，但那个时候走后门的方式也就是把领导请到家里吃顿饭，用报纸裹两条前门烟，做这些事时还偷偷摸摸，公开的就是叫苦叫穷，几次三番下来，也就解决问题了。有些单位的办公室主任，办了不下几十人，当然也有被查处的，但毕竟是少数。

那时候职工都住在单位里，既是工作场所也是生活基地。先是尽量把单位所占据的寺院、贵族宅第的大小房子住满，实在住不下了再在院子里、林卡里盖点房子。各个单位修建的房屋都是十分简陋的，讲究一些的会用三合板或五合板架一个天花板。房子一般都在二三十平方米，不管几口人，一家一间。一般每家的格局大同小异：靠里安张床，床边会有一张桌子，既当床头柜又当写字台。门边会有一个立柜类的东西，这可能是属于个人的最大件，是重要的财产。里面装被子装衣服装细软。窗子下面放两个装罐头的木箱子，上面就是汽油炉、水瓶、水桶、锅碗瓢盆等一应生活用具。家里孩子小的话不管是一个两个都是和父母挤在一张床上，大一点儿就只能在外面找睡觉的地方。所以像我这样十来岁的小孩一会儿跟学徒工挤在一间屋子，一会儿跟军宣队住在一起，有时也住会议室，总之把单位里的房子几乎住遍了。直到上中学以后，父母终于为我跟单位争取到一间坐落在林卡里的原来是守林人居住的小屋，从此开始“独居”生活。所以，那时候一天到晚都混在大人堆里，有意无意中体会和感受成人世界。

我认识两位当初交际处招来的女中学生，一个是孙阿姨，一个是李阿姨。她们之所以留在我的记忆里，一是因为她们太漂亮了，二是和当时进驻的军宣队也有点关系。我们家一家四口一间房没法住，只好让我在军宣队住的大会议室里安了一张床，和军宣队住一起。军宣队经常召集人来开会，每次会前会后，我和来开会的叔叔阿姨总有接触。孙阿姨和李阿姨是军宣队的重点改造和培养对象，因为她们以前都在自治区交际处工作过，难免沾染一些资产阶级臭毛病。按“革命群众”的说法，交际处属于“藏污纳垢”的黑窝，是整天招待农奴主吃喝的所在，腐化堕落，是当然的“革命对象”。“文化大革命”一来，整个单位解散，工作人员分到自治区直属各单位，她们俩就分到了我父亲所在的单位。

孙阿姨是南京人，我认识她的时候，她已经做了母亲。她家和我家是两隔壁，在我的印象里，她皮肤白皙，总是穿一件天蓝色的中式上衣，说话柔声细语，从不跟人发生争吵。她在单位做行政工作，每天都是按时上下班。她的爱人在下面的县里工作，每周星期六下午才能回来，见人也不多说话，一到家就钻进自己的小屋，一会儿，窗帘拉上了，蜡烛亮了，单位里的人经过她家的门前，总要对着她家的窗户望两眼，个别人还要做个怪相。我早晨上学的时候，经常见她端着痰盂往厕所去。痰盂本来是放在高档会议室供开会的领导吐痰用的，但“文革”后，领导开会都比较随意，会议室放痰盂似乎有点小资产阶级的嫌疑，所以都不用了。于是，痰盂就被各家各户瓜分。那时除了特别大的领导，每家都只有一间房子，所谓房间里带卫生间是那时的人做梦都没想到过的事。“楼上楼下，电灯电话”是共产主义。拥有一个漂亮的痰盂，放在家里当尿盆大家就很满足了，起码不用半夜三更摸黑上厕所。孙阿姨出奇的漂亮，我更多就是在她早晨倒痰盂时发现的。她一头乌黑的长发蓬松地堆在头上，天蓝色中式衣服最上端的纽扣还没扣好，露出一溜红袄，洁白的脸庞经过一夜的熟睡更显光洁，一双凤眼因为想要避人四处睃视而十分灵动。我后来再没见到过这样的美人，只是从表现中国二三十年代南方水乡豪门生活的电视剧里的女人们身上看到了一点孙阿姨当年的影子。

孙阿姨之所以给我留下了如此鲜明、深刻的印象，除了她的漂亮使我心生莫名其妙的好感外，还有就是她对我的关爱。我那时小学还没毕业，学习不太好，她经常端个小板凳坐在门口辅导我的学习。吃饭的时候，她除了从食堂打饭菜，往往自己还要炒两个鸡蛋，其中一个就是给我的。她喜欢看我的作文，除了纠错，还教我如何写。她把我叫进她的小屋，把门插上，小心翼翼地打开挂着一把明锁的抽屉，从里面拿出一个小本子，给我朗读她中学时写的作文，有时还读一些今天想起来可能是别人写给她的情书，但我实实在在是听不懂，只是拘谨地坐在那儿，盯着她家最豪华的家具——一个大立柜。立柜上镶有一面大镜子，几乎可以映照人的全身。镜子里的我，膝盖上打着补丁，脚上的鞋子也开了口，棉袄袖子因为经常用来擦鼻涕口水而亮光闪闪。在整洁美丽的孙阿姨面前，我简直无地自容。我把眼睛从镜子上移开，转而望着窗外的天空。冬日里的狂风正在外面肆虐，黄尘浮在大气中，混沌一片，只有耳畔孙阿姨的莺声软语给这个没有生气的世界传递着一丝清新柔曼。

孙阿姨的美丽和她为人做事不卑不亢的做派，使周围的人大都对她敬而远之。不管人们心里怎么想，背后说什么怪话，表面上总归是客客气气。唯有军宣队的人对她大大咧咧，进驻单位的军宣队有两个人，一个是连长，一个是班长。连长是个西北人，长得高大威猛，爱自称自己是大老粗，嘴边常挂的一句话是“咱老粗”。但“咱老粗”却令人惊讶地写得一手好字，单位里摇了一辈子笔杆子的“知识分子”们都不得不服。他经常喜欢揣本毛主席语录找孙阿姨谈心。他进到孙阿姨的房子，总要往人家床上躺，孙阿姨也不计较，只是把门大大地敞着，自己坐在靠门最近的椅子上，倾听他的高论。我经常会从门外看到“咱老粗”搭在床沿的一双大脚晃来晃去。班长基本是个文盲，但他却偏偏喜欢找孙阿姨比赛背诵“老三篇”（毛主席著作）。我喜欢看他们比赛，主要喜欢听孙阿姨念诵的声音。每次比赛，自然是班长输，但他却乐此不疲，但有一条，他总是挑连长回部队汇报工作、不在单位的时候来找孙阿姨。

还有一位是姓李的阿姨。李阿姨是重庆人，长着一张饱满的瓜子脸，脸上有两个好看的酒窝，皮肤白里透红，一双杏眼顾盼生情。身材娇小的她像只燕子一样在院子里飘来飘去。但她和孙阿姨的性格恰恰相反，她性格火暴，快人快语，和谁都说得上话。单位里的人就因为她这种性格，跟她相处也比较随便，男人们也爱跟她开玩笑，还经常说些下流话。她却根本不在乎，从来都是针锋相对，常常是男人们反而被她弄得下不来台。她有一张腰缠武装带、肩挎冲锋枪的照片，背景是布达拉宫，头发随风飘起，显得十分飒爽。她把照片放在镜框的正中，家里一来人，就要向人自夸一番，说这还是当年陈毅元帅进西藏检阅女民兵时照的。“我是走在头一排的”，她喜滋滋地对人家说。她丈夫是单位里开大车的司机，经常不在家，也许是为了排遣寂寞，她常叫我到她家去下棋。开始我不会下，她就十分耐心地教我，教会了跳棋又教军棋。跟我下棋她也是大呼小叫，不准我悔棋，她自己却常悔，我赖不过她，只有自认倒霉。

她丈夫跑车一回来，沉闷的单位里总要骚动一下，倒不是完全因为她丈夫，而主要是因为李阿姨。单位里只有李阿姨丈夫一个长途司机，除了到林芝、波密拉柴禾，过那么两个月，还要到当时被人们视为内地的柳园、格尔木去拉单位的给养。司机们跑长途，总要带些新鲜水果、蔬菜上来，别人家给谁分是男人说了算，而李阿姨家正好相反，完全是由李阿姨一人掌控。这时单位里的人，不管平时关系如何，见了李阿姨，总都是笑哈哈的。就连平时不大看得起李阿姨的孙阿姨，也把姿态放低了许多，一口一个“小李、小李”的叫。虽不明说，但谁都理解笑容里蕴含的意思。而李阿姨往往在这个时候又表现得极为大度，哪怕昨天刚跟人吵完架，今天仍然要给人家分菜。所以她家经常是一开始几个鼓鼓的麻袋，转眼间就空空如也。丈夫自然要嘀咕两句，但李阿姨却一副如释重负的样子，她会拍拍手说：“谁吃了不是吃了！”

正因为她性格豪爽，人们对她的一些过火行为也都能够原谅。单位里经常要把还没“解放”的当权派揪出来供革命群众批斗。单位里的一号走资派（走资本主义道路的当权派）、年届五十的王大爷是经常被批斗的对象。他 1938 年参加革命，经历过好多惊心动魄的事，每次交代问题，都像在讲一个个故事，革命群众听得津津有味，军宣队认为这是在蛊惑群众，便决意要“从他的薄弱环节上打开突破口”，有一天连长召集单位“革委会”的头头脑脑开会布置任务的时候说。他所说的“薄弱环节”就是王大爷的伤腿，王大爷对他这条伤腿有多个不同的说法，每次一交代到高兴处就会说，你们看我这条腿，就是那次负的伤。好像这条腿受伤和每一次的英勇战斗都有关系，军宣队因此断定王大爷很不老实，加之最新的外调材料显示王大爷在 40 年代深入敌后的时候和一个政治面目不清的女人生过一个小孩，而对此他却从来没有交代过。即便这个女人不是敌伪派来专事拉拢我方人员的特务，他也没有投敌变节的行为（这还有待调查），但也说明了两点：一、王大爷对组织不老实；二、在如火如荼的革命战争年代，王大爷竟然还有闲心勾搭女人，犯生活作风错误，说明他的革命意志很不坚定。连长的分析使革委会成员们大为折服，连长环视了一圈对自己敬仰的目光，把眼睛定在李阿姨的身上久久扫描着，然后站起身，一只手背在身后，一只手握成空拳轻轻捶打前额，仿佛是自言自语地说：斗争很艰巨呀！接下来是很周密的布置：谁先发问，谁后发问，提什么问题，重点揭批什么等。最后，把担任主攻的任务安排给了李阿姨。

批斗会安排在第二天下午。平时一般“抓革命”都是在晚上，因为白天要“促生产”。但这次的批斗会很重要，拿连长的话说是关系到“一场战役”的胜负，所以要把时间准备得充分一些。革命群众陆续到会，王大爷也早早到了会场，像往常一样坐在角落里，但他并不知道今天是专门针对他的会。军宣队的班长往会场中央放了一个小方凳，一位革委会副主任主持会议。他刚领着大家把毛主席语录念完，就听连长一声暴喝——“王水有，站出来!”这一声不仅吓得王大爷把正要往眼镜盒里装的老花镜掉到了地上，也吓得有的群众把刚喝进嘴里的茶水也喷了出来。王大爷抖抖索索地站起来，他一时没弄明白这风暴从何而来。连长一指小方凳命令道：“站上去!”王大爷在从他的座位到站到凳子上的这短短几步，已完全恢复了镇静，毕竟是久经风浪的人。他一站上去，就笑容满面地准备开讲其英勇经历，但连长没等他开讲，先带着大家喊起了“坦白从宽，抗拒从严!”的口号。接着，事先安排的揭批像连珠炮一样劈头盖脸地砸向了王大爷。王大爷除了对斥问一连声地说“我交代，我交代”外，并不谈什么实质内容。他并不是遗忘了，而是在考虑该怎样述说这个埋藏在心中多年的秘密。想来想去他发觉怎么回答都可能招惹更大的麻烦，于是决定不说。革命群众疾风骤雨般的发言告一段落之后，突然发现全是自说自话，从王大爷那里除了“我交代”的空洞言词外什么也没得到，不禁个个义愤填膺，七嘴八舌地指责王大爷是一只狡猾的狐狸。也有人是因为王大爷没有讲故事，尤其是男女关系的故事而对他很不满意，不停地问那个女人是谁，长什么模样，他怎么把人家勾上的等等。连长果断地一挥手，止住乱哄哄的瞎闹胡扯，让李阿姨发言。李阿姨历数了王大爷自“文化大革命”以来从不认真接受改造的事例，尤其是每次交代问题都是为自己评功摆好，闭口不谈一直执行的刘邓资产阶级反动路线、不揭发自治区窃取了革命领导权的走资派的罪行，直到今日，眼看着革命人民一天天好起来，帝、修、反一天天烂下去而仍不思悔改，负隅顽抗，显然是死心塌地与人民为敌，不可救药。李阿姨越说越气，冲上去用指头点着王大爷，因为王大爷站在凳子上，李阿姨本身个子不高，指头充其量只能指着王大爷的肚皮，样子显得很渺小，有人就开始发笑。这一笑使李阿姨一下子气急败坏，她出乎人们意料地原地高高蹦起，抬手扇了王大爷一个耳光。耳光声音十分清脆，会议室一下子鸦雀无声，怔愣了片刻，连长喊了一句“要文斗不要武斗”，急忙上前把李阿姨拉了回来。

李阿姨的这一举动，完全打乱了军宣队的计划。军宣队到各单位，就是为了消除派性、制止武斗的，包括对单位里的走资派也不能武斗，因为这中间还有一大批属于犯了错误的、经过教育后可以接合进领导班子里的革命领导干部。况且，王大爷也算是个老革命了，在单位里人缘还不错，在位时也没干什么令人切齿的事，可以说没什么公愤。所以“文革”以来除了被夺了权以外，没受过什么罪，军宣队没想到在自己组织的批斗会上会发生这样的事，怕事态扩大不好交代，连长只好草草结束了批斗会，把李阿姨留下狠狠批评了一顿，说她太不稳重、缺乏对敌斗争经验，今后一定要在革命的大风大浪中多摔打，尽早锻炼成长。

事后，奇怪的是王大爷没有一点怪罪李阿姨的意思，见了面还是小李长小李短的，而李阿姨也像啥事没发生过一样，每次分菜，还是少不了王大爷的一份。后来一直到军宣队撤走、王大爷官复原职，他们之间好像也没什么介蒂。

单位里还有一位卢阿姨，她那时年纪比较大了，大概有 40 多岁，平时没什么爱好，就爱下跳棋，但下得不好，没人跟她下，她就老找我跟她下。我经常一放学就被叫到她屋里，当然每次都会准备点糖果，对我来说，与其说是为了下棋，不如说是为了糖果。所以，我往往是招之即来。一段时间，单位里的人都在传言她和老伴可能要内调。那时内调名额极少，因为西藏的艰苦，内调是大家都向往的事，但这种好事往往只能摊在个别人身上，所以一旦有点风吹草动，难免让人议论纷纷。对卢阿姨和老伴内调，议论主要是集中在他们的存款上，因为卢阿姨的老伴是十二级干部，算高干了。有说五千的，也有说八千的，为此经常争得脸红脖子粗，还把会计找来算账，当然是从卢阿姨两口子参加革命工作算起，除去用度，每月能存多少，算下来的结果好像是存不下什么钱，因为他们还有老人和孩子要抚养。有一次我和卢阿姨下跳棋，我说，卢阿姨，他们说你有好多钱，装了一箱子，是不是？卢阿姨瞪我一眼说，小孩子家跟大人瞎吵吵什么？又叹口气说，我和你陈伯伯（她老伴）革命三十年了，从牙缝里省下 2000 块钱，还被人说来说去，真不知道我们这革命为了啥。我脱口而出说，为了共产主义。卢阿姨一愣，接口说，噢，是，是为了共产主义。然后再不说话。当时我心里特得意，既知道了卢阿姨到底有多少钱的秘密，又非常豪迈地说出了大人们的革命理想，觉得自己很了不起。不过从那以后直到卢阿姨内调，她也再没找我下跳棋。

这个时期城里老百姓的日子跟机关单位差不多，虽然派性闹得不是很厉害，但革命却搞得如火如荼。街道革命委员会有时比机关单位还革命，阶级斗争天天讲，各级公检法早已被砸烂，变成了“人保组”（人民保卫组），一切都是兼着人保组成员的街道“革命委员会”领导们说了算，无产阶级专政在社会各个领域全面展开。一切“非无产阶级思想”和行为都会受到反复批判，家里三天两头有人来查，看是不是还供着佛像，是不是还点着供灯，宗教信仰遭到冲击。街道“革委会”领导都是翻身农奴出身，一个个苦大仇深，对旧社会恨之入骨，对新社会爱死爱活，深知自己扬眉吐气的日子来之不易，阶级斗争的弦绷得梆紧，生怕三大领主翻了天，又让自己吃二遍苦、受二茬罪。整天跟大家念叨“阶级敌人就像扔在墙角的一棵葱，根焦叶烂心不死”。宣扬革命大批判的战火就像从山上往下滚石头，不可阻挡。“三大领主”及其代理人动不动就会被揪出来批斗一番。这些旧时代的人上人整天提心吊胆，低眉垂手。他们虽然几经抄查，已经没什么浮财，但瘦死的骡子比马大，多少还有一些封资修的黑货，比如画着佛像的唐卡、早年传下来的内地皇帝赏赐的官窑瓷器、金铜佛像、经书珠宝等等，“文革”刚开始还不忍丢弃，东藏西藏，革命运动一深入，这些东西成了烫手的山芋，一旦被革命群众发现，又是罪状一条，只好在屋子里四处搜罗，将这些东西卷起来、砸碎，经掩饰后偷偷拿到拉萨河去扔掉，或者趁月黑风高拿到山上找个洞塞进去埋起来。后来宗教活动恢复，有些人家说起家里的老东西惋惜得不行，再凭印象上山去找，几天下来，手都扒烂了也记不清当初情急之下埋在了哪里。

革命激情过后，还得回家过日子，那时城市居民主要居住在老城八廓街里，多数人家挤在过去贵族、官员的楼房里，共用院子里的一口水井，没有厨房，就在廊道里搭锅起灶，做饭熬茶，院子里整天烟熏火燎、吵吵闹闹。有的人家里有在机关单位工作的人，多多少少有点钱拿回家，日子就稍微好过一点，没有参加工作的，只好靠摆小摊、钉鞋子维持生计。糌粑、酥油、茶、肉都是按月定量供应，多少总还有，最紧缺的是烧柴。拉萨是个缺燃料的城市，老百姓很难弄到汽油、柴油，供电又不正常，而且严禁烧电炉，既无煤也无柴，所以主打燃料还是牛粪。附近郊区农民把牛粪晒干了装进麻袋背到拉萨来卖，按质论价，每袋三两块钱不等。好多人家连供应的酥油都买不起，更别说买牛粪了，只好到处扫点树叶、拣点树枝熬清茶抓糌粑对付着过。但大家也没太多的怨言，当然有也不敢说。比起旧社会——当时特别喜欢搞新旧对比、忆苦思甜——简直是一个天上，一个地下。忆苦思甜不外乎两种形式：开大会和吃忆苦饭。开大会时往往会押上个把领主或代理人上台作为斗争对象，主控人当然都是些在旧社会受其盘剥、压迫的奴隶。如今扬眉吐气的农奴站在台上，像喇嘛辩经一样拍巴掌捋胳膊，声泪俱下地控诉现在垂手低头的昔日的主人，比如某年某月因为打破了一个水罐而受到鞭打；某次因用指甲沾了一点酥油放在嘴里，被万恶的领主发现而被打掉了牙齿……每当控诉人泣不成声时，台下人群中就会适时冒出一人振臂领头呼喊口号，一人引领万人和，再死硬的斗争对象也会在震天的口号声中发抖。接下来是吃忆苦饭，街道革委会把原来寺庙里给喇嘛烧茶的大铜锅抬出来，当街一架，倒上水，再弄些陈年糌粑和乱七八糟的菜叶子放在里面，煮一锅干不干稀不稀的所谓“忆苦饭”，虽说没盐没油，但吃的人却十分踊跃。人人从怀里掏出一只或新或旧的木碗，争相挤到锅边。一些老人端着碗边喝“忆苦饭”，边嘀咕：这不就像过去寺庙里喇嘛念经后施茶饭吗？人人喝个肚儿圆，回家睡觉。没有事干，就想出些事，有人就开始改名字，说自己的名字是过去活佛喇嘛给取的，是封建主义余毒，要彻底清除，于是，好多巴桑、卓玛、顿珠变成了向东、卫红、拥军。“文革”被否定之后，强调民族特色，这些人又一个个把名字往回改，这是后话。

我们年少时

大人们一天到晚忙他们的，我们自有我们的生活。那时单位上汉族小孩不多，因为生活条件过于艰苦，再加上适应气候的问题，一般不是万般无奈，大人都不愿意把小孩带到西藏。我们这些在西藏生活的小孩，除了在单位跟大人混，更多的时候我们都是和同学在一起，正因为这样，同学之间培育起了很难忘怀的情感，几十年不褪色。前些年我们中学同学在河南郑州搞了一次聚会，一晃近 40 年，大家都是年过半百了。有同学说，近年来和同学的每次相聚，心头总是升起准老头、老太太聚会的感觉。这种感觉五味杂陈，有了一些沧桑，有了一些苦涩，但更有一分温馨，一分相识相知的愉悦。同学，已难以包容今天我们对于过去的回望，我们不仅在青春年少、甚至童年时走进过彼此的世界，还曾经从彼此的身上汲取过供我们成长的养料，从这个意义上讲，说我们这些同学是你中有我，我中有你，那是一点儿也不为过的，正因如此，当时光把我们送到人生的晚景时，我们之间纯洁依然，纯情依然。同学时代的往事，不仅是一种谈资，那些今天看起来幼稚而又荒唐的举动正是我们作为一个社会人的开始，留下的一串串足迹时刻提示着我们是如何走过人生的初级阶段；那时的一些对于人生，对于事业和爱情的憧憬也在提示我们，不管后来我们是否顺遂，我们都曾经勇敢美丽，我们也都曾经拥有。每次和同学相聚，不管是小范围还是大范围，都有一种很渴望的感觉，不是因为工作或者身份去应酬某种场面或某些人。同学们一旦见面，时光仿佛一下子拉到从前，人与人之间的时空距离瞬间缩短，言谈不需斟言酌句，举止不用装腔作势，心中总有一个声音反复念叨：我知道你，你知道我。畅所欲言，放浪形骸，没人会过多地跟你计较，只在乎你是否像往昔一样真诚。

那时，我们最最高兴的日子莫过于哪位同学的家长休假了。那时干部职工虽然规定是三年休一趟假，但休假不是那么容易被批准的，往往到了假期报告打上去，领导要研究好久，总是说革命或者生产任务重，要大公无私，个人利益要服从革命利益等等，这时休假心切的人就会拿来一封不是母亲病危就是老子掉到河里被淹个半死之类真假难分的电报哭丧着脸来找领导，领导拿着电报看了又看，再次说研究研究。好不容易批准了，马上打点行装回内地。因为休假只能报销职工个人路费，而遥远的路途花费巨大，谁也舍不得拿出本来不多的钱，让子女白白地往内地跑一趟，所以几乎所有的家长休假时都是自己走，而把孩子独自留在拉萨。这对我们是天大的好事，这首先意味着我们在今后的几个月里，有了疯玩的根据地。好多同学的家长是领导干部，享受着每个月八斤富强粉、两斤青油和一斤白糖的特供，指标都在一个小本本上，只能按月购买，只要他们一走，这些特供的美食就由我们享用了。一放学，我们就往家长休假的同学家跑，聚在一起自己做饭。那时社会治安好，家长也不娇惯小孩，加上自己的心还操不过来，孩子只要说声去同学家，也就不管了。往往用不了多久，休假同学家的父母尽心尽力为孩子积攒的粮油、腌制的萝卜白菜、积存的罐头和压缩干粮就会被吃个干干净净，后来只能拿着饭折子排队去单位食堂打饭，但吃的人多，很快又会把有定量的饭折子划满，所以我们时常半夜爬起来去偷菜。那时候各个单位都种有菜地，每个星期还安排一天半天的劳动，他们的劳动成果往往成为我们的袭击目标，不管是白菜萝卜还是莴笋、莲花白，一概弄回来，自己做来吃，怎么做都觉得香。有时几个人经过七嘴八舌的一番胡扯，也会形成一种行为决议，比如说到什么东西好吃，就要想法去弄。有一次说到炖鸡，说得大家口水直流，

布达拉宫背后的龙王潭，据说是修建布达拉宫取土形成。在湖岸边，生长着众多的左旋柳和参天的杨树。上中学时，龙王潭是我们的必经之地，这里几乎每棵树都留下了我们攀爬的印迹。

于是决定去偷鸡，但转了一个下午也没弄到，但还是不愿放弃，最后把目标转到了其中一位同学的家里，因为他们家养的有鸡。开始那位同学不愿意，但经过大家做工作，最终还是同意了，不过有一个条件，就是只许打公鸡，不许打母鸡，因为母鸡正在下蛋。这位同学带着大家悄悄潜入他家的鸡经常活动的林卡，由一位平时弹弓打得准的同学动手。大家怀着喜悦而又紧张的心情躲在一个个大树后面等待着，随着啪的一声，一只正在觅食的大公鸡一头倒在地上，但并没有死，翅膀还在有力地拍打着，煽起一团尘土，动静虽不很大，但在我们这群做小偷的听起来，觉得惊心动魄。打弹弓的同学不顾一切地冲上去，抓住还没断气的鸡塞进书包拔腿就跑，其他同学裹胁着正在一旁为他家的鸡难受的同学也跟着落荒而逃。在父母休假的同学家里，当天晚上就搞了一顿鸡宴，大家吃得心满意足。后来那位奉献鸡的同学说，他们家为找鸡忙了两天，后来得出结论说是被野猫拖走了，但他父亲一直不大相信，说这群鸡养了这么长时间都没被猫吃掉，现在倒被猫拖走了？想不通。

大家聚在一起活动内容很多，除了“吃”，除了不得不完成的作业（当然主要是互相抄），玩是最重要的内容。我们爬山、打四脚蛇，满世界疯玩。还常常不知天高地厚地出去“行侠仗义”。深更半夜，一群少年骑着自行车，专门钻小巷，闯郊野，期望碰上拦路抢劫的坏人，然后擒获，名扬天下。晚上大家常常不回家，一张床上挤五六个人是经常的事。挤在一起主要的节目就是讲故事，所讲的都是各自通过各种渠道偷看的“文革”前出版的“毒草”小说里的故事和地下流传的手抄本故事，经常为故事中的主人公的命运按各自的理解争论不休。同学们都正处在渴求知识的年纪，除了课本之外没有什么读物，于是就到处偷书，一些单位被封存的图书馆是我们经常光顾的地方，那里面吸引人的“封资修毒草”比较多。偷到的书一般都是传看，在每个人的手上停留时间都不能太长，下面还有人等着看。偷到的书印象比较深的是成套的《红旗飘飘》《星火燎原》《文史资料》，还有《红旗谱》《青春之歌》《林海雪原》《小城春秋》《山乡巨变》《边城》等。因为看“毒草”小说，我还捡回一条命。记得当时同学传给我一本小说《迎春花》，说是第二天就要还。那是一个冬天，我早早就钻进被窝如饥似渴地读了起来。我和单位的几个学徒工住在一起，一间大房子隔成了两间，外面睡了两个人，我和另两个人睡在里间。外间的人下班时怕冷，从单位食堂的灶里扒拉了一堆木材烧过的炭火，装在一个铁桶里提回来放在房子中间烤火，里间的两个人上床隔着一张桌子就着烛光下象棋。开始几个人里面外面进进出出挺热闹，都觉得房子里暖和了不少挺高兴，过了一会儿外面的两个人说头有点疼上床睡觉了，里面的两个人还在下棋。我被书里的故事情节吸引，一直凑在蜡烛下看书，连下棋的两个人什么时候结束下棋也没注意到。当我感到烛光越来越暗，头也越来越疼，实在支持不住准备吹灭蜡烛睡觉时，突然发现下棋的一个人衣服没脱，被子没盖，歪在床边好像要随时掉下床的样子，我忍住头疼，起身过去招呼他盖被子，他却怎么也不答应，叫另一个人也是没有声息，我心中升起恐惧，摸到外间，叫另外两个人，还是叫不答应。我吓坏了，不知道是怎么回事，急忙打开房门，摸到隔壁邻居家，这时我才感到我抬手的力气都没有了。我靠在人家门上，用脚踢人家的门，对里面的问话也无力回答，只是踢门。结果可想而知，五个人全是二氧化碳中毒。半夜三更，单位里唯一的北京吉普里塞着五个昏迷不醒的人，一路冲向自治区人民医院。具体怎么抢救的记不清了，只记得一大管青霉素打进身体之后，浑身一下子轻松了许多。经抢救，五个人都活了过来。

学校生活当然不止这些，大环境摆在那儿，除了上课学习，还要投入革命运动，老师带领我们演革命样板戏，针对老的《三字经》，新编了“革命三字经”，我还记得开头几句：“三字经，害人经，其流毒，要肃清，青少年，杀上阵，拿起笔，批得深，性本善，是骗人，阶级恨，要记心。”还把这个“三字经”编成节目到处去演出。此外，每年还有几天的助民秋收和植树造林活动。还到工厂农村学工学农，但这些活动一般都安排在假期，不占用上学的时间。助民秋收是在每年的 9 月份，开学的第一个星期，大家就自备镰刀，参加由学校统一组织的秋收活动。一般只有一两天的时间，就在郊区的人民公社，虽然劳动量不大，也很好玩，但同学们积极性都不太高，望着金秋翻滚的麦浪，产生的联想是单位里又黄又黏的馒头。“文革”后期，西藏也和全国一样，掀起了农业学大寨的高潮，扬言要粮食自给，因为冬小麦的产量高，人民公社就多种小麦少种青稞甚至不种青稞，社员们分的粮食由青稞变成了小麦，主食自然从糌粑变成了“西藏面”，农民们只好在自留地里种点青稞用来磨糌粑和酿青稞酒。人民公社上交的公粮自然也是冬小麦，各单位每个月提

1975 年全国“批林批孔”运动中，刚上高中二年级的我们在国庆节期间在拉萨市龙王潭表演“新三字经”。

的粮食除了少量的大米外，全是加工粗糙的“西藏面”，这种面除了蒸馒头烙饼子什么也不能做，而且蒸出的馒头黏糊糊的能把牙粘掉，很不好吃。植树造林季节虽说是漫天黄沙，但大家想到夏日里的一片片绿荫，劲头还是很足。在满是沙石的荒滩上挖开尚未化冻的泥土，栽下一行行年轻的杨柳，也种下了我们浪漫的理想。

拉萨有一条流沙河，是一条季节河。从拉萨东北面的山上流下来的雪融水加上夏天的雨水，带着泥沙冲下来，随着泥沙长年累月地沉淀，变成了一条地上河，流经布达拉宫西侧和拉萨中学之间时，已经高出了学校十几米，河床就是现在的拉萨中学大门外的那条大道。我们每天上学放学都得爬两边的河堤，从河面上架的简易木桥上走。桥面是圆木随形改出的厚木板，并排两块，用抓钉固定，宽度不足 50 厘米。桥墩也就是几个栽在河里的木架子。河床上铺着一层细沙，冬天没水，一到夏天就浊浪滚滚，不过水倒是不深。上学放学时，桥上常常拥挤不堪，经常有人被挤下河去，难免争吵打斗。

后来流沙河改道，注入拉萨北面的沼泽（今天著名的拉鲁湿地）。当时河床改道的工程量大，于是全市人民齐上阵，在拉萨市北面的山脚下开挖河道。各单位都分配了任务，我们学校的任务是在一块平地上挖出一段河道来。那时正值冬天，气候比现在寒冷，地面下去好几尺都是冻土层，靠铁锹镐头干，不仅慢还看不出什么成效，只好用炸药炸。我们先挖出一个斜坡，一直到冰面下面，然后向里面掏洞，放进炸药，一炸就是一片。冻土不被炸开也震松了，挖起来就省事多了。男同学都喜欢点炸药，有一次我抢到了炸药，先在洞外面把几筒炸药捆扎在一起，然后打开一筒，往里插上雷管，在雷管上安好导火索，揣上火柴就往洞里钻。洞口比较小，冬天穿的又多，身子慢慢挤进去，只有一双脚在外面，我把炸药塞在洞里，点导火索的时候有点慌，点了几次都没点着，外面的同学又老是在催，我一急，把几根火柴头摁在导火索头上，用火柴皮一擦，导火索着了，嗞嗞冒着火星，我急忙往外退，却发现身子被冰凌子卡住了，根本就动不了。往洞里面爬的时候很从容，寻找着角度往里钻，往外退时既不从容角度也不对，看着眼前导火索嘶嘶的冒着烟距离炸药筒越来越近，绝望和恐惧使我声嘶力竭地对着洞外狂喊："炸药着啦！"同时双脚拼命扑腾。外面的同学听到喊声，不顾一切抓住我的双脚，活活把我硬扯了出来。我顾不上衣服被撕烂，鞋子被拽掉，对同学喊声快跑，撒腿就跑，刚跑几步，炸药就响了，我们双手抱头，扑在河堤下，掉落的冰坨子砸在身上生疼生疼。

整个中学时代，记忆中最苦最累的一次劳动是在上初中的时候，全班 40 多个男女同学，年纪全在十三四岁。这年的秋天，轮到我们班收割学校农场的庄稼。学校农场在距拉萨 70 多公里的墨竹工卡县，我们在驻校军宣队和班主任的率领下，被一辆大卡车拉到了目的地。学校农场的住地在距县城还有十来公里的公路边上，前不着村后不着店，一排铁皮平房修在山坳里，这就是我们的宿舍区。我们的劳动地点在公路的对面，要跨过拉萨河上游一条条河道。学校的麦地在一片宽广的河谷地上，总共好几十亩地，种的是冬小麦和少量青稞，河边还有几亩菜地，种着莲花白和大萝卜。所有这些成熟的果实，全要经我们这四十几双手收割、脱粒、入仓，再运回拉萨，劳动的强度可想而知。每天天还蒙蒙亮，我们就得起床，在老师的带领下，向河谷进发。中午饭是由值班当厨的同学送到地头吃，吃完饭有短暂的休息时间，阳光灼灼，河谷里连棵树也没有，没有遮阳的荫凉，大家只好钻进麦地，或钻进收割后的麦草堆里睡上一会儿。下午干到夕阳西下，大家才歪歪斜斜地返回。开始两天大家还能咬牙坚持，过了几天就不行了。班主任和军宣队给大家开会，进行政治动员，讲红军爬雪山、过草地，讲革命战争年代英雄人物的故事，宣传这正是团组织考验大家的关头，要经得起组织的检验，争取通过这次劳动改造世界观，和劳动人民心贴心，光荣加入共青团，还弄些野菜煮“忆苦饭”让大家吃。这一招还挺管用，不为别的，很多同学都想弄个“火线入团”，大家那时受的教育直接作用于当时的心态，谁也不甘落后，落一个资产阶级小姐、少爷的名声，无人言苦说累，满脑子的革命英雄主义，根本没有想过这种强度的劳动这帮学生娃是否能够担当。作为学生是在老师的带领下这么干的，但作为有一定生活经验的军宣队和班主任，他们也深知责任重大，除了要带学生完成学校交给的任务，学生也不能出问题，万一有个三长两短他们难以向学生家长交代。当时最大的困难是生活方面，营养不良，劳动量又大，学生又都处在生长发育时期。军宣队的同志想了一个办法，他们搭便车回了一趟部队，弄了一大堆炸药和雷管，手把手教同学把炸药倒在罐头瓶里，安上雷管，插上导火索做成土手雷炸鱼。拉萨河里鱼多得是，为安全起见，军宣队的人亲自动手点火。他把土手雷扔进河里数秒钟后，随着一声闷响，鱼翻起一片。下河的自然是我们这些男生，我们早已脱了衣服站在岸边，就等这声响了，随着鱼儿翻起，我们跳下河，兴高采烈地把炸死或炸晕的鱼捞起来。时已深秋，高原的河水是冰雪融水，本来就冰冷刺骨，而炸鱼的时间又往往是劳动结束已近黄昏时，水温就更低了，下到河里捞鱼时因为兴奋还不觉得冷，但从水里一上来，无不嘴唇发紫，浑身哆嗦半天。后来炸药没有了，军宣队就带着我们钓鱼，没有钓钩和钓线就自制，把小号的铁钉放在火上烧软，把钉头进一步磨细，并用刀錾出倒钩，然后再磨得锋利，尾端拴上细麻绳，用小青蛙、蜻蜓之类当钓饵，等夜幕降临后来到河边，扔进河里，一会就有鱼咬钩，经常可以一下拉好几条上岸。那些时间，天天吃鱼，虽然变着花样吃，还是把人都吃伤了。

麦子青稞收回来，还得脱粒，最累的就是脱粒的活。因为每天要起得很早，秋天只有黎明前才有风，随着启明星升起，我们摸黑起床，那是一天中气温最低的时候。大家睡眼朦胧地到打麦场，把通过脱粒机脱粒后的麦子一锹一锹扬起，让清晨砭骨的寒风将麦壳吹去，完全是一种机械的劳作，太困太困了，好多人还处在半睡眠状态。这样一直要干到天际红云飞涌，太阳升起。吃完早饭，又得操起镰刀，奔赴河滩，继续一天的收割工作。通过近两个月的艰苦劳作，我们把学校农场的青稞和小麦全部收粮入仓，捎带着还收了好几亩地的萝卜和莲花白。我们付出的代价也是够大的，所有的同学脸上掉了不止一层皮，体重普遍下降，回去以后，好多同学的家长几乎认不出自己的孩子了，都在心里骂学校，但他们既不敢找学校说什么，也不敢在孩子面前表露。劳动、吃苦，在那个年月是天经地义的事。

除了学农，还有学工。记得有一年暑假，学校组织我们到化工厂去学工。除了化工厂西藏当年还建的有玻璃厂、纺织厂，完全是“文革”创造“新生事物”的产物，中看不中用。化工厂当时只是装配炸药。所谓装配，就是把尿素、炭和锯末一起倒进一个类似于今天建筑工地上用的水泥搅拌机样的铁罐子里。据厂里的技术员私下里给我们说，这种机器很老了，是 19 世纪的，生产方式也很落后，没什么技术含量。我们也像工人叔叔一样分成三班上班，在工人叔叔的指挥下，把一包包的尿素、木屑和炭按比例分时间倒进铁罐，经过一定时间的研磨、混合，就成了炸药。每一罐炸药出来，都得取样试爆，以检验质量。这种事男同学最喜欢干，一个个争先恐后，抢着装罐安雷管，跑到旷野点导火索。有次仓库保管员酒喝多了，把导火索给拿错了，给了根速燃的，速燃导火索的燃速比普通导火索快好几倍。一伙人不知道，稀里糊涂地就点着了，突然发现不对，抱头就窜，还没跑出几步，只听轰隆一声，全部炸得趴下了，带我们下厂的女老师当即晕了过去。她这边刚晕倒，炸趴下的人却都爬了起来，原来土炸药声响大，但没什么威力，几个人也就是被扑了一身的泥，个别的被石头砸了一下背而已。后来，老师再也不准我们点炸药了。

当然还有学军，我们有多次学军的经历。学军的时间一般也就个把月，住在连队，每天由解放军训练我们走队列，听着哨音起床，听着哨音睡觉，听着哨音吃饭，余下的时间就是跟着饲养员喂猪，或者跟战士们一起搞营房建设。刚开始对部队的吃饭很不习惯，进饭堂前先要列队唱歌，然后才能进饭堂，饭自己打，菜由炊事班的战士给大家用勺子打。那时生活普遍差，部队也不例外，吃个肉什么的也不是经常的事，就是平常菜量也不是很多，往往第一轮下来，再吃第二碗饭时就没菜了。后来有老战士传授经验：第一碗饭要少打一些，这样吃完了再吃第二碗饭，往往还有点剩菜，即使没菜了也会剩点菜汤。还有就是看电影，电影一般都是在露天放映，有时是到其他部队看，有时是放映队到连里来放。但无一例外的是早早就要到放映场地，一人一个小板凳，整整齐齐坐好，在等电影放映的时间里，不能干坐着，要体现部队“团结紧张、严肃活泼”的作风，于是就要唱歌，齐唱完了就是连与连、排与排之间的赛歌，看谁唱得洪亮豪迈。有时候把会唱的歌都唱完了，直唱得嗓子冒烟，电影还不开演，就是开演了，也得一动不动地坐在那看。电影又大多是《地雷战》《地道战》之类连台词都快背下来的老片子，所以根本就坐不住，只好一遍遍地向班长请假上厕所。连里有时也把大家拉到荒郊野外，搞点实弹射击，步枪、手枪、冲锋枪都打，在炮连学军时，还用 38MM 的高射炮打过氢气球，挺过瘾的。印象比较深的是第一次经历紧急集合，同学们都分在各个班里，和战士住通铺，累了一天，倒头就睡，睡梦中突然一阵急促的哨音响起，眼睛一睁，就听班长说，快打背包，紧急集合。又不准点灯，只见周围黑乎乎的人影乱晃，战士们都在紧张地打背包。我没经过打背包的训练，又不知道发生了什么情况，心里紧张得不得了，手忙脚乱地拿个背包带把背子团成一团，还没绑好，就被班长催促着胡乱把背包背在背上跑到了操场。连长、指导员早已全副武装站在操场边上，值班排长一阵口令之后，全连集合完毕。连长宣布说，拉萨监狱发生犯人越狱，上级命令我连沿拉萨河一线搜索，说完一挥手命令：出发！我很想问问同学，一看周围，同学们都夹杂在各排各班，刚和就近的同学说了一句，就被班长严厉地制止了，只好闭嘴，跟着队伍跑。队伍是以一种急行军的速度前进，我心里想不是说搜索吗，怎么不搜索老是往前跑呢？逃犯说不定就藏身在身旁的路边沟里，正这样胡思乱想，背上的背包散了，又不能停下来，只好把背包抱在怀里，好在背包除了一床被子外没有其他的东西，被子也不重，抱在怀里开始还能跟上，后来就不行了，直累得七窍生烟，汗水把眼睛都糊住了，战士们也不说帮一帮，班长还一个劲儿催促跟上、跟上。正觉得再也迈不开步子的时候，传来了停止前进的命令，歇下来好一阵，才发现天光已是大亮，所有的同学无不是翻着死鱼眼、抱着被子倒卧路旁。这时指导员才说，所谓逃犯的事纯属子虚乌有，这种紧急集合完全是为了训练你们的应变能力。

死水微澜

西藏由于其特殊性，上世纪70年代开始，一般干部职工就都可以享受坐飞机往返内地和西藏的待遇了，在成都双流机场出现了西藏人的身影。

川西平原气候温和，冬无严寒，夏无酷暑，一年四季花繁叶茂，被誉为“天府之国”。成都，这座中国西南最大的城市，和西藏有着深厚的渊源。川和藏，除了地理上接壤，四川还有两个藏族自治州。

历史上，功能强大、声名远播的茶马古道发端于川滇，其中一端就在四川境内的雅安。据史料记载，从明朝开始，川藏茶道正式形成。而早在宋元时期，官府就在黎雅、碉门（今四川天全）等地与吐蕃开展茶马贸易，至明朝，政府规定于四川、陕西两省分别接待朵甘思及西藏的入贡使团，而明朝使臣亦分别由四川、陕西入藏。由于明朝输入藏区的茶叶仅占全川产量的极小部分，而西藏等地藏区僧俗首领向明廷朝贡的主要目的又是获取茶叶，因此，他们纷纷转而从川藏道入贡。因此明朝在今四川雅安和天全设置了茶马司，每年从这里发出数百万斤茶叶输往康区并转至西藏，从而使茶道从康区延伸到了西藏腹地。

清朝进一步加强了对康区和西藏的经营，设置台站，放宽茶叶输藏，打箭炉（康定）成为南路边茶总汇之地，更使川藏茶道进一步繁荣。这条由雅安至康定，康定至拉萨的茶道，既是明清时期的川藏道，也是今天的川藏道。川藏茶道的开拓，也促进了川藏道沿线市镇的兴起。大渡河畔的泸定，明末清初不过是区区“西番村落”，到宣统三年（1911）设为县治，1930 年已有商贾 30 余家，成为内地与康定货物转输之地。康定在元时尚是一片荒凉原野，关外各地及西藏等处商人运土产至此交换茶叶布匹，只得搭帐篷权作住宿，明代才形成一个村落。随着藏汉贸易南移，逐渐发展成为边茶贸易中心。清雍正至乾隆时期，康定的商业相当繁荣，成为西陲一大城市。此外还有理塘、巴塘、道孚、炉霍、昌都（察木多）、松潘等地都是在清代因茶道兴起而发展为商业城镇的。川藏线把中国内地同西藏地区更加紧密地联结在了一起。

到了近代，四川和西藏，由于藏汉两个民族交流频繁，不仅地理上显得更近了，时代的巨变更把藏汉两个民族的心理距离拉近了。1950 年，进军西藏的十八军驻扎在四川平原，许多人在这里娶妻安家。这支部队进藏时，又从当地招募了好多青年人入伍。1950 年 3 月，十八军先遣部队 52 师 154 团在四川乐山召开了出师动员大会，军长张国华向 154 团赠送了“进军先锋”的锦旗。军前指和 154 团出发时，乐山党政军领导和乐山人民倾城出动欢送。

十八军一边进军，一边修路，修通了能跑汽车的川藏公路，四川成了西藏名副其实的大后方。1965 年 3 月 1 日，北京—成都—拉萨航线正式载客通航后，成都更成了西藏人往返西藏和内地的中转站。西藏在成都设了办事处，下面还有三个招待所，供进出藏的干部职工停留休整。那时候西藏人的工资相对高一些，四川的物价又很便宜，最重要的是气候好，物产丰富。人们盼出差、盼休假，其中很大程度上是为了回到成都吃点喝点，吸吸氧气。有些人老家贫困，加上又没了什么亲人，索性假期就住在成都。一来舒服，二来也方便买回去的机票。那时候虽说通了航，但飞机一个星期只有一班（后来增加到两三班），要凭单位介绍信买，人工出票。买票大多要走后门，民航局的工作人员就很吃香。

和所有的乘机者相比，飞往拉萨的航班候机队伍显得十分特殊，不是因为别的，就是每人都是大包小包，即便热天，也都把自己裹得严严实实，身上尽量多穿戴，余下的行李重量全部用来带水果蔬菜、腊肉香肠。因为准许托运、手提的重量毕竟有限，带不了多少，有人就使劲往身上装，把蒜薹绑在腰上，把橘子塞在兜里，弄得全身上下鼓鼓囊囊，行走起来都困难。好在那时候没有安检，只要你能装在身上，也没人过问，有些人兜里塞得太满，一路走一路掉辣椒、桃子出来，又腾不出手来捡，总之很狼狈。那个年代在内地坐飞机还得相当级别的，可以说都得是特权人物，只有飞拉萨的飞机上坐的大多数是平头百姓，而且全是一副行色匆匆的样子，和其他航线的乘客形成了鲜明的对比。那时的民航工作人员自视甚高，没什么服务意识，喜欢以衣帽取人。他们没有西藏生活经历，不知道什么叫缺氧，更没有整个冬天靠地窖里储藏的萝卜、莲花白和脱水干菜度日的体验，他们很瞧不起这些穿着没形、肤色黝黑的西藏人，讨厌他们拖拖拉拉，讨厌他们总是超重还总是为超重部分讨价还价，讨厌他们把机舱弄得满满当当，讨厌他们坐飞机像坐拖拉机一样随便放肆，西藏的乘客没少受他们的白眼。

我和我的同学都还没坐过飞机，对飞机这种高级运载工具也充满了幻想，当然也在幻想空中小姐的模样。对成都这座我们还没有涉足过的城市也充满了期望，议论最多的当然是吃喝，也只能是吃喝。

改革开放以后，尤其是近些年，西藏各地区、各单位都在成都买房买地，搞退休基地。有些人吃够了一辈子没有自己的房子的苦，积攒了些钱，直接就在成都郊区买了商品房。不管是藏族还是汉族，不管是家在南方还是北方的单位职工，都在成都有了自己的住房。在成都，西藏人生活得潇洒自在，在西藏人较多的社区里，富有民族特色的西藏歌舞替代了内地流行的健身操，占据了业余时间和健身广场，也把优美多彩的西藏歌舞艺术传扬到内地。西藏人亲切地称成都为“西藏的后花园”。

这时社会上虽然一天到晚还是闹哄哄的，但我们学校仿佛是一个世外桃源，依然保持着学分至上和师道尊严。学校的老师都是 20 世纪五六十年代毕业于内地师范院校的高材生，他们作风正派，诲人不倦，虽然政治风刮得强劲，但学生的学业始终占据着第一的位置，谁考试不及格就抬不起头，就会遭到老师的责骂和同学的瞧不起。老师经常要课堂提问，回答不上来或答错了，老师会连奚落带谩骂半天，现在想起来，他们并不全是针对学生，某种程度也是一种自我发泄。正因为这样，内地的“交白卷”和“反师道尊严”在西藏拉萨中学几乎没什么市场。“文革”快结束时，上海一批批援藏教师进藏，这些老师更是殚精竭虑。他们的视野更加开阔，知识结构也更加完备，尤其是一心想要培养出又红又专的革命事业的接班人，所以，对于教学更是严肃认真，大大提升了西藏的教学质量。

20 世纪 70 年代末，“文化大革命”结束，社会有了一点复苏的迹象，但一切仍表现得小心翼翼，人们说话办事再不是一脸庄严，布达拉宫下出现了更多的藏族老人牵着放生羊转经的身影，邓丽君的歌声如一股暖流通过录音机软绵绵、轻飘飘地流淌在各家各户的屋子里。

开始了复苏，就有生长。最明显的变化表现在人生最大喜庆的结婚典礼上，人们结婚收到的贺礼再不光是一摞摞的马列、毛主席著作，出现了毛毯、脸盆、水瓶、床单一类比较实际的用品。结婚的正式仪程结束以后，一般要举办舞会。所谓舞会也就是把桌子拉开，腾出一片空地，往地上洒点水，用干电池录音机放音乐磁带，有电是最好，没电就点上汽灯或是蜡烛，条件差不要紧，重要的是竟然可以跳舞了，这是大家最向往的事。在男女界限搞得那么森严的情况下，男女同胞可以名正言顺地公开搂搂抱抱，这是过去想都不敢想的事。虽然是跳一般的交谊舞，但由于这是“资产阶级生活方式”的一部分，早被扫进了历史的垃圾堆，现在终于又被翻拣出来了。年轻些的大多数人都不会跳，舞场上踩脚摔跤、出洋相的比比皆是，但气氛却十分热烈，这种热烈发自人们久被压抑的内心，很真诚。一些五六十年代年轻过的老同志成了抢手货，他们从中苏友好的年月里走过来，受过圆舞曲的熏陶，人人都可以露两手。他们在舞场上重新焕发了青春，驰骋纵横十分了得，他们神采飞扬地把少男少女们搂在怀里，嘴里念着“一二三四、一二三四”，耐心地为舞场培养新生力量。藏族同胞的婚庆活动更热闹一些，除了革命化的仪程——比如向毛主席和华主席像躬身致敬、新娘新郎唱革命歌曲之外，传统的习俗也开始有所恢复，前来贺喜的客人要给新娘新郎献上洁白的哈达，以示祝福，新人的家人要端着银壶银碗给客人敬青稞酒，一边唱着祝酒歌，要求客人在歌没唱完之前要三口一杯把酒喝完。所谓“三口一杯”就是斟满一杯酒给客人，先喝一口，敬酒者再添满，再喝一口再添满，再喝一口后添满，等歌声将结束的时候干杯，不喝就拿针扎你。贺喜的客人都会带上礼品，不像现在是按行情或交情程度包上现金。那时一般是送酥油或是茶叶，不管是谁，只要把哈达往新娘新郎脖子上一挂，礼品一放，就可以进到婚庆筵席上大吃大喝，藏族人好客，沾亲带故的又多，主人也弄不清楚谁是谁。一些游手好闲的家伙就钻空子。拉萨城小，谁家有这种喜事早早地满城都知道了，“混吃一族”一听说谁家结婚，不管认不认识，都把自己稍微收拾一下，大模大样地上门，两条廉价哈达是准备了的，但礼品却是熬煮过的碎茶沫或几块干牛粪，他们把牛粪包得有模有样，有时怕人感到分量轻生疑，还包块石头在里面，署个假名或不署名，郑重其事地送上去，他们知道当时是谁也不会打开看的，事实上，基于礼节，谁都不会当时就对礼品表示关注。然后满面春风的样子，和周围的人胡乱点头应付一下，就坐下来享受美酒佳馔和姑娘的歌喉。事后，结婚的人家也搞不清楚到底是谁干的，虽觉得窝囊，但也不好张扬，但大家慢慢还是知道了拉萨有这样的“混吃一族”，都拿来当笑话说。但说归说，这种无伤大雅的事还是时有发生。

拉萨的另一个风景是甜茶馆。甜茶是西藏人爱喝的一种饮料，甜茶虽不像酥油茶和青稞酒，是藏族人的发明，但藏族人早就把它纳入自己的生活中，使之成为日常生活必不可少的饮品。关于甜茶的来历，有多种说法，有人说英国人入侵西藏时，将喝甜茶的习惯带到了西藏；也有的说这是受印度和尼泊尔的影响，因为那两个国家是甜茶的主要原料之一——红茶的故乡。西藏不生产红茶，红茶是在过去随着贸易交往和商贾来往，从印度和尼泊尔走进了西藏高原，所以，追溯甜茶的历史，离不开红茶进入西藏的历史，而这个时间也就在一百来年。不过，西藏的甜茶馆在上个世纪的二三十年代，就已经很普遍了，到了 40 年代，拉萨已经有了一些比较有名的甜茶馆，如“波康琼”、“雅真仁”、“穆江夏”等。当时西藏的甜茶馆没有挂招牌的习惯，茶馆的名字都是茶客或以人名、或以家名叫出来的。“穆江夏”就是最活跃的一家茶馆，是由一个叫做穆江夏的汉族后人经营的，主要卖甜茶，也兼营烧饼等零食。光顾的茶客主要是商贩和市民，有身份的人一般不会到甜茶馆，在外面吃饭和喝茶被看做是没有家底的人。那时有这样一首民谚：“喝甜茶的说明家无酥油，吃烧饼的说明家无糌粑。”但在贵族家庭中，喝甜茶却又很时兴，来了客人也要用甜茶招待。在喝甜茶的时间和分量上也很有讲究。喝酥油茶是在早上，而喝甜茶却是在午后，只喝二三小杯，佐之印度出产的高级饼干。

甜茶馆常有乞丐来卖艺要钱，爱热闹的茶客成天聚集在一起跳舞取乐。也有烟花女子到这里来寻找客人，当时，“穆江夏”茶馆里常出没一个很有名的美妇叫努增萨珍。有一首流行歌曲这样唱：“甜茶馆穆江夏里，有俏女努增萨珍，失意的人不要伤心啊，她马上就到你的身边来。”甜茶馆里不时有进来要求布施的僧人和要钱的乞丐，他们在茶客耳旁诵经或唱歌，或者抱着一把藏琴边弹边唱，茶客就从桌上的钱里拿出几角或几元给他们。说到桌上的钱，也是很有意思的：茶客一到座，第一件事就是从兜里掏出些零钱放在桌上。

倒茶的姑娘倒一次茶，就自行从桌上收一次钱，给谁倒茶收谁的钱，绝不会搞错。

“文革”以前，拉萨的甜茶馆都是私人经营的。“文革”中，与各行各业一样，甜茶馆也以公社和合作社的形式存在，这时候各个茶馆都有了响当当的名号，比如“向阳”、“跃进”、“愚公”、“光明”等等，带有强烈的时代特征。但是不管当时还是现在，幽默的藏族人很少直呼甜茶馆的真名，总是根据某个茶馆的特征起绰号，相互间说起来，就直接叫它的绰号。

有一个茶馆叫“漏底茶馆”。那茶馆卖茶兼卖肉包子。据说开张的那天，卖的肉包子都是漏底的，从此人们管这家茶馆叫“漏底茶馆”；在合作化时期，有家茶馆的工作人员都是上了年纪的老妇人，人们管它叫“嫫茶馆”（老太婆茶馆）；过去晚上很少有茶馆营业，有一家茶馆就在晚间营业，于是人们就叫它“猫头鹰茶馆”；还有一家甜茶馆，去喝茶、吃饭的大部分都是乡下人，人们管它叫“驴夫茶馆”；有一家两层楼茶馆，房子修得方方正正，在周围环境的衬托下很像是立起的小箱子，人们管它叫“小箱子茶馆”。除了类似的名字外，还以甜茶馆的地理特征和经营人的名字来起名，比如“羊圈茶馆”、“鲁布茶馆”、“拉布让茶馆”、“坡上茶馆”、“稳堆西卡茶馆”等等。总之，凡是甜茶馆，都有一个由茶客自行起的名字，比它本身的名字更流行。

西藏的甜茶馆大都没有豪华的装饰。一般茶馆的名牌就挂在房门顶上，茶馆门口挂着藏式门帘。茶馆内，在茶客方便拿到的地方，排放着一堆喝茶用的小玻璃杯。喝茶时必须一个人用一只杯子，藏族人非亲非故的绝不共用一只杯子饮用热饮，即便有亲缘关系的人，也很少用一个碗吃喝。大多数茶馆里，摆放着简便的木制桌子和板凳，除了这些设施，没有多余的摆设。茶馆里面坐满了，茶客就找块木头坐在外面，他们冬天靠阳面，夏天坐阴面，一年四季天天都这样坐着喝茶。去甜茶馆喝茶也上瘾，一旦上了瘾，就会不由自主地按时去喝茶。我在西藏工作时，常看到单位的同事上着班就跑到一个固定的甜茶馆去喝茶，有时有事还得跑到茶馆去找人。他们家里的女主人也疑惑，说："我在家里做的茶比起甜茶馆的茶好喝得多，可他还是要去甜茶馆喝，真不知道为什么！"

制作甜茶比较讲究的是先将红茶炒热后加凉水熬开，再加入牛奶和白糖煮沸即可。关键环节是炒茶，炒过了熬出的甜茶有煳味，火候不到香味出不来。有些人怕炒茶掌握不好火候，就省了炒茶的环节，直接把茶叶放进水里熬，这样打出的甜茶味道就要差一些。茶叶也是有讲究的，要用印度产的红茶，这种茶色泽鲜亮，味道醇香。没有鲜奶，也可用奶粉替代，但奶粉熬出的甜茶鲜香度远不如鲜奶。所以，哪家甜茶做得地道，用的是内地红茶还是印度红茶，是牦牛奶还是黄牛奶或是奶粉，是糖精还是砂糖，都成了茶客评判甜茶馆的谈资和标准。

拉萨人闲来无事喜欢聚集在一起谈天说地，传递小道消息。甜茶馆是一个最恰当的好去处。人多了杂了，自然就乱哄哄的，在新闻媒介不发达的岁月里，这里往往是拉萨社会新闻的发布处。甜茶馆不像一般的饭馆，饭馆都是往热闹的地方开，而甜茶馆却往往都开在街角，一方面是觉得难以登大雅之堂，再一个是和它的随意议论时政、大肆地传播小道消息的特点有关。甜茶馆里打甜茶和跑堂的虽然一般都是女人，但却有一个不成文的规定，就是女人不能进去喝甜茶，这条规定不知缘于何时，反正就这么遵循下来，拉萨正经人家的妇女是从不进甜茶馆的。但这条戒律好像只在拉萨地区流行，比如康区的妇女，经常会冒冒失失地闯进去，但往往会被嘘声和议论赶出来。所以，直到改革开放以前，拉萨的甜茶馆里绝少女性客人。只是后来旅游的人来得多了，不管不顾的其他民族的女游客大大咧咧地坐进去，别人说也罢，议论也罢，反正听不懂，这条规矩才被无形中打破。

过去拉萨人闲暇无事都爱往甜茶馆里面钻，有吃有喝，还能听能说，既能满足好奇心，还能和女老板、服务员调调情。不过这些年情况有了一些改变，拉萨的休闲娱乐、餐饮场所多了，内容也丰富多彩了，西式咖啡厅、成都特色的茶园满城都是，吸引了大部分的休闲人群，虽然如此，拉萨市民中，还是有一群铁杆甜茶馆迷依然在甜茶馆流连忘返，延续着这种拉萨味十足的市井生活。除了他们，还有不固定但却为数不少的来自各地的旅游者，他们也是甜茶馆的常客，不过他们纯粹是为了感受别样的风情。

第二章
辽阔雪域

徒步旅行

我们徒步旅行的想法，产生在甜茶馆里。

那是1980年深秋的一天，几个同学兼好友凑在甜茶馆里，一杯接一杯地喝着甜茶，望着外面大街上满地的黄叶，觉得十分的无聊，便生出些冲动，冲动的结果就是十分向往旅行。在此之前，我除了曾到过昌都外，西藏的各个地区都还没去过，不知那些早已熟知的地名所代表的真正含义。议论的最终结果是我们三位同学（张念生、任刚和我）决定走出拉萨市，出去徒步旅行，目标是距拉萨最近的山南地区。但首要的任务是给单位找借口请假，张念生在剧团工作，我在杂志社，我们都是给单位说下乡深入生活，那时下乡不像现在，有高级越野车，没有车就不去。那时单位只管同意与否，其他一概不管，工作本身也不多，领导巴不得你多下去，所以，我们俩很容易就获批准。麻烦的是任刚，他在公安部门，工作还比较繁忙，想来想去，给领导谎称家里为其在山南找了一女朋友，需前往相亲。

这个借口果然不错，领导欣然准假。接下来就是准备行装，那时的旅行装备远没有今天这样齐备，这样专业。比较奢侈的是我有一台上海产的120海鸥照相机。张念生从家里找出一个帆布提包，装上几个水果罐头、军用压缩干粮、两斤水果糖和几包香烟、烟丝，两盒战备用的防风火柴，塞进几件换洗内衣，武器方面是任刚自己的配枪和我带的一把英式步枪上的刺刀，这就是我们的全部装备了。手提不方便，用绳子捆成背包状，背在背上就出发了。我们觉得在公路上走没意思，所以从拉萨出发的时候决定坐长途公共汽车。拉萨到各地区的公路都是通的，只是路况很糟糕，全是坑坑洼洼的土路。我们从位于拉萨布达拉宫旁的长途汽车站上车，现在只用三个小时的路程，那时我们颠簸了几乎一整天。

西藏的城镇规模都很小，那时就更小了。一个地区所在地，就一个十字街，而且大部分是土路，一过车就扬起一团黄尘。我们凭单位介绍信住进山南地委招待所。因为是第一次去，没什么熟人，也不知都有些什么去处，打听了一下，据说琼结县有很大的藏王墓，墓地总是让人感到神秘，于是决定到那儿去看看。那时候我们连琼结县在哪儿都不知道，只是问了大致的方向，便开始了我们的徒步旅行。

一早，我们背起行李，从地区所在地泽当镇出发，往南穿过乃东县，沿着雅隆河谷向琼结进发。后来我们知道，雅隆河谷是藏族文明的发祥之地，早在一千多年以前，藏族先人就将在此孕育的文明成果播撒到全藏各地。吐蕃王朝的数十位国王在此建功立业，可以说，迄今为止我们感受到的西藏文明，不管是文化的还是宗教的，无不与吐蕃王朝紧密相关。从公元前二百多年第一代藏王聂赤赞普开始，历代赞普率领子民，从雅隆河谷开疆拓土，建了第一座宫殿、开辟了第一块良田、兴建了第一座寺院，由此创建了辉煌的吐蕃文明，到三十二代王松赞干布时，达到了全盛。在兼并诸多部落，统一全藏的基础上，建立了历史上第一个庞大的吐蕃王朝，其疆域北至吐谷浑，南至泥婆罗（今尼泊尔）、天竺（今印度），东与唐朝相邻，人丁众多，兵强马壮，在与周边列国的角逐争霸中，常常占据上风。历史上的吐蕃，其民间信仰以本土宗教苯教为主，其风情民俗自有一套，直至佛教传入，佛教思想理念慢慢融入民心，逐渐改变了人们的行为模式，使西藏成为一处无不显示释迦牟尼思想的佛土。在丧葬习俗上，表现得尤其明显。佛教传入西藏以前，西藏人死后是实行土葬，这从众多的考古发掘中已得到证实，而藏王墓以及全藏各地大量的墓葬的存在就是最有力的明证。至于延续至今的天葬，则是佛教在西藏占据统治地位以后的事。

吐蕃王朝在雅隆河谷的宫殿——青瓦达孜宫殿遗址。遗址位于琼结县城西面的山腰。

雅隆河谷，从北面的泽当镇入口，沿香曲河往南缓缓上行延伸，两旁大山耸立，宽阔的河谷地十分肥沃，其间散布着村庄和农田。正是深秋时节，田地里的青稞和冬小麦已被农人收割干净，满地是灰白的麦茬。除了庄稼地之外，还有不少的荒地，地里长满了蒿草，这些近半人高的植物刚刚褪去了它们的绿色，满怀紧张地僵直着身子等待着严冬的来临。虽说仅是一条河谷，但在这个季节，却显得十分的开阔，偶尔，在平阔的原野上，可以见到一株株巨大的榆树或柳树，它们依然绿荫如伞，在这个已经并不炎热的季节里，因为跋涉而需要歇息的我们有了理想的停留地。我们坐在树荫下，打开军用水壶，一边喝着水，一边望着漫无边际的河谷，推断前面的路还有多远。这时，我们看到了雍布拉康。

雍布拉康坐落在河谷东面的一座小山包上，当时我们并不知道这就是人们传说中的西藏的第一座宫殿，只当它是一座庙宇，既是旅行，当然应该一看。到了跟前，才发现还要爬好高的山才能上去。往山上有一条盘旋的小路，年久失修，大概也很少有人走，路面上全是山体滚落下来的石头，我们爬上了山头。这座建筑的主体在这座小山包尖尖的山顶上，通过一个不大的木门进到里面，发现只有一间屋子，分两层，内中空空如也。在一层坐东向西的墙根，一个破旧的佛龛里供着松赞干布的泥塑像，屋角有一陡直的木梯通到二层，上面只是一个空荡荡的回廊，廊壁有一些模糊不清的壁画。在回廊的一角，我们发现了一位正借着从屋顶天窗射进的阳光翻找羊皮衣里虱子的老人，他对我们的出现，显得多少有些惊讶。他惶惶地站起来，忘了穿衣，羊皮袍堆在脚下，光着的上身骨瘦如柴，我们赶紧让他穿上衣服。经过交谈，我们知道他是这儿的看守人。他向我们介绍说这是一座宫殿，而且有着久远的年月，好像还讲到了它辉煌时的盛况，可惜这些对于那时的我们，压根没什么概念，稀里糊涂地听完，索然无味地出来，再看看这座建筑，实在很平常，在我们眼里就像一个普通寺庙，没什么特别。倒是从山顶俯瞰河谷，别有一种风景。下到山脚，我们一边懊悔上去一趟耽误了时间，一边继续沿着河谷匆忙赶路。

沿途我们经过不少村庄，但都没有停留，只是埋着头往前赶。因为胶卷有限，带的照相机也不大舍得用，也不知道拍点风光啥的，

1980年深秋，我们三个年轻人踏上了没有目的徒步西藏之旅，只是想走，想去看看没有去过的地方，想体验没有经历过的事情。深秋的雅隆河谷十分空旷，徒步旅行的我们在旅途中休息。

光是自得其乐地拍摄我们自己或者狼吞虎咽吃干粮，或者躺在地上休息的狼狈样。太阳落山的时候，我们进到了琼结县城。县城坐落在雅隆河谷狭窄的南端，在西面的山下，有一片村落，县城就挨着村子，村里家家户户的房顶上都冒起了炊烟，使我们更觉得饥饿难耐。打听到县政府食堂，管理员对我们的来意颇为猜疑，尤其是听说我们是走路来到县里的，顿时严肃起来，盘问了半天。我们说采访、深入生活搞创作之类人家根本听不懂，拿着我们的介绍信翻来覆去地看，还煞有介事地说这里地处边防，听他那意思我们几个好像是特务。那时还没有旅游一说，像我们这样徒步跑到乡下又没什么公干确实让人想不通。我们只好说车在地区坏了，一起的公安同学亮出工作证，说是为了一个案子的事，事关重大，不得不走路到县里了解几个重要情况回去汇报云云。经过好一番自我表白，总算混上一顿晚饭。饭很简单，就是职工晚上剩下的几个发黄的馒头和一盘炒莲花白。炊事员可能是觉得我们好歹也是从拉萨来的吧，想了想用小白菜为我们烧了一个汤，虽然汤里面只有点儿盐和几滴油星，但我们觉得香极了。为了表示我们的感激之情，我们送给了他一包我们自己都舍不得抽的“春城”牌香烟。吃完饭，已是夜幕四合，县城里响起了喇叭声，曲调昂扬的革命歌曲在昔日吐蕃王朝的奠基地上空回响。到了县政府的招待所，登记了一间房子，房子里有五张床，我们一人一张还有余。没有电，点上一根蜡烛，听着大喇叭里的革命歌曲，用报纸卷着“红双喜”牌的烟丝抽烟聊天，计划着第二天的活动。

早上睡了一个懒觉，出门的时候已快到中午了。打听了一下藏王墓的所在，便直奔而去。藏王墓就在县城的对面，东面山下的河谷地里，沿着河谷中心干枯的河床，走了大约十多分钟，我们来到据说是吐蕃王朝第三十二代藏王松赞干布的墓地。松赞干布是吐蕃时代最有建树的一代明君，在他的时代创制了文字，统一了全藏，建立了辽阔的、在亚洲颇有名气的吐蕃王国。时光虽已过去1300多年，但他的历史功绩至今还在被人们传颂。他的墓地坐落在河谷中央的平地，是由一个巨大的封土堆垒起来的，大约有二十米见方的样子，十多米高，上到墓顶，有一所破败的小石屋，很可能是守墓人住的，但屋子空空，没有人居住的迹象。从墓顶上看，雅隆河谷尽收眼底，往南，是河谷的上端，虽然还是农舍阡陌，但更加狭窄了。西面是县城所在地，北面是河谷的下端，我们就是从那儿走进来的。东面起伏的山峦下有更多更大的墓地，据说都是历代藏王的。吐蕃王朝在公元9世纪后半叶爆发了平民起义，吐蕃王朝崩溃，胜利者随后将历代的藏王墓作为财物进行了瓜分。据史料记载，大多数墓都曾被掘毁，只有松赞干布因为其伟大的业绩受到人们的崇敬而陵寝得以保全。从松赞干布墓上下来，我们又去爬了几座墓，有的墓很大，其中一座的墓顶十分宽大平整，接近一个足球场大小，本来期望发现点儿什么，结果除了找到一些喜马拉雅造山运动时从海底翻上来的贝壳化石外，什么也没有。我们还发现一些刻有文字的石碑和镇墓的石狮，大都是横七卧八，看来也是没人管理。深秋时的阳光热度不高，但几次三番地爬上爬下，还是把我们折腾得气喘吁吁。四野寂静无声，收割后的田地呈现的是一片黑灰色，有几头牛马在地里艰难地寻觅食物。站在河谷中央，身后是巨大的墓地，前面是毫无生气的村庄和农田，让人不禁感觉到有些惶然。这种感觉使我们不想在这里久待，我们匆匆返回住处，拿上简单的行装就告别了我们徒步旅行的第一个目的地。

往回走就觉得轻松多了。我们从县里得知从地区所在地泽当到这儿的距离将近40公里，按说，现在往回走肯定得赶夜路，但因为路已经熟了，心里有底，便没什么担忧。来的时候我们是顺着河谷的西侧进来的，为了体会新鲜的感觉，回去的时候我们选择了顺着河谷的东侧往回走。事实证明这种选择非常糟糕，首先田园和村庄因为要接纳阳光，基本上都分布在河谷的西南面，道路自然也在西南面，东北面完全是荒滩，长满了刺草，刺草有一两尺高，总是不停地拉扯着裤脚，躲也躲不掉，有些地方还长着些不知名的灌木，有半人多高，影响视线，走着觉得很吃力。再就是我们出发已经比较晚，还没走到一半的路程天就开始暗下来了，一路上又没有人烟，总是担心别从灌木丛中窜出个什么野兽来，天还没黑就这样子，天真黑下来这路就更难走了。经过合计，认为还是应该顺着河谷西面的乡间道路走稳妥一些。于是，我们急忙横穿河谷，到了西面的路上，看见了村庄，看见了农田，感觉到了人的气息，心里总算踏实了。

顺着乡村的机耕道往北走了不远，我们看见一个不大不小的村庄。村子被暮霭笼罩着，从民居顶上冒出的炊烟增强了暮霭的浓厚感，使整个村子像是浮在烟霭里一样。一阵喧闹声从村庄的边缘响起来，这种声音在这空荡荡的原野对我们有着巨大的诱惑力。我们不由自主地停下疲顿的脚步，看看即将黑下来的天空和河谷两旁无言的大山，决定在村中投宿。走近村子才发现，在村头的一片空地上，已经聚起了大堆的人，在空地的边上，有几棵大树，人们利用其中的两棵拉起了一个小银幕，放映员正在一遍遍地抽动着皮带带动一台小小的柴油发电机。空地上有几堆麦草，小孩子们不时在草堆里钻进钻出。大概是天暗的缘故，我们的到来并没有引起注意。正在我们踌躇着不知该是看电影还是先安顿下来的时候，有两个人凑到了我们身边。他们毫不客气地用手电筒照着我们，发出了一连串严肃的询问。我们在手电筒的光芒照射下，出示了我们的介绍信，但他们看不懂汉文，反着正着看了一番依然毫不放松地盘问。我们跟他们实在是解释不通，说从县里来，他们根本就不信，说从地区来，方向显然不对，这时我们身边已围上来一堆大人和小孩，人们叽叽喳喳，那意思无非是说我们来路不正，有可能是逃犯之类。这时，放映员已将发电机启动，镜头对好银幕准备放电影了，我们这边的吵闹声把他吸引了过来。放映员是个中年人，他拿过我们的介绍信看了以后，有些疑惑地问我们这个时候为什么会到这里来？我们觉得总算是碰上了明白人，赶紧地向他解释了一番，又说他和我们都是文化系统，属于兄弟单位，我还说出了他们地区文化局领导的名字。很快，他的态度友好起来，并向周围的人很有水平地解说了一番我们的工作性质，然后热情地邀请我们看电影。当他得知我们要在这个村里借宿时，他跟旁边的人嘀咕了几句，然后就有一个人高声喊“卓玛！卓玛！”随着喊声，一个年轻女人从人丛中挤了过来。放映员告诉我们，这是村里的新娘子，结婚不久，家里房子大，你们可以住在她家。卓玛始终不说一句话，但她一直在笑，看不清她的容貌，只看见她两排洁白的牙齿在暗夜里放光。我们千恩万谢了放映员，本想先进房子休息吃点东西，但放映员执意要我们看电影；我们不好拂了他的好意，再说，这场电影对我们也许不重要，但对于卓玛来说可是一年半载才可能等来一回啊。我们欣然跟随着卓玛来到一堆麦草跟前，卓玛麻利地在麦草里掏了一个能够容下我们四个人的草洞，我们一起挤靠在草洞里，开始看电影。

电影放的是《洪湖赤卫队》，我们都看过好多次了。我们议论起第一次看这个片子的情景，我说我看这个电影是在西藏军区大院里，是在前两年，这个片子刚从“毒草”丛中解放出来，我穿一身不戴领章帽徽的军装和家住军区的同学一起，冒充军队家属混进军区大院，在人山人海后面爬上篮球架。这场电影看得我激动得要命，差点儿从篮球架上掉下来。主人公韩英在敌人牢房里的唱词，“娘啊娘，儿死后，你要把儿埋在那洪湖旁，让儿的坟墓向东方，让儿常听那洪湖的浪，再见家乡红太阳”，更是让我热泪盈眶。我们兴致勃勃地说着，忘记了饥饿和疲劳。而卓玛则一声不吭，早已沉浸在电影里。我肯定她不一定全部看得懂，但她知道好人坏人，她随着电影情节的进展而高兴、紧张、难过，不时发出各种笑声、叹息和哭泣声，她毫不掩饰和做作，她完全忘记了我们的存在。看到她这个样子，我们忽然觉得自己很无趣，于是都闭上了嘴巴。在西藏乡间的这个夜晚，这部电影传递给这个村庄的人们不知道会是什么，但回响在高原夜空的来自遥远年代的遥远故事和异样的歌声一定给卓玛带来了某种心灵震荡，我相信这一点。麦草散发着好闻的清香味，看着深蓝的夜空和繁星，不知不觉，我们三个人都进入了梦境。

是卓玛把我们唤醒的。钻出草堆时，放映场地已是空荡荡的一片。这时有一弯月亮从山巅上冒出，借着月光，我仔细端详了一下卓玛，发现她长得很漂亮，她大概是刚从电影的情景中出来，一双眼睛异常明亮。她开口说话了，语调中透露出些许的兴奋，她用藏语说我们该回去了，接着从嘴里迸出一个汉语词汇“睡觉”。我们跟着她一边往村子里走，一边问她电影好不好看，她使劲地点着头，说：“民兵好”，表示对影片中赤卫队的肯定。

卓玛的家在村子的中间，左邻右舍紧挨在一起。我们陌生的脚步声引得各家各户的看门狗群起而吠，让人心里突突的，直到进到卓玛家的院子，一颗心才算落下来。没有电，卓玛先进到一间屋子，点亮了油灯，然后叫我们进去。这间屋子应该是卓玛家的卧室，除了一张卡垫床，还有一张大木床，床头上摞了七八床被子，一个四方的藏桌上放了五个八磅大暖瓶，显示出一户富裕人家的模样。在我们坐下来刚安顿好，卓玛从外面端着脸盆进来，她打开床边的柜子，从里面翻出一条崭新的毛巾给我们让我们洗脸。草草洗了一把，卓玛又提着酥油茶壶进来，又是从柜子里翻出崭新的瓷碗放在我们面前，给我们倒上酥油茶。她在做这些的时候一直没有说过话，但我们却被深深地感动了，毛巾和碗肯定都是她结婚时人们送的礼物，她根本舍不得用，但却拿出来给我们使用。村庄已进入了寂静的睡梦中，只有我们一边抓着糌粑，一边喝着茶，弄出些细微的声响。卓玛含笑站在一旁，不时地为我们倒茶。我们突然想起她丈夫应该在的，问她，她告诉我们丈夫到泽当交公粮去了，要过两天才能回来呢。吃饱喝足，卓玛收拾了一下，让我们就在这个房间里睡觉，我们问她怎么办，她说她有地方睡觉。

第二天醒来，已是阳光灿烂的早上了。我们听着院子里、厨房里响着各种声音，知道是卓玛在忙碌。我们细细地打量这间屋子，才发现非常整洁，除了我们弄乱的地方，到处都是一尘不染。来到院子里，卓玛早已备好了糌粑和茶，在我们用餐的时候，院子里来了一堆看热闹的大人小孩。我们拿出水果糖和香烟，给大人散烟、小孩散糖，大家嘻嘻哈哈，好不热闹。临行，我们说要跟卓玛照个相，她十分高兴，转身回到屋里，我们想她可能要打扮一下，不料再次出现的她让我们大吃一惊，只见她腰扎皮带，肩挎武装带，手上还提着一杆油光发亮的半自动步枪！这时我们才醒悟过来，卓玛原来是一名基干民兵。合影完了，我们也该走了，没什么东西可以留给卓玛的，只好送她几个罐头，几块压缩干粮，好在都是军用的，卓玛非常喜欢。

当天下午回到泽当。我们觉得这次徒步到藏王墓的旅行并不过瘾，除了在卓玛所在的村庄看电影有点意思外，没什么刺激。虽说走得脚有些疼，但完全可以克服，议论的结果是走回拉萨，而且要走一条完全陌生的路。

我们在泽当街市上补充了一些罐头和食品，天色还早，我们来到泽当烈士陵园，长眠在这里的多是1962年对印反击作战牺牲的军人。那场战争的硝烟虽然早已散去，但整齐排列的一座座坟茔还是能让人感受到战争的残酷和死亡的阴影。从一些墓碑上的铭文可以看出，这些烈士牺牲时都才20出头，但却永远将身躯留在了高原的地下。

第二天一早就出发来到了雅鲁藏布江的扎囊县渡口，渡口就在公路边上。扎囊县的渡口是传统渡口，已经延续了几百年。一来二去，这里便形成了一个颇有规模的村落，村中人大多以做渡口生意为生，兼种地。过去，从这里往来于雅江两岸的船只主要是西藏传统的牛皮船，而且也只是在春冬两季通航，夏天雨季，江水暴涨，水深浪大，小小的牛皮船根本无法顺利航行。现在通行的船只虽已改为木船，安上了柴油机助推的螺旋浆，但夏天一旦发大水还是不敢贸然行船，因为江水混浊，看不清河道，搁在江心里也是有可能的。冬天水小，岸边结冰，行船困难。我们要过江的时候正处在深秋，一江碧水，江面上空空荡荡。江边有几排低矮的土房子，几乎没什么人，我们心里不禁发慌，生怕停了船。钻进一间屋，才发现满屋子都是等待过江的人，这间屋子实际上就是“候渡室”，里面的设施类似于拉萨的甜茶馆，不过卖的都是酥油茶。跟人打听了一下，说是船已经渡过江去，过来以后还要往对岸开一班。心中踏实了，便也跟大家挤在一起，买了一暖瓶酥油茶喝着等船。房子里虽然有不下一二十个人，但却很安静，人们不慌不忙地喝着茶，声音低低地谈论着些家长里短，只是偶尔，有男女戏谑的欢声爆发。一会儿，外面响起拖拉机的声音，我走出门，看到又一车农民到了，大概是到江对岸的桑耶寺朝圣的。他们一边从车上下行李，一边大呼小叫的。在他们下的行李中，有一样东西吸引了我的目光。这种东西藏语叫做“氇”，是用粗羊毛编织的，有近一厘米厚。颜色基本是本色，但中间有几条红的和黄的杠，长一米五六，宽在一米左右，既可以铺又可以盖，还可以当雨衣用。这种东西是后藏农民在农闲时节用传统织机在家里自己织的，一般只是供家用，至于当商品卖是以后的事了。我走过去，问一个农民，他的“氇”卖不卖，他有些茫然地看着我，一时没有明白我的意思。西藏农村的人向来缺少商品意识，所以，他看看我，又看看他的“氇”，嗫嚅着不知说什么。这时我的旅伴念生和任刚也从“候船室”晃悠着出来了，他们对我要买这个东西表示不屑，说没什么用，但我还是坚持要买。其他的农民看我这么喜欢这个东西，便起哄，有的说卖一百，有的说卖一千，接着便大笑。我没理他们，仍跟这位农民说我想买他的“氇”，大家看我真要买，便认真起来，开始讨价还价。这是一个难题，他们没有出售过，我没买过，都很难做出一个价格判断，我只好试着掏了50元钱递给他，他十分惊异地看着我，旁边起哄的人也一下没了声音，我突然意识到我的唐突，还来不及反悔，钱已到了农民的手里。那时，我一个月的工资还不到50块钱。随即，其他的人也在自己的行李中翻找出“氇”，都抖落在我面前，直在我眼前晃。我一概不理会，我已经产生了强烈的吃亏感觉，但已无法挽回。我抱起已属于我的“氇”走到一旁，摊在地上再次细细欣赏，似是想找到它价值50块钱的依据。结果不仅没有令人欣慰的发现，还找出个破洞，这令我十二分的沮丧。

船来了。人们挨挨挤挤地拥上船，卖给我“氇”的农民自然也在上船人的行列。我看得出来，他抑制不住的高兴，他一直都是满脸堆笑，还不时地朝我瞟一眼，但我确实没有看出他有幸灾乐祸的样子，他只是觉得自己今天很幸运而已。船渐渐滑往江心，视野忽然开阔了，扑面而来的江风已让人感觉到寒意，适才在江边听起来震耳欲聋的马达声此时仿佛大半消失在了水里。江水虽然碧绿，柔软如一幅丝绸，但仍是深不可测的样子。已是太阳偏西时分，阳光照在江面上，看起来还有一层若隐若现的橘黄色，让人觉得莫名其妙的暖意。船并不是直直地横江而过，而是顺着深深的水道，时而顺水而下，时而逆流而上，呈“之”字形前进。坐在船上的人，感觉不到船的行进，刚上船时的欢声笑语慢慢沉寂下来，人们大多把头埋在胸前开始打盹。对岸的码头遥遥在望，但好像总也到达不了似的，仿佛在进行世纪旅行。在迷迷糊糊的状态中，忽然感到了发动机的轰鸣，一看，到岸了。

20 世纪 80 年代初，雅鲁藏布江上的渡船。

上岸的第一件事是收拾行装。从这里到我们今天要到达的第一个目的地还有十多公里的路，而这时已没有可以代步的交通工具。因为多了一块分量不算轻的“遛”，我们三人再次将行李进行了合理分配。两位旅伴一边收拾行李还一边对我埋怨，怪我不该买这么个累赘。

从渡口通往桑耶的路是一条十分简易的土路，左侧是山，右侧是江，向东蜿蜒。西藏已进入干旱时节，道路被拖拉机碾得破烂不堪，路面上一层浮土，偶有车过，便会扬起一团团浓浓的白灰，把道路上的一切裹在里面，灰尘散去，人畜车马全是一身灰白。道路实在不像样子，行走起来比在旷野还要吃力。那时我们的西藏历史文化知识几乎还是空白，对藏民族的民俗风情掌握也不多，所以走到哪儿（除了自然风光）都没觉得有太大的意思，所谓的徒步旅行，只是一种闲得无聊的冒险行为而已。后来知道，这条路其实很有意思的，路边山脚下有一座在藏区随处可见的白塔，这座白塔的不寻常在于它和在藏地传扬佛法的关键人物莲花生大师有关。莲花生是公元 8 世纪的印度僧人，博学显密经教，是西藏早期藏传佛教密宗的开山祖师。据说他法力无边，佛教在西藏传播遇到阻力，吐蕃赞普赤松德赞遂邀其入藏，莲花生施展法力，一路驱神降鬼，来到此间，和魔鬼展开较量，最终荡平孽障，建成了集佛法僧三宝齐全的典型佛教寺院桑耶寺。信徒们在此修塔，视为往生之门。据传，在此塔下，阳间众生均可修房筑屋，以供去了阴间时使用。于是，信徒们走到这里，都要为自己修个小房子，再默默祷告一番，心安理得地离去。所以，在塔的四周，全是数个世纪以来人们为自己修的“房子”，这些个房子就地取材，用山边的岩片石修造，大多如一个砖头大小。我曾请教过别人，为什么房子修这么小，不是说在阳间修得什么样，在阴间就住什么样的吗？何不修得像样一些，又不费什么劲。别人答说，修房子只是个象征，只要虔诚，放块石头在那儿都可以；再说，圣地就一处，前面的人总不能把地方都占完了，这也是检验你的慈悲心吧。我觉得这后一条比较重要，它是佛教思想的精髓，反映了佛的利他精神。当时路过这里，对这些却是无知的。第二次再经过这里时，已是好几年之后了，多少知道了一点相关的典故，更重要的是同行的几位藏族艺术家，走到这里，都表现得极为虔诚，也十分自然地、很用心地为自己修造“房子”。我被感染，紧傍着一位女舞蹈老师的旁边，为自己也修造了一间“房子”，虽是一时兴起，但“房子”的样子却记得很清晰。

从渡口到桑耶十公里左右的路，比往藏王墓的三十多公里还要累人。路面净是浮土，太阳又大，走起来很吃力。到达桑耶时，天都快黑了，寺庙只能看出一个轮廓，周围全是乡村民居。我们一户户地询问，好不容易找到乡政府，同样是查看了一番介绍信，盘问一番，然后把我们带到伙房，免费给了几个干馒头。勉强充饥后，三个人在烛光下拿出百万分之一的地形图来细细研究。这是一张当时绘制不久的新地图，还没公开发行，我们是通过同学从西藏测绘局弄来的。整张图由若干小张拼成，我们只带了标绘着山南地区的那一小块。从图上可以看出，从桑耶寺后面，有道路通向拉萨，但我们忽略了山口的海拔高程。实际上，那时我们年少气盛，对于海拔并没有多少概念，只是知道氧气少点，但对缺氧所产生的后果还处在无知状态。

第二天，我们先匆匆绕着桑耶寺转了一圈，我们三个都穿着那时还不多见的羽绒衣，装束多少显得有些奇异，很快就引起了注意。不一会儿，我们的身后就有几个人跟着，看我们有想进寺庙的样子，跟着的人就凑上来，态度倒是分外的恭敬，小心翼翼地问我们要参观吗？我们说只是随便看看，他们马上抢先打开一个个的殿堂大门。我们感觉到不对，便问他们是什么人，他们说是乡上的干部，以为我们是从拉萨下来了解寺院情况的，很想反映一些情况。我们想说不是，似乎也不妥，主要还是怕引起些不必要的麻烦。于是说我们虽不是专门来调查的，但可以把他们反映的情况带回去。他们一听很高兴，十分尽心地领着我们逛完寺庙，又把我们请到乡政府给我们汇报情况，汇报的主要内容是说寺院年久失修，很多地方门窗破败，经常有小偷光顾，寺里的文物被盗等等。我们觉得他们反映的情况十分重要，很认真地都一一记在本子上。当时当地，我们确实有着一种使命感一样，而且自忖有这个义务和条件，方便的时候可以跟单位反映一下。汇报完，已经到了中午时分，他们热情地留我们吃饭。那时即便是接待上面来人，也没什么好吃的，无非是一盘土豆丝和一盘莲花白炒牛肉，但我们知道这已是这里最好的东西了。我们心存感激吃下了这顿饭，互相嘱咐一定要回去把他们的问题反映上去，回来后我还真为此事写过一个报告，给了文化局社文处的领导。但那时“文革”刚结束不久，百废待兴，政府也没什么钱，文物保护维修还提不上日程，所以也就石沉大海了。他们以为我们要在这里住几天，还吩咐要给我们找一间好房子，当他们知道我们下午就要走，而且是从后面的山上走路回拉萨时，他们非常惊异，我们只好编一大堆瞎话应付，然后匆匆告辞。我们真担心他们生出什么怪念头把我们扣下，那可真是有嘴说不清。

从围绕着桑耶寺的村庄出来，顺着乡间道路向北，一路缓缓上行。开始还不时见到有高大的乔木和大片的田地，以及坐落在坡地上的村庄，越往上走就越显荒凉，没有了大树，只看得见稀疏的灌木丛，村舍也少了许多。不知道路，只好一路走，一路按地图上标的地名询问，真可谓“摸索着前进”。每到一个村落，人们都要围过来，我们在山南时买了许多的水果糖和饼干，这时派上了用场。我们给大人小孩子发糖发饼干，村民们热心地给我们指路，还从家里拿出煮的清茶让我们喝，然后又灌满我们的水壶。当夜色降临，我们再不敢往前走，看见有人家，就走进去。我们投宿的人家就在山路的近旁，是一座外表看起来显得很破旧的小土房，虽然家里只有老两口，我们三个人进去当屋一站，房子一下就十分拥挤。跟老人说明了来意，老人十分爽快地答应我们在他们家住一夜。我们向老人再次核对了我们所在位置与地图上标示的名称，终于安下心来。聊天中我们知道他们的儿女都还在夏季牧场，要等天再冷一些才会下山回家。而我们明天的行程将是漫长的山路和海拔近6000米的山口。我们拿出我们的罐头，两位老人抓好糌粑，我们围坐在一起吃了一顿觉得很香的晚饭。

山南某寺庙的唐代壁画，历经一千多年，保存基本完好。画面上人物造型线条流畅，神态生动，是难得的艺术珍品。

担心第二天的行程，天还未亮，我们就起来了。我们不知道路究竟有多远，也不知道沿途会遇到什么，问到的所有人包括两位老人都只能说个大概，这个大概的意思只有一个内容：从这条路可以走到拉萨。离开老人的家，走到路上，望着前面迷蒙的山路，我们的心里开始有些不安了。从旅行的角度讲，我们实在是太过冒失了，一切都因为我们还太年轻。

晨曦初现，但阳光被山峰遮住，迟迟不见，天亮了好一会儿，才有一抹霞光洒在山路上，升上天空的太阳虽然已经是亮晃晃的，但光线却是红润润的。向东的山坡渐渐明亮起来，朝西的山峦依然阴暗，形成对比强烈的两大色块。这两个色块随着阳光的移动在不停地发生着变化，但这种变化我们几乎感觉不到，寂静的山谷和高低起伏的灌木丛使我们产生了一种前所未有的神秘感。路旁的怪石越来越光秃，脚下的路越来越窄，路面全是从山上滑落下来的石块，因为少有人走，石块有棱有角。不知不觉，我们的脚掌下都打起了血泡。鞋透气不好，鞋子里面湿滑不堪，这给我们的前进带来了很大的困难，行进的速度明显慢了下来。

我们挑选了一块有大石头的空地坐下休息，第一个动作就是解开鞋带，数脚掌的血泡，互相一看都吓了一跳：每个人两只脚上，都挂着两三个“紫葡萄”。我们讨论究竟是把它挑破了好还是不挑破好。说了半天也没形成一个统一的意见，任刚一咬牙挑破了一个，疼得直吸溜，见状，我和念生再不敢尝试，只是把脚晾了晾又重新穿好鞋袜。按理，走了这点路脚上是不应该打泡的，错就错在我们从藏王墓回到泽当以后，脚上的鞋有了破损，便将其扔掉穿上了备用的新军用胶鞋。就在我们靠着大石头啃压缩干粮的时候，突然发现距我们不到 20 米的对面山坡上灌木丛一阵乱晃，“獐子!”我抑制不住地喊了一声，对这种动物我太熟悉了，在昌都农村我们曾多次狩猎过。也许是因为这里人迹罕至吧，我的这一声喊并没有把獐子吓跑，它反而从灌木丛中探出了大半个身子向我们张望。这么近的距离，我们连獐子嘴角露出的两颗门牙都看得一清二楚，显然，这是一头成年的公獐。那时我们还没有保护野生动物的意识，首先的反应是猎杀，脑海里接踵而至的是架起篝火，烧烤野味的浪漫画面，我和念生不约而同地催促任刚掏枪。任刚从羽绒衣下的裤腰上挺费事地解下“五四”式手枪，好在獐子还没跑，我们满怀希望地看着他，“砰”，枪响了，但只见獐子跳了一下，依然瞪着一双大眼睛看着我们。我们失望地看了一眼任刚，期待着第二枪，第二枪仍然没有打中。獐子明显地感到了危险，很快隐身于灌木丛，一阵沙沙的响声之后，没有了踪影。我和念生自然是对着任刚一通埋怨，甚至吵吵着要解除他的武装，任刚虽然也是无比沮丧，但公安战士的觉悟还是有的，除了抱怨平时打靶机会太少，缺乏训练外，枪是死活不转他人。这个小插曲使我们再次振奋起来，收拾好行装情绪饱满地上了路，期望再次有猎物出现。我们似乎忘记了疲劳，一路上不停地东张西望。山里面太寂静了，鸟叫声也听不到，只有我们三个人的脚步声和衣服的摩擦声，极少有移动的物体，既看不到人，也看不到牲畜，我们怀疑是不是在枪声所及的范围把动物都吓跑了。又走了好久，我们开始见到一群群的麻鸡和太多的兔子，但无一例外的都是空紧张、空欢喜。这种一而再、再而三的失望严重地打击了我们的快乐心情，不良反应很快在全身扩散，首先是脚，血泡磨破了，脚底黏糊糊的，疼痛难忍，每走一步，都像是踩在针尖上一样。其次是感到呼吸不是那么顺畅了，这时我们才发现，不知不觉间，灌木丛已经消失，山势已经没有了峭峻的气势，趋向平缓，根据地貌看，应该是海拔4500米以上的高山草甸地带，我们已经上到了一个新的高度。脚下的道路渐趋模糊，满地都是风化的砾石，我们行走时，体态已经难以保持正常，有些歪斜了。我背着帆布提包，里面的罐头滚来滚去，重量不均衡，还硌得背疼。最关键的是路已经看不清了，我们要不断地判断方位，这样，行走的速度更慢了。太阳虽然还高高地挂在西边的天际，距离天黑还早，但我们已经不约而同地想到了休息。

在一面向阳的坡地，我们终于发现了一顶牧人的黑色牦牛毛帐篷，帐篷顶上往外冒着蓝白色的炊烟。处在荒野的我们，真有一种看到家的感觉，不约而同地调整了前行的方向，向这显露着生命气息的帐篷走去。帐篷外的木桩上拴着两条像小牛犊一样的藏獒，我们还没有走近，便冲着我们狂吠，我们不得不停住脚步。少顷，从帐篷里出来一位头发花白、穿羊皮袍的老者，他并没有立即将狗唤住，而是怀疑地望着我们。我们远远地对着他连比划带说，大意是我们要到帐篷里休息、喝水，求他把狗看住。他仍没止住狗的狂吠，直到从帐篷里又出来了一位男子，对着他说了几句什么，他这才走过去一手抓住一条狗的脖套。我们眼盯着狗，惶惶地进到帐篷。使我们略感惊异的是，帐篷里全是男人，大概有四五个。他们对我们的出现，十分惊讶，以至于半天没回过神来，还是帐篷外的老头进来，把我们让在地上的马鞍垫上坐下，几个人的神态这才恢复到正常。帐篷里的空间比较大，中间是一个用土石垒砌的灶，有两个火孔，一个上面坐着一口大锅，正咕嘟着，像是煮的糌粑糊糊粥，另一个火孔上坐着一把硕大的铜壶，往外冒着热气。挨着帐篷边缘堆放着马鞍垫和几张光板羊皮，几个人或坐或站，木然地望着我们。这种气氛使我们感到压抑，为打破沉闷，我们只好开始老一套，从地名开始，问他们是什么公社的，是一家人吗，生活怎么样等。他们回答得并不热情，反而不停地问我们到底是干什么的，为什么到这里来，是不是藏族等。在这问答的过程中，老人在我们面前的地上，摆放了茶碗，从铜壶里倒出了热气腾腾的清茶。从我们磕磕绊绊的藏语会话中，老人很果断地认定我们是汉族，并说了一句："这条路五九年以后就没有汉族走过。"老人的话，让我们更觉惶然，1959 年是平息叛乱，民主改革刚开始的年头。二十来年以前，他所见过的汉人，要么是追剿叛匪的解放军，要么是发动群众的工作组。这里虽然是西藏腹地，在比较富裕的拉萨和山南之间，但却因为隐伏在连绵的喜马拉雅的群山之中，交通不便，所以有点"灯下黑"的味道，这从他们还相当贫穷的生活状态中可以看出来。我们只好冒充工作组，说是来调查牧业生产情况的，几个人的态度明显好了起来。我们知道了这里是生产队的夏季牧场，他们是几个壮劳力，整个夏天都在山上为生产队放牧牛羊。我们开始煞有介事地询问他们生产队牛羊的存栏数、产羔率、社员们的生活情况等，他们的回答让我们心头黯然。他们的公社是半农半牧，而他们生产队是纯牧业，没有粮食，除了国家每月每人补助 15 斤青稞，其余的粮食就要靠农牧交换来解决，肉和酥油也都少得可怜。我们又问了问明天的路，得知翻过山口，就是达孜县境。我们知道，达孜县距离拉萨只有 20 公里。这让我们一下子感到了轻松。

喝了一会儿茶，不知不觉帐篷里暗了下来，念生提议出去转转，还是由老人出去将狗看住，我们鱼贯而出。山地的天暗得早，夕阳躲在了山后，金色的光线仰射天际，空中满目灿烂，而大地却是暮霭迷蒙，山坡上可见牧归的牛羊，牲畜的嘶鸣和着牧人的呼喝声，反而比白日里显出些生气。我们茫然地望着第二天赶路的方向，心中不禁生起一丝忐忑。天很快黑尽了，我们回到帐篷，帐篷里没有灯，黑乎乎一片，只有灶膛里有微弱的火光，映着几个人影。里面的人见我们进来，便往灶膛里塞进一些草根和灌木枝，燃起了一蓬明火，我们借助火光，赶紧从包里翻出蜡烛点上，帐篷里有了亮光。

晚餐我们喝到了酥油茶，而且还很浓，吃的是干糌粑而且里面还加了奶渣。这让我们十分感动，因为我们知道他们一人一年里也分不到几斤酥油。吃完饭，安置睡觉，他们把我们让在靠近灶膛边上，并把帐篷里唯一的一块巨大的粗牦牛毛编织的大毯子让给我们当被子，而他们自己却什么也没盖，只是松开皮袍，蜷缩在帐篷一角。躺下之后，觉得身下硌得慌，而且冷气袭人，三个人只好使劲往一起挤，靠彼此的体温取暖。围绕着“59 年”的话题，我们按照各自的想象，谈论解放军当年如何在这一带剿匪，设想各种惊险情节，自我陶醉着进入梦乡。

等我们睁开眼睛，帐篷里已空无一人，人们都去放牧了。在灶膛上，三只茶碗一字摆开，一个解开袋口的糌粑袋放在一旁，一壶浓浓的酥油茶坐在灶上温着。我们满怀感激，吃喝完毕，将行装整备了一下，考虑到路程已不远，除了必备的物品，我们将多余的罐头、干粮、药品、蜡烛和衣物全部留给了他们。走出帐篷，连两只藏獒也没了踪影，它们也跟着主人放牧去了。我们一边走，一边四处张望，期望看到好客的牧人，向他们表达谢意，但我们没有发现他们。他们一定是到远山放牧牛羊去了。阳光明晃晃地照着大地，视野里除了蓝空中的太阳，前后左右全是雄浑而又苍凉的山包，整个世界一览无余。山势似乎越来越平缓，完全没有了路的痕迹。没有了路的束缚，也失去了路的指引，我们只好认准一个方向前进。阳光似乎越发强烈，但身上却越来越感到冷了，山风夹带着刺骨的寒意硬硬地迎面扑来，我们不得不高竖衣领，低着头，弓着身子前进。山包连绵不断，登上一个，视野里又出现一个，仿佛无穷无尽。这种魔幻似的情景，使我们的精神和体力一次又一次地绷紧，一次又一次地松懈，我们总在心里跟自己说，前面就是山口了，再坚持一下，但令人沮丧的是，前面仍然是山包，只好重新从精神到肉体进行一番动员，向横在前面的山包冲刺。身上的东西愈发沉重了，我们越发频繁地休息，但我们不敢坐下来，生怕一坐下去就起不来。只是站着喘息一阵，擦把汗，然后又向前迈步。三个人开始还时不时聊几句，后来就没有话了，互相看看，脸色都开始发青，嘴唇发紫。其间我们有一次稍长时间的休息，一边喝水吃东西，一边讨论究竟怎么办，顺原路返回也是选择之一，但我们都不愿意，结果是只能前进。念生和任刚几次都劝我将“遛”扔掉，说这东西实在是个负担，我口里应着，但心里却想，不到万不得已我是不会扔的，一来花了那么大的价钱，二来怕留下笑柄。我们开始还基本上并排前进，后来慢慢地很自然地拉开了距离，一个在前，一个在后，我居中，相距不过只有几米，但眼睁睁地就是赶不上。我觉得腿好像不是自己的了，挪动双脚的动作完全只是一种机械的运动，每走三五步就不由自主地停下来。四野苍茫，天低云也低，山风无影无踪地在身旁穿梭。每有一块云将阳光遮住，身体马上会觉得异常寒冷，脸上的汗珠似乎都要冻成冰一样。当时当地，我想我们三个人都在心里后悔这次的旅行，只是大家谁也不说罢了。脚底的疼痛这时都显得无足轻重了，要命的是呼吸跟不上。我们只有背对着风，大张着嘴，毫无章法地任由肺部急剧地起伏，大口大口地吞咽着冷冽的空气。

下午时分，当我们再次登上一座山包时，我们看到了雪，我们已经上到了雪线。我们心里多少有了一丝慰藉，这说明距离山顶确实不远了，我们已经不去想方向问题，只盼着快快登上山顶，然后快快下山。经过艰苦跋涉，在晚上 8 点多钟，我们终于看到了嘛呢堆，这是西藏所有山口的标志。利用西天将尽的余晖，我们将相机

这是我们把上海产的海鸥牌120相机放在嘛尼石堆上，用自拍功能拍摄的一张“登顶”照片，地点是桑耶寺后面海拔近6000米的念青唐古拉山脉的一个山口，从这里下山往北，就可以走回到拉萨河谷了。

放在嘛呢石上，为我们自拍了一张“胜利登顶”的合影。

山口往下，分叉有几条山沟，我们无法分辨哪一条是我们应走的正道，我们知道，一旦走错，就可能错到很远，且难以回返。天色将暗，时间不允许我们再在山上耗下去，我们只好选了一条看起来好走一点的路，义无反顾地往下走，对于我们来说，能够下山就已不错了。我们的运气真不赖，在天刚黑下来的时候，我们在路边碰到了一群男女老幼，他们是来自昌都的朝圣者，目的地是桑耶寺。他们刚燃起篝火，准备宿营。我们向他们问路，他们十分热情地告诉了我们。庆幸的是，我们没有走错，顺着这条沟下去，可以直接到达达孜县城。但他们的另一番话却使我们又有些丧气，他们说，他们从达孜县城走到这里，用了两天的时间。本想就地傍着他们住一晚，但举目四野，对天当被、地当床多少还是有些顾虑，我们决定赶路。

告别了朝圣的人们，凭借着微弱的手电筒的光亮，我们顺着山沟往下走。虽是黑夜沉沉，但好在高原的天空十分清朗，天上满是繁星，星光折射下来，还不至于伸手不见五指。不知过了多久，我们发现了灌木林，这使得我们勇气倍增，这说明我们已经快下到农业区了，离山下也不远了。崎岖不平的山路和不时地判断调整方向，使我们不可能走得很快，但较之于上山，已是两脚生风、行走如飞了。严重缺氧的感觉逐渐消失，身体的难受劲儿减轻了许多，心情也放松了下来。终于远远地看见了灯火，我们信心倍增，一路向着灯光走去，经过了一个又一个的村庄，顾不上休息，也不问路，只是向着灯光更加灿烂的地方走，心想反正是向下走就行。其实我们有些冒险，西藏一个县的面积很大，即便是在达孜县境内，如果偏离了县城，不知道会走到哪里。我们运气不错，走到天亮，我们终于看到了公路。一问，竟然是达孜县城。我们没有走错路，糊里糊涂地走了一条捷径。

达孜县距拉萨还有20来公里，原计划天亮不管走到哪儿都要先睡上一觉，但到了公路上便有了一种归心似箭的感觉，我们再没到县里找招待所，直接站在尘土飞扬的公路边搭车。那个年代主要是卡车，人们不管是在市内还是下乡，一般都是搭便车，极少有专车。那时在西藏搭便车是很方便的，不管和司机认不认识，只要去向一致，说一声上车就可以走。就是在半道搭车也是十拿九稳，尤其是女同胞搭车，几乎一抬手就有车停下来。所以男女同胞一起外出，为尽快搭到车，往往男同胞躲在一边，由女同胞招手，车一停便一拥而上，司机也不好说什么。但我们当时的模样实在有点像空降特务，司机们的警惕性都挺高，有的卡车老远看着要停的样子，到了跟前看清我们的模样后又一踩油门跑了，只留下一团尘土将我们包裹。过了将近一个小时，正当我们丧失信心准备打退堂鼓时，一辆军车终于停了下来。爬进车厢，我们感叹说还是解放军好。回到拉萨，念生和任刚都没回去，先到了我的家。实在是又累又困，我们连脚都没洗，挤上床倒头便睡。

这是一次难忘但却非常不成功的旅行。我们既无徒步旅行知识，也没有进行必要的准备，只是怀着一种莫名其妙的冲动，踏上了满足虚荣的无知之行。只是在我们的记忆里，留下了难以磨灭的痕迹。

集体创作电影剧本

那个时代的生活节奏十分缓慢，整个气氛是一种空洞的、无所事事的肃穆。像我们这样搞出这么一出徒步旅行闹剧的，全拉萨还真没有，后来风声传到单位领导耳朵里，说我们无政府主义。因为那时什么都讲究集体活动，讲究组织纪律，就连极其个人化的文学创作活动，也经常要搞成一种集体活动式样。记得参加工作不久，由自治区党委宣传部牵头，组织创作一部反映西藏民主改革的电影。第一步是组建了一个创作班子，把文化系统各单位的“牛鬼蛇神”（也就是在“文革”中受冲击的老文艺工作者）和在革命文艺的熏陶中成长起来、有希望的年轻创作人员集中一处，着手搞创作。那些老文艺家们仿佛终于盼到了出头之日，个个摩拳擦掌，准备一展身手；年轻的创作人员自然是有一种受重用的感觉，个个跃跃欲试，准备贡献才华。我和另一位刚参加工作的小姑娘作为学员，也混在里面，主要任务是向老同志学习如何搞创作，另外兼点儿通讯员、勤务兵之类的工作。

写作组被要求集中住在罗布林卡，藏语“罗布林卡”是宝贝园林的意思。罗布林卡是一处古园林建筑，坐落在拉萨市的西面。那时拉萨城规模小，那一带被人们称为西郊，而现在，这座园林已是“身居闹市”了。园林里面名木花草繁多，苍松翠柏各展风姿，暗泉清流潺潺漫地，宫殿池塘美轮美奂。从七世达赖喇嘛开始，历辈达赖喇嘛夏天都要从布达拉宫移居至此度夏，直到秋末再返回布达拉宫过冬。由此可见，这里夏天的风景是多么迷人。可惜的是，写作

藏历六月是西藏传统的雪顿节。18 世纪后期，罗布林卡建成。依照十三世达赖喇嘛的决定，每年“哲蚌雪顿”除了在哲蚌寺首演藏戏外，接下来要在罗布林卡演出，允许平民百姓进入罗布林卡观看。沿袭下来，就形成了群众性的娱乐活动，雪顿节也由此得名。雪顿节在“文革”中曾经中断，1986 年雪顿节开始恢复并由政府主办。恢复后的第一个雪顿节开幕式在罗布林卡举行，这是在开幕式上演出藏戏。

组进驻的时候恰恰是冬天。冬天的罗布林卡万木萧瑟，因为树木多，阳光的照射自然要少些，所以感觉比拉萨其他的地方更要寒冷。我们住的地方是在罗布林卡最里面的一个宫殿，宫殿有两层。第一天傍晚，我作为打前站的人，在保管员的带领下，一个人到写作组住的宫殿去。从高高的台阶走上去，宫殿巨大的木门彩绘已有些脱落，但厚实的感觉依然。保管员用一把长长的藏式钥匙打开一把藏式大锁，让我进去，他却头也不回地就走了。我进到里面，刚开始黑乎乎的什么也看不见，我试着将朝阳的一面金黄的缎子窗帘拉开，不禁大吃一惊。殿堂里四周全是玻璃柜子，里面放的全是经书和佛像。

这是1987年，哲蚌寺的“哲蚌雪顿”藏戏首演。

雪顿节这一天，哲蚌寺在寺外的山坡上要展出一幅高30米、宽20米的丝织大佛像，佛像下面，善男信女云集，人们煨起桑烟，向佛像跪拜，也有人用哈达包裹上代表心愿的钱或者物抛向佛像以祈祷。

罗布林卡当时是西藏自治区文物管理委员会所在地，同时也是全国文物保护单位，“文革”中没受到什么破坏，一切都保存得十分完好。我那时没有真正接触西藏文化，对神啊佛的除了恐惧没有丝毫认识。乍一看到这么多的佛像，尤其是一些面貌狰狞的护法神像，虽说不上是魂飞魄散，心里面也是七上八下。匆匆在窗户下铺开行李，都不敢多看一眼，便飞奔下楼，去找住在另一处的领导。

领导就是处长。处长住在这座宫殿旁边的一座水榭中。这座小亭子主调是明黄色，由此可以判断这里也是当年达赖喇嘛的一处活动场所。经过早已干涸的水池上的小桥，进到亭子里，见处长已将行军床安置妥当，正怡然自得地向窗外张望，见我进来，第一句话就是：这要是夏天就好了，风景多漂亮。我赶紧点头表示认同，的确，窗外全是拉萨地区不多见的松柏，虽说是冬天，但仍披着一身的绿。在红红的宫墙下面，还有几簇叶子几乎要掉光了的竹子，这真是稀罕，因为拉萨海拔毕竟有3600多米，缺氧和寒冷使竹子这种温热气候带的植物很难生长，事实也是，除了这里，在拉萨其他地方就没见过生长的竹子。处长兴致很高，加上又很有学问，给我讲了很多关于西藏历史的故事。一方面我十分的入迷，一方面心里也多少有些疑惑：处长平时很少给我们讲这些，平时挂在嘴上的全是马列主义和毛泽东思想，要么就是一些源于生活、高于生活之类，除了这些，就是告诫我们不许抽烟、不要喝酒。现在看着他那两片鲜活的嘴唇，简直判若两人。我一直待在处长的房子里，一方面很想多听听处长讲故事，一方面确实是心里面害怕，不敢回到楼上的宫殿里去。终于，处长发现不对劲，说你怎么还不回去休息？我不好意思说自己害怕，只好起身跟处长要了一根蜡烛，十分不情愿地回到宫殿。打开大门后，我连门也不敢拴，更不敢往四处多看一眼，把蜡烛沾在床头，拉开窗帘，钻进被子里，望着楼下小亭子里的光亮，似乎只有这样，心里才踏实一点。

第二天就好了，各路人马基本全部到了。大家全都在殿堂就地打地铺。殿堂的地面非常光洁，是用上好的“阿嘎”土打出来的，加上长年累月的用油擦抹，表面呈现一种黄色。这种黄色和四周柜子的黄色加上透过几乎占了一面墙的大玻璃窗铺洒进来的阳光，使房间里有了融融的暖意。

参加写作班子的人记得起来的有这么几位：

汪承栋，诗人，当时的代表作是发表于60年代初的长篇叙事诗《黑痣英雄》，他在我们眼里是老作家中的代表，地位绝对首屈一指；

叶玉林，作家，兼副处长，是一位十分勤奋的作家、待人宽厚的长者；

袁光厚，作家，新华社记者，是当时为数不多到过阿里地区的文化人之一，并把那个地区用优美的文字介绍给世人。但那时他们不是去旅游，而是去工作，经历的艰辛今天游阿里的人永远难以想象；

张导演，话剧团导演；

闫振中，作家，那时还在墨竹工卡县农牧局工作，讲故事绘声绘色，后来我们还成了一个部门的同事；

次旺俊美，既是学者，又是领导（当时不是，当时的准确身份应该是翻译），我的抽烟习惯应该说和他有关系；

次旦多吉，善于讲民间故事，后来成长为民俗学家，当时是属于有潜力的文学青年。

人马到位的第一项工作是先进行学习。处长把大家召集起来，学习了一系列马恩列斯毛关于文艺创作的论述，然后强调了这次集体创作的极端重要性，说这次之所以把大家集中起来搞一个充分反映自1959年西藏民主改革以来到现在的历史巨片，就是看重了各位思想强、艺术强。老作家们虽受了修正主义文艺路线的毒害，但还是迷途知返，能够划清界限，最终还是回到了毛主席的革命文艺路线上；年轻作者有才气，但缺乏创作实践，现在是一个很好的机会，要在革命的文艺理论的指导下，奉献出一个经过“无产阶级文化大革命”洗礼的文艺硕果。

具体进入创作的第一步是发动大家讲故事。处长要求大家，“把你们肚子里的东西都倒出来，互相好好启发启发”。

于是，白天大家看书学习，列创作提纲，吃完晚饭就开故事会，故事会往往要持续到很晚。好在大家在一个屋子，点一根蜡烛，从坐在地铺上开讲，直到除了讲故事的人其他人全部钻进被窝。

次旺俊美那时虽然也比较年轻，但已经结婚了，结婚了就是大人了，就有了抽烟的资格，他抽也给我烟抽。我记得特别清楚，他给我抽的是“郁金香”牌香烟，这在当时的拉萨还没有，我觉得这种烟真是好抽极了。

当时汪老师名望最高，又很爱激动，每天的故事会都是他第一个开场，他的开场从他晚饭进餐时开始。我们吃饭都是从设在罗布林卡大门那儿的文管会食堂里打回来，食堂距我们的住地很是遥远，来回有近一公里，在寒风扑面的冬天，如果把饭端回住地再吃，早冻成冰棍了。所以经常是拿着空碗出去，回到屋子仍是一个空碗——在回来的路上，早把一顿饭吃完了。汪老师从不到食堂去打饭，他都是让我们帮他带，当然我们也都十分乐意为他效劳，还觉得是一种荣幸。他不怕饭凉，他每天晚上都要喝二两酒，酒杯是一个不怕磕碰的绿塑料杯。下酒的是他自称的“汪氏火锅”，那个火锅和我们今天吃的火锅完全是两码事。一个小煤油炉上面坐一个小汉阳锅（铝锅），里面倒上半锅水，往里面扔把盐，然后就把好不容易找来的一点烂白菜帮子撕巴撕巴丢在里面涮。别人剩的残汤剩菜什么的，他都欢迎倒进他的锅里。最奢华的是有时会有个罐头，但他舍不得多放，每次只放一筷子，吃到最后，再把早已冰凉的米饭或是馒头倒进去一锅烩。就这么一点简单的食品，汪老师每次都可以吃得热火朝天。他不坐凳子，总是蹲在炉子边上，十分夸张地边吃边喝边讲故事。还不时站起身，挥舞着筷子声情并茂地强化一下讲述效果，然后又蹲下去，把筷子伸到锅里大海捞针。实际上每顿饭吃到后来，锅里早就没有固体的东西了，但他仍会用筷子在锅里折腾，经常是一无所获，但他依然会把空筷子放在嘴里很有滋味地抿一下，然后再喝口酒。所以他吃一顿饭一个小时属于速战速决，两个小时属于正常，但他很少在正常时段里完成他的晚宴，往往要到油尽锅干才罢休。等到他吃完讲完，轮到别人讲故事的时候，他已经入了梦乡了。

汪老师讲的大都是些探案内容的故事，什么福尔摩斯、亚森·罗平，我们是第一次听到这类故事，简直觉得精彩极了，和我一起的女学员回去睡觉休息时常常恋恋不舍。我敢肯定，那个时候她一定希望自己是个男的，这样就可以住在我们这里，听更多的故事了。我们对汪老师的崇敬更上了一层。

张导演喜欢讲苏联电影，具体讲了些什么电影已经记不清了，只是觉得他完全给大家营造了一个爱情和浪漫的氛围：白桦林、雪地、小路、恋人和苏联卫国战争。他还喜欢用俄语唱苏联歌曲，也不知他是从哪儿学来的。每当这时候，他会进入一种忘我的境地，非常地投入。但他的思绪也时常会从一种理想境界突然回落到令他不满的现实，很生气地说：就凭我们这几个人，想写出史诗般的电影？扯淡吧！

闫振中讲的是《基督山伯爵》，他把这个复仇故事讲得惊心动魄，但他每天晚上只讲一小段，引得我们直流口水，一再要求他多讲一点，但他总是作出一副谦逊的样子说，该某老师讲了，请某老师讲。

次旦多吉讲的故事基本上属于民间故事类。也讲一些民间笑话，比如他讲一个“老奶奶的故事”。故事说西藏民主改革时，上面组织工作组下乡，工作组里有个汉族不会讲藏语，有天独自出去跟一个老奶奶买鸡蛋，不会说，只好扇着两只胳膊当翅膀，一边还转着圈学母鸡叫。老奶奶看不明白，模仿鸡的人又捡一块石头塞在屁股底下，咕咕叫两声把石头摸出来给老奶奶看。老奶奶似有所悟，小心翼翼地像唤鸡一样地把他唤到家里，给了他一大把炒青稞，还说，要吃青稞就说呗，还要装成只母鸡。

袁光厚老师作为记者，在阿里呆了近 10 年，经历的艰难困苦说出来常常引得大家一片感慨。他讲 1950 年 8 月新疆军区独立骑兵师一团一连作为先遣部队进军西藏阿里期间的英勇事迹，说这个连队有 7 个民族，136 人出发、63 人非战斗减员、沿途举行了 11 次葬礼、共度过 180 多个日夜、走完了 1000 多公里的路程……爬雪山、登高峰，在缺衣、缺粮、缺盐，出现雪盲和高原反应的情况下，先遣连凭着顽强意志和强烈的责任感，战胜了艰难险阻，完成了一个个不可能完成的任务。他还专门讲了生长在阿里狮泉河的红柳，说这种植物如何坚韧不拔，如何历经风霜雪雨依然顽强生长，就像我们真正的革命者一样。

次旺俊美老师主要给大家介绍了一些藏族传统文化和礼议，因为他出身于西藏有名的贵族世家，讲话小心翼翼，每次讲完，总是说：仅供参考，仅供参考。这个时候，叶玉林老师就说，你不要有负担，把你知道的都讲出来，我们这个电影拍出来一定要有藏民族特色，要从“高、大、全”的圈子里跳出来。

写作组的人员讲的故事按说都应归入封资修一类，但处长很大度，说可以供批判用。期间，也请来了一些重点采访对象，既有苦大仇深的翻身农奴，也有刚从监狱里特赦出来的地方政府官员。他们从各自的角度，对 1950 年和平解放西藏、1959 年的民主改革、1965 年自治区成立等重大事件进行了回顾。写作组的人笔记记了一本又一本，提纲搞了一个又一个，但就是进入不了具体创作，一个个摇头晃脑地说：难啊，难！

难了几个月，转眼到了春天，大家还在冥思苦想的时候，我接到通知，参加全区组织的基本路线教育工作组，前往昌都。

在那遥远的地方

1978年，西藏开展了一项在广大农牧区进行党的基本路线教育的工作。那时“文革”结束不久，西藏又地处偏远，基层老百姓的思想本来就比较保守，说话办事的调子还停留在上一个时期，急需把干部群众的步调统一到新的党中央的旗帜下。所以，自治区组织了工作团，各系统组成工作队，计划一年一个地区，争取用几年时间在全区把这个工作做完。文化局组织了一个十多人的工作队，我是其中的一员，由一位剧团的团长担任工作队队长，奔赴昌都。

虽已是3月，拉萨地区还处在浓浓的寒意包裹之中。整个春天是拉萨最糟糕的日子。气温虽说不像冬天那么低，但每天午后的风能把人烦死，上午还晴朗朗的天，转眼就又阴又暗，风裹着沙尘到处乱钻，穿再厚的衣服也觉得像是光着身子似的，冷得人无处躲藏，晾出去的衣服水还没来得及滴完，已被冻成了一张硬纸板。最要命的还是缺氧，这个时候所有的生物都在争抢氧气，人和草木仿佛都在大张着嘴，拼命将被风吹着跑的空气中稀薄的氧气吸到自己的肚子里。拉萨城一年中少有的阴天好像全集中在这个季节里了，再精神的人在这时也都显得灰不溜秋，无精打采。

但一翻过米拉山就不一样了。米拉山在拉萨以东约100公里处，是拉萨河的源头之一，山顶的海拔高度5000多米，是林芝地区和拉萨的分界线。从冰雪覆盖的米拉山顶一下到东面的山脚，一派真正的春意扑面而来。一路上除了绿树红花，也好好地领教了川藏线的奇和险。1000多公里的路，全是在一座座大山中穿行，原始森林满满当当的绿彻底洗去了大家一个冬天的晦气，人们开朗起来，在车里又说又笑。当然还有一个原因，是路太险了，车也太破了，经常可以看到快散架的汽车轮子搭在悬崖边上，这时车里会有人情不自禁地发出尖叫，每次尖叫都会招来司机毫不客气的斥责："喊啥子喊？还没掉下去嘛，掉下去了再喊魂！"大家说说笑笑，也是为了减轻精神压力，加上离开了无生气的单位院子，心情自然轻松了不少。经过5天的颠簸和惊吓，一车工作组人员终于到达了西藏东部重镇昌都。

昌都地处横断山脉，北依青海，东连四川，南下云南，西达卫藏，是川、滇、青、藏金三角的枢纽。这里山高林深，江流激荡，在20世纪50年代以前没有公路，漫长的骡马栈道蜿蜒在群山峻岭之中，交通十分不便。对这一带，过去曾以"四水六岗"来概括，可见它山多水多。地区首府昌都镇，也是扎曲河和昂曲河的汇流之地，两河相汇，生成著名的澜沧江，一路往南，经云南出境。

20世纪70年代末的昌都，城市规模远不如现在。昂曲河穿城而过，河面上相距不远有一座水泥桥和两座铁索桥，铁索桥桥面上铺着木板，人走上去还摇摇晃晃。三座桥连接着河的南岸和北岸。河北面是城区的主要部分，政府机构、居民区都在这边；河南面是昂曲河和扎曲河汇流形成的河谷冲积台地，藏传佛教格鲁派在藏东最大的寺庙强巴林寺就坐落在这片台地的高处，寺庙的下方有些老房子，大多是寺庙的产业，住的都是些和寺庙无关的城市居民。大多数的房屋建筑都只有一层，密密麻麻地趴在河的两岸。河北面有一个类似于拉萨八廓街冲赛康一样的自由市场，里面也是什么都卖，麝香、虫草、蘑菇，还有一些动物的皮毛，都货真价实。第一次逛这个市场，令我惊讶的有两件事，第一件是在这里我看见有卖石榴和梨的，这两样水果毫不夸张地说，离开我的视野差不多有10年了，当我得知这些东西就产自昌都时，我开始喜欢上了这个地方。后来慢慢知道，昌都地处横断山脉，在江河峡谷中，有许多的小气候带，物产十分丰富。第二件事是我的钱包在我毫无觉察的情况下被人摸走了，这是我第一次丢钱包，而且是在一个被我们看作“乡下”的地方，气愤之余，也不得不佩服昌都小偷手艺的高超。

在昌都县城里停留了大约一周时间，每天都是学习文件和宣读有关材料，名曰“动员”，由地区领导人向工作队员们介绍情况，告诫昌都地区阶级斗争如何尖锐、如何复杂，要做好长期斗争、艰苦作战的思想准备等等。然后出发到划定的工作点。

我们这个工作队所去的地方是昌都县所辖的沙贡区格学公社，距县城约 50 公里。一辆解放牌大卡车将我们连人带背包拉到沙贡区区委所在的院子外面卸下，招呼也不打一个就扬起一蓬黄尘跑了。正当我们站着不知如何是好时，只见几个身穿皮袍的汉子从院子里迈着罗圈腿慌慌张张跑了出来。那时，我对“康巴汉子”还没什么概念，只是觉得他们和拉萨的藏族似有不同，尤其是每个男人头上都缠着红缨，给人一种英武之感。他们讲着十分硬朗的康区方言，连说带比划地让我们进院子。区委的院子有点像四合院，除了大门，全是朝着院子开门的小房子，小房子的上方钉着写着各种机构名称的牌子。在写着“书记”牌子的门边上，站着一位一手叉腰，一手端个玻璃瓶子的人物，瓶子外面套着那时流行的胶线杯套，但不像别人用彩线织成花色，他的杯套是纯红色，像是捧着一本红宝书。有人将我们领到他的面前，介绍说他就是这个区的最高长官区委书记。书记是典型的康巴人，面孔棱角分明，双目炯炯有神。他上身只穿了一件雪白的衬衣，衬衣是那个时代属于高档的“的确良”面料，衣服上纤尘不染，左胸上面还别着一枚那时拉萨已不怎么时兴的毛主席像章，穿了一条洗得发白的绿军裤。虽说昌都的春天比拉萨更少风沙、更有暖意，但毕竟还是高原的春天，此时我们穿着厚厚的皮大衣也并不觉得热，突然见到一个穿得如此单薄、如此干净的人站在面前，不禁使人浑身发颤。我们工作队长是卫藏山南地方的人，长得比较矮小，他自恃是县级干部，走到离区委书记还有两三步远的地方停下来，想当然地希望区委书记上前来和他握手。但书记没动，他双腿叉开，略带笑意地望着衣着臃肿、风尘仆仆的我们一群人，丝毫没有移步的意思，只是把叉腰的一只手放下，变成双手捧杯。片刻过后，队长撑不住劲，只好自己上前去和书记握手。区委书记和大家一一握完手，也没有多余的话，挥手宣布开饭。

饭厅就是院子，区委的工作人员一阵忙乎，锅碗瓢盆、粗木板凳转眼摆了一院子。这顿饭太出乎意料了，区里为迎接我们的到来，专门杀了一头区委自己养的猪。那时，就是在拉萨，一年到头也难得吃上一次新鲜猪肉，况且大家又是一路劳顿，面对锅里炖的、盆里炒的鲜葱鲜肉鲜下水，谁也没法不馋，一个个没了矜持，扯过板凳坐上去，端起碗就上筷子。一阵风卷残云，人人搞了个肚儿圆。吃完饭也没再见到书记，只有管理员一个劲儿地问吃好了没有。出大门的时候，队长一边点烟一边悄声问我：你觉不觉得米饭有点儿夹生？我回味了一下，说对，他们是用平锅煮的米饭。西藏高原由于气压低，煮饭煮面都要用高压锅，否则就会夹生，单位食堂用的大高压锅可以分层，一次放进若干搪瓷小碗，每碗大约 4 两米。昌都也许海拔较低，或者是条件所限，那时用高压锅的比较少。

大门外，早有一群康巴汉子在等待。他们是公社派来接我们到工作点的贫下中农（牧）群众。他们有的穿着皮袍，有的把皮袍掖在腰间，长发上打着红色的英雄结，大概是长期骑马的缘故，双腿都稍有点罗圈。他们一人牵着一匹鞍鞯齐备的马，我们的行李都已经放上了马背。从区上到公社，再没公路了，按说该骑马，但我们工作队里几乎没人会骑马，安全起见，我们得徒步走到公社去。

从区委所在地到格学公社，大概有 10 多公里的山路。道路几乎全是在山坡上盘绕的羊肠小道。这一带基本还算是农区，除了河谷，山坡上也有一些零星的耕地，不远处有大山，大山的山腰覆盖着密密的杜鹃树林，再往上，就是草甸和针叶林带。我牵着一匹白马，马背上驮着装在马背套里的全部行李。生平第一次走这种山道，第一次和马这种动物这么紧密地联系在一起，不禁忐忑不安，走到我觉得险要之处，赶紧松开握在手中的缰绳，只是象征性地搭在手上，生怕马一失足会把我也拽下山谷。其实我的这种担心是多余的，马的平衡能力太好了。几个月后，每每骑马飞奔在类似的山道上时，不禁为当初的恐惧感到好笑。

坐在车里看风景和脚踏实地地走在一个地方，感受完全不一样。当我跟在马后，走在陡峭而又狭窄的山路上时，对当时还十分陌生的昌都乡村，竟生出了一种浓浓的亲近感。这种感觉一直伴随着我。后来当这种感觉时不时以一种富有诗意的、甜美的滋味浮上心头的时候，我不禁有些奇怪，因为那天的情景在我的记忆里十分清楚。那天的心情有些惶惶然，沿途的景色也很平凡，天是阴的，山坡上的农田里冬小麦稀稀落落，刚长出一拃多高，更多的坡地既无树也无草，只胡乱地生长着些成片的灌木，灌木的叶子还没长出来，枝杈密集地交织在一起，呈现出一片烟色。杜鹃林僵硬地伏在山体，了无生气，远处的高山上还有没有融化的积雪，四野空旷而寂寞，只有我们这支盘绕在山涧的马队发出的并不美妙的声音在回荡。就是这样的一幅图景，不知触动了我的哪根神经，竟然觉得十分亲切。以致后来的好多年里，我再没踏进昌都农村，我生怕后来形成的那些恶俗的审视事物的眼光亵渎了一方神圣，破坏了当年对昌都农村生发的那种亲切和苍凉的美感。这种感觉留在了心灵的一角，是遥远年代一个遥远地方赐予我的一种难以言传的情怀。

时高时低地在山道上盘旋了整整一个下午，我们到达了目的地。

工作队的队部设在公社下属的白措生产队。格学公社下属五个生产队，一个农业队，两个牧业队，还有两个半农半牧队。白措是一个半农半牧的生产队，处在散布在广阔地域的五个生产队居中的位置。生产队的队部里早已聚集了公社和各生产队的干部。在生产队队部简单地寒暄了一番，公社领导和白措生产队的干部把我们引到了住地。我们的住地是一个离队部不远处的一个方方正正的小院，院子干干净净，地上明显看出刚修补过，还洒了水。三厢都有房子，正对院门的房子大一些，房子当中架着一个像铁锅一样的大火盆，里面的木炭火燃得正旺，上面坐着一个大汉阳锅，里面熬煮的砖茶正在翻滚。一进到这间房子，热烘烘的炭火马上驱散了我们身上的寒气。粗糙的地板上面铺着各类皮的、毛的、线毡的垫子，大都是马背上的物品，这些东西的缝子里潜藏着大量的跳蚤。我们坐下去不一会儿，就都开始扭动起来。后来，消灭跳蚤成了工作队员们一项经常性的工作，最有效的办法就是过一段时间喷洒一次“六六粉”。

队长简单地分了下房子，大家进到各自的屋里，打开马背套，铺好自己的地铺，然后拿着碗筷又集中到中间有火盆的大房子里吃晚饭。其实用不着筷子，因为晚饭只有糌粑和酥油茶。下乡后的第一顿晚饭，使我觉得很难接受，虽然糌粑和酥油茶我都可以吃，而且在拉萨时也吃过，但却从来没有当饭，我认为吃饭就得有饭有菜。看到我畏难的样子，队长一边亲自抓糌粑坨坨给我，一边说，你一定要习惯，今天这样的糌粑和酥油茶都不错，以后不一定经常有，真饿了，你什么都得吃。队长的话没错，后来，我多次外出工作，路上就着溪水拌糌粑是常事。

我们所在的村落坐落在昂曲河畔的一片台地上，庄稼地从河边一片片向上抬升，有点梯田的味道。地里的麦苗长得绿油油的，田地之间用乱石堆砌着一些路径，这些路径上也不光是石头，间或长着一些杂乱的灌木，开着红的、白的小花。在田间地头不时有野兔跳跃着跑过，成群的野鸽子在地头起起落落。河谷掠过一阵阵暖风，春的气息在这个小山村已然很浓了。

我们住的这个小院处在村子的边缘，离河岸不远，昂曲河的涛声日夜在耳边回响，开始还不习惯，后来就习以为常了。村中的农舍散布在离河岸较远的山脚下，有的还修在远离村子的山包上，像瞭望塔一样，村庄看起来很散漫，显示出康巴人不受约束的天性；

房子一般都修成三层，层高都在三四米以上，高墙大院的，虽还算不上碉楼，但也已经有了碉楼的雏形，十分大气。房子是土、木、石结构，土是用当地的一种红土，所以房子从外观上不显得死板。石头用来垒房屋的墙基和修院墙。处在林区，自然离不了木头，家家都是木板铺地，这种木板很厚，不是用锯子锯出来的，而是用刀斧在一棵棵整树上砍削出来的，所以很不平整。屋层之间，全是独木梯相连。梯子几乎是直上直下，又没扶手，对非本地人来说，上下都比较困难。厨卧都在二楼，火塘里烧的不是松木就是油性很强的杜鹃树枝，火塘边上就是卧榻。各家的底楼都是牲畜的圈棚，生产队没有集体牲口圈，牛、羊，包括不多的马，全都散养在各家各户。三楼上大多是三面墙加一个顶，迎门的一面是敞的，家中的老人喜欢待在上面做做手工活，在干热的夏季，人们也可以在上面居住。每到傍晚，牲畜在男男女女的呼喝声中从山坡上被赶进村子，白日里显得静谧的村庄转瞬热闹起来，牛羊狗马像比赛似的叫个不停，空气中开始有了像青草发酵一样的牲畜粪便的气味，所有的人一反其他时段懒洋洋的姿态，全都是匆匆忙忙地赶前赶后。放牧的和种地的打着招呼，男人清理完农具又去清点牲畜，女人挤完奶又要赶紧做饭，小孩子们更是飞跑着拢着自家负责放养的牲畜往家里的棚圈赶，狗跟在身后乱扑乱叫。这种情景每天都要持续到暮霭四合，把村子罩进夜幕之中。这时，从山脚到山坡上的农舍的窗户里都会透出黄黄的亮光，不是电灯光，而是当地人们用一种叫圆根的蔬菜（类似于萝卜）掏挖成的碗灯发出的光亮。有些人家连这也用不起（缺乏灯油），只好就着火塘里柴草的火光，围坐在火塘边，吃一天中的最后一餐。这一餐往往只是用干圆根和春天里鲜嫩的荨麻和着一点糌粑面熬出的“突巴”，条件好一点的人家，里面也许会放一点肉沫或砸碎的骨头。那时农村生活比较苦，据我们当时的了解，一个劳动力一年只能分到 200 斤左右的粮食、五六斤酥油和十来斤肉，这算是比较好的了。如果一个家庭人口多，有老有小，日子就很难过。圆根和荨麻，成了人们度过春荒的主打食物。

相比之下，我们工作队员的生活就好得多了，除了每个月 30 斤的粮食定量，还有特供的每月 1 斤酥油，况且，都是国家干部，每月还拿着好几十元的工资。没有肉，可以找生产队买，6 块钱一只羊，20 块钱一头牛。但考虑到群众生活比较苦，工作队作了规定，一个月只准买一只羊，三个月可以买一头牛。此外，还可以打猎，那时还有敌情观念，从上到下阶级斗争的弦绷得紧，每个工作队都配备有长短枪，结果敌情没遇到，满山的獐子、白马鸡和鹿却成了射杀对象。在没有动物保护意识的年代，这些今天看来极其珍贵的野生动物时常成为我们填充臭皮囊的食物。蔬菜是个问题，当地群众没有种菜的习惯，除了在地边种点圆根萝卜和小白菜，什么菜也不种。好在昂曲河对面是类乌齐县的马查拉煤矿，他们经常有车到县里去拉菜，不过我们要想到煤矿去也不容易，在上游好远的地方才有桥，经常是派出两骑去一天，才能买回点茄子青椒一类的细菜。就是这样的生活，和群众的生活反差也太大了，尤其是刚去的那两个月，正值春荒，我们每每端起饭碗，院子门口总是会围一大堆的老老少少，让人难以下咽。后来实行“三同”（和群众同吃同住同劳动），除了队部的几个留守人员，大家全部下到各生产队，带着各自的供给，住在最贫穷的贫下中农（牧）家里，一方面是便于工作，另一方面也多少有点济贫的意思。

到农村遇到的最大难题是骑马。工作队十多号人，藏族也大都是拉萨人，没怎么下过乡，更不会骑马，但要到全公社去工作，必须得以马代步。从我们的驻地到最远的牧业生产队，骑马要走一天，还不说到高山上的牧业点了。开始，骑马出去工作时，都得有生产队派“回马人”牵着马，回马人把我们送到一个目的地后把马带回去，再要动身时又由当地另派回马人牵着马送，十分麻烦。所以，学骑马成了大家首要的任务。没有专门的场地，连平地也不多，全是在山道上跑，一个个经常被摔得头破血流。乡下的马有各种怪毛病，有的跑着跑着突然四蹄刹住，一不留神就会让你来个前滚翻；还有的马在野外走得好好的，但一看见村庄就发了狂似的往村巷里跑，人经常被墙蹭下来；还有的马见门就钻，稍不小心人就会结结实实撞在门框上。我在经历了几次三番伤痛之后，一般的马总算可以驾驭了，当最终可以骑着马在险峻的山道上奔驰时，心中不禁生出几分豪迈。

1978 年冬拍摄的昌都的农村妇女。

开始的一段时间，主要是召集公社干部和生产队干部学习动员。内容主要是“继续革命”、“抓纲治国”那一套，这些都是文件精神，但实际上，不管是上级精神，还是我们的体会，都是要把生产搞上去，因为老百姓的生活太苦了。所以，我们每天都是和群众一起下地劳动，搞得公社领导、生产队队长、会计这类以前不大干活的干部也一天到晚在地里干。开始，这些干部搞不明白我们下来工作的目的，“文革”又结束不久，不知又会是什么运动，心里都惴惴不安，后来看出来我们主要是在抓生产，也就安心了，干起活来也都挺起劲。这样过了一段之后，在冬小麦快扬花的时候，为了更深入地工作，我们被分到农牧民家里，实行同吃同住同劳动。

我去的是一个半农半牧生产队。我的房东是一个大家庭，他们住在高高的山坡上。家里的老人叫次仁拉姆，她的老伴长年在牧场上，他们有两儿一女。两个儿子共同娶了一个妻子，妻子为他们生了两个小孩。女儿珠玛尚未出嫁，但也生有一个孩子，三个小孩年纪差不多，都还没上学，整天在一起打闹，房子里里外外都是他们的声音。两兄弟都挺年轻，根据队里的分派，有时干农业活，有时干牧业活。两个女人年纪相差无几，都是高挑个，皮肤白白净净，长得都很漂亮，除了放牧下地之外，老人孩子家务全由她们包揽。我住他们家，看得出来，一家人挺高兴。到的第一天，刚下马，还没进屋子，次仁拉姆从麦草堆里掏出一个搪瓷缸子送到我面前，缸子里是刚刚用牛奶捂发酵而成的酸奶，上面落了些草棍不说，缸子边沿上还沾着没干透的牛粪。望着老人诚恳的表情，我没法不接过来，老人很高兴，一个劲地说："喝，喝。"没办法，我只好在缸子边沿上找了一处勉强可以下嘴的地方，闭着眼，屏住呼吸，一口气将酸奶喝下去。两个女人和她们的孩子站在一旁嘻嘻地笑。

刚开始在他们家，大家不熟，除了老人外，家里的人都显得挺拘谨。我每天要到各作业班去统计春天产羔情况，晚上回来，两个女人总是用我带去的粮食把我的饭先做好，我吃完后他们才喝他们的圆根糊糊，这让我觉得很别扭，我要求和他们一起吃饭。开始他们不同意，说我是工作组，在我的坚持下，他们才同意。我们在一个锅里捞糊糊，我带来的罐头一家人也可以分享，这样一来，气氛一下子就不一样了，时间稍一长，大家也就没了拘束。围坐在一起吃饭的时候，也互相开些玩笑，问一些平时比较避讳的话，比如说，兄弟共妻的孩子是两兄弟哪一个的？未出嫁的女儿珠玛的孩子的父亲是谁？我还按照工作队布置的任务，很委婉地给他们做工作，说一妻多夫不好，应该一夫一妻等等，但大家都是哈哈一笑就过去了，最终也没有答案。

一次我要到一个最远的高山牧场去了解牧业生产情况，珠玛的阿爸就在那个牧场上，珠玛要给她阿爸送粮食，正好跟我一起去，重要的是还可以给我充当向导。一大早我们就骑马出发了。我们沿着一条雪融水的山谷一直往上走，穿过了田野，走过灌木林，又进到原始森林，走了很久还没有到，我真没想到路有这么远。我老是问珠玛是不是快到了，她总说快到了，可总也到不了。一路上，珠玛都在唱歌，她的嗓子好极了，我第一次听到那么多、那么好听的昌都山歌。路上不时遇到成群的白马鸡和在杜鹃林里晃动的獐子，我每次准备下马开枪打的时候，珠玛的歌声就突然高亢起来，不是把獐子惊跑就是把白马鸡吓得隐进密林，开始我没在意，反正一路上多得是，有的打。后来我发现她是有意的，她是不愿让我打，但又不敢说，所以采用了这种方式。后来我也索性放弃了狩猎企图，珠玛看出来了，慢慢也不唱歌了。山道沉寂下来，我和珠玛一前一后地走着，不紧不慢的马蹄声显得十分单调。为了打破这种沉闷，在一处宽敞一点的地方，我勒住马，等珠玛上来和我并行时，我提了一个一直困扰我的问题，我说你两个哥哥娶一个女人，他们是怎么在一起生活的？珠玛开始奇怪地看着我，当弄明白我的意思时，马上满脸通红，还用手捂着脸。我坚持不懈地追问，通过珠玛断断续续的回答，我总算明白了个大概。这一带一妻多夫的情况比较多，原因各种各样，但共同的原因主要是两点，一是为了增强家庭血亲实力，免遭外人欺负；二是避免分家，不使家庭财产分散。我们这次下来的任务也有宣讲新的婚姻观念的内容，但成效不大。珠玛说，她两个哥哥虽然合娶了一个女人，但他们相处得很好，女人对两兄弟也是一视同仁，两兄弟经常会有一个人不在家。如果两人都在家的话，他们会有一种默契，为了避免尴尬，两兄弟中的一个跟女人在一起时，会将自己的腰带挂在门上。至于生下的孩子，属于两兄弟共有，一方面难以区分，再说谁也不会去非要弄个究竟。他们都会把孩子当成自己亲生的，不会有任何亲疏之分。

走到一片山花烂漫的山坡上，珠玛说休息一会儿。我们下了马，我四肢摊开，躺在散发着浓浓花香的草地上，仰望着蓝天白云，沐浴着晚春的暖风，觉得身心都有一种超凡脱俗的感觉。珠玛从山溪中取来水，我们各自拿出自己的碗就着清水揉糌粑吃。吃饭的时候，珠玛扑闪着一对明亮的眼睛，再一次向我提出在家里火塘边提出过多次的问题：拉萨是什么样子？我已经把拉萨非常具体地向他们全家描绘过无数次了，尤其是布达拉宫，每当我说起来的时候，他们都会有一种十分神往的表情。珠玛又这么问我，我真不知该怎么说才好，实际上珠玛也没等我说，就自已说起来。她说这里的人都很想去拉萨，听说现在可以去拉萨朝佛了，很多人都想去，但公社不同意，说没上面的通知，不知道到底行不行？这对我来说也是个新问题，我也没听说关于可不可以朝佛的事。我只好对她说，她以后一定可以去拉萨的，拉萨真的很漂亮。说了一会儿话，看看时候不早了，我们上马继续前进，令我惊讶的是，我们竟然是往雪山上走。珠玛说翻过雪山就到了，到了雪线，一下子觉得寒冷起来，马也开始喷着响鼻，走得十分吃力。我看到珠玛下了马，用手拽着马尾，我也学着样，下马拽着马尾巴，踏着积雪往山上走。好在雪山不大，走得也顺利，不一会儿就到了山顶。从山顶上往下走时，我想上马，但珠玛说下山骑马不好，我也就没骑，但心里一直在纳闷：下山骑马怎么不好了？

从雪山下来走了不远，就看见了牧场。这里的水草确实丰美，成群的牛和羊散布在繁花似锦的山坡草甸，一顶黑色的牛毛帐篷顶上正冒着青烟。珠玛指着帐篷兴奋地说，那就是我阿爸他们的帐篷，接着就纵马飞奔过去，我也急忙催马跟上。

帐篷边站着几个身体强壮的牧民，珠玛翻身下马，径直扑向一位老者，我猜想那就是她阿爸，她急促地和她阿爸说着话，一边指着我介绍。听她说完，她阿爸满面笑容地走过来，一边道着辛苦，一边和我行碰头礼，然后把我让进帐篷。帐篷的中间一溜排着三个大灶，锅里熬着已经提取过酥油的牛奶，熬成糊状后晾晒干水分就成了奶渣。靠着帐篷边沿放着几个大木桶，桶里边放着清水，水面上漂浮着一坨坨刚从牛奶里提取的酥油，这是牧场上的主要收获之一。下一步就是把这些酥油用牛肚或羊肚子装起来，或用湿牛皮包起来缝好，存放在生产队的仓库里，按比例卖给国家，供应城市人口和分给社员们。帐篷里本来就暗，再加上热气蒸腾，不舒服。我端着珠玛给我倒的牛奶，走到帐篷外面。我的马背套和马鞍具都已被卸了下来，马也到山上自由自在地吃草去了。几个牧民在珠玛的阿爸指挥下，正将一头壮硕的牦牛用绳索放倒，我不知他们要干什么，正在疑惑，只见一个牧民拿一把锋利的小刀，在牦牛颈部的动脉血管上捅了一下，鲜红的血浆一下子涌了出来，牧民拿起一个早已备好的木盆凑上去，木盆里洒了些红色的土盐粒。一会儿，就接了大半盆鲜血，看差不多了，牧民从牦牛脖子上割下一绺长毛，将血管扎住，放开牦牛，牦牛像是什么事也没有似的，晃晃脑袋跑开了。这里的牧人有吃牛血的习惯，牦牛壮硕，放点血没有问题，血也很有营养，是牧人补充体能的重要能源。

我找到这个牧业作业组的组长了解生产情况。组长说今年不错，产羔成活率高，牲畜产奶也多，可能会是个丰收年。我问他今年社

牦牛全身都是宝。牛肉、牛奶，用牛奶做成的酥油、酸奶、奶酪，以及牛毛、牛皮、牛粪，乃至它的力气，都和藏族人的生产生活息息相关。

员们大概每人一年能分到多少酥油，他说估计一个全劳力能分到10斤。他说得兴高采烈，我是一点儿也高兴不起来，辛辛苦苦干一年，一个月平均还不到一斤酥油，这还是好年景，如果遇到自然灾害呢？

一到晚饭前后，牧场上就忙碌起来，接羔的、挤奶的、拴牲畜的，一直要忙到傍晚。晚饭是在珠玛阿爸的帐篷里吃的，首先是一大碗炒牛血，吃完后又上来了一大碗“卓玛蘑菇”（煮熟的人参果上浇上烧化的酥油），接下来是鲜牛奶和糌粑。饭还没吃完，天就完全黑下来了，帐篷里的圆根灯光线很弱，什么也干不成。在炉灶的那一边，几个男人包括珠玛的阿爸，一边抽着鼻烟，一边聊了一会儿第二天的活计，便都睡下了，炉灶的这一边，只有我和珠玛两人。我的马背套已经铺开，底下垫着用来烧火的碎米杜鹃干枝，我钻进马背套，珠玛吹熄了圆根灯，紧挨着我，解开了衣袍，借着炉子里的火光，珠玛光光的身子一览无余地展现在我面前，长这么大，我第一次看到一个成熟女性的身体，不禁心慌意乱，赶紧假装睡着。珠玛却一反平常的羞涩，大大方方地躺在了我的身边，一会儿，便发出了细小均匀的鼾声。她倒是睡得安稳，我这脑子里却在翻江倒海，加上晚上的牛血、鲜奶、人参果发挥作用，只觉得浑身燥热，思想异常活跃，越活跃就越睡不着，但一动也不敢动，只好睁着双眼，透过帐篷顶上的缝，望着天上的星星，听着四野里不时传来的野兽和牲畜的叫声，还有忠诚的牧羊犬不时围着帐篷巡夜的响动。自己是什么时候睡着的也不知道，第二天早上睁开眼时，帐篷里除我之外已空无一人，我急忙翻身爬起，冲出帐篷。

记得我刚到这个生产队的时候，生产队的领导——队长、会计、保管员，做的第一件事是把生产队的“四类分子”集中起来训话。一个代理人、一个富牧，还有一个中农、一个经常有点偷摸行为的坏分子。四个人被叫到生产队队房的房顶上，蹲成一排。从这里看下去，四野翻绿，大朵的白云悬在头顶，清风伴着山林中大白鸡气韵十足的鸣叫，一阵一阵地扑在脸上，让人感到十分舒畅。但所有这些美景美声，对于蹲着的四个人可能是浑然不觉，他们只是时不时把眼睛往我身上瞟，心里可能在揣测这个年轻的汉族工作队员究竟要干什么？生产队长首先声色俱厉地训了一番话，然后让他们一一交代思想问题和最近接受改造的情况。四个人看来对这种训话已是司空见惯，一点都不紧张，一个接一个对自己的思想和改造心得娓娓而谈。他们不急不躁，不像是交代什么问题，很有点拉家常的味道，只有那个“坏分子”交代说前两天，因为放牧渴了，挤了一头奶牛的奶喝了。这下惹恼了队长，队长上去就踢了他一脚，还要打他，被我制止了。我觉得这个人挺老实，他要不说谁知道？最后队长让我讲话，说实话，那时我藏语只能应付日常会话，而且是拉萨话，刚到昌都，还不会讲昌都话。但这时又不能不说，只好选择自己掌握的语汇，用拉萨话讲了要好好劳动，接受劳动人民的改造等。等四个人走后，我问队长，是不是经常训话？他说按公社的要求，每个星期训一次话。我说别一个星期了，以后一个月一次就行了，平时说说就行了。队长十分高兴地采纳了我的建议。

我们在昌都农村工作了将近一年，经历了春种秋收，体验了四季冷暖。回想起来，那时的人们思想挺单纯，而且富有热情，工作组成员对农村的贫困充满了同情心，竭力想通过自身的努力改变它。大家都拼命工作，白天和社员一起下地，晚上组织大家学文件，念报纸，内查外调，为一些被乱扣上“四类分子”的人摘掉了帽子。还到区上、县里去申请救济粮、救济款，怕分配不公，逐家搞调查，把粮款挨家挨户送到最需要救济的人家里。累得浑身散了架，也没人叫苦，也没有谁找借口跑回拉萨。

在昌都农村近一年的时间里，有几个很有意思的人物和事件，给我留下了比较深的印象。

区里的公安特派员才嘎是个50多岁的人了，他是当地干部参加到我们工作队来的，担任我们工作队的副队长。那时的印象中，50多岁就是老头了，正因为这样，先就对他有了几分尊敬。后来，相处的时间一长，大家就对他更敬重了。他50年代参加工作，一直在昌都县的区县两级多个岗位干工作，对基层情况很熟悉。他有两件宝物：好马和快枪。他永远是一身藏装，头戴一顶礼帽，肩上斜背着一支英式步枪，胸前的藏袍里几乎什么都揣得有，像是一个百宝箱。虽然肩不离枪，但他却很少打枪，据公社干部讲，因为他年纪大了，眼神不好，有一次把一个蹲在树下解手的牧民当成了狗熊，一枪过去，把牧民的屁股打烂了，后来赔了人家两个麝香还挨了一个处分。他的马是区里最好的，当地的马一般都比较矮小，他这匹马却又高又大，通体的板栗色毛光滑如绸缎，性子也温顺，没有任何坏毛病。不管大跑还是小跑，都十分平稳，才嘎经常在马背上打瞌睡，也不担心会掉下来。他这匹马是全县为数不多的军马之一，每个月有特供豌豆5斤，才嘎的马褡里，随时装着煮豌豆，每到一地，下马的第一件事，是抓一把煮豌豆伸到马的嘴边，然后再喂草料，把马伺候完，自己才开始吃喝。才嘎有一段时间生病，这匹马归我来照料。它十分通人性，行进的时候，只要是稍宽一点的路上，它就会自动跑起来，根本不用人示意，路面如果狭窄，或山道旁的树枝有可能碰到你的时候，它就会走得小心翼翼。每到一个地方停下来，也不用拴它，它会在你下马的地方站着等你，也不乱跑，更不用担心它会去啃附近的庄稼。这匹马太讨人喜欢了，才嘎病好了要把马交还他时，我真是有点依依不舍，磨蹭了好几天。后来好多年里，这匹马都是我梦境中的常客。

我和才嘎一起出去工作的时间比较多，到各生产队传达文件、内查外调、下达救济粮款的指标等，都是我俩一起去。他给我讲了很多昌都农村里的事，给我讲康巴人，讲他们的豪爽，讲他们如何打冤家，如何报血仇，使我对有关康巴人的传奇有了基础性的认识。由于历史的原因，康巴人给人们留下的印象是身背火枪、腰悬长刀，来如疾风，去如闪电，在高山草甸或密林深处打家劫舍。实际上，这种浪漫化了的骑士加盗贼的形象并不代表康巴人的整体，更多的康巴人依然是像所有依赖土地和牲畜为生的人群一样，老老实实放牧牲畜，勤勤垦垦伺弄庄稼，间或靠智慧和手艺敛财，不过，由于地处高山峡谷，法律和秩序历来很难光顾，加之地域纷争不断，造成了这个地区的人们习惯了靠自身的实力解决问题。在和内部及外部威胁反反复复的较量过程中，培养了他们好勇斗狠的性格，最直接的结果是动辄拔刀相见。于是，历史上，康区人在部族之间、家庭之间、个人之间不断上演着仇杀的活剧。他们自己经常陶醉于这种“勇士”行为之中，而外界却毫不留情地将其恶名远扬。西藏腹地的人们对他们一直存有偏见，这种偏见导致了和他们交往中的敬而远之。一些康巴人无所顾忌的性格所造成的后果给自身也带来了沉重的精神压力，比如杀生、比如偷盗，有这种行为的人，心中会有深重的罪孽感，他们总想着赎罪。所以，他们会不远千里来到拉萨，广发布施，最后跪拜于拉萨大昭寺释迦牟尼佛像前，许下宏愿，甚至不惜燃指起誓。同样因为不受约束的性格，虽然生活在大山之中，但他们却有着西藏腹地的人们无法比拟的开拓勇气，政坛和商海，都传诵着康巴人的传奇。许多到拉萨朝佛后身无分文的康巴人，靠倒卖身上剩下的唯一的一颗珠子或者干些不明不白的勾当发家致富，在拉萨购置了产业，并把全家老小接来，在拉萨安家落户，成了西藏首府的居民。才嘎十分感叹地说，我们昌都人有个坏毛病，你给他说十句好话，不如给他一鞭子。他还教我如何打猎，耐心地讲解半自动步枪和英式步枪在瞄准方面的差异。有一次我们到另一个区里去办事，骑马走了三天，基本上全是在高山草甸和原始森林里穿行，而且路上没什么人家，顿顿吃干肉和山泉水抓糌粑，没吃到一口热饭，我简直难受得要命。才嘎看我无精打采的样子，说打只鸡吃吧。我以为他要打，心想终于可以看看他的枪法了，他却让我打。我问他打了怎么吃？他让我只管打就是了。其实一路上都有成群的白马鸡，因为急着赶路，再加上是在野外，没法做着吃，所以我一直没想着要打，现在既然他说了，那就肯定有办法解决如何吃的问题，我精神一下子振作起来，在马背上东张西望，寻找目标。不一会儿，就在近旁的山坡上发现了一群白马鸡，我急忙下马，端起半自动步枪就打，但几声枪响过后，连根鸡毛也没碰着，反而把马鸡群赶得远远的了。我还要去追着打，才嘎喊住我，他也没下马，就在马背上横过他的英式步枪，只听一声枪响，一只白马鸡扑喇喇地从山坡上滚了下来。我跑过去把鸡捡回来，不禁佩服他的枪法。为了把鸡做着吃，我们专门绕了点路，来到一个牧场，进到一座帐篷里，主人认识才嘎，热情地接待了我们。在才嘎的指导下，我把鸡毛清除干净，主人把鸡切成块放进“汉阳”锅，又按才嘎的要求，放了一些鲜奶渣和野葱、人参果在里面，放在柴灶上炖。鸡炖熟了，真是太香了，后来我再也没吃过这么香的鸡肉。但才嘎和帐篷里的主人都不吃，牧民们认为这白马鸡是神鸡，他们不捕猎更不吃，而才嘎说他不能乱吃东西，吃不好就会犯病。他这一说，我想起了他得病的事。

工作队买了一只山羊改善生活，把羊杀了以后，又用羊肠子灌了血肠，才嘎说他不能吃山羊肉，吃了要得病。大家觉得买羊的时候欠考虑，十分过意不去，就劝才嘎吃点血肠。在大家的劝说下，才嘎就吃了一块血肠，没料到，只一会儿的工夫，老人家就昏倒在地起不来了，乡间本来就缺医少药，一时半会儿又没法送到县上去，大家都慌了神，还是公社干部经征求队长的意见后去找了一个当过喇嘛的藏医。藏医来了以后，大家众目睽睽地看着他，因为他属于“四类分子”，当时大家的心里多少还认为他是搞封建迷信，加上又有阶级斗争这根弦绷着，对他很不放心。他低眉顺眼地走过来，径直来到才嘎身边，先号了一下脉，然后拿出一把小刀，在才嘎的脚腕处割开一道口子，我们全都惊讶地看到，从创口流出的血全是乌的，一直流了一小碗，血的颜色才开始正常。藏医这才烧了一把草药，一半拿来止血，一半兑水给才嘎喂下去，一会儿，才嘎睁开眼睛醒了过来。大家这才松了一口气，神态上对医生也温和了下来。

这时我们发现，院子里早站满了人，他们都是闻讯跑来要藏医给看病的，估计这位喇嘛藏医很久没敢公开行医了，现在既然工作队都请他看病，群众自然就可以来求医问诊了。藏医来到院子里，一个个简单地询问了一下，分别给了一些药丸，又让几个人跪在地上，然后从地上捡了一根草棍，在每人的头上从发际处往上，约一寸左右的头顶上量了量，然后各给了一刀，血从每个人的头顶往外冒……他们都一动不动地跪着，任凭血滴滴答答地流在面前的地上，这种景象让人有点恐怖。我悄悄问队长，这是治病吗？我们工作队队长是个藏族，对藏医也略知一点，他说这是藏医的放血疗法，对有的病很管用。

后来到了80年代末，才嘎退休以后来过拉萨，我们谈起在昌都的日子，他感慨说，那一年是最好的一年，老百姓不光没有人饿肚子，收入还都比往年高，四类分子也没有挨打，好多人还摘了帽子，你们教老百姓知道了好多的事情啊。

公社书记向巴也是一个很有意思的人。我们经常在一起开会，每次一开会，公社干部都是又抽鼻烟，又拔胡子的，向巴也不例外，但特殊的是别人拔胡子是用铁夹子，他却是用腰刀。讲话也好发言也好，只要没轮到他，他总是从腰间抽出尺把长的腰刀，在脸上连扯带刮的，每次都把个下巴折磨得冒出血珠珠来才罢手。接下来是抽鼻烟，他从一个精致的牛角鼻烟壶里，往指甲盖上倒一些烟末，小心地凑到鼻子跟前，左鼻孔吸完又用右鼻孔吸，吸完从怀里摸出一方黑乎乎、油光光的布，捂在鼻子上狠命地擤鼻涕，发出呼噜噜的声音。擤完鼻涕把擦鼻布叠好放进怀里，这才用手摩挲着脸进入到开会状态。我们刚去那会儿，他开会时很少发言，最多就是介绍一下公社的情况，还有就是对工作组的所有意见和建议总是说同意，让人觉得他不大对劲。后来从侧面了解到，他这个人干工作很有魄力，但就是有时要打人，干部群众都有些怕他手上的那根鞭子，尤其是四类分子，一听说他来了，晚上觉都睡不踏实。最近他的思想负担很重，原因就是他的大女儿雍青拉姆和同村的代理人（相当于富农）家的儿子有了私情，未经婚嫁就生下了一个孩子。为此，他内心非常矛盾，不知道该不该向工作队讲这事，讲了以后，工作队又会怎么看待他。知道原委后，队长派我和另一名队员到他家去住几天，一方面是再深入了解一下情况，另一方面如果觉得问题不大就给书记好好做做工作，让他改掉动不动打人的毛病，放下自己的思想包袱，放手抓工作。

书记的家在距离队部所在地约 5 公里外的窝弱生产队，这是一个比较大的自然村，坐落在一个山谷里，有潺潺溪水从村前流过，一些很有年头的老树盘踞在流水旁。高出村庄一点的山坡下有大面积的台地，麦子和油菜在上面随风起舞，这一地晃动的绿色和暮春时节五彩缤纷的山体构成了一幅生动的图景，风光十分秀丽。

我们的到来，令书记家里的人十分不安，尤其是书记的父亲、雍青拉姆的爷爷。老人 70 多岁了，他总是警惕地看着我们，我还发现我们到村里去转的时候，他竟然还跟在我们后面。当事人雍青拉姆倒不紧张，她一边奶着孩子，一边大大方方地回答我们所有的问题。后来据我们了解，跟雍青拉姆相好的青年叫曲扎，家庭出身代理人，家里只有他和母亲两个人。曲扎长得很精神，人也有点文化，在队里担任记分员。据生产队的干部说，两个年轻人从小就好，要不是曲扎的家庭出身问题，早就结婚了，而且曲扎母子在队里一直很老实，曲扎担任记分员也是社员们一致推举的，干了好几年，也没出什么差错。在了解了情况之后，我们给队部写了一个报告，并谈了我们的意见。队里同意我们的看法，让我们把工作队的意见和向巴好好地谈一次。在整个调查了解的过程中，向巴都没有介入，就是晚上大家围坐在一起吃饭，他也闭口不提这件事。直到最后，我们跟他讲了工作队的意见，说了一些不唯成份论人，重在个人表现一类的道理，要他不要为子女的事背包袱，而且在适当的时候还是应该安排他们结婚，把这事彻底了结为好。同时也指出他打人的事情，严肃地告诉他，他女儿和四类分子的儿子谈恋爱不算什么错，但他打人却是不折不扣的错误，不仅贫下中农（牧）不能打，四类分子也不能打。他听了这些以后，显得很激动，说没想到工作组这么通情达理，从心底里，他不觉得女儿和曲扎恋爱有什么错，但因为他是书记，事情一传到外面就不得了了。为这个事，他在区上、县上没少挨过批评，前两年县里还有领导说他阶级立场不坚定。这次工作组下来，如果还因为这个事和他过不去，他只好不当这个书记了。至于打人，他承认自己不对，并保证以后再不打人了。从这以后，向巴的确焕发了工作热情，身背一杆火枪、手里还是习惯性地提一根马鞭，马不停蹄地到各生产队检查生产，和生产队长们一起研究生产，想方设法落实各项农牧业生产指标，以后也确实再没听说他打人了。

经过这一次交往，向巴和我个人之间的关系就更近了一些，不管我是在队部还是在下面生产队，他经常会打獐子或白马鸡捎过来。工作结束我们要返回拉萨时，他从他家唯一的一个木箱子里，翻出一顶只有在重大节日才拿出来戴的狐皮帽送给我。这顶帽子十分漂亮，衬布是很老的绸缎，图案是几条盘绕的龙，皮子是整张火狐皮，上面的每根毛都是直挺挺的。为了答谢，也是为了留念，我将从拉萨带来的一条卡垫送给了他，他对这条老卡垫也是喜欢得不行。

我们这个工作队的队员，大部分都是自治区各剧团的演职人员，有文艺工作特长。根据工作总团的要求，我们下乡的第一阶段有一项工作任务，就是把国歌歌词翻译成藏语，教社员们唱国歌。国歌歌词不长，很快就翻译出来了。我们有个队员叫旦增，是剧团的歌唱演员，教唱的任务非他莫属。我们每到一个生产队开会之前，都由他先教唱国歌。他总是很认真地一手打着拍子，一手拿着歌单一句句地教，但不知是什么原因，社员们跟着旦增唱的时候还有那么个味，但让他们自己唱时，一点儿也听不出这是国歌的调，总觉得像“锅庄”的调。我问旦增怎么回事，他无可奈何地说，他们理解不了这种歌词，所以没法唱好。旦增的歌唱得不错，我们一块外出时，他总会引吭高歌，一般都唱些革命歌曲，他的歌声铺洒在山道上，使我们的眼前一片灿烂。有一天在住地，他突然唱了一首我们都没听过的《美酒加咖啡》，我们全都愣住了，一方面觉得这歌真好听，一方面又觉得这歌词很不健康，一时不知该说什么好。他摇头晃脑地十分投入地唱完后，问大家好听不好听，我们工作队的小姑娘央宗脱口说好听，大家你看我我看你，不知这歌是从哪儿冒出来的，也不知道是不是革命歌曲。工作队长问这歌是哪儿听来的，他说这是他下乡前内地一个朋友带的一盘磁带里的，可能是一个刚冒出来的新演员，听说这歌在内地特流行。队长说，既然内地都唱，估计没什么问题。后来我们一起外出时，他告诉我这首歌是香港（那时对港澳台也分不清楚）一个叫邓丽君的演员唱的，我不禁大吃一惊，问他怎么会唱资产阶级的歌？他不屑地说，现在这种歌多得是，在拉萨，我们团的领导一天到晚都关在房子里放录音机听。接着又说，我再给你唱两首，你把枪借给我用两天。我虽然很想听他唱“资产阶级”的歌，但又不敢借枪给他，因为队长规定不许他带枪。

说起枪的事，他确实让人不放心。我们刚到昌都时住在县委招待所集中学习，县委招待所紧挨着昂曲河上的一座吊桥。有天晚上我们大家正挤在一个房子里聊天，突然听到桥上一声枪响，大家都跑出去看，只见旦增浑身酒气，醉得不成样子，歪倒在铁索桥上，一只手插在裤兜里，裤子上有一个洞还在冒烟，把他的手从裤兜里拉出来，手上紧握着一把上了膛的手枪。这事在工作团成了一个反面教材，工作团的领导把我们队长找去，先是劈头盖脸训了一顿，说还没开展工作就出这种事，下去了怎么办？要求认真接受教训，带好队伍。本来从那时就决定不让他带枪的，但下来以后，他反复保证不再犯类似的错误，队长考虑到刚下来，情况也不明，队员们出去工作还是应该带支枪防身，所以也就没再坚持。结果不久他又犯了一次大错，这次差点要了我的命。我们配备的枪只有那么几支，谁要外出时谁就带。有一天我从外面回来，工作队的一帮人正围坐在一起喝茶。我一屁股坐在地板上，队长给我倒了一碗茶，还没喝，旦增走了过来，说要到牧场上去教歌，让我把枪给他。我从腰上取下手枪，把枪膛里的子弹退下按进弹匣，又把弹匣上好，一边递枪给他，一边叮咛他上好保险。我的话还没落音，只见他哗一下推弹上膛，所有的人都还没来得及反应，他的枪口对着我的胸膛划了一个弧，“啪”，枪响了，我一下子跳了起来，枪声震落了满屋的灰尘，一时间也不知打到了哪里。我在身上摸了一通，没发现受伤，再往地上一看，不禁倒吸一口凉气，子弹就嵌在我屁股旁的地板里。队长大怒，劈手夺过手枪，甩手就给了他一耳光，当下宣布以后任何人都不许让他摸枪。那一次他也吓得够戗，脸色煞白，浑身像筛糠一样抖了半天。

从那以后，在工作队期间，他倒是再没喝醉过，也再没人敢把枪给他，他也再没出过什么事。可惜回到拉萨又旧毛病复发，开始整天喝酒，人整个就废了。

玩枪走火的事，那时确实经常发生，我自己也走火过。刚到昌都农村不久，一天晚饭后，我和另一个工作队员带枪出去打猎，转了半天仅猎获到一只大白鸡，看看天色将晚，只好回返。走到村口，一户村民热情地邀我们到他们家喝酸奶。进到家里，落座后，我随手把半自动步枪靠在座垫旁的板壁上。这时主人在我们面前的小桌上摆上了煮熟的人参果和清茶，又端上了刚酿成的酸奶。主人家有两个小孩，大约只有五六岁，他们对枪很好奇，总想跑过来摸。我忽然想起枪在击发之后没关保险，枪膛里还有上膛的子弹，这时正好主人捧着酸奶碗递过来，我便伸出一只手接碗，一只手去扳保险。半自动步枪的保险在扳机的旁边，我没扳着保险，而是扳在了扳机上。一声枪响过后，房间里的人全变成了黑人。主人端给我的酸奶碗也掉在了地上，满面只剩两个白眼仁惊愕地瞪着我。枪声把附在屋顶上的陈年烟灰全部震落下来，掉了人一脸一身，桌上的茶碗和人参果转瞬成了黑糊糊的一片。片刻的愣怔之后，我赶忙起身，只见房顶被打了一个洞，木头渣子还在往下掉。当地是林区，房子是木头做梁，木片铺顶，上面用当地的红黏土铺盖。我拿上枪走到屋外，想上房看看房顶的损坏程度，只见村民们都在往这边跑，他们说听到一声巨响，又看到一道红光从这家房顶上飞出，问是怎么回事？得知是我的枪走火，才恍然大悟，但对红光的出现表示不解。我后来才知道，我枪里面装的是夜光弹。我向主人再三表示道歉，并掏出 20 块钱作为赔偿。主人坚持不要，不过我还是硬塞给了女主人，没伤到人，我已是万分庆幸了。事情传回工作队，自然免不了队长的一通批评，一段时间我也没敢摸枪。

刚到的时候，摆在工作队面前的第一要务是厕所问题。我们小院没有厕所，男人倒好办，往野地去。但我们工作队有两个女队员，一个是 40 多岁的重庆人张禾，一个是 20 来岁的拉萨人央宗，她们两人来自拉萨的同一个单位。在经历了第一个摸黑野外上厕所、胆战心惊的夜晚之后，第二天强烈要求修厕所。事不宜迟，工作队长马上把生产队长叫来，让他组织劳力，在我们的住地后面修建一个厕所。这是工作队给生产队安排的第一件任务，生产队十分认真，一二十个棒劳力，挖坑打墙架木板，只用了半天的时间就修好了。只不过是农村厕所的通常模式：露天无顶，男女共用。好在工作队人员不多，而村民们根本不会光顾。工作队长看了很满意，及时表扬了生产队长，但两个女队员对厕所的认可较为勉强，提出厕所围墙太矮，人站在厕所里面，半个身子都露在外面，十分不雅，要求加高，于是，生产队长再次指挥社员用石头和树枝将围墙加高了一米，算是大功告成。张禾围着厕所转了一圈，挥舞着双手告诫大家，谁上厕所一定要先在外面咳嗽，看里面有没有人。

张禾出身于国民党一个官宦人家，临近解放时父兄向解放军投诚，其时张禾正在四川大学读书，也算是一个进步青年，经常参加共产党组织的各类活动，一腔热血，满脑子理想。有了这种基础，嫁一个解放军，就顺理成章了。当时解放军的第二野战军第五兵团的十八军正好驻扎在距成都不远的地方，因为某种机缘，她认识了十八军属下一个单位的参谋，并马上爱得如火如荼。此后不久，十八军要进军西藏，她这位情郎怕失去她，当时甚至想开小差，是她海誓山盟，定了他的心，把他送上了进藏的征程，并且一路送到雅安。过了两年，结束了学业，张禾履行誓言，不顾家庭反对，只身到了西藏，和参谋结了婚。婚后好几年，才开始要小孩，小孩放在内地，由张禾的父母给带。结婚的前十几年，张禾的生活过得十分轻松惬意，基本上是半个官太太的生活，后来由于生活发生变故，日子就不那么称心如意了。张禾的年龄、资历，在工作队都算头一号，而以她的生活经历来比照，自然过不惯乡下这种生活，所以常常是一副愁眉苦脸的样子。她名义上是工作队的秘书，但从来没干过秘书的活，甚至队长就没给她分派过属于工作队员“工作”范畴的事。她唯一参加的工作队的活动是下地劳动，但这种时间并不多。工作队长对张禾也很照顾，说张禾同志年龄大了，加上和社员语言交流也困难，就不用做群众工作了，也不用下地，只负责在家里做饭就行了。张禾对队长的安排十分满意，工作队十几号人，分散在5个生产队，回队部吃饭的经常只有三五个，加之张禾是四川人，不光糌粑酥油吃不惯，连馒头也难以下咽，既然自己掌握做饭的主动权，就可以顿顿做米饭吃。自从张禾掌勺以来，我才更深刻地体会到四川家常菜的魅力。张禾做菜的手艺极好，菜的味道除了辣，还很香。我们在外边猎获到獐子和白马鸡，经常是撒点盐煮了撕巴撕巴就吃了，但这些东西一到张禾手里，炖爆煎炒样样都来，真是鲜美无比。后来在外蹲点的工作队员们，经常找借口往队部跑，其实就是为混一顿张禾做的饭。

在队部时，晚饭后大家都喜欢出去走走，有的提杆枪就近去打个马鸡、兔子什么的，有的往附近的农家钻，搞点调查研究。张禾从来不沾这些，她喜欢到地埂、河畔散步。偶尔我也跟她一起转转。夏日的田野风清花扬，空气中有股甜丝丝的味道。山上墨绿墨绿的，庄稼也是一片油绿色。田埂上隔一段便耸立着一个防霜灶，山乡霜降早，往往庄稼还没成熟就开始打霜了，为了保住庄稼不受冻，在冷霜将降的那些日子，社员们每天晚上都要在防霜灶里点上烟火，热腾腾的烟气升上高空，使空中的冷气不易结成霜落到地面。我曾问过张禾，这种防霜灶科学不科学？她说，土办法有啥子科学不科学，反正这里柴火多，烧就是了。昂曲河一到夏天，水流就大了，带着泥浆，水的颜色变得浑黄，但水声却比春天小了许多。张禾说她在大学学的是植物，她随意指着一株草木就可以说出它的本纲科目，生长特性。从她这里，我学到好多关于植物的知识。但我总觉得她的思想有点落后。有一次，我们走在地埂上，她指着正在扬花的麦苗说，这河边的土地还是很肥的，可惜种得不好。望着绿油油的麦子，我不解地问她怎么不好了，她说，锄地没锄够，光是苗长得好看顶屁用。又说，你看这满地的石头，哪像我们四川的农田。我说，春天的时候我们也发动社员捡地里的石头，但社员们说石头是专门压土的，怕土被风吹走。“鬼话！”张禾从鼻子里哼了一声说，风还把地搬走了？我看主要是懒！她的话让我吃了一惊，我的观念里，除了最大公无私的工人阶级之外，贫下中农就是最勤劳勇敢的革命者了。而张禾却说他们懒，这是不是阶级感情问题呢？张禾看出我的疑惑，又说，你还啥都不懂，以后你就晓得了。我对她说我啥都不懂很不服气，说你懂，工作队开会的时候你为什么不说？张禾看了看我，摇着头，不无怜悯地说，你该去读书，当啥子工作组哟。事过多年，忆起当时情景，真觉得张禾伟大，我自己可笑。

央宗年纪和我相仿，也是参加工作不久。她说她从小在八廓街长大，从小到大还没出过拉萨城。虽然是藏族，但她一点也听不懂昌都的藏语，对于藏东农村，所知不比我多。但她较能适应，生活上没问题。她性情温柔，心地善良，经常帮大家缝缝洗洗，大家都很喜欢她。她对工作队最大的贡献是最先发现了野葱和野蒜。这种美妙的调味品一般长在沟沟坎坎上，这儿的农妇们在夏秋时节采集很多，吃不完的就编成女人的长辫似的悬挂起来，风掠去水分，变得像干草一样，冬天没菜吃就揪下一截，在石臼里捣成粉末，和上清水和盐，味道依然鲜美。央宗把这种东西带回来给张禾供她烹调，其特殊的香味受到大家的一致好评。到了夏天，工作队员们外出，谁都想着采集一把带回来。央宗和张禾的关系很好，她毕竟是一个胆小羞涩、没出过远门的姑娘，跟张禾在一起，她感到有了一种依靠。她俩总是出入成双，连上厕所也是一起。她俩住在队部院子侧面的小屋里，晚上我常跑到她们的小屋和她们聊天，张禾关于她生活方方面面的回忆、描述，给年轻的央宗和我展现了一个五彩缤纷的世界。

草原神话

从昌都回来后的第二年，自治区因为头一年工作组下乡搞得比较成功，又组织了大规模的工作团赴那曲地区对牧区人民公社开展生产责任承包工作。我又报名参加了工作组。不过这次去的时间不长，前后只有不到 6 个月时间。

那曲的条件比昌都差多了，自然条件恶劣。那曲镇是青藏公路上的一个重镇，海拔 4500 米，只长草不长树。我们三月份到地区所在地那曲镇时，每天狂风大作，风能把人吹着跑，感觉比拉萨的冬天还冷。海拔高，氧气少，人人昏头胀脑。除了必须出门外，大家全用被子把自己拥在床上，讲完了革命故事就讲黄色故事。上外面撒尿半天找不准方向，狂风肆虐，弄不好自己的尿全跑到自己身上。那几天特别难熬，大部分时间在床上，那曲镇是个什么样也没去看，满天灰尘的也看不清楚。直到终于要到工作点上去了，才把大家从床上解放了。

巴尔达草原在那曲县北部，距地区所在地那曲镇近 100 公里，但毕竟是草原，有路没路车都可以通行。我们工作队带下去了一辆北京吉普，只可惜很快就你开我也开在草原上颠坏了。

巴尔达草原十分辽阔，在这片草原的边缘有一个巨大的盐水湖，从我们居住的草原中心地带看，只是在很远很远的地方，可以看到远山的影子。草原上有纵横交织的小河，这些小河在枯水的季节只是些难看的沟渠，大一点的河流也是被冰冻得死死的，一直要到五月才开始解冻。这里似乎没有春天和秋天，漫长的冬天刚过，就进入到夏天，两三个月的夏天刚过完，几场大雪下来，又进入到冬季。只有在夏天，草原才变得活泛起来，草绿了，花开了，河水开始欢唱，鱼儿成群结队地冲向上游产卵。时不时有一场冰雹或者白凌雨打下来，在草地上像珍珠一样滚动。雨后的彩虹和旋风卷起的尘柱是夏日的草原常见的景观，七色的彩虹鲜艳夺目，像是画在天上一样；尘柱往往由小变大，颜色也由土灰色逐步向黄色过渡，粗壮的尘柱挺立在空旷的原野，让人不由得心生畏惧。牧民们说，魔鬼就藏在尘柱里面。夜晚碧空如洗，硕大的星星好像随时可能掉到地上，月亮大得有些怪异，放射出的光芒带点淡淡的蓝色，使人不得不信服所有关于月亮的神话。

草原是富饶的，有壮美的风光，有支撑一个民族繁衍的绵绵不绝的牛和羊，还有被牧人视为亲朋好友的飞禽走兽。牵引大湖的河沟向大山里放射，里面有太多的鱼，刚开始我们对抓鱼还兴致勃勃，后来就厌倦了，因为鱼太好抓了。我们经常是在锅里倒上油才到近旁的水边去抓鱼。抓鱼很简单，只是把一个塑料网兜绑在一根棍子上，随便伸进水里，在河边的水底捣几下，网里就会有鱼，把鱼当即在河边剖洗，拿到房子里时，油也就是刚烧热。除了鱼，还有蘑菇。夏季草原上生长着一种颜色黄亮的蘑菇，藏语叫“色下”，直译过来就是黄金肉的意思，俗称黄蘑菇。这种蘑菇的确像肉一样好吃。我们一般是把它拿来炖罐头，没罐头的时候，就把蘑菇直接放在炉子上烤，再在蘑菇上放点盐和酥油，味道也很鲜美。我们还捡鸟蛋。在盐水湖，有很多的水鸟，在湖中小岛上产很多的蛋。我们先骑马到湖边，然后涉过并不很深的湖水就可以到达岛上，除了众多的水鸟蛋以外，有时还可以捡到大型鸟类如天鹅和黑颈鹤的蛋。水鸟蛋外观上和麻雀蛋差不多，比鸡蛋小一点，基本上是圆形，蛋黄鲜红，有点腥味。天鹅和黑颈鹤的蛋比普通鹅蛋还要大，用一只蛋烧一锅汤五六个人都够吃。当然还打猎，那个年月下乡打猎好像是天经地义的事，一方面是没有动物保护意识，一方面是因为生活条件太差。

野生动物是藏北荒原上的一大自然景观，除了青藏高原上独有的野牦牛，还有数目庞大的野驴、盘羊、藏羚羊和黄羊、旱獭，还有一些食肉动物如云豹、雪豹、狐狸和草原狼。曾有人在青藏公路上目睹这样一种奇观：成千上万只黄羊横过公路，停车等了近一个小时，这支占据路面几十米宽的黄羊大队才过完。天上飞的珍禽也不少，天鹅、鹤、灰鸭、黄鸭和成群的野鸽子。打猎我们基本上只打两种东西，一个是黄羊，一个是黄鸭。不是专门有什么选择，而是这两种动物比较多，好打一些。

由于生存环境险恶，生活在西藏西北部的人们从某种意义上说，是人类精华的一部分。他们代表地球上的最高生命形式，立足于人类生存的极限地带，在这里创造生活、开发文明，繁衍后代。这种存在的本身，就已经有了值得讴歌的意义。实际上，他们对人类的贡献远不止此，大量人类童年时期的纯真在这里得到了保留。在荒无人烟、满地砾石的荒原上遇到一个牧人，不管是男是女、年长年幼，只要深入接触，就可以发现他们那种超然物外的平和。他们既不为活着乐不可支，也不为死去痛不欲生，将自己和自然界的一切恰当地溶为一体，年复一年，日复一日地在这片土地上迟缓而又顽强地生生息息。

我的房东是一个五口之家，一个老人，夫妻俩和两个孩子。以前他们是带着帐篷逐水草而居，后来政府为他们修了定居点。房子是土墙木梁、木梁上用小木棍紧密地排列成稍稍倾斜的平面屋顶，然后上面再糊上当地的泥土。草原上雨水少，不用担心房子漏雨，只是到了夏季，要经常用泥巴修葺一下屋顶。方圆数公里之内只有他们一家，他们家承包着50多头牛和100来只羊。通过他们一家在较为繁忙的初夏从早到晚一天的劳作，我对藏北牧民的生存状态有了一个大致的了解。

清晨，太阳还没升起，女主人就起来了。她将前一天夜晚用牛粪焐着的火种拿牛皮风箱吹燃，房顶上便开始冒起灰黑色的炊烟，然后背着水桶出门，到附近的河沟里取水。回到屋里，从藏柜里拿出一块砖茶，掰少许放进汉阳锅，掺上水坐在炉子上。在熬茶的当儿，她开始梳洗自己，最后会在脸上抹一点酥油。完了以后，挨个唤醒家人。在家人们起床收拾自己的时候，女主人用熬好的茶水打酥油茶。茶打好了，一家人围坐在火炉边，火炉旁的篮子里放着去年宰杀后风干的牛羊肉和一些奶渣，每个人面前的碗里都放着半碗压实了的糌粑，女主人为每只碗里注满热腾腾的酥油茶，一家人开始吃早饭。这个过程中，男主人用简洁的语言有一句没一句地给全家老小分派活计：女人在圈里接羔，年幼的孩子充当帮手；老父亲和年长的孩子去放牧牛羊。男主人没给自己分派什么活，不过我知道，他也有很多事要干：要么是出去找兽医来给牲畜看病，要么是坐在家里鞣皮子、编毛绳；他或者什么也不会干，只是骑马出去会个朋友喝个酒什么的。

女主人第一个走出了房子，她显然是接羔能手。牛羊还没出圈，她进到圈里，不时地从牛或者羊肚子下抱起一个个幼畜，弄断脐带，把幼畜放进半人多高、圆筒形的铺了厚厚的羊粪蛋的育羔圈里。孩子跟着跑前跑后，不停地发出欢呼声，不过他的母亲此时无暇顾及到他。

放牧的祖孙满身披挂地走了出来，二人赶着牛羊走向草原。老人跟在畜群后面，不紧不慢地晃动着手上的抛石器，不时嘶哑地喊两声只有牲畜才能听懂的口令。孙子十分活跃，他带着牧羊犬时而跑到畜群的左边，时而跑到畜群的右边，将那些试图离队的牛羊赶拢。到了牧场，他们才把牲畜放开，任由它们吃草喝水，由牧羊犬看管。祖孙俩找来三块石头搭成一个简易的石灶，孙子捡来几块干透的牛粪放在灶里，爷爷从背上取下汉阳锅，让孙子从河里端来水放在灶上，掏出火镰，引燃牛粪，耐心地看着牛粪火慢慢燃起来。整个白天，他们都将在野外寂寞地度过，熬茶和抓糌粑成了午间一个重要内容。这时候，任由一个话题引起，在暖洋洋的太阳下，面

草原上的牧童。

对蓝天白云和无尽的群山，爷爷会源源不断地将积存在脑海中的关于神灵及古代战争的故事讲给孙子，这中间不乏他在数十年的白天和夜晚眼望着空旷的天空以及在自然伟力面前产生的幻想和思索。在这个过程中，孙子一边接受爷爷传授的神话，同时也开始了神话的创造。这其中，格萨尔故事是永恒的主题。

草原上，人们耳熟能详、最为喜爱的故事是英雄史诗《格萨尔王传》。这是一部世界上最长的英雄史诗，结构宏大，内容丰富多彩，至于究竟有多长，至今也没有一个确切的定论。随着不同时期、不同地点出现的传唱人的说唱，故事还在不断地演进，也会出现新的情节和结构。《格萨尔王传》故事的基本框架是这样的：在很久很久以前，天灾人祸遍及藏区，妖魔鬼怪横行，黎民百姓遭受荼毒。大慈大悲的观世音菩萨为了普度众生出苦海，向阿弥陀佛请求派天神之子下凡降魔。神子推巴噶瓦发愿到藏区，做黑头发藏人的君王——格萨尔王。格萨尔降临人间后，多次遭到陷害，但由于他本身的力量和诸天神的保护，不仅未遭毒手，反而将害人的妖魔和鬼怪杀死。格萨尔从诞生之日起，就开始为民除害，造福百姓。5岁时，格萨尔与母亲移居黄河之畔。12岁上，格萨尔在部落的赛马大会上取得胜利，并获得岭国王位，同时娶森姜珠牡为妃。从此，格萨尔开始施展天威，东讨西伐，征战四方，降伏了入侵岭国的北方妖魔，先后收服了几十个“宗”（藏族古代的部落和小邦国），在降伏了人间妖魔之后，格萨尔功德圆满，与母亲郭姆、王妃森姜珠牡等一同返回天界。

人们之所以喜爱这个故事，除了它内容生动有趣，充满了藏族古代的神话传说、诗歌和谚语，同时又融汇了不同时期藏民族关于历史、社会、自然、科学、宗教、道德、风俗、文化、艺术的大量知识。同时，不同说唱艺人的传奇经历，也是吸引人们的一个重要因素。我接触过两位《格萨尔王传》的说唱艺人，一位是来自藏东的扎巴老人，一位是来自藏北的玉梅女士。

扎巴·阿旺洛桑1905年出生在西藏昌都边坝县一个贫苦家庭，十一二岁时，他做了个梦，梦见一匹青色战马将自己撞倒，马蹄踩在了他的头上，正当他疼痛难忍时，从马背上跳下一青面勇士，不由分说，将他的肚子剖开，把五脏六腑都掏干净，再往肚子里装了很多经书一样的册页。小扎巴感到很害怕，对勇士说：“我头疼死了，你装书干什么，我不认字。”那位青面勇士说：“不识字没有关系，我的马踩了你的头，把智慧都装在你脑子里了。这些不是一般的书，里面讲的全是英雄格萨尔大王的故事。你醒来之后就会讲了，因为你有这个缘分。从今以后，你要不辞辛苦，到处传唱，让雪域高原的同胞兄弟都知道格萨尔大王的英雄业绩。”后来他才知道，那位青面勇士是格萨尔手下的大将查香丹玛。

从此之后，扎巴就像变了一个人似的，开始讲述格萨尔故事。直到 1959 年西藏进行民主改革，扎巴一直云游四方，漂泊流浪，以说唱《格萨尔王传》为生，他成了一位著名的说唱艺人，“仲肯扎巴”的名声传遍了半个西藏。1979 年，开始抢救民族传统文化，西藏群艺馆把扎巴老人接到馆里，请他说唱《格萨尔王传》，并派专人记录、录音。我们上下班经过扎巴老人居住的房前，总是被他说唱《格萨尔王传》的美妙声音吸引，虽说听不懂，也忍不住站到门口往里探头探脑。只见扎巴老人盘腿端坐在垫子上，一手托着脸颊，旁若无人地说唱。面前的桌上放着个录音机，磁带堆得像个小山。后来，自治区成立了专门的《格萨尔》抢救小组，他又先后到西藏社科院和西藏大学说唱。1986 年 11 月 3 日上午，同往常一样，他说唱完一段后，录音的工作人员怕老人过分劳累，请他停下来休息一会儿。工作人员出去散步回来，只见扎巴老人盘腿而坐，纹丝不动，已然坐化，终年 81 岁。据说后来老人天葬时，人们发现他的头盖骨上有马的蹄印。

扎巴老人给后世留下了一份极其珍贵的文化遗产。他生前共说唱《格萨尔王传》25 部，40 多万诗行，600 多万字，相当于 25 部《荷马史诗》。这是迄今为止篇幅最长、最完整的一套艺人说唱本。它凝聚着扎巴老人的智慧和艺术天才，是《格萨尔》抢救工作中最重要的成果之一。

说唱《格萨尔王传》的艺人有年老的，也有中年人。其中，最神奇的算是女艺人了。著名格萨尔女说唱艺人玉梅 1959 年出生在西藏那曲地区索县，从小没上过学，目不识丁。父亲是当地有名的格萨尔说唱艺人。十六岁的某一天，玉梅去放羊时在野外睡着了，据说一睡就睡了三天，当父亲带着家人找到她时，发现她满面春风。她说她做了一个长长的梦，梦境里一位身着白衣的仙女教她说唱《格萨尔王传》，父亲不信，随口念了一段，不料玉梅接上就唱，其父大惊，又念一段，她又马上接上。在她首次向牧民公开说唱时，一连几个日夜不停地说唱《格萨尔王传》，听众走了又来，来了又去，可她始终没有停歇。从此，她成为了享誉藏北牧区的格萨尔说唱艺人。

1983 年，玉梅初到拉萨，是西藏社科院《格萨尔》抢救办公室专职说唱《格萨尔王传》的艺人。那时西藏文联刚成立不久，为联络文艺界人士，文联经常举办一些座谈会、联欢会一类的活动。因为听说了玉梅的种种神奇，所以一有机会大家都想跟她坐在一起，探个究竟。玉梅生得高大健壮，脸膛红红的，乌油油的长辫子盘在头顶，一副典型的藏北姑娘装束。她腼腆寡语，未语先笑，一双野鹿似的眼睛总是闪着神湖一样梦幻的蓝光。最好玩的是她转移视线时，头一动不动，一双大大的眼球在眼眶里缓缓地移动，你觉得她似乎在斜视你，但分明又带着笑，大家经常被她这种奇特的神态逗得大笑不已。

《格萨尔王传》的说唱艺人，不承认师徒相承，父子相传。他们认为说唱史诗的本领是无法传授的，也是学不了的，全凭“神授”，靠“神灵”附体。他们认为，一代又一代说唱艺人的出现，是与格萨尔大王有关系的某个人物的转世。这种观念与藏族传统文化中“灵魂转世”的观念一致。

说唱《格萨尔王传》在西藏的农牧区很普遍，尤其在牧区，既是民族传统文化的传承，又是一项大家喜闻乐见的娱乐活动。

就在放牧的祖孙陶醉在无边的神话里时，男主人也开始干起属于他的营生。他今天没有出去，他要收拾房顶。藏北草原少雨，但夏天总有那么几场，已经有了冰雹的前奏，雨也快来了。牧人们有“两多两少”，畜产品和盐巴多，木头和粮食少。男主人从房子里找出几根胳膊粗细、约两米长的木棍，这是去年从县城的集市上用两只羊换回来的。他上到屋顶，刨开松动干裂的房顶的一角，换下两根断裂的椽子，将椽子上的细木棍重新排得密集整齐，然后将拌成半干的黏土倒在上面，轻轻地拍实。在干这件事的过程中，他还干了些别的活，他剥了一张因为难产死掉的母羊的皮子。

夕阳西下，满天彩霞，远处的湖面上传来飞禽嘹亮的叫声，天上不时有大型飞禽低空掠过。其他人家的畜群从远处走来，经过门口时，引得用铁链拴起来的守家的藏獒疯狂地扑咬。男主人呵斥着藏獒，上前和路过的牧人相互打着招呼，让着鼻烟，简单地交流各自从不同渠道获得的有关这个世界的信息。人们说，草原上的消息传得比风还快，我开始一直不理解，后来慢慢明白确实如此。虽然没有现代化通讯手段，但每一个游动的牧人，每一座帐篷，每一个定居点，都是信息链上可靠的一环，他们会将草原上发生的大事小情，以及草原以外的事情，准确无误地口耳相传。在看似荒僻的原野上，有关人类和自然的讯息无时无刻地进入到人们的心里。

定居点门前再次热闹起来，放牧归来的人畜和留在家的人畜汇聚一处，劳动的最后一个高潮掀起。全家老小将牛和羊分成两排拴在门前的空地。女主人挤完奶后，放出幼畜，让它们各自找到母亲。待它们吃饱后，再把它们放到育羔圈里，用厚厚的毡垫把圈的顶部覆盖，为幼小的生命抵挡暮春时节草原之夜的寒气。

天上的霞光散去，暮霭带着寒气悄悄袭来。当全家再次聚在屋子里时，女主人已经点亮了酥油灯，微弱的光亮投放在颜色深暗的家什上，微微地抖动着。一家人在暗淡的光影里坐到自己的位置上，一边简单地说着一天的劳动情况，一边进晚餐。如果谁遇到或是听到新鲜而又令人惊奇的事，也会在这个时候发布，大家都会根据各自的理解，发表看法，如果和自己没有太大关系，也就止于议论；如果认为此事将要涉及自身，一家之主会不容分说地作出决断，其他人就要不折不扣地实施。晚餐跟早餐一样，只是多了一锅牛奶。每个人都用舌头舔食着碗里让茶水浸湿了的一层糌粑，然后再添上茶继续舔食，这样几经反复，一碗糌粑就吃完了。每个人将各自的碗彻底舔干净后收起时，夜幕已经彻底将草原覆盖。男主人这时会走出家门，他要在夜幕下巡视一遍他的牛羊，当他回到屋子里时，家人早已各自解下身上的皮袍，蜷着身子睡下。老人怕冷，他拥有一床羊毛织就的藏被。

草原归于静寂，只有星星闪亮。

再过一个多月，这家人除了留下老人和孩子，他们将赶着畜群，驮着帐篷，到离家较远的山坡上去放牧，一直要到绿草开始发黄，寒风裹着雪花飘落，他们才又回到较为暖和一些的草原低处，也就是定居点。从这时候开始，牛羊只能走到冰冻的湖边，啃食干枯的牧草，如果天降大雪，牧人只好用夏季采收的干草喂养牲畜，但往往坚持不了多久，牲畜可能大批死亡，牧人只能尽量减少损失，和他们赖以生存的牛和羊相依度过漫长的冬天。

草原上还流行一种习俗，一般称之为“打狗”，实际上是青年男女的幽会。男女双方有意时，男子要去钻女子的帐篷，但每家帐篷门前都有凶猛的牧羊狗，这一关不好过。知道男方要来，女子一般会把狗拴在别处，以便男子顺利地摸进帐篷；如果女子不是很愿意，就不会采取这种措施，男子来了要遭到狗的进攻，就很难得逞。所以，牧区非婚生的小孩比较多，但这并不影响嫁娶，人们对这种事还是比较宽容的。

在这个期间，我回过一趟拉萨，比较之下，用“震撼心灵”形容一点也不过分。当时正是夏天，当汽车进到拉萨城时，看到路旁高大的阔叶杨墨绿的叶片映着夕阳在风中抖动，发出飒爽的声响时，看到人们穿着薄薄的夏装，悠闲自在地走在人行道上，禁不住心潮澎湃，觉得这简直就是人间天堂。几个月没见过树，没见过轻灵活泛的着装，此时此刻，宛若梦境。1980 年，我第一次到春城昆明参加一个会议，同行的有朋友吴雨初，他把全部身心献给保护西藏文化的事业，策划并主持创建了西藏第一座牦牛博物馆。他生长在南方，1975 年自愿进藏，被分在藏北工作。在昆明除了开会，我们被组织着到处参观，那时昆明古香古色，气候宜人，我们经常穿行在春城的老街古巷，留下了非常美好的印象。参观植物园时，看到满园盛开的茶花，他那种“贪婪”的表情我至今记忆犹新。当他把被紫外线灼烤得黑红的手伸向娇艳的花朵时，我情不自禁地充当了帮凶。结果在出园时被门卫挡获，不仅遭人奚落，还被课以不菲的罚款。

工作队在巴尔达草原好像没干什么实质性的工作。那时全国都在平反、落实政策。印象中我们工作队也只是搞了一些给“四类份子”摘帽、落实政策和生产承包责任制的材料。刚把这些东西搞得差不多，一年一度的赛马会就要来临了，不管是干部还是普通牧民，心思全部转到了赛马会上，各个公社生产队都在一心一意地选马，选好马还要进行专门的训练和饲养，接下来还要选派骑手。牧民们更是忙着准备拿到赛马会上进行交换的物资，有些尚未嫁娶的年轻人更是早早地准备服装佩饰。这时离我们撤点的时间也差不多了，我们也只好匆匆卷起铺盖，回到那曲，准备参加完赛马会，跟地区汇报完就回拉萨。

赛马会期间，也是藏北草原一年中最好的季节。全地区的牧人都从四面八方向地区所在地那曲镇集中。那曲镇南面的草坝上，陆陆续续搭起了帐篷，很快，成了一座帐篷城。在这座帐篷城里，男女老少都身着平日里很难见到的节日盛装，令人眼花缭乱。赛马虽然是牧区一项古老的活动，但人们聚集到这里并不单纯为了赛马或者观看赛马，他们还带来了各种各样的畜产品和野生动物的皮张，希望卖个好价钱。农区的人们也不顾路途遥远，带来了农家的产品，他们用这些土地里生长的东西和牧民们手里的东西以物易物。赛马项目有大跑、小跑；有骑马射箭、骑马打枪、骑马拾哈达等等，除了马上的项目，还有拔河比赛、抱石头比赛等。这些比赛固然重要，但也就用个三四天就进行完了，帐篷城却至少要存在十天半月，在这期间，牧人要采买足够的日用品，亲戚朋友之间要利用这个时间相互走访。最重要的，是牧区的青年男女，平日里大多孤零零地在草原上，这个时候十分难得地汇聚在一起，他们将充分地利用这个机会，谈情说爱，寻找意中人。帐篷城白天热闹非凡，夜里更是热闹非凡。帐篷间的空地上，每晚都有通宵达旦的锅庄舞，男男女女老老少少手牵着手，不间断地歌之舞之，跳累了可以抽身回到帐篷休息，休息够了又可以随时重返舞圈。歌舞的人不停地在变换，舞圈彻夜都不会消失。赛马会上赛马本身，倒显得不是那么重要了。

第三章 变化的年代

花环与梦想

20 世纪 80 年代西藏城市生活的一大景观是人们热衷于搞文学创作。那个时代文学的炽热和那个时代人们的精神生活的饥渴有着密切的关系，何况在西藏这种特殊的地域和社会环境，激情和幻想难以在其他领域驰骋，而解除了政治禁锢的文学为思想的自由飞翔提供了广阔的空间。那时的文学园地只有《西藏日报》副刊和创刊不久的《西藏文艺》（《西藏文学》的前身），这两座园地在“文革”后的西藏高原文坛如冬夜的火焰，燃起了文学青年的希望之光，它们成了西藏文学爱好者人人都想踏入的殿堂。

当时，《西藏日报》副刊和《西藏文学》刊发的作品从内容到形式，依然散发着“文革”气息，所谓的政治倾向仍然是衡量作品的基点。好在文艺的春天已经来临，为数不多的老一辈文学工作者缓慢而又艰难地焕发着青春，一批文学新星正从遥远的天际蹒跚而来。在短短的三五年后，这批作者因他们在思想解放运动中所获得的思想和艺术营养而创作的文学作品以一种全新的面貌出现在《西藏文学》的版面上。这些作品不管是表现的内容还是表达的方式，都有别于从前。一支充满朝气的西藏新文学大军初步形成，吹响了西藏新时期新小说的号角，为以后冲刺中国文坛奠定了基础。也就是从那时起，这种真正意义上的文学的势头一发而不可收，直冲至80年代中期西藏当代文学的高峰。一批作品不仅在西藏、甚至在国内文坛也产生了影响。当时，社会上痴迷于文学的年轻人如雨后春笋般地涌现，凡有点文化的年轻人都想挤上文学创作这条路，不写点诗歌、小说仿佛就进入不了主流社会。文学成了时尚的代名词，劫后余生的老作家在这个领域找回了青春的感觉，年轻的初学者在激扬的文字中寄托着梦幻般的未来。所有的人对文学都恭敬有加，聚会论文成为时尚，挑灯笔耕被当成神圣的劳作。文学的功能和作用被极大地夸张，仿佛一篇小说、一首诗歌就可以改变社会和个人命运。文学的成就被视为最大的成就，而文学成就越大，就意味着社会特权越大，可以做出一些当时社会一般人不敢做，或做出来肯定遭批斗的事情。比如经常搞聚会，高谈阔论完了，还私自举办超出允许的交谊舞范畴的贴面舞会等等。正因为这样，整日做着文学梦的文学青年和老编辑之间也上演着一幕幕活剧。

有一位在地区工作的文学青年，在拉萨某剧团找了一位演员结婚，想通过在报刊上发表作品成名后，调到拉萨和妻子团聚。正好执掌某文学园地大权的某位老编辑是他的老乡，几番书信往来、登门拜师之后，自然就熟悉了。老编辑好喝两口，于是文学青年就三天两头往拉萨跑，常弄些紧俏吃食把他请到老婆单位的家中欢宴。一日，文学青年邀三五好友来家聚餐，老编辑自然上座，推杯换盏地客套、海阔天空地胡侃，不觉天色转暗，一干人意犹未尽，点上蜡烛，继续边喝边聊。座中除老编辑，其他几人看实在太晚，说怕单位关大门回不去，便起身告辞。那时拉萨还没有所谓的商品房，除了一些藏族职工在老城区有家以外，机关单位的职工大都是住在单位院里，人们有很强的土围子思想，虽然社会治安情况很好，但各单位都还是习惯性地弄个院墙把自己圈起来，工作生活成一统。有院子就有大门，专人看守，大门一般是木框上钉铁皮，守门人一到晚上早早就把大门关了，任你喊破嗓子也不开，晚上经常听见晚归的人把铁皮门砸得山响。

文学青年起身送朋友下楼，屋内只剩下老编辑和文学青年的妻子二人。文学青年的妻子也是好酒量，一直陪着大家喝，此刻已是腮绽桃花，老编辑醉眼蒙眬，真个是灯下看美人，越看越欢心。开始言语挑逗，女人考虑他是丈夫的恩师，不便发作，只是装聋作哑。谁知老编辑言语之间，反而将自己色胆激活，竟然绕过桌子，一边撕扯衣襟，一边说些昏话。女人大惊，一边在行动上坚拒不从，一边说，你是老师哟，这个样子要不得。正在这时，楼梯一阵乱响，显然是文学青年送完客人回来，老编辑只好放手，回到座位。文学青年进屋，一方面自己喝得也是昏头昏脑，再加上烛光昏暗，并没发现室内有何变故，一边落座，一边还说，来来来，我们接着喝。老编辑心中有鬼，不敢久坐，搭讪了几句，也匆匆告退。文学青年送罢老编辑回来，心满意足地往床上一躺，正对今日酒饭进行评估，不料娇妻在旁大放悲声，文学青年惊惧不已，追问再三，女人方将刚才一幕如实道出，并将扯破的衣襟给男人展示。文学青年听罢痛心疾首，说从来都是把他当师长礼拜，不料却干出这等令人不齿之事，这口气怎么也难以下咽，于是，第二天一早不顾妻子阻拦，便找上门去理论，不料遭老编辑反咬一口。

于是此文青跑到老编辑所在单位领导面前，如此这般地告了一状。那个年月，这等事情非同小可，领导找到老编辑谈话，老编辑还是一口咬定没有这回事，单位领导一时也觉得事实不清不楚，难以下结论，便想息事宁人。文学青年觉得如果不将此事弄个水落石出，自己今后恐难做人，反正此事已传得沸沸扬扬，索性一不做二不休，便写了一纸诉状，除了将那晚所发生的事情详细罗列，还特别强调其脖子上有抓痕为证，并附上纽扣，直接送到老编辑的单位，还嫌不够，又将诉状誊抄若干份，分送各有关单位和更高一级领导。老编辑万万没有想到年轻人这等厉害，面对如此指控，其辩解显得十分苍白无力，而对自己脖子上的两道伤痕，更是说不出个所以然。最后只好退到“酒后无德”四个字上。

从此之后，老编辑一蹶不振，文人聚会的社交场上也没了身影，不几年，便告病还乡。

西藏文联成立之后，经常举办各种创作读书班，类似于今天搞的笔会，搞笔会有两大好处，一是可以改善生活，二是的确可以出作品。笔会就是脱产集中搞创作，主办单位（一般都是报社或者杂志社）申请到一笔费用，发一摞公函，通知一些基本作者和可能出作品的作家或是可能出作品的新秀，某月某日到某处报到，一去至少是十天半月。当时社会对文学很认可，一般拿着通知到单位请假，单位都会批准。那时还没有宾馆，笔会都是在一些招待所里开，自己象征性地交点钱和粮票，吃的却是会议餐。一日三餐，每顿都有七八样菜，而且总会有肉。这无异于打牙祭。那时生活困苦，能吃到这样的饭菜不容易。有个别不自觉的，菜刚一上来，大家还没动筷子，就抢先端起盘子往自己碗里倒，其他人只好跟进，回回都是风卷残云，把盘子吃个底朝天。不像现在聚餐，总是剩一桌子。不过大家确实也对得起这会议餐，每天白天讨论，晚上就挑灯伏案，一篇又一篇的大作源源不断送到编辑手上。编辑也敬业，不厌其烦地一次次跟作者谈，一遍遍地帮着修改稿子。每次笔会之后，不是推出几个文学新人，就是推出几篇优秀作品，总之没有白开。

当时在西藏文坛发挥主力军作用的，主要是70年代中后期进藏的第一批大学生，他们是“文革”中最后一批工农兵学员，他们中学毕业时，全部被知识青年上山下乡的运动卷到了农村，后来有的进了工厂，也有的当了兵。当时，中国的教育体制已全面崩溃，大学已经不再直接从中学通过考试招取学生，而是从工人、农民、解放军中招收保荐的学生。他们中的一些人，十分幸运地被保送到大学，毕业后，又恰逢“文革”结束，时局巨变，国家似乎从此有了希望，他们满怀抱负，响应“到祖国最需要的地方去”的号召，来到了西藏。他们年龄参差不齐，多少都有一些社会经历和实际工作经验，加上相对来说比较灵活的头脑和新的观念，给西藏基本上还僵在“文革”套子里没拔出来的各行各业注入了一股新的血液，带来了新的气象。这一点在文艺界表现得尤为突出，连老一辈文艺家也对他们刮目相看。

“文革”结束后，西藏开始举办文学笔会，这是参加第一届文学笔会的部分青年作者。

但因为所有作者本身都是才从一个旧的时代走出来，眼界还不开阔，思想如初春的冻土，因此在作品中，大多是直白地表达一些简单的欲望，倾吐一些郁闷在心中的怨懑。20 世纪 80 年代初的西藏文坛虽然热闹，但缺乏厚重，直到 80 年代中期以后，应该说西藏文学才迎来了它的鼎盛时期，除了原有的作者队伍，一大批思想更为解放、体验更为敏锐、更富有激情和创造性的“文革”后第一批受过正规教育的大学生进藏，他们很快就融进了西藏的文学大军，并成为骨干力量。那时的编辑力量强，作者队伍庞大，产生的文学作品不仅数量多，质量上乘的佳作也不时涌现。一批年轻作家脱颖而出，一度驰名国内文坛，成了西藏文学的领军人物。

一批优秀作家的产生，离不开一批优秀编辑的帮扶，编辑和作者的关系通俗地说就像鱼和水。想想今天在西藏文坛乃至国内文坛大红大紫的藏区作家们，不管他们现在是否还在西藏，还在藏区，他们当初在泥泞中跋涉的脚窝里，无不注满了编辑们搀扶和牵引的汗水；另一方面，作者层出不穷的作品思想和艺术内涵，也给了编辑以创作的启迪，那时的编辑们同时也是诗人、作家、艺术家。他们不仅不遗余力地推动着西藏的文学事业冲向一个又一个高度，同时也以自己创作的精彩篇章，为西藏的文学艺术长廊增添了光彩。尤其值得提及的是《西藏文学》编辑部的两位女编辑，龚巧明和田文。她们既是编辑也是作家，同时也是 80 年代西藏文坛上的弄潮儿。她们各自以其聪慧的头脑和特立独行的方式在西藏的文学圈引人注目，也以创造性的劳动赢得了同仁们的尊敬。她们本可以创造更为宏大的业绩，但不幸的是，她们一个以 38 岁的年华魂归尼洋河，一个以 28 岁的青春命断川藏路。她们成就在西藏，辉煌在西藏，最终体现出的生命价值也在西藏。她们身后留下的文字并不多，但她们的精神之光融进了当代西藏文学的光芒之中。西藏新时期的文学除了众多以文字书写的诗文外，还有热血和生命。龚巧明和田文两位年轻的女性以其高贵的生命之魂，浸润于西藏当代文学的字里行间。

欢乐林卡

林卡，是藏语，“林”的意思是指洲，“卡”是地方。拉萨河谷多水，人们就把被水围绕的绿地或者园林称作林卡。后来指向更宽泛了，凡有草地和树林的地方都叫林卡，在林子里游玩就叫“过林卡”。过去拉萨城有许多成片的林卡，这些林卡大多属贵族的私人领地，除了花草树木，还修建有富丽堂皇的宅院，这种地方除了富贵人家自己或邀约亲朋在内游玩，一般人很难涉足其间。西藏的夏天是一年中最美好的季节，冬日里干枯的景象一扫而光，从印度洋上空涌来的热流经喜马拉雅冰雪群峰的过滤，到了西藏高原，变成了清凌凌的暖气，夜里常常有雨，天亮便放晴，所以蓝天白云和大地万物几乎每天都在被洗濯，往往一串串晶莹的水珠还来不及从花草的叶蕊上滚落，阳光的手便明晃晃地伸了过来，将其撷取。每到夏天，富有人家经常在林卡内聚会，他们搭起轻便帐篷，四周围起色彩鲜艳的围幔，在里面喝酒饮茶、唱歌跳舞，有时还请些民间艺人来表演节目，逗乐助兴。民主改革以后，很多林卡收归国有，自然也对公众开放，有了去处，更激活了普通民众过林卡的热情，于是每年 5 月以后，居住在全是石头房子的八廓街的居民就开始出动，举家来到或近或远的林卡，享受夏天花草的芬芳和悦目的清流。到了近些年，拉萨人把过林卡的活动更是开展到了极致，往往是数十亲朋好友相约结伴，或是整个机关单位倾巢而出，一出去就是三两天，把个林卡过得轰轰烈烈。只不过现在过林卡不像过去那么单纯和浪漫，往往注入了一些很实际、很世俗的社交内容。上个世纪 80

年代拉萨街头最令人难以忘怀的一景是夏日里，每到傍晚，在郊外过林卡的人开始回家，一家一户的人全都喝得东倒西歪，在夕阳的映照下，他们扶老携幼，背着过林卡的家什，举着六弦琴，晃着空空的酒壶，边走边唱，边弹边舞，城市的上空回响着人们自己弹唱的乐曲和歌声。有时索性停下来，一家老小在马路上挥袖舞蹈，过往行人也都笑哈哈地围观，观看的人还给弹琴的、歌舞的人不停敬青稞酒或献哈达，把气氛搞得更为热烈。旁观者也有人按捺不住，加入到里头一同歌舞，从街的这一边，舞到街的那一边，把大街当成了舞台。那时城里车也不多，即使来车，也是让着人，根本不用担心被车撞。这种“街舞”往往持续到很晚。

过林卡在拉萨是一种全民性的活动，我们自然是积极参与。除了参加单位里组织的过林卡活动，还经常朋友们自己组织。组织方式有时是口头通知，如果活动规模比较大，就需要先趴在桌子上拟出一份通知，然后请单位的打字员打出来，在油印机上推印出一堆，由朋友中的热心人骑上自行车满城跑着分发。内容无外乎是某年某月在某处过林卡，由谁组织，参加者每人出多少钱，由谁负责购买什么物品，其中有些人还须带上一些特别的用品装备云云。一般都是一呼百应，届时，一帮朋友骑着自行车，买上吃的喝的，带上玩的用的，浩浩荡荡涌向郊外，玩上一两天。

我们最爱去的林卡是拉萨城西南边的“古玛”林卡。古玛，是藏语小偷的意思。这片林卡处在拉萨河畔的一片荒滩上，正对着布达拉宫。拉萨河从拉萨河谷自东向西流淌，到了这里，河道被这片滩地拦阻，河水分成两条，从滩地的南北两边绕行，过了滩地后又汇流一处，所以，这片林卡实际上就成了一个名副其实的小岛。岛很大，地貌也很丰富，有河水扑打的沙滩，有茂密的柳林，也有大片的草地。美景加上无拘无束的奔放和透彻身心的快乐，给青年艺术家们带来了好多的灵感，以其为象征或背景舞台的小说、散文和绘画层出不穷。好多摄影爱好者喜欢跑到小岛南面的山上拍布达拉宫的景色，拍出来确实很美，有河有树有岛，最主要是能拍到布达拉宫的倒影。最早，这片林卡是无主的，据说小偷强盗们时常把这当成他们啸聚的场所，匿赃的窝点，久而久之，人们便称其为小偷林卡。一般良民百姓，轻易不到这里来。那时，连接这片林卡和外界相通的，仅一条狭窄的铁索桥，铁索桥在林卡的北面，一头连着城边的沿河土路，一头伸进林卡里。上世纪 80 年代，这个地方一度被搞得面貌全非，整成所谓的“中和国际城”，树砍了个精光，在里面整了一大堆钢筋水泥化工材料的建筑，专门抛售各种低劣商品，所谓的“娱乐场所”也接二连三地开张，沿河全部盖起红瓦绿栏的房子，挂上“望春楼”、“赏花坊”一类的门牌，红灯高挂，意蕴暧昧。现在这一切都灰飞烟灭，里面建起了一些酒店、剧院等公共设施，市政府也有了进一步的规划，也不叫“中和国际城”了，一般被人称作“太阳岛”。这个名称也是上个世纪八九十年代在拉萨的文人圈里叫起来的，现在成了大家都能接受的固定名称。倒是挺好听，而且现在拉萨人都这么叫了，说“古玛林卡”也只有老拉萨人知道了。

我们过林卡的内容很丰富，在草坝上踢足球、斗鸡，一些不怕冷的还跳到河里游泳，不爱动的可以下棋，有话要说的可以躺着聊天。不过每次干活比如杀羊、挖灶、埋锅引火、煮肉洗碗、最后收拾残局的老是那么几个人，总是干活的人深感不公，回回都是怨气冲天，但回回还是干。后来搞了点改革，过林卡前，通知参加的人，各自带上自家做的一两样拿手好菜，这样既丰富了食物，又省了不少的事。过林卡虽说只是一种游玩，但拉萨整个夏天密集的野外活动总会给人留下很多愉快的回忆。

另一种和过林卡相似的活动是进山。拉萨四周都是山，冬天，这些山顶上总有积雪，在蓝天下亮晶晶的好看。春秋两季举目望去，但见光秃秃的一片深褐色，除非到了雨季，山体上才泛出一些绿色，但随着秋天的来临，这些绿便很快地褪去，依然呈现出褐红。只有进到山里，才会发现，山中的景色是多姿多彩的。山峰之间的山谷里，怪石横亘，清泉潺潺，在溪水旁有小块小块平整的草地，生长着沙棘和蔷薇等灌木，有些地方还生长着杨柳和松柏，不时可以见到废弃的古老建筑，还有一些据说是古时僧人修行的洞穴。除了鸟鸣，听不见人间的声响，看不到人类活动的身影。在这里，即便是进入到时空隧道，回到几百上千年以前，眼前的景象估计也不会有太大的不同。

我们经常在溪水旁搭起帐篷，然后漫山遍野地乱钻。回到帐篷里，每个人都会把所见所闻和大家分享。有的说在某个修行洞里见到了修行的人，头发有好几尺长，有的说在某处山崖上发现了一座小尼姑庙，里面的尼姑都很漂亮，还有的说见到了什么样的野生动物；当然也有交流爬山经验的，说拉萨夏天的山不能爬，山上的土层本来就薄，被雨水一浸就很不牢靠，攀爬时矮小的灌木和一窝窝的草根本不敢抓，一用劲就拔起来了，很容易摔下山去。

上世纪 80 年代，西藏也开始了改革开放，虽然步伐比内地慢了许多，但毕竟也有了一些开放的迹象。标志之一是内地一些打工者和文化人出现在拉萨的街头。

街面上有了一些小饭馆，虽然是一概的脏、乱、差，但生意还是不错，好多单身的大学生，自己又不会做饭，所以几乎靠下饭馆混日子。那时拉萨叫得响的饭馆没有几个，大部分是经营不到几个月就垮了，转眼又换了新牌子，延续到现在的几乎没有。有的是饭菜出了问题，被人告发，有的是挣了一笔钱就卷铺盖走人，反正谁也没有在这长期待下去的打算。还有就是卖菜的多了起来，以前市场上只是当地老百姓卖些自产的萝卜白菜，此时内地来的菜贩们通过飞机和汽车，大批大批地从成都运进来一些四川的时令菜蔬，虽说价格贵得惊人，但毕竟是难得一见的好东西，所以不怕没人买。再说了，那时西藏的工资和内地比起来，也高出一截。当时流传一句话，说是有钱的吃菜，没钱的吃肉。肉那时确实便宜，比如一只鸡，也才几块钱。我们朋友在一起打麻将，分五毛、一块、两块三档，庄家自摸才两块。作家色波麻将打得好，尤其是当庄家的时候，别人点炮他不要，去自摸，一旦摸上，他不说自摸，他把牌往桌上一拍说："一只老母鸡！"当时6块钱买一只老母鸡还有剩余。除了卖菜的，还有钉鞋的、收破烂的、骑三轮的，总之那时来西藏打工的还是属于一种无序和低层次的流动，这些人就为了到这里挣口饭吃，没有更多的想法。后来不断地有人来到西藏，周期也在不断地延长，甚至开创了一番事业。但是这些人和当初的老西藏不同，和进藏的大学生们也不一样，他们的目的非常单纯，就是为了挣钱，他们根本不去考虑融入西藏社会的问题，也不大懂得尊重民族风俗和民族习惯，在和当地人的交往中经常产生一些不必要的纠纷。他们完全在自己的生活圈子里打转，讲老乡，认亲朋，做生意也好，生活也好，对象基本是家乡人。他们在这片土地上，拓展自己的生存空间，在非传统领地形成了一些聚集区，在这些区域里，丝毫感受不到想象中的西藏氛围，就像是内地的某一个集镇。即便是这样的一些人，其中的大多数也没有在西藏扎根的打算，总是在盘算着挣了足够的钱后回到家乡修房置地，安居乐业。实际上在西藏生存不易，要想挣大钱，对于大部分打工族来说更是难上加难。西藏城市化程度低，人口少，市场发育也不完备，但相较于他们人满为患、各行各业的就业者近乎饱和的家乡来说，机会相对多一些，只要肯下力气，总会有些收益。他们中的一些人，确实把吃苦耐劳这种品质发挥到了极致。他们淘厕所、疏通管道、搞搬运、收破烂、擦鞋子、承包郊区的土地种菜，他们中有人在海拔5000多米的高山上开起了小吃部，在人迹罕至的边防经营日用百货。创业的过程充满了艰难险阻，令人惊叹的是他们竟然都一一挺了过来，当然也有人永远躺在了他们完全陌生的土地上，但这种严酷的事实并没有阻挡幻想淘金者的脚步，他们仍然从全国各地一波一波地涌向这片高地。

80年代末，有一次我到山南的洛扎县。洛扎县地处偏远，翻过拉萨河南面海拔5000多米的冈巴拉山，从羊卓雍错边上一直向南，因为不是干线，通往该县的公路非常烂，有的地方就没有路，汽车就在荒原上行进。到了县里，鞋子坏了，正愁没法修理，县上人说，他们这有修鞋的，而且修得不错。在县城唯一的街道上，果然看到有一修鞋的小摊，修鞋匠是一中年汉族妇女，一边等着她修鞋，一边跟她闲谈。得知她老家在四川德阳，两年前跟丈夫一同到西藏来打工，丈夫在一个建筑工地干活，结果被楼板砸折了腰，也没人管。返家要钱，看病吃药更得要钱，无奈之下，从来只会理家煮饭、带孩子洗衣服的她只好买来一台缝鞋机，但拉萨修鞋子的人太多，加上她手艺又不行，一天的进项连糊口都难。一天，偶尔听一个老乡说起，手艺人在底下县份上好挣钱，便萌发了到县上去的念头，但她在拉萨连东南西北还搞不清楚，更不晓得这个“县”在哪里。再细问老乡，老乡说他刚从洛扎县搞建筑回来，问在哪里，他也说不清，只是说翻过南面的山就到了。她便收拾起修鞋的家什，把丈夫暂且安顿在老乡家，独自一人，踏上了往洛扎县淘金的路程。开始搭了一辆往日喀则去的便车，到了羊卓雍错边上，司机停下车，给她指了一条土路说，去洛扎县就顺着这条路走，还告诉她，一定要想法搭上车，尤其是不要离开公路。她昏头昏脑地下了车，顺着土路走了一阵，饥渴难耐，便就近找到一户人家，好心人给她喝了水、吃了饭，但苦于言语不通，她只是翻来覆去地讲“洛扎”二字。主人充满疑惑地看着她，给她指了路。开始几天，湖边上还见到些人家，她一边为人修鞋，一边讨点吃喝，晚上就宿在人家用干牛粪堆砌的畜圈里，有时也会有好心人把她叫到屋里睡上一晚。有一天，她已经走了大半天，还没发现一户人家，四野茫茫，天低地远，脚下只有依稀的车辙通向远方。她心中充满了恐惧，但此时天将近晚，恐惧化作了力量，她一路狂奔，期望看到人烟。直到星斗满天，四周还是空寂无物，她不知道怎么就倒在路边睡着了，醒来时天光已

拉隆寺的石雕墙。拉隆寺转墙上的石制骷髅头、石刻棋盘、大约十三世纪以前绘制的壁画、众多的跳神面具，都属于拉隆寺的独特典藏。

亮。她只好顺着土公路继续前行，饿了，就嚼生皮子；渴了，就爬在水沟旁喝两口。这样走了三四天，她再也支持不住，就在她将要暴毙荒野时，一辆路过的大车停在了她身旁。开车人是洛扎县里的司机，从地区返回县里，见“一堆东西”在路旁，所以停了车。这条路除了本县到外面去或是外面有车到县里，一般鲜有车辆过往。“算我命大啊！”她感叹说。问起她在这边的境况，她十分地满足，她说这边的人心好，也没有修鞋匠，一天到晚生意总是不断。那你能挣不少钱吧？我问她。她说够吃够用，还能给丈夫寄一点。修完鞋，问她多少钱，她说你看着给就是了。她还说她在这个地方修鞋，从来没喊过价，有时有人忘了带钱，她也不要，过两天，人家想起来了，就会把钱送来，忘了也就算了。“我的命都是人家给救的。”

她说。

当然，这是比较极端的例子。我在西藏文化厅工作时，有一户来藏讨生活的人，也给我留下了深刻印象。

当年修建文化厅时，余下了一片空地，这片空地大概有个五六亩，里面除了杂草就是石头，还有修建大楼时废弃的建筑材料、混凝土块。因为一时用不上，就用墙围了起来，闲置在那里。有一段时间，单位曾发动大家利用这片地种菜，但机关的男女老少忙乎了半天，也没把这片地弄出个样子，更谈不上长菜了。这时，有一个来自四川广汉的农民找上门来，说他要承包这片地，一年以后给单位上交多少钱。单位办公室说，这片地不是农田，整个是个垃圾场，你只要清理干净就不错了，不用交钱。这位农民带着老婆和一个小孩就在里面搭了一个简易棚子住进去了。单位里的人谁也不相信他在这片地里面能搞出什么名堂，开始还议论一阵，后来大家把这事都淡忘了。大概过了一年多的时间，忽一日，隔壁家人提着一只鸡回来，问起来，说是从承包空地的农民那儿买来，价钱比市场上便宜许多。再跑到空地那儿一看，不禁让人大吃一惊，只见空地整个下陷了好几尺，四周墙边全是从地里翻起的石头、钢筋和水泥块，摞得几乎和墙一样高。地里盖起了两个塑料大棚，里面栽种着各种各样的蔬菜，在向阳的墙边上，搭起了一排猪圈，里面养着十多头大肥猪。猪圈外面，一大群鸡鸭正在觅食，更令人惊叹的是，在他们住的简易木板房里，竟传出了婴儿的啼哭声。这位四川农民不仅把这块垃圾场成功地开发成了良田，还在这里生儿育女，过起了日子。看到眼前的这些，不难想象他们经过了怎样的磨难才有了今天。

从上个世纪 90 年代初开始，随着 80 年代骚乱潮的逐渐平息，拉萨的旅游业开始兴起，同时在国内外也兴起了一股西藏文化热。追捧这股热潮的首先是一些文化人，他们不管不顾地跑到西藏，以极大的吃苦精神，游走在西藏各地。在生活无着的情况下，随便找一份工作，挣点钱又辞去工作继续流浪。有一个女作者，经人介绍来西藏，投靠过若干人，今天替人看房子，明天和人同居，过了好长时间的漂泊日子，但终归无处安身，最后还是回去了。她认为那几年她过得很值，心灵很放松，认识了许多的人，还写了不少的东西。如果说她这种属于有某种追求的人这样混还说得过去，还有一些人就让人不大能够理解了。有一位女大学生，是学理工的，本来在深圳工作得好好的，不知为什么辞去工作跑到西藏来。她不搞艺术，也不像女作者那么喜欢和人接触，但就是痴迷于八廓街。按理，冬天像她们这样的人一般都回内地了，她却不。冬天各单位的汉族干部职工都集中休假回内地了，缺人手，经常要招点临时工在一些无关痛痒的岗位上顶一阵。以她这样的文化素质，在拉萨会很容易找到一份临时性、要求不那么严的工作。她经常戴一顶毛线帽，上身穿一件极为朴素的大棉袄，下身穿一条蓝布裤子，脚下是一双农牧民爱穿的黄胶鞋，独来独往于八廓街的广场小巷。每到周日或节假日，早上吃完饭就挎上一个黄书包，里面装着一台质量不错的照相机和几包饼干，就到八廓街去。为了节省开支，她经常会在宽大的棉袄里塞一个白萝卜或一棵卷心大白菜，偶尔也会有一个苹果，跑够了或是觉得“该吃饭了”，她就会坐在八廓街的某个房屋的街墙下，一手拿着白菜，一手拿着饼干，一边有滋有味地吃着，一边饶有兴致地望着街上川流不息的人群。假如一段时间没有工作，她就会天天泡在八廓街。她走遍了八廓街的大街小巷，熟知所有的店铺和经营的商品，拍了许多八廓街的生活场景，但她从不跟任何人谈她所看到或感受到的东西，别人也无从了解她的内心世界。更为令人惊讶的是，在没有老师指教的情况下她竟然学会了藏文，但毕竟和人交流得少，虽然把个藏文报纸念得很流畅，但不解其意，更无法和人进行日常对话。她这种在别人看起来非正常的举止终于招来了疑惑的目光，有人把她的情况反映到了有关部门，有关部门还很认真地进行了一番调查，当然也没什么结果。

还有一种就是近些年较多的一群人。他们比较豪华，被称作“藏漂”，虽然是“漂”在拉萨，但性质跟跑来打工、找饭碗的内地农村人根本不同。他们中的好多人衣食无忧，有人还有令人羡慕的职业，出于各种原因到了拉萨后就不愿走了。先是到全藏各地去转，转完了回到拉萨就那么漂着，今天租个房子住，明天租个铺面开个店，不一定是为了赚钱，主要是想这样生活。他们热爱西藏文化，喜欢西藏的人文氛围。在拉萨这种慵懒、安详的气氛中梳理自己的人生，休养在内地激烈的竞争社会中早已疲惫的身心。他们中的一些人，到西藏后爱上了摄影，也有的爱上了写作，于是，各种西藏题材的摄影集、旅行记、散文、小说充斥了书店的书架。除此之外，拍电影的、搞慈善的、进行文化项目的也大有人在，今天在拉萨街上，举目一望，很容易在人群里发现他们的身影。

乘愿再来

上个世纪的80年代中期，是西藏社会真正开始发生变化的时期，其主要标志是改革开放以后中央第一次对西藏大规模的援建。全部由国家投资，在全区各地市共建43项重大工程，90年代又搞了62项工程。随着中央决定集全国之力援助西藏发展，在短短的30多年里，现代化在西藏高原再不是个别现象，而是扩展、深入到了西藏的各个领域和边远的农村牧场。机场、铁路这些大动脉的兴建，不仅极大地改变了西藏的面貌，也给西藏社会带来了深刻的变化。

上世纪80年代初开始，随着“文革”被否定，一系列政策逐步落实、冤假错案得以平反，“文革”中被压抑的宗教情感再度爆发，各种宗教节日纷纷恢复。除了政府落实政策对一些重点寺院进行维修，各地民间也开始集资维修寺庙，不仅修缮现存的寺庙，还修建一些新的寺庙，很多人进到寺院当了喇嘛和尼姑。拉萨的宗教场所在全藏首屈一指，除了融宫殿、庙宇、城堡、陵塔为一体的布达拉宫和历史悠久的大昭寺，藏传佛教格鲁派的六大寺院拉萨就有三座：甘丹寺、哲蚌寺、色拉寺。这些寺院都是宏伟的群体建筑，是藏传佛教格鲁派上升阶段的杰作。此外，还有不少较小的寺院和历代佛学大师的修行场所。

悠久而又强烈的信仰，使得西藏历史上造神不断，除了佛教传入的神灵和西藏本土神灵之外，藏族历史上所有出类拔萃的人物无一不被披挂上神灵的衣冠，在神灵家族中被安下座位。从历代吐蕃赞普到民间能工巧匠，从寺院里的高僧大德到城乡学有所成的知识人士，无不被视为神灵转世。所以，西藏社会里人们的一切创造发明，都被纳入了神的殿堂，在寺院里体现并被保存下来。真正说起来，将寺院看做是西藏历史文化的博物馆，是对西藏寺院最有价值的断识。

随着宗教信仰政策的落实，各地的人们开始纷纷涌到拉萨来朝佛，一方面是没有旅馆住，一方面也没有住旅馆的实力，就在今天的拉萨市邮电大楼对面（那时那儿还是一片空地，现在是中国银行拉萨分行），搭起简易帐篷住下，慢慢地，形成了一个颇有规模的朝佛者的营地。后来住在里面的人员也不再单纯是朝佛者，三教九流什么样的人都有，不时从里面传出一些耸人听闻的故事；拉萨一些大胆的猎奇者也把自己稍稍装扮一下，混到里面，寻找艳遇或是领略一下别样的风景。随着对外开放，国内藏胞到国外探亲，国外藏胞也大量地回国探亲，各种各样的信息大量涌入。还有不少的外国人到西藏，他们从 1959 年流窜到印度的西藏叛乱分子组成的“流亡政府”那里带回了各种各样的宣传“西藏独立”的材料，在西藏广为散发，一股“西藏独立”的思潮开始在西藏高原泛滥。从 1987 年开始，几乎年年有动乱。一到敏感的宗教节日，总会有寺院的僧人、尼姑到八廓街游行，中心口号就是所谓“西藏独立”。1987 年刚发生这种动乱时，应当说好多人都没有这种思想准备，有些摸不着头脑。后来动乱愈演愈烈，以至最终导致了 1989 年 3 月的大规模骚乱和政府在拉萨实行长达一年的戒严。

这段时间对西藏来说，是一段令人不安的日子，改革开放的步伐也随之放慢，社会处在一种沉闷的状态。

1989 年 1 月 28 日，十世班禅在西藏日喀则圆寂。班禅额尔德尼·确吉坚赞是藏传佛教的领袖人物，他一直致力于西藏社会的发展进步和藏传佛教的弘扬，深受西藏僧俗大众的爱戴。1989 年 2 月 3 日，西藏自治区举行隆重的追悼大会，悼念班禅大师。

追悼大会在43项工程之一的拉萨剧院举行。下午三时半，容纳一千多人的剧院满满当当，各界人士分片坐在台下，剧院的舞台上灯火辉煌，正中粉红色的幕布为底衬，上面用白色的纱幕构成一座白塔的造型，在塔的顶端，悬挂着班禅大师的彩色画像，塔的下面放置一花圈，花圈上的挽联用藏、汉、蒙古三种文字书写。台上还供着100盏点燃的酥油灯，虽然高原的二月还十分寒冷，但剧场里却让人感到暖烘烘的。时任全国政协副主席的帕巴拉·格列朗杰主持追悼大会，时任西藏自治区党委书记的胡锦涛致悼词。胡锦涛在悼词中高度评价了班禅大师的一生，称他是伟大的爱国主义者、中国藏传佛教的杰出领袖。念完悼词后，由胡锦涛领先，自治区党委、政府领导一干人向班禅大师遗像献哈达、鞠躬，接下来是自治区各界首脑，他们不论民族属性，一律是献哈达、鞠躬。他们之后，台上的仪式就各式各样了，因为所有参加追悼会的人都要上台向班禅大师的遗像告别致敬，便从前排开始，每10人一排挨着上台，上台的人献哈达是共同的，但表达敬意的方式就大相径庭了。僧人和群众代表是以磕长头的方式；机关干部是鞠躬；解放军和武警一律是脱帽致敬。往往是前面的人在台上还没结束仪式，后面的人就上去了，于是，整个舞台上紫红色袈裟翻飞，便装黑头起伏，绿军装整齐划一。

此外，那天下午天空的景象十分奇特，在号称“日光城”的拉萨，这天一反连日的晴朗，从上午开始，便黑云聚集，到了下午，拉萨城上空已经见不到一丝蓝天，让人感到窒息。阴云压得很低，在低空中缓缓盘绕，仿佛伸手就可以抓住。一阵阵的寒风掠过大街小巷，发出刺耳的嘶鸣，让人心生恐惧，这种景象一直持续。但到追悼大会刚刚一结束，西边天空的云层竟然突然开裂，晚霞齐发，将天空映照得通红，所有的人都像从地底下爬出来似的长出了一口气。这也许可以看作是一种巧合，但这种类似的巧合在西藏实在是太多，所以，其神话和传说也就更有韵味。

班禅大师圆寂不久，中央便决定寻找其转世灵童。按照寻访灵童的仪轨和班禅大师圆寂后法体的示像，经过一系列念经、占卜、观湖、寻访，时隔六年，终于从西藏民间寻访到三位有灵异征兆的儿童。这三位儿童，各自都在某些方面和卜卦的征兆、观湖得出的景象相吻合，但转世灵童只可能有一位，解决的办法只有采用历史定制的金瓶掣签。金瓶掣签源于清朝乾隆年间，当时的朝廷为杜绝在活佛转世上的弄虚作假，特别制定了这一活佛转世制度。

火供是藏传佛教密宗的一种仪轨。这是拉萨格鲁派三大寺之一的哲蚌寺密宗院在举行火供仪式。

1995 年 11 月 29 日，金瓶掣签在拉萨大昭寺举行。

大昭寺内场地有限，加上境外对此项活动又有干扰，所以金瓶掣签活动的安保措施比较严格，活动进行时，无关人员不准进到大昭寺，对记者的采访也进行了限制。除了中央媒体，里面没有其他新闻单位。西藏自治区为了保留资料，从文化、新闻单位抽调了几个人，组成一个特别报道组参加此项活动。这个组只有四个人，一个摄影师、两个摄像师、一个文字。作为特别报道组的工作人员，我们被通知提早进入大殿。我们四个人在天还完全漆黑的凌晨，带上各自的采访设备，从班禅在拉萨的行宫格桑颇章坐车，前往大昭寺。同时，甘丹、哲蚌、色拉三大寺僧人组成的仪仗从这里燃香吹号，将之前供奉在格桑颇章的金瓶护送到大昭寺释迦牟尼像前。

大昭寺内，整座殿堂里到处都燃着酥油灯，来自拉萨各大寺院的僧人把大殿坐得满满的，他们一刻不停地念诵祈祷经文，雄浑的声音时高时低，在大殿内回响。释迦牟尼十二岁等身像前的铁索帘子完全打开，专门加装的灯光把通体金色的佛像映照得金光灿烂。佛像前临时搭起了一个高出地面约五十厘米的金瓶掣签台，台子宽约两米，长约五米。台上放置一方形藏桌，上面用彩色青稞铺洒成吉祥图案，由乾隆皇帝亲赐的金瓶端放其上，旁边放着三个象牙做的名签。桌子后面，设一排坐垫，坐着国务院代表罗干，西藏自治区政府主席江村罗布和国家宗教事务局局长叶小文分坐其左右。除了行政官职，他们还有一个中央特派专员的身份。他们面朝释迦牟尼佛像。在他们右侧的台下，是自治区党政军首脑；左侧台下，则是来自国内各著名佛教寺院的高僧大德，其中以藏区活佛高僧为众。

我们被指定的位置在台下高僧们的旁边，也就是平时朝拜佛祖、转经的廊道，廊道的大部分区域都放了椅子，供高僧们就座，我们四个人只能挤在长约两米、宽约一米的廊道内侧边上站着。这个时候，正是拉萨寒冷的季节里最为寒冷的时段，虽然大殿里人多，酥油灯多，身上不觉得冷，但站在冰凉的阿嘎土地上，还是觉得寒气一个劲儿地通过脚底板往上冒，又不能四处走动，只好在原地不停地跺脚。我们身旁的高僧们都裹着厚厚的僧袍，闭着眼睛念经。

数个时辰过去，一轮又一轮的诵经告一段落，金瓶掣签开始。工作人员上台，将书写着三个候选灵童名字的象牙签放在一个金质的托盘里，先请台上的国务院代表和中央特派员一一验看，然后走下台，请台下的高僧大德验看。看名签的时候，其他高僧都是伸头看看就完，而十七世噶玛巴活佛是伸手把名签从盘子里拿下来，凑到眼前仔细辨识。他的举动，引发了大家一阵笑声，给庄严凝重的仪式氛围增添了一丝轻松。十七世噶玛巴那时也是刚坐床不久(1993 年在楚布寺坐床)，他是西藏和平解放以来，由中央人民政府首次行文批准认定的西藏大活佛（虽然这个时候，他还是一个十岁的孩童)。高僧验看完毕，工作人员又把名签拿到台子的另一侧，请政府官员验看，得到认可后，将托盘放回桌子。这时，金瓶掣签的主角、德高望重的代理甘丹赤巴、50 年代就获得过格西学位的波米·强巴洛珠活佛走上前，先行念经祈祷，然后将三支签一并放入金瓶，盖好盖子，对着释迦牟尼佛像再次诵经祈祷后，捧起金瓶，按顺时针方向晃动数圈，停住后又诵经祈祷，完了以后揭开瓶盖，闭目从中抽取一支，交给工作人员。工作人员将抽出的此签接过交给江村罗布，江村罗布接过这支名签，依照签上的名字大声宣布中签的灵童。在他宣布的同时，众僧人高呼“拉杰啰!”（神胜利)。在活佛们的座位后面，一便装男子呼喊的声音最大，引得大家都往他那儿看。后来才知道他就是中签灵童的父亲。这时我才发现，在高僧们座位的最后一排，坐着三位候选灵童的父母家人。宣布之后，这支签又放入托盘，由工作人员再次拿给高僧大德和官员们验看无误后，江村罗布宣布将中签灵童迎上台来。一会儿工夫，十世班禅转世灵童身着一身明黄色僧装被僧人搀扶上台，当即由波米活佛为其剃度，取法名为吉尊·洛桑强巴伦珠确吉杰布·白桑布（意为万众尊崇法力无边仁慈祥和的佛法之王)。事后，我向佛协人士询问中签灵童衣着为何如此合身，有关人员说，不知道三位灵童哪一位会中签，所以事先为每一位灵童都量身定做了一套衣着鞋帽。他们等候在大昭寺楼上不同的房间里，每人都由指定的僧人陪伴，谁一旦中签，就立即穿戴好恭送到掣签台。

中签的六岁灵童坚赞诺布出身于西藏嘉黎县的一个普通人家，据说在他出生时就有各种灵异的征兆：一是在他出生时，房顶上飞来了罕见的彩色大鸟，后来还落在了院子里，赶也赶不走，这是采访其父母时听说的；二是天空中出现了彩虹，而且彩虹的一头就搭在他出生的屋顶上，这种吉祥景象有好多人目击；三是他出生时，似乎天空中响起了美妙的音乐，有人说听到了，有人说没听到。后来灵童寻访小组找到他们家时，年仅四五岁的坚赞诺布没有丝毫的怯怕，他很自然地依偎在扎什伦布寺密宗院嘎钦活佛的怀里用手扯着活佛的长胡子说："我认识你。"这是我们后来到日喀则扎什伦布寺采访时，密宗院里的嘎钦老活佛亲口说的。寻访组将十世班禅大师的遗物和其他物件混在一起让坚赞诺布拿取时，他从一大堆的物件中，准确无误地拿取了前世班禅的用品，这一点寻访小组的僧人可以见证。最重要的是，在他的舌苔上，天生一藏文字母，而这个字母恰好与寻访组从神湖中观看到的一致，这也是寻访小组的僧人们亲眼所见。根据以上各种征兆和瑞相，将其确认为十世班禅的转世灵童之一，在佛祖面前和另两位灵童候选人一同通过金瓶掣签认证。

从大昭寺出来，已是霞光满天的早上了。

1995 年 12 月 8 日，第十一世班禅的坐床大典在班禅的驻锡地西藏日喀则的扎什伦布寺日光殿隆重举行。国务委员李铁映代表国务院，向第十一世班禅授予金册金印，并照护十一世班禅坐上了历世班禅的法座。

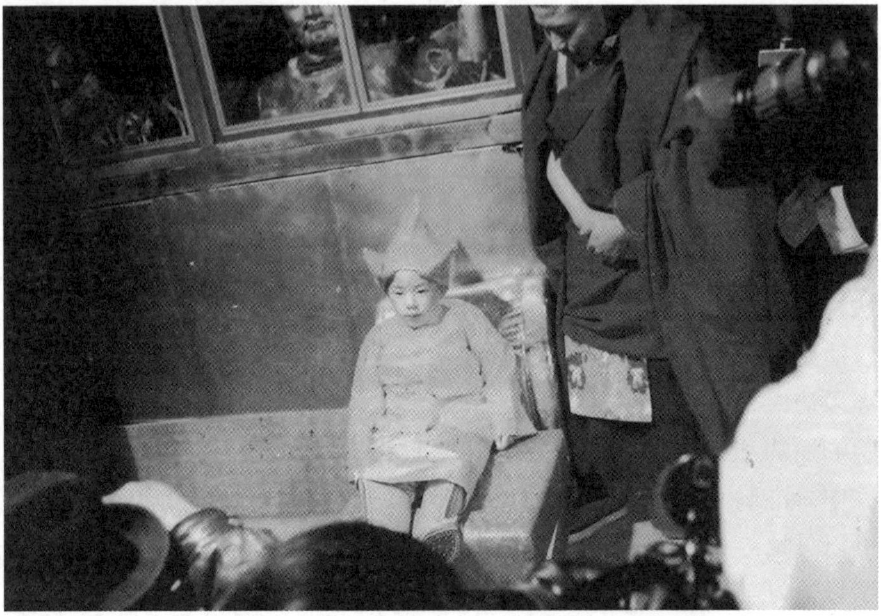

刚刚中签的十世班禅转世灵童坚赞诺布被迎到金瓶掣签现场。之前，他和另两位一同参加金瓶掣签的候选灵童由僧人看护，分别等候在大昭寺的二楼上。

国务院代表、中央特派员罗干宣布国务院对十一世班禅的认定。

第十世班禅转世灵童被迎至日喀则的班禅新宫。

在扎什伦布寺举行的第十一世班禅坐床大典上，各界人士向十一世班禅敬献礼品。

第四章
西藏童话

藏医传奇

2000 年，国际藏医学学术会议在西藏自治区首府拉萨召开。640 多名来自世界 10 多个国家的藏医学专家和学者聚集一堂，对藏医学这一古老的医药奇葩进行研讨。

藏医学最早的名医出在佛教传入藏地之前，一些苯教的神职人员同时也是著名的医者。当时的藏医被称作“苯医”，在医疗实践上，大多采用一些放血疗法、火疗法、涂抹疗法等原始手段，虽然往往能手到病除，但理论却还没形成体系。直到公元 4 世纪以后，印度和汉地的医学陆续传入西藏，丰富了藏医藏药。到公元 8 世纪，伟大的医家宇拓 · 云丹贡布诞生了，作为一名有丰富实践经验而又十分长寿的御医（据说活了 125 岁），宇拓 · 云丹贡布有充分的时间游历周边各国，充实自己的医学知识，比对梳理自古流传下来的医理，经过潜心研究，剔除混杂其中的虚妄之说，最终将藏医学系统化、科学化，写下了藏医学理论基石的经典著作《四部医典》及数十部医学论著。生活在特殊地理和气候环境下的藏族人，依靠自己独特的医学医药，保障健康，繁衍后代，牢牢地扎根在地球之巅的青藏高原。

如同西藏所有的文化现象一样，但凡来自于传统，总会蒙上一层神秘的光环，藏医藏药以其2000多年的传承、丰厚的文化内涵、大量的故事传说，以及独特的医学理念和对病人施治的手段，更让世人惊叹不已。也正因为如此，藏医学正像一名天外来客，以其神秘莫测的形象游走于世，人们的好奇心被最大限度地调动起来，那些身患各种疾病的人们正在舍弃他们司空见惯的医疗手段，如同千里朝圣的信徒，一步一磕头地走向心中的圣地——拉萨大昭寺的释迦牟尼面前，他们千方百计地延请西藏各地的名医为他们诊病治病，实在没有条件的也会千方百计托亲求友，从西藏弄些藏药回去。

客观地说，藏医药在它形成和发展的历史中，从未达到过今天这样的辉煌。过去，它仅仅是生息于青藏高原的人们医治身体疾患的一种医术而已，而在今天，纵观其全貌，它的医学理念和诊治手段所衍生出的人文思想成了人们研讨藏医药的钥匙。在藏医药的世界里所呈现出的人，和西医、中医以及其他的医药学中展现的不同，它的辨析是另类的，对人体的构成和生命的运行，有其独特的思辨。甚至对于病人、病人的家人、医者和大自然之间都有某些神秘的约定，更不用说对病人的行为举止、服药调养等所做的严格要求了。此外，对于药物的崇拜，也是藏医药学的一大特点。这从制药的过程可以看出来，制药的程序且不论，关键是对每一个程序所进行的带有神秘意味的加持和祝祷。这些庄严繁冗的过程使得包裹于红绸或黄缎子中的药丸显得越发神圣。

很早就想写写藏医药，但苦于对这门博大精深的学问知之太浅，又畏于它的神秘莫测，只好将心中这种念想搁置下来。但本人是藏医药的受益者，在受益的过程中，对藏医药略有所闻，便想斗胆一试，但仍觉得没把握，只好采取最简捷易行，也可视为一种偷懒的方法：采访一位藏医。

最终，我把目光锁定在民间藏医洛桑丹增的身上。

在藏地藏医界众多的大德圣手中洛桑丹增并不是一颗耀眼的明星，但近些年，他依靠传统绝学以及自身几十年行医实践，独辟蹊径，采用藏医、中医、西医结合的手段，治好了许多疑难病症，其声望，也逐渐从藏区向内地扩散。上门求医者除了西藏的平民百姓、达官贵人，还有许多内地、港台人士，有些难以上门的，也想方设法弄到他的电话号码，通过电话述说病情，或者寄来一纸西医化验或诊断结果，求药治病。治愈的人多了，关于他诊病的神奇传说也越来越多，剥掉那些虚幻的光环，实际上，洛桑丹增大夫是一个十分和蔼可亲的人，他的医术既得益于家庭，更多还是靠自身的钻研。我和洛桑丹增大夫交往数年，从一个患者找他就医到成为朋友，慢慢也知道了一些他的从医生涯。他每天都繁忙，家里永远有病人求医，每次约他系统地谈谈他的家族、他的生活轨迹，都要电话预约，而且还不能在家里。在家里他没法空闲，我们总是找某一个清净之地交谈，即便如此，他的电话总会时不时地响起来，而且总是病人已经到了他家里。每接到这种电话，他总是很焦虑的样子，并乞求地望着我，恨不得一步跨回去为病人治病。为了能够谈下去，这种时候我总是请他先问问是不是急性病人，是不是外地病人？如果不是，就劝他和病人另约时间，或者等几十分钟。我因此对那些在我和洛桑丹增大夫谈话的时间里上门求医不遇的病人心存歉意。

洛桑丹增的家族在西藏东部的昌都地区贡觉县的阿嘎地方（现在是一个区），房名叫“切么仓”。这是一个被原始森林覆盖的十分美丽的山乡，冬日里满目青翠，夏日里万紫千红，大自然热热闹闹的四时运转，并没有影响到这儿人世间的静谧。这里极少受到外界的侵扰，人们一代又一代地重复着先人的活法，只有极少数的人走出大山，沐浴山外的阳光和空气，带着阿嘎地方的灵气汲取外界的人类智慧，他们都有所成就。“切么仓”就是典型。这个家族在这一带远近闻名。“切么仓”早年间家业十分兴旺，家族除了医道精湛，历代中还有层出不穷的活佛和地方官员。

洛桑丹增的曾祖父自小随父亲学医。到了30岁的时候，以一名游医的角色游历了印度、尼泊尔和锡金，一去30年，整个精壮年华可以说全部在异乡度过。30年来，他遍访名医，采集良药，为“切么医家”的医学宝库增添了珍贵的医学财富，当他回到家乡时，已是一个60来岁的老人。他用30多年的光阴，换回的是用30多匹骡马驮回的世界各地的大量的医书、医药和医疗器械。洛桑丹增的爷爷在自己的父亲离开时，尚在襁褓之中，到了而立之年，才见到须发花白的父亲。在此之前，他一直是靠祖传医术行医，父亲回来后，给儿子讲述了许许多多的异地奇闻，尤其是关于各种有别于传统藏医的医道，如放血疗法、火熏疗法、点穴疗法、捏拿疗法以及皮搓疗法等。所有这些，激起了30岁的儿子像父亲一样到到外面闯荡的愿望。他的想法得到了父亲的赞许，并对他的行程路线做了大致的安排。他背着简单的行医用具上路了，他既去了父亲去过的锡金、印度、尼泊尔等地，也去了墨脱专门考查药材，还到了米林的“那宇”地方（据说这里是藏医始祖宇拓·云丹贡布的药源之地），最后去了内地的五台山。这一去就是26年，几乎和父亲在外游历的时间相当，和父亲一样，他也带回了大量的有关医术的书籍和验方。也就是从这个时候开始，在他们的家族的医术中，引进了中医的医术。并且可以看出，洛桑丹增的爷爷在外的26年间，相当大的一部分时间和精力，都投放在天然药物上，否则，难以解释他冒着被毒虫猛兽吞噬的危险，进到长期难以有人涉足的墨脱（地处喜马拉雅南麓，全国唯一长期不通公路的县）。这次行医、学医、研医之旅，不仅是再次充实了“切么”家族的医学财富，而且将许多从未见过的植物引进了“切么”家族的医疗验方。在他主掌“切么”家族的医疗龙头的时代，家族的医疗声望达到了前所未有的辉煌，不仅在昌都一带，就连拉萨，业内人士对“切么”家族也并不陌生。洛桑丹增的爷爷活了103岁，在他将要告别人世的那几年，社会出现动荡。为稳妥起见，老人将家中许多医书资料或者送进寺院，或者埋藏在山洞，而将治疗各种常见疾病和祖传的秘方360种交到了继承家族医术的三儿子——洛桑丹增的父亲手中。

游医，似乎是“切么”家的传统，洛桑丹增的父亲18岁那年，即离家行医。第二年，青梅竹马的一家富户的小姐带着女佣人出走家门，满世界寻找心中的恋人，最后终于在米林找到了他。这位小姐后来就成了洛桑丹增的母亲。一对年轻夫妇带着佣人，一路行医往南，到了墨脱。对于“切么”家的医者总要去墨脱，洛桑丹增这样解释：藏医药三个门派，一个门派偏重用植物入药，一个门派偏重用矿物入药，一个门派偏重于用动物的骨肉入药。而我们“切么”家属于第一种。“切么”家配药的比例大致是矿物占10%，动物占20%，植物占70%，而很多药用植物只有墨脱才生长。也许是一种巧合，也许是冥冥中的天意，在墨脱，这个四季常绿、鲜花如潮，被称作“白玛岗”（莲花山）的地方，孕育了“切么”医家的新一代传人。

像所有西藏的活佛、奇人的诞生一样，洛桑丹增的降生以及童年，也有许多传奇的色彩。母亲在墨脱怀上他以后，便开始返乡，经过数月的跋涉，到达了米林县的宁嘎村。1944年9月15日清晨，太阳还在东山的背面，宁嘎村还在一片沉寂之中，突然，一阵冰雹狂泻而下，惊扰了人们的晨梦，几分钟之后，冰雹戛然而止。村人们担心地里尚未收获的庄稼，纷纷跑出家门。令他们惊讶的是，满地的冰雹并不是常见的白色，而是五颜六色，更奇的是，冰雹并没有砸在地里，只是铺洒在村舍的房前屋后。村民们还没从疑惑中回过神来，东边山后的太阳光辉仰天怒射，天空的云彩刹那间变成血色，一道彩虹飞跨天际，一头连着远山，一头连着村边的一所村舍。与此同时，一声接一声嘹亮的婴儿的啼哭从彩虹里传出，划破了清晨的静谧，在小村的上空回荡。

出生时的天地异象和“切么”家族的背景，使这位“切么”家族的第九代传人——也就是现在冠名为洛桑丹增的人，引起了当地宁玛派著名大活佛顿炯喇嘛的注意。经过长时间繁缛的宗教仪轨，3岁的孩童被顿炯活佛宣布为“那宇”地方一座宁玛派寺院的转世活佛，并给3岁的活佛命名为“白玛罗布”（意为牡丹花里长出的宝贝）。寺院的名字叫做尼增（意为挂住太阳不落）。关于这个寺名，还有一段神奇的传说。据说当初该寺修建的时候，莲花生大师命该寺第一代住持在38天内必须修建完成。住持左右盘算，就是日夜不停地修建，38天也绝难完工，只好到莲花生面前诉苦：你让我38天将寺庙修成，除非太阳不落。莲花生大师说：这有何难。于是施法，太阳从此像被托在西山顶上一样，总不见落下，直到寺庙修成完工一刻，太阳才悄然落下西山。小活佛白玛罗布被迎进寺院以后，一边学习藏文，一边背诵一些普通经文。因为是宁玛派寺院，稍后一些，白玛罗布便攻读莲花生大师著的《人智之德》。这部经书有380多页，每页经书长80厘米，宽20厘米，上面是密密麻麻的藏文字母。除了日常的修习，小活佛白玛罗布还要参加各种宗教活动，在特定的节日，还要为前来朝拜的信徒们摩顶赐福。沉闷而又严苛的寺庙生活过了3年，白玛罗布已长到6岁，面相上有了一点儿宗教的肃穆神情。这天，德高望重的顿炯活佛陪同白玛罗布的父亲来到了尼增寺。父亲在叩拜了儿子之后说，现在时局动荡，虽然你是活佛，但毕竟年龄太小，为父实在放心不下，加之我想去拉萨行医，想带你一同前往。白玛罗布自然十分高兴，表示非常想念父母，愿随父亲回去。这时顿炯活佛发话了，说依照尼增寺惯例，离寺活佛必须做一件非凡之事，以示活佛法力，护佑寺庙。恰在此时，寺庙维修的一座桑多巴日殿（莲花天堂）竣工，殿门前要树立一根胜利幢，胜利幢高约30米，直径约20厘米。立胜利幢，一般都是有修为的活佛念经加持后在众人的帮助下亲手竖起。但对于6岁的小活佛来说，无疑是件天大的难事。竖立胜利幢那天，依照惯例白玛罗布诵经焚香。一切仪轨完毕之后，白玛罗布走向胜利幢，25 名属龙、属马、属虎的未嫁的美丽姑娘手捧哈达，代表仙女围着他翩翩起舞，白玛罗布双手捧住胜利幢顶端，用力一抬，胜利幢竟然神奇地离地一肘高。众人欢呼喝彩，然后一起合力，将胜利幢竖了起来。事后，众人皆认为白玛罗布神力非凡。

从此，白玛罗布结束了活佛生涯，跟随父亲走上了行医之路。

1951 年 10 月，中国人民解放军第二野战军第十八军根据 1951 年 5 月中央人民政府和西藏地方政府签署的《中央人民政府和西藏地方政府关于和平解放西藏办法的协议》（一般称之为《17 条协议》）进军到了西藏首府拉萨，西藏古老的历史揭开了崭新的一页，这片沉睡千年的高原上开始萌发了新的时代绿芽，“新中国”、“共产党”、“解放军”、“解放”、“红汉人”等新词汇在人们的口边流淌着，各种真真假假的传闻像山涧的风一样在雪域的山川间游荡着，老百姓中没有人确切地知道发生了什么，因为生活并没有发生任何变化，人们像传说远古的神话一样传说着眼下的事。所有这些，给 7 岁的白玛罗布并没留下什么印象，相反，这一年倒是他走上行医之路的启蒙之年，这一年父亲为人治病的几例医案深刻地留在了他的记忆中。

第一例，是为一位头上长了一个几乎和头一样大的瘤子的病人施手术。病人从肉瘤鸡蛋大的时候就开始到处求医，请喇嘛念经发咒，但都无济于事，一直到肉瘤长到快跟脑袋一样大，脖子都难以承受，整日卧床不起。白玛罗布的父亲将一种不知名的草叶用水熬煮，然后在水里泡了三种药：熊胆、麝香、藏红花，另外还有鸽子的羽毛。三天以后，带上泡好的药到病人家，让病人坐一方凳之上，将其用腰带捆绑在房中的柱子上，将头发全部剃光，先后用盐水，榆树皮和竹叶熬成的汤、藏白酒清洗整个头部和肉瘤，然后将手术刀在白酒点着的火上烧炙过后浸进酒里，拿出刀子在瘤子的正中间直接切下。刹那间，瘤子里冒出像坏鸡蛋一样的黏稠物，臭气熏天。

白玛罗布的父亲就像没闻见一样，专心致志地往外不停地挤压，直到全部挤完，这才从药水中拿起鸽子羽毛，沾着药水擦洗刀口，最后用熊胆粉末敷在创口上。7 天以后，创口愈合，一个半月之后，患者头皮缩回正常。病人一家千恩万谢。有人问医方的来历，白玛罗布的父亲答：梦中所得。

时隔不久，一家三口游医到了米林冬朵地方的一个渡口。有三男一女因患严重的梅毒，难以治愈，当地宗政府（西藏地方政府行政单位，相当于县）准备将他们流放到深山里，白玛罗布的父亲听说后主动要求为他们诊治。第二天一早，白玛罗布的父亲带上儿子，来到关押患者的小屋，经诊断，发现他们都到了梅毒晚期。医生让白玛罗布和患者的家人捡蚂蚁蛋和幼蝎，再采一种蓝色的小花，将这几种东西混在一起压烂，包在布里像蒸馒头一样地用煎煮的草药水蒸，然后让患者服下，再用蒸药的草药水擦洗患部。对女患者多了一道治疗程序：将一种蓝钢石用泥包裹后放在火里烧了一夜，第二天石头成末，将石末和熊胆、滑石粉一起，用榆树皮熬的汤搅和后擦抹在患处。数周后，病人痊愈。一时间，白玛罗布的父亲医名大振，四乡八里的人纷纷上门求诊，一家人不得不在渡口滞留下来。

这年秋天，一个孕妇因头胎难产，大量出血，痛苦不堪的孕妇被家人抬到医生的面前。白玛罗布的父亲将茴香、比薄、木香研细和糌粑混在一起，用清油调和，白布包裹，蒸好之后敷于孕妇肚子上，再用藏纸包麝香，点燃熏孕妇脚底涌泉穴，让孕妇弯腰，用蒸好的汤药敷孕妇命门，反复几次，孩子顺利产下，母子皆平安无事。

以上几桩医案，之所以给七岁的白玛罗布留下深刻记忆，和强烈的视觉刺激有很大关系，也就是从那以后，白玛罗布对医学——把人从死亡的边缘拉回来的神奇力量——有了一种强烈的向往，对自己年事并不高的父亲，产生了神圣的崇拜心理。他开始主动辨认药物，十分勤快地充当父亲的助手，非常专注地观摩父亲为患者治病的过程。而父亲也有意识地将一些基本药理和医疗知识通过言传身教向儿子灌输。从这个时候起，白玛罗布才真正地承袭家传藏医学，但距离亲手为人诊病的路还十分遥远。

几个月后，正在游医的白玛罗布的父亲接待了一位来自拉萨显赫家族的差人。来人是拉萨大贵族擦绒家的二管家，他十分恭敬地向白玛罗布的父亲献上哈达，讲明了来由：擦绒家的小公子在印度求学患了脾热病，遍访印度医生，病情都没有好转，只好求助于藏地医生，但因为这种病在藏地十分少见，拉萨的许多名医也没有十足的把握。就在家族一筹莫展时，听说了白玛罗布父亲治疗许多疑难病的消息，再一打听，白玛罗布的父亲出身于有名的“切么”医家，祖辈、父辈都有医生去过印度，或许有治疗这种病的医方，于是，不顾路途遥远，派人前来求医，还特意配备了供医生一家赴拉萨的坐骑。考虑到本来就要去拉萨，白玛罗布的父亲和妻子商量后，欣然同意，一家三口和来人一同奔赴拉萨。经过一个多月的跋涉，一行人来到了布达拉宫脚下。

50 年代初的拉萨，虽然规模只是今天拉萨城的三十分之一，但对于一直生活在荒村僻壤的白玛罗布来说，无疑是到了繁华的都市，满城的商贩、乞丐、流浪汉、贵族出行的仪仗，官员们纵马奔驰于大街小巷的威仪，盛大的喇嘛阵仗都给 8 岁的白玛罗布带来十分神奇的感受。此外，偶尔也见到一些解放军官兵，但他们对于白玛罗布来说，只是拉萨街头各种景色中的一景、是谣传中的主角，虽然近在咫尺，却遥远而又神秘，难以触及。

因为擦绒家的小公子病倒在印度，医生还得去印度给病人治病，白玛罗布的父亲在妻儿安顿好后，没有过多在拉萨停留，便随擦绒家的佣人奔赴印度。他没有辜负擦绒家的期望，以自己卓绝的医术使擦绒家的小公子起死回生，但不幸的是他自己却染上了这种病，因为挂念妻儿，急欲返回西藏，所以在病体尚未痊愈就启程返藏，使这种病在身上留下了病根。不久以后，这位“切么”家族的第八代传人英年早逝。

白玛罗布的父亲到印度去后，白玛罗布的母亲客居在擦绒府邸，而白玛罗布则被安排在擦绒家的家庙里跟喇嘛们一起学习藏文。在这里学习不像在自己的寺里，在尼增寺，身为寺主的小活佛，整天受人顶礼膜拜，学习藏文的时候，也有近身侍僧在旁一张一张地翻经卷，自己只要动眼动口就行。在拉萨就不同了，拉萨大大小小的活佛太多，高僧大德充斥在各个寺庙，而擦绒家族又是显赫门第，所以，白玛罗布这个尼增寺的小活佛十分自然地被人忽略了身份，只有像所有童僧一样，循规蹈矩地从头学习一切。但也正是因为这样，白玛罗布很好地巩固了已经学到的知识，同时也进一步丰富了自己。

拉萨作为西藏政治的中心、宗教的圣地，迎来送往的活动非常之多，而这种活动擦绒家族每每不可缺少。1952 年，白玛罗布的父亲抱病回拉萨不久，从西康地区来了几位宁玛派的大活佛，其中有一位和“切么”家庭还有点儿渊源关系。擦绒就带着白玛罗布的父亲和白玛罗布前往当雄去迎接。在从羊八井返回拉萨的途中，他们又一起去了楚布寺，见到了噶玛噶举派黑帽派最大的活佛第十六世噶玛巴。噶玛噶举派是西藏佛教体系中较为古老的一个教派，活佛转世制度就是该教派创立的，因为该教派较多地吸收了西藏本土文化，对于天文历算、藏医藏药等都十分精通。第十六世噶玛巴对藏医就很有研究，他和白玛罗布的父亲一起切磋藏医藏药，核对秘方，探讨病理药理。白玛罗布虽然很多都听不懂，但仍然十分专注地倾听，也进一步强化了他意欲进入这片神奇医海的梦想。他们在楚布寺一共住了 7 天，这 7 天之所以给童年的白玛罗布留下较为深刻的印象，还因为在他们将要离开楚布寺时，十六世噶玛巴对白玛罗布的父亲说：你这个儿子很有出息，你一定要让他健康地成长，将来，他或许能为众生造福，并给白玛罗布赐了一个名字：切么·曲尼加措。

回到拉萨不久，白玛罗布的父亲觉得太多的社交妨碍了自己的行医，加之需要调养身体，就向擦绒辞行。擦绒家再三挽留不成，就提议让他们一家到直贡去，因为擦绒家有一位公子在直贡提寺当活佛，并拥有一片庄园。白玛罗布的父亲接受了这个建议，携妻带子前往直贡，住进了擦绒家在直贡的“俄”豁卡（庄园）。

直贡地方在拉萨的东北面，属墨竹工卡管辖。直贡提寺是一座气势恢宏，拥有众多喇嘛的寺庙，是藏传佛教直贡噶举派的主寺，建成已经800多年，在西藏佛教史上曾经有非常辉煌的地位。这里在以前是连接藏北草原与拉萨平原的黄金古道，也是连接康区和卫藏的要冲。直贡提寺的天葬台十分有名，经直贡噶举派法主觉巴的近侍仁钦查巴加持过的直贡“丹恰庆波”天葬场，享誉中外，是世界最著名的三大天葬场之一。据说，有一丝似牛尾巴毛细的阳光将它和印度的天葬台连接，死者的灵魂可以顺着这一丝阳光活动于西藏和印度之间。人们相信只要把死者送到直贡天葬台天葬，他的灵魂一定会进入三善趣（佛教认为，人死后灵魂有可能进入三善趣，即转生趋向天、人、阿修罗，也有可能进入三恶趣，即转生趋向地狱、畜生、饿鬼道）。因此，几乎每天都有从全藏各地运送死者的队伍络绎不绝地走在通往直贡提寺的山道上。

白玛罗布的父亲住在“俄”豁卡，一方面行医，一方面也担当一些豁卡的管理工作，而白玛罗布则被送到直贡提寺和擦绒家的儿子一起继续学习。这段时间过得十分平稳。每过一段时间，白玛罗布经请示师傅，可获得回到“俄”豁卡一次去看望父亲，而父亲有时到直贡提寺为僧人看病时，也可以见到儿子。每一次见面，白玛罗布的父亲都会认真询问儿子的学业，并在他认为儿子能够理解的程度上，及时向他传授一些医理。这样一直过了两年多。1955年秋天，白玛罗布的师傅要回自己的修行寺，走时带着白玛罗布，一路转经朝佛，转了好几个不同教派的古老寺庙。师徒二人回到师傅的修行寺所在地羊热岗时，恰逢藏历猴年，这里每隔12年要举行一次大众“破瓦”法会（由得道高僧为大众施“破瓦”法）。这个法会结束后，施法的活佛要招收30名有慧根的小喇嘛进行培养深造，要求年龄最大者不得超过13岁，最小8岁。先要测试，参加测试的童僧三代人以上中不得有屠夫、艺人、匠人、铁匠等，直系父母从未有过恶行，并要求童僧五官端正、行动敏捷、口齿伶俐；经高僧活佛目测过关后，还需调查童僧的家庭，家庭情况，由童僧家人口述，并由有一定社会地位和信誉的人予以证明。白玛罗布在师傅的带领下参加了测试，后又由擦绒家当活佛的公子擦绒·次仁证明了家庭和其他情况，这样，白玛罗布从数百名报名童僧中被选中。选中的童僧共有35人。白玛罗布的父亲听说儿子被活佛选中进行深造十分高兴，托人捎来书信，叮嘱儿子切勿辜负活佛培养，一定好好修学。

35名童僧首先被集中起来，由大喇嘛训话。大喇嘛说："你们从现在起，将和各自的师傅分开，要独立修行。修行分两个阶段，第一个阶段是辟谷，这段时间有90天，只有过了第一个阶段，才可能根据你们各自的禀性和天赋，进行第二个阶段的学习。总之，这是你们一生中难得的造化，希望你们珍惜。"接着就开始了辟谷的准备，先用凉水洗澡，换上新衣，并停止食用一切有生命的东西，几天以后，进行清洗肠胃，每个人都喝大量的大黄水，促其腹泻。这一下，一些体质弱的就挺不住了，35个人中一下子淘汰了18个，还剩17人，白玛罗布是其中之一。又过了7天，剩下的17人每天只许喝三口水，吃三粒药丸。三天后，开始了正式的辟谷。

辟谷处并不如想象的那般神秘，也不像有些苦修的僧人的洞穴，远离人居。他们的辟谷处就在寺庙的下面，这里修了一圈类似于洞窟一样2米见方的小房子，小房子用石头砌成，四壁光光，地面是用阿嘎土打成的，很平整，但既无桌，也无凳，唯一的只有一片毛绳编织的小垫子。房子没后窗，垫子旁有从房顶上垂下的毛绳，毛绳的另一端通向寺内监督辟谷者的僧人房舍。这个房舍里安了一排十分清脆的铜铃，辟谷者房子里通过来的绳头分别拴在每只铃上。如果有人感觉到挺不过去时，可以拉铃，僧人立即会前来打开你的房门，将你架出去，但同时也就意味着你被淘汰。

经活佛念经推算，在一个吉日的清晨，17 名身着崭新袈裟的童僧被管事的喇嘛带到了辟谷的屋子前，念经祈祷后，他们被分送进 17 间小屋。在封门之前，管事喇嘛为每间小屋送进一只盘子和一只铜壶，盘子里放着 90 粒搓成鸽子蛋一样大的酥油粒，铜壶里只有小半壶水。喇嘛说，这是 90 滴水，每天只能进一粒酥油、一滴水，否则视为犯规。该训诫的，该提醒的，该勉励的话讲完之后，众喇嘛上前，将每个小屋的门逐一封死，霎时，他们仿佛进入了另一个世界。在 90 天的过程中，有 12 个童僧没有挺过去，他们最终拉动了绳铃，虽被救出去，但失掉了获得更多佛理、佛法的机会。三个童僧不堪饥饿和寒冷，死在了小屋里，他们也许动过拉绳的念头，也许是一味苦撑最终耗尽了心力，也许是在漫长的黑暗中还不等有明确的坚持或是退出的念头出现便已神智昏迷最终冻饿而死。90 天以后，对于半途而废的小僧人。活佛对他们进行了开导和勉励，然后让他们返回各自的寺庙；对死去的小僧人，活佛为他们举行了隆重的超度，并向其他人宣示：他们已去了成佛的路上。

最终成功度过 90 个黑暗的白昼和寂静的夜晚走出（应该是被人架出）小屋的，是白玛罗布和另一位 13 岁的小僧人，活佛分别询问了他们在虚幻中的所见，确定了他们两人的名次。他们两个的叙述基本都是一样的，感觉和幻觉也基本都是一个过程。唯一不同的是，13 岁的童僧在虚幻中见到了佛祖释迦牟尼，并详细地描述了见到佛祖的情景，因此，13 岁的童僧被定为第一，白玛罗布被定为第二。被定为第一的僧人现居住在美国，前些年他在接受某媒体采访时，对当年的事记忆犹新。

洛桑丹增详细地讲述了他辟谷时的感受。

辟谷的房子很小，当门被从外面彻底封堵之后，房子里顿时陷入了一片黑暗，眼睛过了好久才凭着屋顶穿绳的小洞缝隙泻下的几丝光线看见自己的身体。与世隔绝的恐惧感刹那间攫住了全部身心。

为了抵御这种感觉，他不停地念诵莲花生的咒语，一直到昏然睡去。醒来以后，首先觉得的是饥渴，望着面前一盘酥油丸和半壶清水，想着老喇嘛的告诫，他拈起一个酥油丸放在嘴里，舍不得咽下去，让它在口中慢慢融化。这样，清醒的时候诵经、观想，他把自己所学过的经文一遍又一遍地念诵，一直到念不动，昏昏然似睡非睡。开始的10多天最为难熬，强烈的饥渴感折磨着他，全身疼痛难忍，一会儿打坐，一会儿躺倒，一会儿又在地上翻滚。到了20多天，不时地出现昏迷，恍惚感到全身的肉正在消失，肋骨暴突，手只剩下10根枯骨。30多天后，感觉眼睛干涩，眼球也干了，看东西已经模糊不清。40多天后，已经张不开口，嗓子像是粘在了一起，发不出声音。50多天后，感觉自己的全身只剩下了骨架，上面附着两条血管，一红一白，在轻轻地跳动。60多天后，好像骨架也没有了，只看见自己的一团内脏在轻微地颤动。70多天过去，感到自己仿佛消失了，自身的一切都没有了踪影，只有一团气在身上徘徊。到了最后，灵魂像是飞了起来，飞出了小屋，在无垠的空中飘荡，最后落在了一个长满奇花异草的花园，自己站在一片树叶上。这里阳光和煦，草地清新，花香扑鼻。树叶上的露珠流过嘴里甘甜无比，各种珍奇的水果被风轻轻地送到嘴里，顿时没有了饥渴的感觉。很久很久也没看到黑夜降临，天地似乎永远保持着温暖、明亮、和谐，感到整个身心舒适无比，正在往天地间缓缓地充盈。蓦然回首，看到了一座崭新的寺庙，寺庙红墙金瓦，彩云缭绕，但没有看见喇嘛，整个庙宇静静地立在那儿。就在这一瞬间，突然觉得从天上掉了下来，掉进了一个黑洞，然后就失去了知觉。

90天期满，当他被喇嘛们架出洞外时，他才有了知觉。首先感到风特别特别大，喇嘛们的轻声低语犹如雷霆之声从远处滚过来，全身刺痛无比。他被抬进一间暖和的屋子，喇嘛为他盖上毯子，开始喂牛奶，一次喂一匙牛奶，一天喂十几次。这样一直过了7天，他才能盘腿靠垫，开始吃一点儿流食，慢慢恢复五官的感觉，又过了几天，才彻底恢复了听觉、视觉和触觉。13 岁的喇嘛和他经历了同样的过程。当他们身体都已全部恢复正常后，活佛开始详细地询问他们在辟谷期间各阶段的感受。他们都据实一一作了回答。当 13 岁的喇嘛讲他最后见到了释迦牟尼时，活佛十分专注地倾听，然后问：你可听见佛祖说什么了吗？13 岁的喇嘛答：没有听到佛祖讲话，只看见了佛祖的身影。活佛略带遗憾地说：如果你听见佛祖讲话，那你的境界恐怕就是天下第一了，能够亲聆佛祖布道的人，也只有当年佛祖身边的弟子，他们早已成了大业。但即便如此，你看见了佛祖，已是十分不易，说明你的造化匪浅，只要刻苦修为，将来必成大器。活佛又问白玛罗布，白玛罗布详细地描述了自己各阶段的感受后，说到自己在花园里饮露珠、食仙果，并且见到了一座寺庙时，活佛说，辟谷是检验一个人功德的最佳途径：功德分为四等，90 天里除了必须经受饥渴、疼痛、恐惧、绝望之外，在最后的虚幻中，见到并聆听佛祖布道，是为特等；见到佛祖，是为一等；没有见到佛祖，但见到了寺庙，是为二等；没见到佛祖也没见到寺庙，但见到花园，是为三等。宇宙共有四个天堂，释迦牟尼天堂、莲花生天堂、未来佛天堂、千手观音天堂。你所见到的花园是药王天堂，属于释迦牟尼天堂的一部分，看来，你将来要走的路恐怕就是医者之路了。之后，活佛给辟谷成功的二人颁发了文书，在柔软光洁的藏纸上，写明白玛罗布为第二层次。

根据辟谷的情况和个人意愿，二人被送到尼玛甲惹（寺院别墅）进行深造，学习的内容有藏文文法、天文历算、医术、气功和绘画。白玛罗布专攻医学，老师是一个不丹人，名叫不丹·次仁。不丹·次仁年届花甲，医术高超，在直贡一带很有名望。他对“切么”家族也早有耳闻，得知白玛罗布是“切么”家族的传人，十分欣喜，加之白玛罗布又通过了辟谷，他认为这个孩子将来肯定有造就，因此，他十分耐心而细致地向白玛罗布传医布道，同时还教他识别一些西藏较为少见的药物。在将近两个月的时间里，白玛罗布从不丹·次仁那里主要学习了望诊、尿诊、体诊和脉诊。正当白玛罗布一心一意地跟着老师遨游在医学殿堂时，他收到了母亲托人写来的家信，信上说父亲病重，希望他速返家探视。

骏马在蜿蜒的山道上走了一天，白玛罗布回到“俄”豁卡的家里时，天已经黑了。听到狗叫，母亲开门将儿子迎进屋内。白玛罗布见父亲盘腿坐在卡垫上，正在油灯下翻阅医书，并不像有病的样子。父亲看着儿子，半天才缓缓地说：我没有想到你会站在这里，我想你会到天上去，既然你已经站在这儿，那么你肯定是在辟谷的中途被淘汰了，跑回来的吧？白玛罗布赶紧从怀里将活佛颁发的文书取出来，双手呈给父亲。父亲接过文书仔细看了好几遍，双眼顿时放光，从卡垫上起身将白玛罗布揽在怀里，不停地亲吻儿子身上的各个部位，还叫妻子快给儿子磕头，一边嘴里还不停地念诵着经文。激动的情绪慢慢平复下来之后，父亲吩咐站在一旁抹泪的妻子去给儿子打茶，然后拉着白玛罗布在卡垫上并肩坐下说：“我再过9天就要离开人间了，任何人都救不了我的命，第9天的夜里，天黑后第一颗星星出来，我就要去了。但这9天里，你不能离开我一步。我们‘切么’医家，到你这已传了9代，已经有500多年的行医历史。‘切么’家的医记据我所知，全部都编号留存，医记记载了我们家祖先以及你爷爷和我行医的历程以及各种验方，验方有内地的，有印度、锡金、尼泊尔的，也有来自全藏各教派寺院活佛的。这些东西，都十分珍贵，行医的人几辈子也享用不完，但遗憾的是，祖上的一记、二记、三记……大部分散失了，有些为躲避当时的战乱匪患，埋在了地下、藏进了寺庙，没有人知道究竟。为父我行医30多年，掌握着一部分家族的医记，也积累了不少的验方，其中有不少是我根据地理、气候条件改进的验方。这类验方共有300多个，这些对你将来的行医大有好处。此外，在‘切么’家族的医记中，我所掌握的八个秘方是‘切么’一记中的核心秘方，这是总体秘方，是根据病的种类区分开来的大方。分开来，可分解为200个单方，但我只给你传198个，其他两个是靠念经、发咒治病的，我就不传给你了，因为这需要高超的修行，否则，不仅不能治病，还可能害人害己。”

接着，父亲将一个巨大的银质嘎乌交给白玛罗布，说所有的精华都在里面。在后来的几天里，白玛罗布的父亲又手把手地向他传授了“切么”家独特的脉诊方法，教他认一些难以见到的药物和配药的秘方。还特别强调了三点：一、行医道德，二、自我修养，三、自我实践。

到了第六天，父亲让白玛罗布打坐一夜，脑子里什么也不用去想，尽量将脑子里的杂念排空。到了第七天夜里，父亲对白玛罗布说，该交代的我已全部给你交代了，但你不一定记得住，我要用三天三夜的时间将给你讲的东西储存到你的大脑里。他让白玛罗布面对着药王云丹贡布的画像盘腿坐好，自己背靠着白玛罗布，一面重复那些秘方和治各种疾病的秘诀，一面发功，在白玛罗布一出现困意时，就将亲手配制的汤药端上让他喝，他喝过之后，立即感到神清气爽。到了第八天夜里，白玛罗布惊讶地发现，他和父亲在不知不觉中变换了方位。他本来是面朝北墙的，而此时已是父亲面对药王佛，而他却面对南墙的窗户了。父亲让白玛罗布的母亲到另一个房间睡觉，到了半夜，他一面念诵咒语，一面在白玛罗布的背上连续拍打，拍打的力度很大，使白玛罗布的头几乎撞到了墙上。白玛罗布只觉得浑身发热，手脚麻木，头脑发胀，胸前的汗水像小河一样流淌。父亲让他转身，他却动不了，父亲端来一碗凉凉的药水让他服下，慢慢地，他的热退了，身体也可以动了。待他转过身来，见面前放着一个小盘子，上面盖着一方红布。父亲将布揭开，只见盘子里放着十几粒像小珍珠和蚂蚁蛋一样大小的舍利子，父亲让他吞下，并告诫他不能碰到牙齿，因为牙齿有毒，舍利子碰到牙齿就会失去功效，之后又让他吃下一粒酥油丸。这一切做完之后，父亲告诉他，你的大脑已经锁门了，什么时候开呢，就是前面我给你讲的医德、修养和自我实践三把钥匙。如果你做不到，就开不了这把锁。你只有经过艰苦的修炼，才可能寻找到开锁的最佳时机。这个时机分别在你 27 岁、37 岁、47 岁、57 岁、67 岁。记住，都是一个七，每到这个时候，都是由你的医德和修为来挽救你的医途甚至生命。那么这挽救者是谁呢？就是你的患者。我的灵魂、“切么”家族的灵魂、其他名医的灵魂都会帮助你。但如果你不好好修为，灵魂被污染，那我们就无法看到你，也无法帮助你。我所传给你的这些秘方，每一个秘方里面都有一个灵魂，你可以大胆地实验，灵魂会帮助你。虽然你看不到，摸不着，但在你的梦中，这些灵魂会来指点你，给你力量和胆识。接着，父亲又给白玛罗布规定了五个不准，一、不准喝酒；二、不准说假话；三、不准向患者索取财物，除非是患者自愿给你；四、不准借看病之机调戏女病人；五、不准用药讨价还价，病人给多少是多少。这些讲完后，又讲了一个“亲”，说你最亲的人是你的父母，但他们都会死，只有千千万万个患者是不死的，他们是源源不断的，作为一个医生，你最亲的人应该是患者。要不分时间、不分地点，随时为病人看病，即使你患病在身，只要能动，有病人找来，你也要毫不犹豫地出诊。你为病人治病，也是减轻了你自身的病痛。父亲的这一番教诲，成了白玛罗布后来行医的准则。

到了第九天的下午，白玛罗布的父亲让白玛罗布把母亲叫来，吩咐说，你们把藏红花、麝香用酥油调和，在我临死之前，你们要用这些东西把我的九窍塞起来。我死之后，要水葬，不要天葬，也不要火葬，我的躯体在家里只停留三天。包裹我躯体的布要两种颜色，腰部以上用白布，腰部以下用蓝布。三天以后，看看我的头顶上是否出血，如果有血，就可以将我抬出去水葬了。把我送下楼时，一定要儿子扶着我的头，找几个属龙、属马的年轻人抬我的身子，然后用一匹白马或黄马驮我的躯体。在我的躯体停留的三天里，谁也不要告诉，三天后，才可来人。这时，白玛罗布的妈妈已是泣不成声，白玛罗布也趴在父亲的身上不停地抽泣，白玛罗布的父亲反而显得十分平静。他说，我现在觉得非常轻松，能给儿子把该交代的都交代清楚，是佛的护佑，我儿实在是福分齐天啊！他又对白玛罗布的妈妈说，你不要流泪了，人都是要死的，活佛、高僧也是要死的，一副身架用完了，塌了，就像一个帐篷用完了，收起来，所以你不要难过。儿子的福报是很大的，他会好好孝敬你，你就放心吧。天就要黑了，你出去看看，星星出来了告诉我，我就要走了。

白玛罗布的母亲遵嘱走到门外，白玛罗布握着父亲的手，看着父亲像睡觉一样仿佛慢慢地进入了梦乡。这时，天渐渐黑下来了。白玛罗布的母亲几次回到门口，但都没敢进屋，流着泪又折身出去，她想把这最后的时刻延长。突然，白玛罗布的父亲睁开了眼睛，扭头望着窗外说，星星不是出来了吗，说完，头一歪，去世了。

白玛罗布在父亲去世以后，辞别母亲，独自一人再次来到了拉萨，进了色拉寺的昌都康仓当喇嘛，继续他的宗教和藏语文修习。1956 年的 1 月，是他生命中的一个重要转折。因为他的家庭从医背景，年仅 12 岁的他，被选送到当时的宗教事务委员会进行医务学习，其任务是学成之后到各寺院的医疗保健站工作。当时学习的内容有：文化知识、佛理、政治和中医针灸及中医理论，这是他第一次系统地接触到中医。经过三年的学习，打下了初步的中医基础，并开始门诊，他的从医生涯也就从此真正地开始了。在此期间，他的名字也改为洛桑丹增。

洛桑丹增在数十年的从医生涯中，一刻也未曾忘记父亲的临终教诲。他在用祖传秘方为病人施治时，总是先把方子用在自己或是家人身上进行检验，然后再用在病人身上。为此，他付出了许多旁人难以体察的身心苦痛的代价。问他为什么这样做，他说方子是祖上传下来的，虽然不容置疑，但真要往患者身上用，心中还是没底，通过自身检验，心里踏实，再说，父亲也是这样教导的。

从上个世纪 90 年代初开始，洛桑丹增的医名开始传开，找他求治的患者从全藏各地、国内各地络绎不绝地来到他拉萨的寓所，一个个带着希冀走来，然后带着感激和欣喜离去。他时常被远方陌生的病人唤去，不辞劳苦地在外奔波，医术和医德像一串串珍珠，播撒在他走过的路上。

2012 年夏天，洛桑丹增要去著名的扎叶巴修行地为僧人看病，让我跟他一起去。虽然在拉萨生活了多年，这个地方我只是听说过却还没去过。在洛桑丹增医生的指引下，我驾车，从拉萨市区出来，一路往东，翻过纳金山，往北面的山谷进去，便开始一路上山，山路蜿蜒向上，地貌也在从农田向牧场变化。我对扎叶巴所知甚少，便听洛桑丹增大夫讲了个大概。

在西藏流传着这样一个民谣：西藏的灵地在拉萨，拉萨的灵地在扎叶巴；到了拉萨不去扎叶巴寺，如同崭新的藏装没上衣领。

位于拉萨东北约 30 公里的群山间的扎叶巴寺，是宁玛派（红教）寺院，始建于公元 7 世纪，是当时的藏王松赞干布为其三个爱妃中的芒萨赤尊公主所建的修行神庙之一，后来几经扩建，形成了紧紧嵌于崖缝壁间、共有 108 座修行山洞的扎叶巴寺。在藏族人眼里，扎叶巴寺无比殊胜。对洛桑丹增大夫来说，到扎叶巴，还有另一层意义。这里的药材丰富，是传统的采药基地。过去，根据时令，噶厦政府医算院的医生和各大寺的僧医每年都要上山采药，采药前和采药后，都要举行盛大的仪式。他们采过药之后，各地的个体医生才能上山采药。较为集中的采药时节是在夏天，每年的藏历七月十日，是“叶巴次居”节，这个节日和医药有紧密的关系。这一天，采药结束后的僧医们要在山上举行药材展示、评比、研讨活动。当地的村民们也会和前来的个体医生做些药材交易的买卖。洛桑丹增大夫也常来这里采药，顺带给僧人们治病配药。

扎叶巴之所以名气大，除了医药之外，还有几个令人敬仰的特点：其一，因为五世达赖喇嘛在坐床前，曾在这里学经数年，由于这个因缘，这里在全藏更有了名望，使政教合一的西藏地方政权对

洛桑丹增大夫以70岁高龄，还上到海拔近4000米的扎叶巴寺为人们免费诊疗送药。

其也宽厚有加。其属地属民全由扎叶巴自行支配，独立处置属地内的事务，也不用向噶厦政府交纳赋税，有一定的独立性，这在全藏都较为罕见。其二是这里是修行胜地，扎叶巴是一座石山，其最大的特色是以岩洞立寺，洞寺合一，被称为“隐于圣城之后的秘境”。山崖上有108座洞穴，恰好和佛教的吉数吻合。神庙都是利用山势，依洞穴而建，自山腰起，石洞密布，一直延伸到山顶。先后有藏王松赞干布以及莲花生大师，古印度佛学大师、藏传佛教后弘期第一传人阿底峡等多位著名人物在此苦修，因此这里又成为了西藏四大隐修地之一。无数高僧大德在此闭关修行，在这里留下了修行的踪迹，成为信众朝觐的圣地。其三，这里风光旖旎，虽说是石山，但庙宇间却长着很多高海拔地方很难生长的大树，这些树枝繁叶茂，和庙宇的红墙金顶相映成景，在蓝天白云下，更显得生机无限。扎叶巴山崖坐北朝南，所有洞穴都朝着南面的拉萨河谷，左右两侧是两座巨大的草山，而正前方是一片开阔的草滩，其下是一条进山的山谷，在山谷的尽头，便是若隐若现的拉萨河。拉萨河对面的山峰巍峨壮丽，一日四时，都有祥云浮现。在山下的草山后面，还有一座天葬台，虽不能和直贡提寺天葬台相提并论，由于扎叶巴寺本身的影响力，也算得上一座上乘的消弭凡体肉身之地。

扎叶巴海拔较拉萨高出不少，但气候宜人，山下有叶巴村耕地务农，山后有叶巴牧场放牧牲畜，加之朝觐的信徒络绎不绝，使这块偏僻之地并不冷清。

我们到达时，已到中午。仰望着修在山崖上的大大小小、金顶闪耀的寺院，不由感叹何以能在如此险峻之处砌墙架屋，由衷地钦佩藏族能工巧匠的技艺。

山很陡峭，好在前些年政府投入巨资，不光维修了山上的庙宇，连上山的路都铺上了石板阶梯，极大地方便了行人，但高度仍旧。洛桑丹增大夫已是70岁的老人，而且腿脚有伤，攀爬这样的山路毕竟还是吃力，只好由我背负起他装得满满当当的药箱和带的水果饮料，就这样，洛桑丹增大夫上山还是不时需要搀扶。山上共有8座庙宇，大小不一，也并不在一处，而是散建在山崖上，全靠山上的小道相连。每到一处庙宇，洛桑丹增大夫都会热情地问僧人可否还记得去年他来这里给他们治病的事。僧人们有的记得，有的不记得，但都对他的到来报以由衷的欢迎。有些僧人还会说去年经他的医治，病况好了许多，这时，洛桑丹增大夫就很欣慰地把他们的称赞向我转述。之后是例行地把脉、观舌、询问，然后从药箱里拿出自己配制的藏药，仔细地嘱咐如何服用，待病人确实领会后，才放松四肢，聊点别的话题。稍事休息，又赶往另一处庙宇。山上的庙宇都不大，有的严格说来只是一个山洞，也只有一名僧人照应。但每一个洞穴里都供奉有精致的佛像，还有一些“天然形成”的佛像、脚印一类神迹，其中有一个石板上的小孩脚印，据说是莲花生大师夫人三岁时的脚印，脚印很逼真，不过真假就实在难说了。在一座规模最大的佛殿里，供有五世达赖喇嘛的宝座和画像，用窗子隔着，只能透过窗框看一个大概。

在另一座僧舍的小院里，我们惊讶地发现有一只野生的岩羊，无拘无束地和僧人厮磨。丹增大夫在给一位老僧把脉时，它也凑到跟前，瞪着两只大眼睛观望。据僧人说，这只岩羊很有灵性，如果来人不招它喜欢，它会用它粗大的双角将其驱逐出院子，好在我们没有受到这种待遇。后来在其他的庙里和佛塔边也看到了岩羊。它们悠闲自在，与人和谐相处，没人打扰它们，它们的存在，为扎叶巴平添了几分祥和。

扎叶巴不是大寺名刹，过去主要以闭关修行闻名，目前住寺僧人也就20多位。八座庙宇转完，丹增大夫的药箱也基本空了。在下山途中，朝佛的群众也上前求医问诊，丹增大夫也都一一满足，遗憾的是药没了，只好留下地址电话，相约上门诊治。以前听说过洛桑丹增大夫经常免费为群众治病，这次是亲眼所见，问其缘故，洛桑丹增大夫还是以前常讲的话：行医就是行善，而行善是不要回报的。说起这个话题，洛桑丹增大夫说，今年自己满70岁了（虚岁），活这么大不容易，更要广积善缘。2012年春天，到内地一些贫困地区转了一圈，一边无偿诊病，还发送了几万块钱配制的药品，回来后心里很舒坦。

山风起来，我们在山岩下的草坡上坐下休息，看到有两位老人正在缝制一些彩色的毛皮，一问才知是跳神时用的狮子装饰。两位老人说，后天扎叶巴要举行法会，法会上要用。听这一说，我们才看到在草坡上早已有人用哈达圈地，占据搭帐篷的地盘了。

回程的路上，走到拉萨河边，看到有一辆大车停在河边，一群人正往河里倾倒着什么。洛桑丹增大夫说要下车去看看，我把车停在路边。上车后我问洛桑丹增大夫看到了什么，他说一群汉族人在放生，把一袋袋的活鱼倒进拉萨河。然后自言自语说：汉族人也放生了。

洛桑丹增大夫不仅童年有传奇的经历，在他后来的人生过程中，一些玄妙的东西也老是伴随着他。前些年，有一天他打电话给我，说让我过去，有一样重要的东西给我看。我赶到他家，问有什么东西？他说他额头上出现了日月图案，我端详了一下，没有看出来。他把我拉到卫生间里，在灯光下，他的前额果然有一个上面是太阳，下面是月亮的图形。他说他也是早上洗脸时偶然发现的。我问这是什么意思？会不会消失？他说他去问过一个很有修为的活佛，活佛告诉他，说他行医治病到了一个新的阶段，这个吉祥图案的出现，说明神佛已经认可了他之前为众生造福的努力，要他今后更加多、更加好地为病人祛病消灾，方得圆满。2013 年藏历年期间，我在拉萨问他额头上图案的事，他说怪得很，如果他身体不舒服，给病人看病不多的话，日月图案就不明显，如果精神好，救治的病人多，图案就明显，在一般的光线下也能看到。

洛桑丹增没有正规的医科学历，早些年评职称很使他头痛了一阵。曾有自治区领导听说了他高超的医疗技术，把从未谋面过的他叫去，详细了解了他的情况，并表示他的职称应该得到解决，但在高评委那里还是没有获得通过，理由只有一条：没有学历。现在洛桑丹增不再为此事伤脑筋了，他已退休在家，他退休前是拉萨市高原生物研究所所长。

马年转冈仁波齐神山

冈仁波齐峰是冈底斯山脉主峰，中国最美的、令人震撼的名山之一。山顶高度海拔 6721 米，是冈底斯山脉第二高峰，位于西藏自治区西部的阿里地区。

冈仁波齐被藏传佛教、印度教、古耆那教、西藏原生苯教等认定为世界中心。冈仁波齐终年积雪的峰顶在阳光照耀下闪耀着奇异的光芒，夺人眼目。该峰四壁分布极为鲜明对称，形似圆冠金字塔，特殊的山形与周围的山峰迥然不同，让人惊叹。冈仁波齐峰经常是白云缭绕，当地人认为如果能看到峰顶是件很有福气的事情。

世界上大多数宗教都有一个共同点——朝圣。带着强烈而巨大的心愿，沿着一条相对固定、充满神迹启示的圣路，向一个公认的圣地进发，这便是朝圣之举。不过在当今，能像藏传佛教信徒这样，不远千里，爬冰涉水，一步一叩首前往圣地朝圣的，已然鲜见。在自然环境艰险、气候变化多端的青藏高原，朝圣路上的朝圣者尤其显得虔诚，令人感佩。

笃信佛教的藏族人坚信：朝圣能尽涤前世今生的罪孽，增添无穷的功德，并最终脱出轮回，荣登极乐。因此，总是有数不尽的藏族人，以独有的磕长头方式俯仰于天地之间，向心中的圣地前行。

2002 年是藏历的马年，我们组织了一支 10 来个人的队伍，赴西藏西部进行人文考察，因为马年转冈仁波齐的人非常多，我们避开了 5 月的高峰期，一直到了 7 月初，才从拉萨启程。在喜马拉雅山脉和冈底斯山脉之间颠簸了整整 5 天，我们来到了神山冈仁波齐脚

远眺冈仁波齐山。

下。非常难忘的是第一眼见到冈仁波齐的印象。那天中午，我们的汽车缓缓爬上一座山坡，眼前豁然开阔，山头上铺满了五色经幡，右前方远远看见了早已通过影像图画熟记在心的冈仁波齐峰。不过在实地亲眼目睹神山，在无垠的蓝天和广袤大地的衬托之下，冈仁波齐神山更显得娇洁和灵动，散发着摄人心魄的魅力。左前方是被阳光映照得多姿多彩的玛旁雍错。司机开车按顺时针方向绕着山上的经幡转了一圈，然后大家下车，有的人拍照，有的人便忙不迭地对着远方的神山圣湖叩拜。7 月的藏西，雨季还没有来到，天空湛蓝，冈仁波齐峰银装素裹，以极其亮丽的姿态挺立在群山之中。玛旁雍错被喜马拉雅山和冈底斯两大山系相拥在怀，天光水影融于一湖碧波，荡漾着如歌的韵律。大家感叹着坐同车里，目光被神山和圣湖牵引着来到了神山下的转山大本营。

大本营设在神山下的一片坡地上，因为距离太近，神山的主峰被其他的山体遮挡，从这里看不到神山。从5月开始，这里就一直聚集着来自青、甘、川、滇藏区和西藏本地以及印度、尼泊尔的数万人的朝佛者，除此之外，还有川流不息的国内外的观光客。整个坡地上搭建了无数朝圣者的帐篷。阿里地区行署和普兰县政府为方便来客，增添了许多必要的设施，但仍显得人满为患。费了一番周折住下之后，大家商量何时转山。晚饭时，意外地碰到了一位认识的女作家，她和朋友从拉萨来转山，说她和几位朋友已经来了好几天了，但因为天气原因，还没有开始转山。她将随行的几位一一作了介绍，其中有一位来自云南的赤列活佛。赤列活佛神态内敛，除了一件明黄色的短褂透露些许宗教意味，和常人无异。但据介绍，赤列活佛是一位很有修为的大活佛，他们此行，主要就是为了跟活佛来神山搭挂经幡的。女作家说为了能顺利转完神山，建议我们找背夫一同上山。我问赤列活佛明天的天气是否适合转山？赤列活佛给予了肯定的答复，于是我们决定第二天就开始转山。吃完饭，我们进到帐篷城打探了半天才找到了背夫，谈好报酬，约定了第二天出发的时间，回到住地早早入睡了。

清晨，我们从住地按顺时针方向开始转山的行程。据说这条转山路是由藏传佛教噶举派大师古仓巴开创的，全长56公里，沿途有许多圣迹和传说。虽然天光尚未大亮，转山路上已有不少的人了。朝圣的人们大多一手摇着转经筒，一手捻着佛珠，口诵经文专心前行；旅游观光的人举着个照相机，不停地东张西望，走走停停。一个小时后，我们来到了转山路上的第一个圣地叩头台，这里是转山路上第一次能看到冈仁波齐的地方。传说古仓巴当年走到这里休息时，一低头看到所有的石头和沙砾上都有一尊佛像，再一抬头，就看见了冈仁波齐峰的半个身影，于是赶紧磕头。大家一边议论一边拍照观赏。这时，一位身着绛红色喇嘛装束的僧人操一口流利的汉语和我们搭话，一问，原来他并不是西藏喇嘛，而是来自浙江的和尚。他说他从年初到这里，每天转山，原打算转够100圈就回去的，但前几日的一件奇遇使他还得转下去。问其缘由，他说，现在他已转了有100圈了，前几日正在帐篷城里打探返回的车辆，忽遇一位活佛（前面提到的赤列活佛），活佛叫住他，一番端详之后连声说不错不错就是你。他正纳闷间，活佛告诉他，夜做一梦，他在活佛的梦中出现，梦示十分祥瑞，如其能在马年转山300圈，福报非同小可，并可超度众多生灵往生云云。既然活佛这么说，且能利乐有情，作为出家人，没有不遵从之理。当下他就决定在马年转完300圈，以圆活佛的梦境。他算了算，余下的马年时间里，如果抓紧，转够300圈不成问题，只不过每天都得起早贪黑，不停地转下去才行。开始听他说要每天都要转山还没太当回事，只是在我们转完山后，才深感这绝非易事。僧人说完，便匆匆赶路，我们也随即起程。

经过“塔钦”，看到了藏历四月十五日新立的经幢，以此为中心，拉起了庞大的经幡群。到了跟前，仿佛进入了一个五颜六色随风飘荡的海洋。经幡的不同色彩有着不同的象征意义：红色代表火焰，蓝色代表天空，黄色代表土地，绿色代表生命，白色代表纯洁。人身处在这浓缩了自然精华的象征之海里，和大自然愈发有了亲近之感。一路沿季节性河谷前行，两旁的山形横断而上，难怪有俄罗斯科学家认为此乃外星人史前修筑的金字塔。在河谷的草滩上，有两位年过七旬的朝圣老人，他们用三块石头垒起一个灶烧茶，一匹白马驮着他们的行李，在一旁安静地啃着青草，肥嘟嘟的喜马拉雅旱獭在他们近旁的土洞里探头探脑，远处黄羊在奔跑，天上有黑颈鹤掠过，完全是一幅人与自然和谐相处的画面。我们团队中有佛教信徒和奇石爱好者，一路又是捡石头又是指指划划，说这山像什么神，那山像什么佛，加上已有女性成员出现高山反应症状，只好缓慢前行，至傍晚，才到转山中途赤热沟。这里是距冈仁波齐正背面最近的地方，大约也就三五百米的距离。神山的背面一览无余地展现在我们面前。山脊上融雪的印痕生动地显现出人与兽的形象，传说人像是格鲁派创始人宗喀巴大师的法身像，兽形是狮和狼，它们也皈依于佛法之下。我携带着相机和洁白的哈达，向山上走去，距离虽然不长，但一路登高，还是气喘不已，歇了好几次，才走到神山的跟前。把呼吸调匀，虔诚地将亲友嘱托献给神山的哈达挂在经幡上并拍照存念。

在神山下的帐篷小卖部，我们向主人买了些茶水，泡方便面，一边吃着，一边和店主聊天。他说他叫平措，是四川甘孜人，三年前来此朝山，转山路上遇到现在的妻子卓玛，两人一见钟情，相帮相扶转完神山便结合在一起，生了一个小孩，就再没回甘孜。在这里经营一个小卖部，卖些饼干糖果方便面矿泉水之类。夏天朝圣的人多，生意很不错，尤其是 5 月，朝山路上的人流接踵而至，就没断过人。冬季朝山路被雪封了，他们就下山到狮泉河，做点其他小生意，来年春暖雪化再上山搭起帐篷做朝山人的生意。我们问起那位转山的汉族和尚，平措表示十分钦佩，说他是真正的佛门弟子，活佛叫他转 300 圈，他肯定能做到。“他每天中午 12 点转到我这里，喝口水就走，”平措说。饭后出来，已是暮色苍茫，在平措帐篷外，有一处四面用石头垒的围子，没有屋顶，里面住着 20 多个尼泊尔信徒。他们都是尼泊尔北部山民，会讲一点藏语。交谈得知，他们是专程来朝山的，因为没有钱，只能住在这里，石头围子的主人按人头每人收他们 1 块钱。寒风从顶上吹进来，灰土和纸屑在他们头顶盘旋，所有的男女老少都拥在自带的毡子被褥里。在围子中间的地上，他们搭起石灶自己生火做饭，女人们不停地弯腰吹牛粪火，里面乌烟瘴气。我拿了一些药品和食物给他们，我们团队的一位女士还给他们抱了一个西瓜。一位住在附近帐篷里的朝圣的活佛走过来，看到他们的窘况，慈心大发，站在墙的缺口处，做着手印，为他们诵祈福经。尼泊尔人个个双手合十，恭敬聆听。

当晚，我们住宿在赤热沟简陋的招待所里，房间的窗户正对着神山的背面。从窗口望出去，暮霭里洁白的神山挺立在墨蓝色的天幕下，不时有形状各异的云朵无声地从神山顶上掠过，神秘的气息弥

冈仁波齐坐落在阿里普兰高原上，世界上有四种不同宗教将它视为自己最神圣的神山，予以顶礼膜拜。佛教认为，冈仁波齐是宇宙的中心——须弥山的象征，是众罗汉和空行母的修行地。藏族有个说法：马年转冈底斯山（冈仁波齐是其山峰之一），猴年转杂日山，羊年转纳木湖。这是在2002年藏历水马年转山时拍摄的冈仁波齐山的背面。

漫在天地之间。

这一夜，睡得十分安稳。

第二天天刚破晓，我们便出发了。这一天的行程十分艰辛，前面有三个大坂，一个比一个高，最高的卓玛拉山，海拔 5700 米，是最考验人意志和体力的地方。虽然这一带圣迹多多，如石头上仙女化身的狼的足迹、米拉日巴大师在巨石上留下的肘印、检验一个人有无罪孽的石缝等等。但因走着已相当吃力，便也无暇旁顾。团队里的李女士三步一停，全仗我们的背夫头领次仁生拉硬拽着前行。到了卓玛拉山口，李女士更是气若游丝，输氧喂药均不见好转。大家正束手无策，次仁从怀里掏出一团糌粑，沾上口水，在李女士的鬓角和胸部一阵揉搓，李女士竟醒转过来。事后据李女士讲，这一招相当管用，次仁用糌粑团揉搓之后，头脑马上觉得一股清凉，出气也顺畅了许多。后来我问次仁，你那糌粑里是否加了什么药，次仁说就是清茶拌糌粑，没有什么药，我们平时身上哪里不舒服了，都是这样弄。想想这么普通的东西在关键时刻竟有此等作用，实在让人难以置信。

几乎是连滚带爬下到卓玛拉山脚下的帐篷，李女士又开始神志不清。随队医生指导按摩其四肢，次仁再次掏出糌粑团在李女士鬓角、脖颈和胸部、肚脐一阵揉搓，好不容易将她抢救过来，大家这才松了一口气。在我们忙乱当中，我看见帐篷帘子一掀，浙江和尚的脑袋伸进来了一下，看我们正围着一个不知是死是活的人忙乱，他似乎犹豫了一下，考虑进不进来，最后还是走了。当时我心中闪过一丝不快：看见生灵有难，也不说进来救助，但一想他 300 圈的指标多么艰辛，心中也就释然了。李女士虽然醒了过来，但身体十分虚弱，派人去找牛雇马，也是空手而归。只好大队人马先行，我和团队中另一年轻小伙巴桑还有次仁陪着李女士轻步慢走。天将黑尽，找了一处山野小店住下，一夜无话。次日起来，李女士状况大有好转，不光能走，还拿着摄像机不时拍摄，大家十分高兴。次仁一路上搀扶着李女士，但两个人语言不通，沟通不便，巴桑时不时翻译几句。次仁十分聪明，善观颜色，李女士说走就走，说停就停，也还算配合默契。我问次仁怎么充当起背夫来，次仁说他也是来朝圣的，自己已经转完了山，本想回去，但看到今年转山的人特别多，很多人都要找人背东西，一天的报酬是60元，便想挣这个钱。问他一个月能转多少趟，他说不一定，一般是十几趟。“三趟跑烂一双鞋”，次仁说。那你转了这么多山，福报一定不小，我说。次仁听了后，很认真地说：我当背夫转的山不算我的，谁出了钱算谁的。次仁是个好人，转山结束以后，我们给了次仁额外的奖励，当然李女士也有她的表示。某种程度上来说，次仁救了她的命。得知次仁在马年替人转山后将定居在拉萨谋生，李女士慨然许诺将负责次仁的孩子读书的全部费用。次仁的孩子刚上小学。李女士表示，只要孩子好好学习，她将一直把他供到大学。

土林一夜和古格遗址

在往札达县去的路上，我们迷路了，而且是迷路在札达县近旁的土林沟里，时间已是深夜。

从普兰县到札达，应当说不是很远，正常来说，是早早就可以到的。但正是因为觉得路途短、时间充裕，所以一路上就很散漫，时不时地就停下来，不是拍照就是吃东西。队伍里还有奇石爱好者，在纵横交错的冰雪融化成的河溪旁寻觅石头。到冈仁波齐山脚下时，已过了中午。这时司机之一的平措说头痛。平措是康巴汉子，长得一表人才，一路上颇受团队中的女士青睐。他一不舒服，就忙坏了女士们，有的上去捏头按背，有的端茶送水，有的不顾自身心慌气喘，翻腾着行李找药，还有的将我们宝贵的红瓤西瓜递上。看到这个阵仗，团队里的其他男士不免心泛醋意，却也无可奈何。实际上，经过几天高强度的转山，到了普兰又顶着大太阳逛国际市场，接着又马不停蹄地去参观了科迦寺，大家或多或少都有些不适。好几位患了感冒，面色灰暗，无精打采。虽说也有人时不时关心一下，但很难享受到平措这种待遇罢了。紧赶慢赶，到噶尔兵站，太阳已经西斜得厉害，队伍里有人表达了住下的愿望。兵站的军人告诉我们，从这里到札达还有 120 公里，但路不大好，如果不走，可以住兵站。征求司机们的意见，他们不置可否。主意只好由我这个领队来拿了。我盘算了一下，离天黑还有几个小时，路再不好，三四个小时也可以赶到，于是决定前进。前 50 公里还算顺利，后来在翻一座山的时候出了问题。开始是我们的车陷入了沙窝，好不容易弄出来，紧跟着看到一辆私人大卡车又陷在山顶。在路上遇到这种事，相互帮忙义不容辞。我们三辆车上的男女全都下来，挖的挖，推的推，折腾了一个多小时，还没弄出来，看看天色已晚，实在不能再耽搁，只好向他们表达歉意之后我们先走。

天已经完全黑下来了。一个个里程碑从车灯下掠过，离目标似乎是越来越近了，但到了120公里处，竟然是天地一片漆黑，丝毫不见城市的影子。但又不可能往回返，只好硬着头皮往前赶。三辆车的司机，只有一人到过札达，就是我们车上的老师傅，那也是几年前的事了。乘客中只有我十来年前去过札达县，但道路对于我已了无印象，况且是夜里。老师傅凭着感觉在前面带路，后面两辆车紧紧跟随。汽车沿着灯光照得见的道路前进，看不清地貌，只觉得一会在山腰一会在山脚。最后终于下到了一条谷底，从两边的山体来看，很像是到了著名的土林。所谓土林，是土质山体经千万年大自然的风吹雨淋和日晒，天然形成的奇形异貌。很多人知道札达县的古格王国遗址，它那雄伟壮观的形象通过媒介吸引着世人的目光。迄今为止，关于这个王国、关于宫墙上的壁画所展示的生活场景，关于遗址上那些神秘的洞窟以及围绕着它的无数的故事和传说，仍然如梦如幻地困惑着人们。它所折射出的人文之光几乎成了藏西古文化的代表，但好多人并不知道札达还有一处胜景——土林。札达的土林非常漂亮，沿着一条季节河，两边数十公里长的山体犹如鬼斧神工，有的像神，有的像佛，有的像精心建造的宫殿，有的像排列整齐的武士，规模宏大的土林景观一直延续到札达县城附近，见过的人无不惊叹称奇。阿里地区已将此列为重要的旅游资源，以作为对古格王宫遗址旅游的补充，听说还准备申报世界自然遗产。但我们这时什么也看不见，暗夜里灯光打在山崖上，起伏和曲线全然不现，整个就是一个平面，看不出什么东西来。况且，这究竟是不是土林呢？沿着河谷已经跑了近100公里，仍不见头，老师傅也有些慌了手脚，要命的是，油快烧光了。走到一条岔路，老师傅果断拐头，从河谷攀山而上，上到一面高坡，虽然顿觉开阔平坦，但更不像往县城去的路了，只见夜幕低垂，星星仿佛就在头顶，四野寂寥，不用说城市的灯火，连象征生命的光亮也见不到。正当我们车上的老师傅犹犹豫豫的时候，我们后面平措的车受他车里女士的驱使超在我们的前面停下来了。从车里下来一女士，惊慌地说再不能往前走了，“万一跑到国外去怎么办?”我心知她是杞人忧天，这里距离国外还有十万八千里，但想想这么漫无目的地跑也不是办法，便招呼大家聚在一起商量，结果还是认为应该回过头去，进到河谷稳妥一些。这其实是人类本能的自我保护反应，总不愿将自己摆放在无遮无拦的境地，这也印证了人类的祖先为什么老是居住在狭窄的河谷或山洞里。平措责怪老师傅路没带好，老师傅一怒之下让平措先走，说看你能带到哪儿去。回到河谷里的岔路口，继续沿河谷下行，又走了20多公里，仍然是重复的河谷景观。从里程表上看，从嘎尔兵站出来已经200公里出头了，早已远远超过了到札达县的距离。路途中见有一农场的牌子，几个人下车用手电照着看了看，这个农场既无大门也无围墙，只是两根树干竖成一个门的形状，牌子就钉在树干上。里面遍地荒草，没有任何农作物，走了好远，也没见到人烟，显然是早已废弃了。只好返回来，大家再也没有前进的勇气了，在河谷中一块稍微平坦的地方，三辆车围成一圈，决定就地宿营。老师傅遭到大家的指责，尤其是另两位司机说他没好好带路，心情郁闷，一个劲地抽烟。

三辆车每个车里都是男女混杂，有三四个人，要想好好睡觉显然不行，加之大家多少都有些病痛在身，这样在野地里曲手曲脚地熬一夜，难保不出问题。好在是在河谷，而且应该说是札达县河谷，札达河谷属干热气候，是阿里地区的良性小气候带，所以，虽说是高原之夜，有凉意侵袭，但并不寒冷。当司机平措和我们车里的巴桑抱着羽绒被下车，铺排了一番决定露宿时，也就随他们去了。我们车里后排只剩下一位女士，她可以比较舒适地展开睡觉了。此时已是凌晨2点多钟，距离天亮还有3个来小时。不大一会，只听鼾声从各个车里响起，汇成了一股奇异的野外交响。我蜷缩在老师傅旁的副驾驶位子上，被老师傅的烟熏着，半天睡不着。过去在全西藏到处跑，条件还没现在好，虽然也难免吃苦受累，有惊有险，但还没在路上当过“团长”（蜷缩成团）。这么想着，不知不觉便迷糊过去，不知过了多久，后排女士的声音把我惊醒，我听她正在发问：“波啦（爷爷，藏语音译），你要什么?”原来老师傅压根没睡觉，一直在抽烟，把火用光了，伸手在后面纸箱里摸索火柴，惊醒了女士。我强睁开眼，见天色已经开始发亮。下车举目四望，这才发现我们的宿营地竟然十分地美丽。我们所在的位置宽阔平坦，紧傍着干涸的河床，四周的山体奇峰秀峦，那些貌似百兽千仙的条条块块在朝霞的映射下仿佛都活了起来，欲舞欲歌。大家也都起来了，好像根本就没有过一夜的疲惫和不快，全都兴高采烈地拍照摄像。不知有谁突然说，我的感冒好了！此话一出，

阿里普兰民居的大门，设计和装饰都十分精致。

提醒了大家，大家全都觉得神清气爽，病痛全消，仿佛脱胎换骨了一般。大家互相看看，见各个神采奕奕，全不像一夜只眯瞪了三两个小时的模样。正当大家迷惑不解时，从河谷的下方开来了一辆大车，大车司机说，顺着沟往下不到20公里就是札达县。

后来，所有的人不仅没有得病，原有的病痛经过在土林沟里住了一晚竟然也都痊愈了，的确令人惊讶。大家一致认为，土林之夜太过神奇，留下了终生难忘的记忆。

我们继续前行，前往我们的目的地古格王国遗址。

位于距拉萨1300多公里的阿里地区札达县境内的古格王朝遗址，准确地说是一座城堡。这座城堡坐落在距札达县城约20公里的象泉河畔。古格王朝的前身可以上溯到象雄国，象雄国也是青藏高原上一个古老的王国，象雄文明甚至比吐蕃文明更早。公元7世纪，象雄王国被吐蕃王国兼并。公元9世纪，吐蕃王朝崩溃，落难的吐蕃王室后裔逃到阿里，建立起了古格王朝，同时继承并发扬了灿烂的象雄文明。从9世纪始到17世纪结束，前后世袭了16个国王。古格王朝在纷繁神秘的西藏历史中，算是一个传奇。这个王朝从吐蕃王国的分裂中诞生，偏安青藏高原一隅数百年，权力的触角连雅鲁藏布江也没有到达过，但却对西藏的历史进程产生过重大影响。

古格王朝在西藏的经济和文化发展史上占有重要的地位，不仅古代印度的许多重要的佛教教义从这里传入西藏腹心地区，而且随着佛教从这里向西藏腹地的渗透，这里同时也成为古代西藏对外贸易、对外交流的重要商埠之一。

古格王朝一直崇尚佛教，几百年间连续不断派人到佛教兴盛的克什米尔研习佛经，并陆续翻译了一百多部佛教经典。1042年，更力邀印度高僧阿底峡到阿里地区弘法，使佛教在阿里立足固本，并将其影响向全藏传播，终于使佛教在吐蕃王朝末代赞普朗达玛“灭佛”、吐蕃王朝崩溃、各地割据战乱百年之后再度复兴，史称之为“上路弘法”。

上世纪80年代后期，西藏自治区对古格遗址进行第一次维修，维修任务由成立不久的自治区古建队承担，耗时近一年。维修结束后，作为主管部门，我带领几位文物专家前去验收。那时到阿里还比较艰苦，我们从北线进去，虽然谈不上险峻，但路况不好，经常要下车换胎、补胎。最怕的是迷路，往阿里去的路，尤其是措勤、改则一带，好多地方没有路，更没有路基。荒原上满地都是车辙，向四面八方发散，让人搞不清究竟该往哪里走。经常发生司机在野地转了半天又回到原地的事。能转出来算好的，有司机转不出来，油也烧干了，断了粮食，最终送了性命。我们还算好，司机还对路比较熟，虽也有偏离方向的事发生，但都及时纠正了。没有旅馆饭店，路上一天只吃一顿热食，是我们自己带高压锅和一些面条和罐头，用喷灯烧火做饭。走了一个星期，才到达阿里地区首府狮泉河。在地区文教局领导的陪同下，又走了一天，到了古格故城的脚下。当时古格上面还没有大规模的维修，尤其今天看起来最显眼的宫殿主建筑坛城殿还没有立起来。在维修的同时，西藏自治区文管会组织了一批西藏大学的美术老师和本地的画家，对古格壁画进行抢救性临摹。这些在这里已经工作了几个月的艺术家们一见到我们，一个个蓬头垢面地跑过来，争相诉苦。当时条件实在太差，没有住的地方，他们男男女女只好都住在山脚下的洞窟里。洞窟没有门，就在洞口挂个帘子，刚开始吓得晚上觉也睡不着。生活也十分清苦，没吃没喝的，经常是靠点饼干风干肉对付，实在想吃点热乎的，就只有跑到附近的村子里给村民画像，混点吃喝。我进到他们住的洞窟里看过，跟近旁的干尸洞差不多，区别在于他们住的洞窟有活人的气息，而干尸洞里往外冒着阴冷。他们每个洞里都堆着一个麻袋，里面装着当地产的土豆和大萝卜。萝卜当水果生吃，土豆在火里烤熟当主食。工作条件更不用说了，墙上的壁画临摹起来还好说，穹顶上的画临起来就很困难。站在摇摇晃晃的架子上，仰着脖子，干不了多一会儿就腰酸眼花，电灯也不亮，也不能总是牵来牵去，为

1986年，古格第一次正式维修时，从废墟中发现的唐卡画和经咒，它们书写、绘制在具有防虫、防潮功能的藏纸上。得益于干燥的气候和藏纸良好的特性，虽历时数百年，仍保存完好。

了把颜色弄准确，有些地方还要打着手电筒照着。好在大家勇于为艺术献身，再苦再累都忍着。工作结束后，除了一人抱回一大卷临摹的壁画作品，每人还拍了不少照片。后来陆续出现在国内各报刊杂志上的精美的古格壁画作品，大都出自他们之手。

当时维修工程在整个古格遗址中，只是很小一部分，而且是保护性的，主要是为珍贵的壁画遮风挡雨。在验收工程时，最令专家不满的是把庙堂门廊支柱弄成了水泥柱，地面也搞成了水泥地面，一点“修旧如旧”的感觉也没有。但木已成舟，说什么也没用了。那时一方面是条件差，整个施工也没法监督，再就是维修单位经验不足，能把早已破败不堪、只剩几堵残墙的遗迹撑起来也算不易。

整个维修工程难如人意，但意外的收获是在维修过程中，他们捡到的文物，计有修建古格城堡的唐卡画、颅骨上刻有文字的完整人头骨、完整的铁铠甲、锋利的箭镞等。

整个古格王宫遗址猛一看上去，就像一座土山，看着既不像城堡更不像宫殿。当顺着一条数十米的蜿蜒山道上到山顶，看了当年功能齐全的寺庙区和王室区，才会和一个时代、一个王朝的兴衰联系起来。在我看来，这座昔日的王宫，有两大神奇。一是修在山体内的建筑。王宫本身是坐落在一座孤立的土山上，这座土山高约100多米，周长也不过几百米，加之山体的起伏，几乎没有超过百米的平坦之处，加上山路狭窄，不便搬运，除了重要的寺院和议事大厅类必须建在露天处，更多的生活设施只能在山体上掘洞而建，不过这些洞窟建得十分巧妙，功能不同的洞窟被盘根错节的通道连接起来，上上下下，犹如迷宫。这些不管是居住还是储物的洞窟，充分考虑了采光、保暖、通行性能，十分有序。西藏广大的中部和西部山地，由于地理、气候因素，加上建筑材料的限制，历来有洞窟建筑的传统，而古格王宫的洞窟建筑，当属这类建筑的精华之作。古格遗址现残存879孔洞窟、445座房屋、58座碉楼、28座各类佛塔。房屋依山叠砌、层层相连，直至山顶，构成一座世上独一无二的王宫。

再一个是古格留下的壁画。西藏很多寺院的壁画历史都不太长，原因之一是历史上不同的教派交替得势，寺院也随着改宗，为宣扬自身教派的理念，壁画也是不停翻新。而古格王国远离西藏权力中心，在其覆没之前，政治宗教相对稳定，也没发生改宗易教一类的大起落，所以在王宫遗址中最大的红庙和白庙保存下来的数百平方米的壁画除了历史悠久，其表现手法也充分体现出了古格王国独特的艺术气质和时代气息。这些图案色彩浓艳，线条流畅，既借鉴了印度、尼泊尔艺术的表现手法，同时保留了吐蕃时期绘画风格。

古格王宫遗址内极具生活气息的壁画：一个盛装妇女正在挤牛奶，神来之笔是奶牛的表情。

从远处看,古格废墟群的规模十分庞大。这是在维修之前,古格遗址的原始风貌。

古格城堡上面的通道。这条通道直达城堡的顶端。

对于这样一个历史久远、文化灿烂的王朝的覆亡，今天的人们有着不同的解读。较为集中的看法是在公元1630年，古格王朝发生内乱，国王之弟和王兄不和，欲篡王位，便勾联近邻拉达克（今克什米尔）军队攻打古格王宫，古格王朝随即灭亡。

实际上，细究起来，古格王国的覆灭有其深远的宗教根源，说到底，源于宗教争端，毁于宗教之战。16世纪，古格王朝的经济、文化和宗教艺术达到鼎盛。17世纪上半叶，以葡萄牙籍神甫安东尼奥·德·安夺德为首的耶稣会教士，一行数人由印度潜入古格首府札布让。这时的古格王国由于邻国拉达克的连年入侵、王室和僧团之间的矛盾等内忧外患，已呈衰落之状。传教士们利用这个机会，大肆用金钱财物笼络国王及王室成员。他们学习藏语、了解当地的风俗习惯，研究佛教教义，抨击他们认为是错误的藏传佛教理论，向国王和王室成员、达官贵人宣讲基督教教义，宣读主的博爱和仁慈。在他们的不懈努力下，王室对传教士的态度由冷淡转为欢迎。站住脚之后的传教士们在王室的支持下，建起了教堂，开始布道传教，大有取代藏传佛教之势。基督教的传播，严重侵害了藏传佛教的教理教义，影响到当地上层僧团的利益，不可避免地产生了巨大的矛盾。佛教僧人们纷纷上书依旧信奉佛教的王弟、王叔等人，请他们奉劝古格国王，抛弃异教，回头是岸。不料国王非但不回头，反而采取了没收王弟田产、派官员剥夺寺院权力、强令僧人还俗娶妻等一系列迫害佛教的行动。藏传佛教的僧人和信众自然联想起了历史上的吐蕃末代赞普朗达玛的灭佛。于是，经过长时间的密谋准备，以王弟为首的佛教集团内发动信众，外借同样信奉佛教、而又一直和古格王国不和的拉达克的军队和势力，乘古格国王患病之际，向国王和基督教宣战。拉达克军队会同王弟领导的起事僧俗人众，很快扫清了王宫之外的基督徒和教堂，开始攻打王宫。王宫卫队粮草充裕，凭借悬崖峭壁和堡垒式的建筑，使发难的军队止步于王宫的山崖下，再不能前进半步。双方僵持一个多月，围攻王宫的拉达克军队开始动摇，王弟率领的乌合之众更是溜号逃散。王弟和拉达克王遂改强攻为智取。他们软硬兼施，将国王及其家眷诱骗出宫后，并没有履行退兵承诺，而是将国王一家押送到拉达克首府列城，投入监牢，将效忠国王的大臣和王宫卫队官兵擒杀于城下，最终推翻了代表基督教势力的古格王朝。这个上下传承约八百年的王朝从此走向没落。

请札达县工作人员带领，我们还参观了建于古格王国兴盛时期的托林寺。托林寺位于阿里札达县境内，11 世纪初由古格王益西沃修建。“托林”藏语意为飞翔在空中永不坠落。古格国王是吐蕃后裔，怀念先人尊佛兴佛的丰功伟绩，所以在修建托林寺时，请来大量尼泊尔和印度的工匠和画师，其规模和形制都仿照几百年前建于雅鲁藏布江畔的桑耶寺。由于古格王朝大力兴佛，藏地和域外许多高僧在此讲经著述，弘传佛法，托林寺逐渐成为藏传佛教“后宏期”的中心。西藏历史上著名的大译师、佛学家益西沃、阿底峡、仁钦桑布等都曾在这里留下了足迹。

数百年来，托林寺虽历经各种自然和人为的破坏，但至今仍是殿宇林立，佛塔高耸，尤其是殿堂，因为“文革”期间一直被当作粮仓使用，使四壁历史悠久、美轮美奂的壁画得以保全。

托林寺旁的山上，有许多佛塔遗迹。这些佛塔有的损毁严重，有的还比较完好。佛塔内有大量的泥制“擦擦”，这些“擦擦”使用的是当地的红黏土，既精美又结实，泛着自然的红色。非常令人惊异的是，在一些佛塔旁的山洞里，铺着一层厚厚的细沙，沙粒均匀洁净，想来只有一个可能，就是自然之子——风，经过千年万年的艰辛，从遥远的地方，把沙一点点送到了山洞里。站在象泉河谷的山崖上，札达土林在落日的辉映下，像波浪一样在云海里起伏，而隐伏在这些波浪之下的无数洞窟和佛塔，又不知藏匿了多少历史的烟云。

第五章
转山拜湖朝圣路

神山与圣湖

朝山拜湖，在西藏来说，是一件十分平常的事，男女老少大都有过朝山拜湖的经历。有些人还在襁褓中，就已经在母亲的背上转过神山圣湖了，而且往往朝拜的不止一山一湖。原因很简单，人们认为，西藏的每一座山、每一个湖都有神灵居住。这些各种各样的神灵有时有形有时无形，它们时刻关注着生灵的一举一动，掌管着风云变幻、人间疾苦甚至灵魂超度。西藏人的神灵意识，源自佛教传入西藏以前久远的苯教观念。西藏本土宗教苯教将世界分为天、地和地下三界，倡导万物有灵，赋予天地万物以神性，认为神鬼主宰世间一切，并通过极富想象力的描绘，将各种各样的神灵活灵活现地具象化，使人们的生存意识里，无时无刻不晃动着它们雄伟凶悍的形象，从而产生敬畏。生活在“世界屋脊”雪域大地的藏族先民们，面对难以涉足的巍峨的雪山，不知深浅的浩瀚的湖泊，深感自身的渺小，对自然伟力的崇敬油然而生。他们相信，在大自然的怀抱里，一定有一只把握所有自然之子命运的手，在随时随地发挥着作用，人类的生老病死无不和它息息相关。这大概就是信奉万物有灵的西藏原始苯教产生的基本根源。这一信仰在西藏社会持续了相当长的历史阶段，甚至溶入了这个民族的血液。通过人类丰富的想象力，苯教神灵源源不断涌现，他们出没于雪山草地，游荡在帐房民居，关注着人类的一举一动。

佛教进入西藏，遇到的最大阻力和挑战首先是苯教，二者纷争数百年，留下无数腥风血雨、诡谲绮丽的故事和传说，在这些曲折生动的故事和传说的背后，我们看到的是一个令人无可奈何的现实，那就是最终佛教占据了统治地位。外来的佛教之所以能战胜产生于西藏本土的苯教，原因错综复杂，但有一点可以肯定：佛教的思想和理念顺应了当时西藏社会的发展状态，更容易为普通民众接受。虽然如此，苯教并没有完全退出历史舞台，它的根深深扎在雪域大地，直到今天，在藏区的各个地方，少量的苯教寺院仍然耸立并拥有信众，影响依然存在。在过去的千百年里，苯教强大的社会根基和完善的神祇系统使得佛教难以从根本上将其清除或断然排斥。佛教在发展和传播的过程中，不得不将遍及天上地下的苯教神灵一一收编，给予护法神的地位，当然，护佑的是佛法；对固有的苯教教法和圣地，植入以佛教教义和佛与菩萨为主的内涵。正是这种融和与改造，在西藏最终立足的佛教已经不是原初的佛教，而是带有浓厚苯教色彩的佛教。它教派林立，神佛众多，形成了独具特色的藏传佛教。藏传佛教吸取了苯教的大量精髓，实际上已是西藏本土化宗教，正是这种本土属性使它能在取得统治地位后对苯教采取一种宽容的姿态。所以，在西藏就形成一种十分有趣的现象，那就是对同样的一座山、一个湖、一条江河，苯教有苯教的说法，佛教有佛教的描述。所有有关山川河流的故事和传说无不渗透不同的宗教理念。

在青藏高原这片高地上，有地球最高的山峰，有世界最深的峡谷，是地球上人类迄今为止遗存的为数不多的原始风景之一。众多的谜团隐伏在崇山峻岭之中，正在被人们发现或等待人们去发现。曾几何时，那些从千沟万壑中拔地而起、耸入云端的山岭雪峰，静卧于山峦之间的浩瀚湖泊，被人们披上了神秘的面纱，并赋予与自身生存和精神意境息息相关的人文内涵，使它们成为山神或是神山。概括地说，西藏的山神大致分为四个系统：雅拉香波山神、廓拉卡日山神、罗杰康娃桑布山神、念青唐古拉山神。这四大山神分别位于西藏的东南西北四方，各有自己的领地和众多的伴神和侍神，但它们的职责和权限并不局限于各自的属地。像念青唐古拉山神，它不仅拥有卫藏四茹的辽阔领地，它还护佑着锡金王国的生灵，同时，它也是西藏最早的寺庙桑耶寺和拉萨城内布达拉宫所在地红山的保护神。四大山神中，雅拉香波山神居住在雅鲁藏布江南岸的雅隆河谷的雅拉香波山上，是吐蕃王室的保护神，最著名的苯教大神之一，后被莲花生大师收服为佛教护法神。传说他躯体白如海螺，手持短矛和水晶剑，坐骑是像一座山一样的白色牦牛，牦牛的口鼻里不断有雪瀑喷射。他统领着10亿战神，威力巨大无比。廓拉卡日山神居住在“南方之岩”的洛扎境内，被认为是藏族英雄史诗《格萨尔王传》的主人公格萨尔王的精魂。他也是一身洁白，一手握短矛，一手提狼头，坐骑是一匹能飞翔的白马，10万个手持盾牌和兵器的巨人围护在他那用宝石和水晶砌成的宫殿的周围。罗杰康娃桑布山神居住在雅鲁藏布江上游，他日夜镇守着河湖里的宝藏，他手持黑旗和宝剑，幻化成绿色的身形巡弋在辽阔的江河之上。念青唐古拉山神居住在藏北草原念青唐古拉山脉海拔7117米的主峰，山上终年积雪不化，云遮雾障。他是绵延千里的整个念青唐古拉山脉的统治神，他白衣白马，一手持藤杖，一手持水晶念珠，念青唐古拉山脉所有360座山峰的山神簇拥在他身旁。有关他的故事在藏区广为传播，家喻户晓的是他为阻挠来自印度的莲花生大师在藏地传扬佛法，一次次和莲花生大师较量，虽然最终落败并被收服，但他表现出的这种胆量和勇气无疑是人类自身大无畏精神的体现。除了人们公认的这四大山神之外，青藏高原还有许多的山神，有些在某一地域享有盛名，有些是某一教派特别推崇。如位于青海湖畔的阿尼玛卿山系，其山神名为玛卿伯姆，苯教认为他是苯教的保护神，是雍仲苯教教义的维护者，尤其受青海果洛藏区人们的崇拜。对这位山神的祭祀有一整套烦琐的仪轨，首先是在某一特定的吉祥日，要展示绘有这位山神各种不同化身的唐卡画，在画前要摆放各种山神喜爱的供品和他固定使用的兵器，然后通过占卜和诵经作法将山神从他的居住处请来，享受人间的供奉和尊崇，祈求山神护佑人畜免遭病疫，保一方平安。这种祭祀多少代表了人们对山神一类神灵通行的崇敬方式。在西藏，山神和神山两个概念往往重叠在一起，统称为神山，但通过对山神和神山的了解，还是可以将它们剥离的。山神是山体本身的神化，在对山的神化时，人类是拿自身作为参照的，山神们不仅有夸张的人形，还有人的七情六欲，他们几乎都有配偶，配偶有的同样是神山，也有的是圣湖。他们有喜怒哀乐，甚至有性格特点，他们是一个庞大且独立的神祇系统。而神山的不同之处在于它不是某位特定的个体的神，而是因为有神灵居住，也可以说是神们的道场，不仅神灵众多，而且可能是不同宗教、不同教派的神灵汇居一处，因此自然成了神山。在西藏，最有代表性的神山有两座，一座是冈底斯神山，一座是杂日神山。西藏历来有“马年转冈底斯山，猴年转杂日山，羊年转纳木错”之说。

冈底斯山脉横亘在西藏中部，西起昆仑山脉，东落横断山峡谷，全长 9000 公里，其最高峰为位于日喀则境内的冷布岗日峰，海拔 7095 米，因为宗教和地理的原因，它的另一座海拔 6174 米的高峰冈仁波齐一直以来被人尊为其主峰。冈仁波齐坐落在阿里普兰高原上，山峰形状细腻圆润，峰顶终年积雪不化，一年四季冰清玉洁。世界上有四种不同宗教将它视为自己最神圣的神山，予以顶礼膜拜。佛教认为，冈仁波齐山是宇宙的中心——须弥山的象征，是众罗汉和空行母的修行地。藏传佛教典籍记载，藏历的马年四月十五日，是

老喇嘛在纳木错湖边举行祭祀仪式。

佛祖释迦牟尼诞生、得道、涅槃三大纪念日重叠一起的节日。传说佛祖在世时，曾在一个马年里，亲率天界众神和菩萨在此山顶上的胜乐轮宫聚会，并要求众神每 12 年到此巡游一次，因此，每到马年，围绕冈仁波齐转山的，除了山脚下的芸芸众生，还有在山顶上转的罗汉和在山腰盘旋的空行母。凡人围绕冈仁波齐转一圈，可洗尽一生的罪孽；转十圈，可在五百轮回中免受地狱之苦；而转上一百圈者，则可成佛。因为马年的特殊性，在马年里转一圈相当于平常年份转十三圈。在西藏有一则流传甚广的神话故事，说是藏传佛教噶举派第二代祖师米拉日巴尊者在冈仁波齐修行，一日，在转山路上和苯教大师纳热苯琼迎头相遇（佛教按顺时针转，苯教按反时针转），二人互不相让，就冈仁波齐的归属问题争执不下，最后二人约定于吉祥日藏历四月十五日清晨比试法力，看谁先登上山顶，谁就是神山的主人。四月十五日天刚放亮，纳热苯琼就骑上皮鼓，向山顶飞奔，在飞越山腰的修行洞时，见米拉日巴仍在洞中打坐，不禁窃喜。此时阳光初现，米拉日巴伸手拽住射进洞里的第一缕光线，飞身直上，待纳热苯琼到达山顶时，米拉日巴已在山巅闭目观想，纳热苯琼见状大惊失色，从山顶滚落下来，把山坡砸出一道深沟。米拉日巴念其修行不易，遂抓起一把雪说，我这雪落之处，便是你的修行之地。说罢，将雪向东方洒去。纳热苯琼再次骑上皮鼓随雪花前行，数日之后，雪落在了现今云南迪庆纳西文化的发祥地白水台，从此，纳热琼苯在白地修行弘法，他修行的山洞成了苯教的名胜。但苯教徒将冈仁波齐视为圣地并不是因为这次失败的斗法，而是认为苯教祖师的化身旦巴辛绕就是从这里下凡人间，他根据冈仁波齐南坡展现的痕迹，创立了以此图案为基准的“雍仲”苯教。此外，在苯教历史上有过重要影响的祖师的妻儿也诞生在这里。苯教把这座山比喻为巨大的石晶塔，是促使世界形成之九大“念”神的住所，世界的中心，藏地的灵魂。苯教掌管天地人间的360个神灵也居住在里面。和佛教有着差不多历史的印度古老的宗教耆那教也将冈仁波齐看做是宇宙的中心，不同的是他们认为它是一座有灵性的火山，所有的天神都盘旋在它的四周。该教的创始人筏驮摩那就是在此山开悟并获得解脱。而印度教则将此山看作“湿婆的天堂”，印度教三大主神之一的湿婆和喜马拉雅雪山神女进行永恒性力修习之地，财神阎婆罗掌管的宝库就是冈仁波齐周围的雪山。冈仁波齐也被看做是湿婆的化身，经日积月累的修习使得湿婆法力无边，他可以摧毁世间一切邪恶，创建一切善良。他吐出的四条神河（象泉河、狮泉河、马泉河、孔雀河）之水成为哺育古老的印度文明和养育亿万印度人的印度河、恒河的源头。饮水思源，这种人类普通的感恩思想使印度人对这座山积累了一种源远流长的血脉情怀，使此山在印度教徒心目中占有无上崇高的地位。他们认为，一生中只要朝拜过冈仁波齐，就可以不用朝拜其他的神山了，能死在神山的怀抱被认为是人的莫大福分。

杂日山属喜马拉雅山脉，位于珞瑜地区北部。这里温暖潮湿，

纳西族文化的摇篮白水台。

植被繁茂，山巅被白雪覆盖，终年云遮雾罩。它东起林芝地区的朗县塔克辛，西至山南地区隆子县的加玉乡，山体十分庞大。转此山一般要 10 天左右的时间。人们认为，杂日山上有胜乐大尊的宫殿，所有地神类的神灵都居住在里面。当初胜乐大尊为弘扬佛法，普度众生，一一降服了盘踞在此山的妖魔鬼怪，并命它们就地虔心苦修，以证善果。但有的妖孽劣性深沉，虽经佛点化修炼多年，仍时不时冒出孽障本性。山上有一魔鬼，其名叫“碓”，惯施妖法，有能耐将人间拉回到混沌时代。平时有胜乐大尊管束，还基本安稳，但每到其本命年猴年，如得不到供奉，便躁动不安。所以，每到猴年，人们便成群结队前往朝拜，消灾禳难。因为“碓”法力巨大，且十分看重人们对它朝拜与否，凡对它朝拜者，均可获得第二次生命，所以人们趋之若鹜。杂日山的转山路地形复杂，十分难行，因为除了每 12 年一次的转山，平时鲜有人迹。神山一带是西藏为数不多的珞巴族聚居地。珞巴人信奉杀鸡看肝、占卜打卦一类原始宗教，没有朝山一说，到此朝山的多是藏传佛教信徒。过去，每到朝山时节，西藏地方政府都要派僧俗官员前来，给珞巴人分发物资、食品，一方面是为了安抚珞巴人，让他们别给转山人找麻烦，请他们将转山路上的荆棘杂草予以清除；另一方面是维持秩序，因为朝山路狭窄险峻，容不下朝山的人潮，于是官员们在进山路口设卡，将人们按300人一批放行，每一批间隔20公里，以保证朝山路上的人流疏密适度；更重要的是一种主权宣示，我国珞瑜地区和印度交界，自古就由西藏地方管辖，政府派员监管在杂日山进行的民间宗教活动，实质上是对边境地区行使行政管理权力的一种表达方式。

青藏高原上，五彩湖泊星罗棋布，在藏西北即使是坐车旅行，一天很可能见不着一个人影，但肯定可以看到湖泊。或大或小的咸水湖或淡水湖随着天光的变化不停地变幻着迷人的色彩，令人产生无边的遐想。每一个湖都有美丽的故事和传说，主人公大多是女性神灵，她们不但美貌而且善良。较之于山神的威猛，更突现了圣湖的柔婉。

西藏三大圣湖（羊卓雍错、玛旁雍错、纳木错）之一的羊卓雍湖位于山南地区浪卡子县境内，在拉萨南面约150公里处，海拔4400米。这里是喜马拉雅山脉和冈底斯山脉的交汇之地。站在海拔5300米的岗巴拉山顶往下看，整个湖面呈扇形展开，湛蓝的湖水波光闪闪，环绕的雪山倒映湖中，湖面飞禽起落，湖畔牧草青青。630平方公里的湖中有十来座大小不等的岛屿，最大的湖岛面积达8平方公里，岛上松柏成林，芳草铺地，是优良的夏季牧场。传说羊卓雍错是天上的一位仙女的化身。她天真善良，容纳所有的生灵在她的领地生活，希望大家和睦相处，但狼却恶性不改，常常偷食牧人的牛羊，牧人不得不予以铲除，但为了不使仙女伤心，他们每打死一头狼，都要举行隆重的超度仪式。他们把死狼全身披挂，头戴官帽，耳坠耳环，前肢套上银镯，尾巴上系满五色彩带，脖子上挂上哈达，祈望它来生转世为有福之人；同时还要在它的嘴里塞一根木棍，以免它到仙女面前搬弄是非。死狼由四个牧人抬举，绕湖巡行，每到一个村庄或是牧场，都要举行祭祀活动。活动的主要内容之一是表演一种名叫“江雄”（狼史）的舞蹈，历述狼的起源、它的罪恶活动并期望它改恶从善，转世为人。这一活动成了羊卓雍错一带独特的人文风景。

玛旁雍错位于神山冈仁波齐东南约 20 公里处，面积 400 余平方公里，湖面海拔 4588 米。湖水由冈底斯雪水融化而来，水质清澈透明，在近 90 米深的湖心，透明度可达 14 米。佛教认为此湖底有广财龙王的宫殿，宫殿前的“赞布扎西”神树放射的光芒是人间快乐之源，湖水是上天赐给人间的甘露，饮用湖水、在湖的四个洗浴门洗浴身体，可消除各种疾苦，清除心中的烦恼，延年益寿；在湖边能拣到湖里的一条鱼、一片鸟羽，也会当作龙王的赏赐而倍加珍惜。因此将此湖视为“圣湖之王”，其知名度和神山冈仁波齐并驾齐驱。印度教信徒坚信此湖为湿婆大神和他的妻子沐浴之所，恒河之源。他们以自我

圣湖玛旁雍措和冈仁波齐峰遥遥相对，一座神山，一个圣湖，构成了阿里高原永恒的魅力。

克制的苦行方式，背负行李，赤足徒步，风餐露宿，来此拜谒心中的圣灵。长久以来，凡到此地的真正的朝圣者既要转神山冈仁波齐，也要转玛旁雍错。不管是什么季节，什么时候，湖边都可以见到蹒跚而行的信徒，有些人更是磕着长头转完全程，这往往需要一周以上的时间。

被誉为“天湖”的纳木错，位于藏北高原，念青唐古拉山脚下。它的总面积 1948 平方公里，海拔高 4720 米，是三大圣湖中海拔最高、面积最大的咸水湖。传说湖里生长有千年老鱼，其体大如牛，能将马熊吞食。此外，据说还生长有状如龙形的水生物，有人称其为湖羊，常常三五成群，挟带水柱腾出湖面，场面十分壮观。牧人们说，人要是见到此物，则三生有幸，所许之愿，定能一一满足。湖畔半岛遗留有众多各个教派高僧大德的圣迹，还有许多灵石异木；湖边的山体上，还留存着很多古老奇异的岩画。在这里，在饱览湖光山色的同时，一种神秘的恬静气息也如影相伴。湖畔有两根兀立的石柱，高约 10 多米，两柱间距数米，一根浑然一体，一根有 1 人宽的空缝，有人说这是阴阳的象征，也有人称其是纳木错的门神。在藏传佛教信徒的眼里，羊年转纳木错并朝拜念青唐古拉神，具有十分重大的意义，因为天湖东岸的半岛扎西朵（吉祥岛）是佛祖释迦牟尼“身”之圣地，有三千神佛汇聚在此；天湖主神多吉贡扎玛是佛祖释迦牟尼“语”之化身，她又是念青唐古拉神的爱妻，而藏历羊年，是念青唐古拉山神和多吉贡扎玛共同的本命年。这一年转湖朝山，会得到极大的加持。绕湖完整地转一圈，不包括探奇观景，大约要一周左右的时间。在转纳木错时，有一种检验诚意并预示未来吉凶的仪式：朝圣者来到佛祖“身”之圣地吉祥岛，在这里煨桑祷告之后，便将一条表达自己心愿的洁白哈达抛入湖水中，如若哈达立即沉没，即证明你清白诚信，神佛完全接纳了你的意愿；如果哈达漂在水面，或者要沉不沉，说明你心地乏善，或有不愉快的事等着你。有些游人到此，得知有此一说，也想试试，但总左顾右盼，待近旁没有熟人，才扔条哈达下去，紧张地观看着哈达的沉浮与否。除此之外，在天湖还有一种祭祀水族之神——“鲁”的仪式。藏族认为，“鲁”是隐形的，它无处不在，即使一个马蹄大的水洼里，也有数十个。而它们的首领“鲁”王，则居住在圣湖中。“鲁”这种神灵拥有无穷的财富，却又极端小气，而且还特别爱生病。稍微对它们不好，它不仅让你得不到财富，还会给人带来疾病和灾难。祭祀时，祭品中除了五谷珍宝之外，还必须上供名贵药品。所以，前来圣湖朝拜的人们，几乎都要携带“鲁本”（献给鲁王的宝瓶，内装供品和经书），投进圣湖。关于纳木错，还有一则凄婉动人的传说：很久以前，纳木错湖畔住有很多的人家。一天，一位牧人在湖边捕获了一头羚羊，正当他准备将羚羊杀死时，面前出现了一位漂亮的姑娘，姑娘请求说，请你放了它吧，我可以答应你的任何条件。牧人问，你是谁？姑娘说，我是纳木错女神。牧人见姑娘美丽非凡，不禁异想天开，问道，那你能嫁给我吗？姑娘想了想说，可以，只要你放了它，今晚我们就可以成亲。牧人一听，十分高兴，他放了羚羊，看着姑娘带着羚羊进到湖里。到了晚上，牧人来到湖边，不久，随着一轮圆月升起，姑娘从湖里出来了。她来到牧人面前说，你是要人的方式结合还是神的方式结合？牧人想，人的方式结合见得多了，没什么意思，应该尝试一下神的方式。于是说，要神的方式结合。姑娘说，好吧。她伸手在牧人的额头轻轻点了一下，完了说：这就是神的结合，明年的此时此刻你到这里来领走你的孩子吧。牧人还没回过神来，姑娘已隐身湖中。牧人望着空旷的草原懊恼不已。时间转眼过去了一年，牧人又来到湖边，等了半天也没见个人影，正烦躁不安时，一只小羚羊跑过他的身边，牧人生气地张弓搭箭将羚羊射翻。正要前去看个究竟，一年前见到的那位姑娘飘然而至，她声音凄惨地对牧人说：贪婪的人啊，你杀死了自己的孩子！说完投身湖中。转眼间湖水翻腾，天昏地暗，牧人惊惶失措跑回了家。从此，纳木错一带人丁越来越稀少，怎么也兴旺不起来了。

茶马古道

存世千年的茶马古道是在上世纪 90 年代才引起了广泛关注，并被命名为“茶马古道”的。在此之前，人们在谈及华夏文明的开放与延伸时，注意力始终聚焦于西北部的丝绸之路。丝绸之路宽阔繁华，城镇和乡村把这条流光溢彩的道路连缀起来，沿途虽不乏荒滩戈壁、大漠黄沙，但它天高地阔，千百年来车水马龙，实录史话连篇累牍。茶马古道的功能和所起作用虽说和丝绸之路相差无几，但因为它千头万绪，因为它掩蔽于高山低水，也因为它的艰险卓绝，更因为极少有人走完它的全程，所以鲜为人知。直到上个世纪的 90 年代，几位年轻的学者，他们经过或徒步、或骑马、或驱车实地的勘探，撩开了这条存世千年的古道的神秘面纱，并命名为“茶马古道”。至此，这条蜿蜒于中国西南部横断山脉腹地、喜马拉雅崇山峻岭中的古道，如一条暗河，在人们的不经意间，千回百转地已经涌动了千百年。

2002 年 6 月，涵括这条古道的三省区三地州（西藏的昌都地区、云南的迪庆州、四川的甘孜州）联合发起了“藏、川、滇联合开发茶马古道学术研讨会”，并组织了沿茶马古道进行南北两线的实地考察。我有幸参加了这次考察活动，与来自全国各地 10 多个学科的专家学者一同踏上了古老的茶马古道。

根据最早关注这条古道并为之命名的学者之一、云南省社会科学院研究员李旭先生最新绘制的路线图，茶马古道的主线为南北两条，殊路同归于西藏昌都。一条是从四川的雅安出发，经康定、甘孜、德格抵昌都；另一条是以云南的西双版纳为起点，经大理、丽江、香格里拉（中甸）、德钦，到昌都。两条路在昌都重叠之后，又分为南北两线通往拉萨，北线以昌都为起点，经类乌齐、丁青进入藏北草原东部的索县，经林周到拉萨；南线从昌都出发，经洛隆、边坝，进入藏北草原南部的嘉黎、林芝的工布江达，经墨竹工卡而至拉萨。但拉萨并不是终点，有的商队停下来了，有的还要继续前行，因为他们的目的地是不丹、锡金、尼泊尔、印度，也许还在遥远的克什米尔。概括地说，茶马古道穿越了两大高原（云贵高原和青藏高原）、五大江河（金沙江、澜沧江、怒江、雅砻江、雅鲁藏布江），是一条横贯整个亚洲腹地的商贸通道。中国人是这条古道的开拓者，中国众多民族的文化在这条古道上碰撞交融，形成了独具特色的人文景观，加之林莽草原、大山大水，使这条古道拥有了得天独厚的探险、旅游、生态研究、科学考古、民俗调查资源。

我们的第一站是香格里拉。

“香格里拉”的藏语含义是“心中的日月”。藏族人太热爱这片赖以生存的土地了，以至于用太阳和月亮来命名自己的家园。

上个世纪30年代畅销世界的一部英文小说《消失的地平线》使“香格里拉”进入了世人心中，但真正赋予“香格里拉”精神文化内涵的还是我国康巴地区独特的自然与人文景致。作者詹姆斯·希尔顿在这部小说中，逼真地描述了一个以藏族为主，中国若干民族杂居的人与人、人与自然和谐相处，各种宗教并存、幸福安康的人间仙境。

受这部英文小说的影响和蛊惑，半个多世纪以来，各国探险家和旅游者不辞劳苦前往青藏高原和横断山脉苦苦寻找这人间的理想境地。

直到1997年9月14日，云南省政府向世界宣称“香格里拉”就在云南省的迪庆藏族自治州，才算对这个世纪之谜给出了一个官方答案。虽有争议，但世界各地的人们依然对这片神秘之地流连忘返。

迪庆藏族自治州中甸县城是“香格里拉”的核心地带。作为人类理想家园的偶像，中甸具有足够的自然美景：环绕的雪山、茂密的森林、清澈的河流、星罗棋布的高原湖泊和五彩缤纷的草原。2002 年 5 月，云南省中甸县正式更名为“香格里拉县”，从而使这片宁静的土地顿时名声大噪。引得世界各地的人们纷至沓来，寻找人类的理想家园。很快，新建的楼堂馆所、特色浓郁的标准化新民居、宽阔的城市道路以及完备的市政建设与时俱进地拔地而起。但要探寻它之所以成为“香格里拉”的精神文化内涵，就必须进入到它的内里，通过历史的遗存追寻其踪迹。

老城道路是一色的青石板路，坑坑洼洼的印痕是岁月的面孔，路面依地势的起伏而涨落。路边房屋大多上着一把大锁，也有住着人家的，不论白天还是夜晚，那里总是静悄悄的，偶尔会有小孩子或者一条狗跑过。

当地人说，那里就是中甸的老县城“中心镇”，也就是说，那些可

在茶马古道西藏和云南的交界处，考古学家从吐蕃墓葬里发掘出的陶罐。

以为“香格里拉”作注解的众多历史渊源其实是应该从这里提取的。

中甸县老城曾是茶马古道上的一个重要驿站，因为它是云南入藏的门户。在过去的年代，县城中几乎天天都有马帮来往，除了云南当地商贾的马帮外，更多的是异地南来北去的驮队。城外的依拉草原是牧马的天然草场，而这里的佛寺、道观以及清真寺和天主教堂又为奔走在古道上的不同信仰的人们提供了心灵慰藉的场所。因此，这里成了长途跋涉的马帮理想的休整地。老城的人们对于马帮有一种特殊的感情，他们听惯了马脖子上晃动的铃声，听惯了马蹄叩击青石路面的脆响，甚至能从赶马人呵叱牲口的粗喉咙大嗓门中判断他的民族属性和故乡所在地。不管是白天还是深夜，一旦有马帮进城，临街的人们总要起身关切地嘘寒问暖、端茶递水。在他们看来，赶着驮队纵横千里、翻山越岭的人是值得敬重和同情的。当然，这中间也包含有另一种情愫，那就是也许他们的亲人此时此刻正赶着骡马，行进在漫漫古道上的遥远他乡，他们的关切之情也蕴涵了对家人的祈盼和思念。老城的人家坚信“苦读十年不如千里一行”，因此，很多人家虽然没有马帮，但却有充当过“马脚子”（赶马人）的经历。尤其是藏族男人，成年后若还没有去过拉萨朝圣的话，很被人瞧不起，所以往往不辞劳苦、不计报酬也要设法跟去拉萨的马帮走一遭。

茶马古道艰险无比，几乎每10天就要翻越一架雪山，突如其来的暴风雪和山塌路陷，以及最易将人摧垮的高寒缺氧使不少人魂断荒山野岭，但也有冲破艰险，脱颖而出，因此改变自身命运者，如上个世纪三四十年代声名响亮的大商号“珠吉仓”的掌门人次仁桑珠（即爱国侨领马铸材及其“铸记”），他从十来岁就替人家跑马帮、做杂工，直到后来经营出云南第一个藏族人的大商号，跟西藏昌都的著名商号“邦达仓”、拉萨的各路权贵以至锡金王室都建立起了密切的关系，把商号从中甸开到了丽江、昆明、拉萨和印度的噶伦堡，在马背上率先做起了国际贸易，成为一代巨商。直到今天，中甸的人们提起这位老人，敬羡之情仍然溢于言表。

阳光从云隙中洒下来，中甸的那帕海草原变成了一个梦幻般的世界。在茶马古道兴盛的年代，这片肥美的草地曾是马帮住宿交易、休整生息的地方。

城西北边一片沉寂的区域，就是老城区。那里是一色的土木结构的房屋，多为二层。房屋的下部是土墙，上半部由木质板材搭建，屋顶则全是用木板覆盖。正是旱季的末尾，有几户人家正在进行翻盖木板瓦的工程，这种木板瓦都是用附近山上的云杉和冷杉木制成的，因为雨水多，所以每年都要翻盖一次，以免木板的一面长期遭受雨淋日晒而变得腐朽或干裂。老城屋顶的木板瓦只要每年翻一次，就可以 100 年不用更换。

紧邻中甸老县城——中心镇的西边，是一座名叫百鸡山的红土山。早先百鸡山也是中心镇的一部分，清代中甸开始有建制的时候，县衙门就修在山腰，直到 1954 年以后县政府才搬到山下来。如今山腰上只有围墙遗址，据说这是城墙，也许是年代太过久远，损毁非常严重，使人很难把这类似于屋墙的残垣断壁和一城之墙的印象叠合起来。山脚下就是香格里拉县城，可以清楚地分辨出新城和老城。

山顶上有一座不大的寺庙叫百鸡寺，是云南最大的藏传佛教寺院噶丹松赞林寺的属寺，寺内仅有的两名喇嘛也是噶丹松赞林寺派来的。寺门左侧的一丛经幡林被山风掠过时犹如彩旗飘动，十分壮观。寺前一片不大的空地上生长着几株古柏树，树干之间设置了一排转经筒，夕阳恰好透射过来，转经筒上凸现的黄铜六字真言金光四溅，有种神圣的意味。寺庙看起来平平常常，但奇特的是寺庙院子的两厢养着很多鸡。

“这些鸡都是信徒们拿来放生的，信徒还拿来饲料，鸡就这样活到老死。”喇嘛告诉说。放生之俗源于佛教不杀生的理念，后来扩张到消灾解困、祈求家人平安的意念上来。过去，每当中心镇人家有人随马帮远行，家人必定拿鸡到寺庙来放生祈愿，祈求神灵庇护。

这种风俗一直延续至今。

历史上，中甸并非一个封闭的世外桃源，一条贯穿滇、藏，延伸至南亚和西亚的茶马古道就横陈于中甸县的老城区。老城街面的石板路上至今仍然清晰地显现出骡马踏出的蹄印，它无声地向人们昭示着这个地区开放的历史。据老人们说，在他们的记忆里，老城最繁荣的时候有千余户人家，居住着藏、汉、回及白族和纳西族等，其中藏族占一半以上。因为这里是由滇入藏的门户，又是马帮的必经之地，所以形成了颇具特色的商品经济。“那时候，这街面上全是店铺，当街的门面全拿来做生意，木头柜台长长的、黑黑的、一转一转的。街面上铺的全是石板，石板上尽是骡马踩出的坑。以前的人家修房都不修围墙，敞敞亮亮的，不像现在，每家的房子都用围墙圈起来，打个招呼都不方便。”73 岁的藏族老人王阿祥仍然住在老房子里，她是中心镇少数不愿搬家的老人之一。她记忆里的老城景象应该发生在抗日战争年代，那时中国的海上运输被封锁了，滇缅公路和滇越铁路也处于瘫痪状态，经由四川、云南和西藏，连接着印度、缅甸和尼泊尔的茶马古道就显得空前繁忙起来。古道上的丽江、中甸和德钦都是当时主要的军火和日用百货的交易市场。由于马帮众多，草皮相对稀缺，“那时一小筐青草能卖半个银元”。在王阿祥的记忆里，老城中几乎天天都有马帮来往，除了当地商贾的马帮外，更多的是异地南来北去的驮队，有短途的，也有长途的。短途的一般停一下，人马打个尖，便穿城而过，或是南下丽江，或是北上奔子栏。长途行进的马帮就要做稍长时间的休整了。王阿祥的头一个女儿刚生下来，她的男人就跟马帮走了，“一走就是 11 年，这期间一点音信都没有。我天天盼，月月想，想急了就到寺里去拜佛，拿着鸡去放生，想他早些回来。我男人在马帮里就是个马脚子，老板只管饭，不给钱。出去 11 年，去过拉萨，还有印度和尼泊尔，回来的时候跟出去的时候一样，空着手，只给我带了件衣服。”

72 岁的阿布老人指着北边远处的一片缥缈的白色建筑说：“那

就是松赞林寺，它下面本来有一个小城，叫尼玛宗，就是太阳城的意思，我们这里原来叫德格宗，是月亮城的意思，我们以前就把中甸叫做心中的日月，也就是现在常说的香格里拉。”阿布老人显出很自豪的神情。1998年，清华大学建筑学家吴良镛教授在考察完中心镇之后说，日光城、月光城和松赞林寺恰好在一个正南北的直线上，这说明当时规划这些建筑的人一定具有非常好的地理知识。可是中心镇最初建城的情况谁也无从考证了，我们现在只知道是一个藏族的大家族最先在这里定居的。唐代时这里是吐蕃主要的游牧和屯兵的地方，由于千年的征战和迁徙，这里居民的民族属性早已呈现出多元化，现在中心镇里的藏族老人大都知道自己原本不是藏族，自己的祖先是从中原屯兵或是经商来到这里的，和当地女子成婚繁衍后代。这些七八十岁的老人大都确定自己的汉族祖先和现在已经有八九代人的距离了，他们虽然有的还保持着汉人的名字，但是除此之外的其他方面已经完全藏化了。老城的兴衰与茶马古道的兴衰一脉相承。新中国成立后，滇藏公路与川藏公路相继修通，80年代更是在老城的旁边兴起了新城，马帮带来的繁华一去不复返，新城的亮丽豪华反衬得老城更加破败。古城坑坑洼洼的街巷像所有的历史遗迹一样弥漫着苍凉的气息。老城里住家已经不多了，许多房子空置在那里，摇摇欲坠。以前住在老城的好多人家都搬到生活条件好得多的新城去居住了。

从百鸡寺门前的山上看下去，中心镇实际上就在山脚下。紧靠山脚的一部分房屋显得凋敝破败，了无生气，再稍远一些，可以看到街巷里晃动的人影和屋顶的木板瓦上冒起的炊烟，但仍缺乏城镇应有的喧嚣。中心镇周围有大片的庄稼地，绿色植物蓬勃茂盛，似乎要把老城拥进它的怀抱，而耕耘这些庄稼地、春种秋收的农人们就居住在老城里。

再放眼望去，就是延至平坝的中甸新城了。那里房屋的屋顶不再是木板瓦覆盖，街道也宽阔有序，霓虹灯正如一簇簇的鲜花在将暗的天幕下绽放。

“香格里拉”的最高境界是精神的，我们在感念上天赐予这片土地自然美景的同时，更渴望被香格里拉的精神之光照耀。在追寻其光芒时，我们蓦然发现，绵延千年的茶马古道上各族人民展示的极限生存的意志，求同存异、互助友爱的情怀，无保留的相互依存的胸襟，克服一切艰难险阻向前迈进的气概，正是孕育香格里拉精神内涵的源泉。

从云南中甸到西藏出发的第一站是德钦县的奔子栏。“奔子栏”在藏语里的意思为“绿色台地”。它地处金沙江畔，是茶马古道的要冲。从中甸的山谷里出来，就到了金沙江边，以前这里的江面上没有桥，马帮要沿江东岸“借道川地 20 里”，才到达奔子栏对面的渡口，然后坐渡船到奔子栏。现在川滇两省交界处修起了一座水泥桥，过桥后沿金沙江岸边公路一会儿就到了奔子栏。奔子栏依山临水，建筑呈台阶形上延，公路穿街而过。北去的马帮从这里要连续翻越白茫雪山和梅里雪山，路途遥远，而且一直是在雪线之上前行，所以要在此休整并等待好天气，否则在山上遇到风雪前不能进，后不能退，十分危险。而从藏地南下的马帮经过死去活来的跋涉，下到奔子栏，一定要休养生息。因此，这里多民族杂居、各民族文化交汇的特征更要显著一些。

从奔子栏出来不久，在白茫雪山的山腰，看到了气势壮观的金沙江大拐弯，一座突兀的山峰像是把直线奔涌的江流用力推挤向白茫雪山，江流在山涧作大幅度绕行，呈马蹄形南去。

晚上，在德钦县参观访问了一家四世同堂的藏族家庭。房屋建筑整体上是藏式的，但门廊里面阔大的天井又有汉式味道。在上房的中央有替代火塘的汉式炉灶，靠北墙有一佛龛，佛龛竖着三格，中间供奉的是佛祖释迦牟尼，右边是祖先灵位，左边是国家领导人和藏传佛教的领袖。据说在德钦，每家都有佛龛，但供奉的神灵或偶像却完全依据主人的信仰而定。简单的访问结束后，就在主人家的天井里，由正在德钦进行自然生态研究的美国大自然保护协会驻云南办事处首席科学家木保山（中文名）用幻灯的形式介绍横断山脉的自然生态状况。有意思的是，他用1923年美国探险摄影家洛克拍摄的梅里雪山、明永冰川等地的照片和2000年前后在同一地点、同一角度拍摄的照片进行了比较，从中可以看出，有些地方稀疏的树木正变得茂密，说明冰川和雪线由于人类活动和全球温室效应正在往上抬升。考察团的科学家们和他进行了简短的学术交流之后，便是主人家老老少少联袂歌舞表演。

第二天从德钦出发，沿澜沧江峡谷盘旋而下约50公里，便到了世界著名的低海拔冰川——梅里雪山太子峰下的明永冰川。冰川下的明永村海拔只有2300米，旅游基础设施齐备。村民们靠着参观冰川的门票和给游客租马两项，每家的年收入平均可达一万多元。从明永村沿冰川融化的山涧河流策马上行，道路在遮天蔽日的浓荫下蜿蜒而上，一路上涧水翻浪，鸢尾花盛开，阳光透过树隙洒下如梦如幻的光斑，令人有置身仙境之感。骑马走了约两个小时，来到了冰川跟前。这里海拔4300多米，明永冰川如瀑布一般从梅里雪山的主峰下涌出来，气温明显低很多，还有寒冷的山风掠过。中科院地理研究所的张青松教授给大家现场讲解了冰川形成的气候特点，以及它的地质构造，而中科院昆明植物所的吕春潮老先生在森林里发现了许多配制云南白药的植物原料。

在明永村用过纯粹的绿色食品大餐，沿澜沧江上行，路上远眺梅里雪山，只可惜浓雾遮掩，看不到它的主峰太子峰。有人说起有一年十世班禅大师到这里，也是因为雨季，太子峰云遮雾罩，班禅大师随即念经作法，转眼拨云见天，太子峰露出了它的尊容。还有就是那年日本登山队攀登梅里雪山，当地群众出于信仰，认为攀爬神山是亵渎神灵，于是点香祈祷神山显灵，阻止其登顶。果然，登山队不仅没能登上山顶，还造成重大人员伤亡。据说日方登山负责人事后向当地村民发誓说，梅里雪山是一座真正的神山，今后这座山将再不会有日本人的足迹。这些传说使本来就隐身云雾的太子峰更神秘莫测。云南藏学研究所所长王晓松先生半开玩笑地说，要想看太子峰，就要念经。不管是真是假，大家跟他一道念诵六字真言，不知是臆想还是现实，反正随着汽车的行进，云雾竟然散开，蓝天下出现了一串雪山。王晓松遥指其中一座说，那就是太子峰。

澜沧江大峡谷里不时可见古道遗迹，如陈迹斑斑的溜索桥墩，被荒草掩埋的山道垭口，沧桑古道透出了几许荒凉。中午时分，我们到达了云南省西北部最边远的佛山乡。在乡政府所在地的公路旁，一家名为“古道客栈”的小店，依稀流露出过去年代的韵味。继续西行，来到紧邻西藏芒康的拉古村，全村60多户人家，除了3户纳西族外，全是藏族。在村子中央的一座山上，有一片庞大的石棺葬墓地，四川大学考古学家霍巍和李永宪对一座因村民修房而搞得残破的石棺墓进行了试掘，意外地挖到一完整的陶罐。他们推测，这片墓地的年代大约在2000年之前，可能是古纳西王征战时的墓地。从拉古村出来不久，就到了云南和西藏两省区的交界处。老远就看见了一条标语“开放的西藏欢迎您”，在标牌的内侧，排着一长串“丰田”越野车，西藏昌都地区的有关领导带着迎宾队伍已在此等候多时了。

浩浩荡荡的车队把考察团送到芒康县的盐井（藏语为“擦卡龙”）纳西民族乡已是夜里。稍事安顿，大家的第一件事便是去洗温泉。曲孜卡温泉紧挨着澜沧江，108眼泉水注入有半个足球场大的温泉游泳池。耳畔江水咆哮，头顶繁星闪烁，温热适度的泉水转眼将旅途的劳顿冲刷得一干二净。晚饭后，由中科院云南植物所的谢鸿妍女士倡议，在江边的凉亭里举办学术论坛。在宜人的江风吹拂下，大家兴致盎然，纷纷发表见解。普遍的看法是，横断山脉是我国三大植物汇集地之一，但其三江流域大都是干暖、干冷河谷地带，山体石多土少，生态环境脆弱，一旦破坏很难恢复，因此，不管是搞研究还是开发旅游，一定要三地携手，总体规划，以保护环境为前提。

昌都芒康县的盐井镇，
片片盐田架设在澜沧江岸边。

盐井既有历史的传奇，也有现实的浪漫。

紧挨澜沧江边的山腰，是用整根圆木搭建的盐田，江岸边的石洞里就是卤水，盐池就在近旁。纳西族妇女把卤水从石洞里打出来，一桶桶地背上来先倒进自家的盐池，然后再将沉淀后的卤水顺着之字形的木架一桶桶背到上面，分送到像平整的屋顶样的盐田里，待水风干之后，剩下结晶的盐粒，扫拢一处就可以了。因盐井紧挨江边，几乎和江水一个平面，每年雨季江水上涨，盐井便被淹没，只有等水退后重新淘井。盐井乡有3000多人，大部分是藏族，纳西族不到1000人，但盐田却基本上归纳西人。这是因为明代时，云南纳西族的统治者木天王率军发动“盐海大战”，将盐井占有，当年守卫盐田的士卒娶妻生子，一代代延续下来。现在，这些盐民们虽在族群归属上是纳西族，但从语言、服饰、生活方式都已几乎全部藏化。他们中的大多数人信奉藏传佛教，而在2000多藏族中，却有500多人信奉天主教。

纳西族小姑娘。

盐井的天主教始于19世纪中叶，其间经过数度兴衰，总算保留下来。现在的教堂建在最早的旧址旁，33岁的神甫鲁仁第是土生土长的纳西族青年，如果不是一身神甫的装束，很难想象他就是“上帝”福音的布道者。在神甫介绍天主教在盐井坎坷不平的历史时，大家品尝了教堂修女献上的葡萄美酒。据说此酒的酿制技术源自最早到盐井的法国传教士，他不仅带来了圣经，还带来了优良的葡萄品种。他一方面向众生布道，一方面推广葡萄种植，法国葡萄和当地的山葡萄嫁接成功，葡萄酒应运而生。现在，盐井人家待客，多是用葡萄酒，青稞酒倒少见了。一干人晕晕乎乎走出教堂。在盐井的街上，有乡民兜售虫草，每根新挖的虫草5—8元不等，要看大小。有人围观，有人讨价还价，也有人迫不及待地选购。一个卖杏子的农民和一买杏子的妇女在为杏子的包装而争执。买杏的妇女要卖杏人给个塑料袋装杏子，卖杏子的说政府有令，为防污染，不准使用塑料袋，见一个要罚50块钱。“我这筐杏子也卖不到50元”，俩人吵得不可开交。陪同的乡领导上前批评了妇女，表扬了农民，化解了争吵。然后，招呼大家在街边一家饭馆吃午饭，主食是当地风味独特的“加加面”。装面的粗瓷碗很大，但面条只有碗底一筷子，吃完再加，因此叫“加加面”。面条很筋道，加上鲜蘑碎肉熬制的汤，其味异常鲜香。这一顿饭最高的纪录是有人吃了23碗面。

接下来的一站是东坝乡。

东坝乡地处左贡县西南缘的怒江边上，离318国道还有20多公里。1992年由政府出资，乡里出劳力，修了一条乡村公路把东坝乡和外界连接起来。过去因为地处偏僻，道路险峻，难得有人涉足，因此关于这里的风物人情大多是道听途说而非亲眼目睹。

汽车离开国道线沿山冈盘旋而下，走了约一个小时，便到了东坝乡。东坝乡行政管辖有十几个村，但通常指的“东坝”是普卡、格瓦、居拥三个阡陌相连的村庄，因为东坝独特的人文景观主要体现在这三个村落：通行一种外人不懂的语言，流行外村人不会下的围棋，信仰苯教，传统上是三个村子内通婚等。

村庄坐落在怒江边的台地上，碉楼式的民居被繁茂的树木簇拥着，一片片田地从江边谷地平缓上延，顺着山坳直达山腰。乡政府坐

藏东高山峡谷间的台地，这种地方可种植的土地十分稀缺，这样大片的可耕地很宝贵。

昌都左贡县的东坝乡，地处怒江深谷的台地。这里是干热小气候带，交通不便和土地稀少，多种经济作物可以生长。

落在半山的一片坡地，一行人在乡政府前的空地下了车。村里早已备好一队骡马，所有的骡马额前都戴一个毛织的面罩，每个面罩的图案各异，相似的是色彩都非常艳丽。一人一骑，由村民牵马进村。村道上浓荫遮顶，青青的核桃、艳艳的石榴花不时碰头磕脸，随手摘取几棵还未成熟的花椒闻一闻，麻呼呼的气味直冲鼻孔。大家被分别安排在老乡家里居住。我们的房东是退休的乡长，他的这所房子也是高碉式。高碉式建筑的最大特点是下宽上窄，层高跨度大，底层一般高 6 米左右，二层 5 米出头，三层也达 5 米，其功能主要是通风、防盗、防暑。二楼宽大明亮的客厅雕梁画栋，藏柜、佛龛、电视、卡垫床一应俱全，墙上绘有藏族传统的吉祥四兄弟、六长寿图，一溜藏柜上画的是八仙过海，佛龛上是雕龙刻凤；四根鲜红的方形房柱，上面是神兽珍禽，下面是卷草浮云，而且大多是镂空加彩，主调金色。进得房间，恍若置身在华丽的殿堂。大家匆匆安顿一下，顾不得品尝主人端上来的当地水果，便出门到村里转悠。村巷弯弯曲曲，可容一辆马车通行，基本上绕着碉房蜿蜒。高山清泉被引进村里，家家门前都是清流潺潺，水面落叶飘花，耳畔禽鸟啁啾，儿童光脚戏水，妇女浣衣涮盆，也有三两汉子一边饮马，一边吸着鼻烟闲聊。早熟的庄稼已被农人收回，巨大的核桃树荫下，有着红衫的农妇借着江风扬场。在村子中央，有一座苯教寺院，据说始建于 15 世纪，但规模不大，也陈旧，远远比不上村里的民居。寺中供奉有苯教始祖的塑像，有三五个喇嘛经管。下到怒江边台地，只见浑黄的江水汹涌东去，江对岸山崖如刀劈斧砍一般，十分陡峭。举头四望，山峦叠嶂，形如莲花，地里麦浪翻滚，树上桃红杏黄。不由让人赞叹这是一块风水宝地。晚餐是乡政府在村中乡完小的院子里安排的自助晚宴，除了人参果、酸奶、血肠、风干肉这类特色食品，还有不少时令果蔬，地道川菜，佐以左贡县藏东葡萄酒厂出产的“藏东红葡萄酒”和康巴姑娘的敬酒歌，考察团成员心神俱醉者不在少数。饭后，学校操场上早已洒水扫地，东坝特有的锅庄舞悠扬登场，男女老幼纷纷加入，舞姿别致，唱词是用东坝方言。歌舞间隙，找来两位村里的围棋高手，他们就地用手指在地上划格，一方树棍，一方石子，权当黑白世界。行棋前，先在天元旁各放2子，下法和现代围棋没有二致，输赢要看谁占的格多，比较讲究吃子。弈者之一的平吉现年56岁，他说到县里和汉族干部下现代围棋，开始还发懵，摸清规则之后充分发挥东坝围棋的绞杀特点，每每大胜而归。问及此棋的渊源，据说是来往于茶马古道的商人传入。

晚上回到房东家，已是灯光明亮。问电从那来，老乡长说用的微水发电机，是花了2000块钱买来自己安装的。村里还有的人家用的是太阳能发电机。为了保护山林，政府也开始推广沼气，用于取暖做饭。东坝属于干热河谷地带，虽是高原之夜，也只能穿一件短袖衬衣。几个人一身短打，坐在靠窗的卡垫上，再细细品味室内的雕刻绘画，便不觉得特别辉煌，因为村里像他家这样的比比皆是。但比较前后藏的民居，这儿的农舍的确可用“宫殿”二字来形容。老乡长给我们讲了许多有关东坝的掌故：沿江上行便是茶马古道，村人有经商传统，过去村里有五六家大的马帮，每个马帮都有100多匹骡马，往来于川、滇和昌都；距村子七八公里的江边崖石上，有清末封疆大臣赵尔丰的部下程凤翔西征路过时所题写的“飞凤岭”三个大字。至于说到东坝的方言，乃是来自文成公主进藏途中发烧中的呓语；村子的形状也是文成公主仰躺休息的姿势；东坝人的先祖是吐蕃王室的官员，因官场失意，为远避迫害，举家东迁途中被此地美景留住，遂隐居于此，代代相传至今……传说难以令人置信，通过考古人类学、语言学、地质气候学这些现代科学文明手段，有关东坝的神秘面纱不难揭开，但一个如诗如画的东坝的存在，毕竟是一个美丽的现实。

6月8日，南北两线的考察队伍到达昌都会合，地委、行署汇集两路人马召开学术讨论会。前后四天里，各路专家从各自的研究领域出发，从经济、社会、文化、地质构成、生物多样性等各个方面对茶马古道进行了论述，阐述了各自的观点。会后，重新组队，又分南北两线向终点拉萨进发。

这次我走北线，也就是黑昌线。一路从高山峡谷缓慢爬升，藏东北的高山草甸又是另一番风光。我们在高山之巅领略了六月飞雪，在沿途多次陶醉于壮观的嘛呢石刻群，在热芭舞的故乡丁青欣赏到了年逾七旬的老人们表演的热芭绝技。在同样也是茶马古道要冲的类乌奇镇的查杰玛大殿前宽阔的广场上，观看了由数十名僧人全身披挂、伴着雄浑的鼓乐声跳的格萨尔王征战舞，但所有这些，都不及全藏最古老的苯教寺庙——孜珠寺带给我们的震撼。

孜珠寺位于丁青县城以东约 40 公里处。中午在查杰玛大殿流连于格萨尔王征战的“羌姆”舞蹈时，天空开始晦暗并有雨点飘落，随行的县领导催促启程，说如果要去孜珠寺就得快走，否则雨一下下来就去不了了。开始不觉得，只是汽车开始沿着一面陡峭的大山往上的时候大家才体会到这话的分量。简易公路在崖壁上开出，几乎

丁青县的苯教大寺孜珠寺。

西藏东部的高山牧场，正是六月暑天，一场飞雪使绿色的大地转眼变得白茫茫一片。

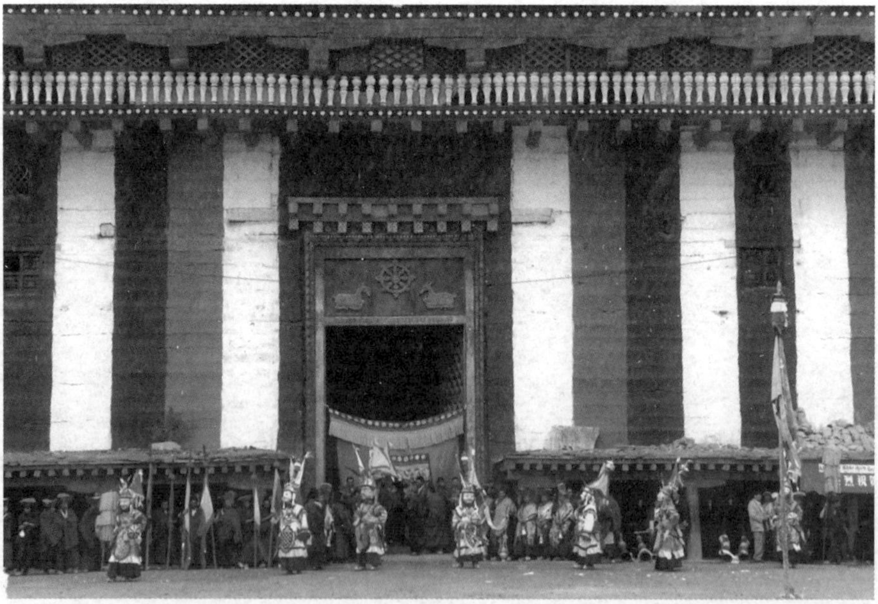

格萨尔王的故事不仅有说唱，还有近似于传统戏剧的表演形式，但这种表演并不普及。这是在昌都的类乌齐寺，由寺院僧人表演的格萨尔王征战舞蹈。

是直上直下，弯道急促而狭窄，匆匆向上盘旋。像我这样历经西藏无数险关难路的人，也不禁捏一把汗。心中自忖，这车要我是万万不敢开的，全藏昌都司机数第一，真是名不虚传。

在紧张难耐中挨到山顶，前面豁然开朗，一大片缓坡突然展开，天空的乌云尽数散去，在绿草茸茸的山坡上，连片的石峰拔地而起，直插苍穹，红白相间的寺院建筑就镶嵌在石壁上，那宏伟的气势令人几乎晕眩。还没从心灵的震撼中回过神，耳畔已是法号轰响、鼓钹齐鸣，喇嘛们早已在崖峰下煨桑燃香等候多时，经过夹道欢迎来到寺院大殿门前，这才顾上细细观赏四周景致。寺庙坐北朝南，前景一片青山远去，与蓝天相接的是绵延起伏的念青唐古拉山脉优雅的雪线。“孜珠”藏语的意思是六座岩峰，寺庙因此而得名。这六座岩峰分布在大殿的两侧及背后，主峰在右上方，石峰间有一自然形成的空洞，被称为上天之门，透过门洞，浩渺的天际云蒸霞蔚，有如仙境。岩壁上的僧舍和修行洞错落有致，有朝圣者鱼贯前行。峰顶上成群的秃鹫蹲立着俯瞰人间。在大殿的右下方有一天葬场，每当清晨这里有桑烟升起，它们就会扑翔而下，清除一具多灾多难的皮囊，超脱一个彷徨不安的灵魂。进到大殿，喇嘛毫无保留地将寺庙珍藏的宝物一件件展示给我们看。其中有苯教祖师和神灵的合金塑像，还有先师以非凡功力在青石上捏出指印的石头，甚至还有康熙皇帝赐给孜珠寺的用合金打造的一对大镲。据记载，孜珠寺始建于公元 1074 年，是全藏 37 所苯教密法修行场所之一，经过近千年的风雨坎坷，硕果仅存，成为全藏历史最为悠久的苯教大寺。

接下来，寺庙举行跳神仪式。寺前空阔的平地中央，一巨大的白色香炉桑烟缭绕，身着苯教法衣的喇嘛表演过后，一狮一虎从大殿门里滚跃而出，绿狮黄虎和着低沉的法号声缓慢而又稳健地摇身舞爪。远处，朝圣的信徒如蚁，遥遥叩拜。天高地阔，青山绿水，芸芸众生不由得自惭渺小。

考察队伍沿途经过每一个县，每一座寺庙，每一处村镇，都受到当地政府和群众极为隆重的欢迎，高规格的接待。他们极力向来宾推介自身方方面面，殷殷之情、切切之意溢于言表，一个中心意思就是想使自己的文化、自己的资源、自己的家乡从三江并流的大山深处走出来，走向全国、走向世界，从而脱离贫困和闭塞，使自己的生存状态跟上时代步伐。为此，他们一方面顽强地创造着这种条件，也希望借助于外界的发力来实现这个愿望。对于中国乃至世界而言，处在云贵高原和青藏高原结合部的横断山脉的峡谷深沟，完全是一片尚待开发的生物乐园、植物宝库、地质检验室、气象观测站、考古研究所、民俗风情村；而千百年来因茶马互市、征战迁徙，使中国各民族的古老精神文化在这片土地上沉淀下来，形成了丰富多彩的多元民间文化景观。这个包罗万象的自然、历史、人文博物馆的价值不言而喻。在考察活动结束后的拉萨总结会议上，专家学者们就这片区域、这条古道的研究、开发和利用发出了倡议，并呼吁成立一个专门的研究会。所幸的是，这一倡议目前正在实施。相信不远的将来，昔日的茶马古道定会成为人们领略自然、陶冶精神的现代文明之旅。

喜马拉雅南缘

在西藏南部的幽深的峡谷丛林之中，生活着和藏族不同的另一群人，他们是珞巴族、门巴族和夏尔巴人。他们生活的区域在喜马拉雅山的南部边缘，统称为门隅和珞隅地区。这片地域自西向东沿喜马拉雅延伸，土地面积约占全西藏的十分之一。这里是亚热带气候，适于作物生长，一些世界上的濒危物种在此并不鲜见。这里的自然环境依然保持着最原始的状态，已被列入自然保护区范围。

由于地处幽林深谷，交通不便，喜马拉雅山终年冰雪，北部的寒流和来自印度洋的暖流相互在此交汇，形成弥天的大雾，令人望而却步。正因为过去进出这一区域都非易事，长久以来，这里被西藏地方政府视为理想的流放地。权力争斗中失败的一方往往被举家押解至此，终身不得回返。

珞巴族是中国少数民族中人口最少的民族之一，只有3000人左右。“珞巴”是藏族对他们的称呼，意为“南方人”。新中国成立后，根据实际情况和本民族意愿，正式定名为珞巴族。主要从事农业和狩猎。珞巴族大部分居住在雅鲁藏布江大拐弯处以西的高山峡谷地带，山高林密，人烟稀少，交通十分不便。架栈桥、过独木、爬“天梯”、飞溜索、穿藤网是珞巴族的通行绝技。

珞巴族没有文字，就在半个世纪前的晚近时期，还停留在结绳记事、刀耕火种的状态。他们以部族为单位聚住在一起，住房像处在湿热地带的其他民族一样，用竹木做原料，搭建成吊脚楼。楼共三层，除了住人的第二层用竹木编扎成墙体遮风挡雨外，底层和三层都无墙体。底层除了支撑整座房子的几根木柱，四周遮掩得十分马虎，主要用来养猪养鸡圈牲畜，一架木梯通往住人的二层，一家人吃饭睡觉都在这里，顶层一般用来堆放杂物。山鼠和米酒，过去是珞巴人的佳肴，荞麦和玉米面饼是日常食物，辣椒水是离不开的佐料。不分男女，吸烟成癖，烟斗和火镰，是珞巴人必不可少的装备。珞巴族的装饰繁多，几乎人体的各部位都有饰品，大体上可分为头饰、项饰、腰饰和腕饰。除了饰品，珞巴族男人还要在腰间佩挂一把长一米左右的珞巴刀。珞巴刀属藏刀大系，但其形制独具风格，刀身宽阔、粗犷，刀把由上好的木料制成，最有特点的是刀鞘，内鞘同样使用上好的木料，在木料的外面，用兽皮包裹，选用的兽皮往往是野兽的小腿部带爪带毛部分，黑亮的爪子和金黄色的皮毛使整个刀鞘呈现出雄浑的气势。珞巴人的丧葬方式也较为独特，除了土葬外，还有树葬。树葬是将死者用藤条捆缚，戴一个木制面具，放在他生前使用过的藤筐内，挂在树上，上端搭一草棚，防风遮雨。珞巴人认为人死之后，会变成虫子飞往极乐世界。

门巴族主要居住在西藏山南地区错那县的勒布沟，由于居住地域和珞巴族相似，故生产生活方式和珞巴族有些近似。他们以农耕

1981 年拍摄的门巴族妇女。

1981 年拍摄的珞巴族老猎人。

为主，食物结构大体以荞麦饼、玉米饭、鸡爪谷饭和大米饭为主，菜食有白菜、萝卜、土豆、黄瓜等，加上森林里盛产的木耳、蘑菇等山珍和水果，使门巴族的食物显得丰富多彩。门巴族人善饮酒，男人外出和归家，主妇都会用大碗盛酒，在门口送别和迎接。门巴族人的居所以碉房式石楼为主，除了墙体用石头以外，内部结构全部是用木料，有些房屋高达 10 余米。在更为炎热的南部门巴族地区，房屋建筑以木栏式木屋为主，以竹木为原料，建起的房屋和耸立四周的芭蕉树与翠竹融为一体，让人觉得自然和谐。门巴族男女都喜欢蓄长发，戴镶有金边的圆帽，穿毛织的黑色坎肩。男子外出时，往往挽弓挎箭、腰配长刀，十分英武。门巴族和藏族的关系密切，在文化上和藏族的交流较多。在门巴族民间，蕴藏着极其丰厚的情歌作品，西藏历史上最杰出的诗人六世达赖喇嘛仓央嘉措就诞生在门隅地区。他所创作的情歌体圣歌，直到今天，依然脍炙人口。门巴族的丧葬方式也很奇特，一般采用复合葬，所谓复合葬就是人去世后先埋入地下一年，然后再取出进行火葬，火葬之后再进行水葬。整个丧葬过程礼仪繁缛，仪式不断。门巴族将此称为“金葬”，他们认为土、火、水里都有金。

夏尔巴人居住在西藏南部我国与尼泊尔交界的日喀则地区聂拉木县樟木口岸的立新村和定结县陈塘镇一带，两地人口加起来也只有数千人。夏尔巴人有自己的语言，但无文字，通用藏文。他们自称来自东方（“夏”，藏语东方的意思），但具体东方的哪里，至今也是众说纷纭。有的说是在成吉思汗时代，驻扎在四川马尔康的一支部队被元朝军队打败逃到西藏定居，成为夏尔巴人的祖先；也有说夏尔巴人是从尼泊尔迁居西藏的移民。近年有国内的学者考证夏尔巴人的先祖是党项人的后裔。西夏王朝被蒙古族灭亡后，其中一支迁徙到四川木雅地区，忽必烈南征云南时，有两个家族又逃往西藏，先是到了萨迦县，后因两个家族不和，分散到陈塘镇和樟木口岸，也有人去往尼泊尔，和当地部族通婚繁衍，形成了今天尼泊尔的夏尔巴人。夏尔巴人因其长期颠沛流离的生存状态，使他们擅长以做生意的方式谋生。如今，虽然早已世代定居，但仍多从事商业活动。他们往来于中尼市场，贩卖各种商品，财源茂盛，生活比较优裕，教育程度也相对较高。全民能歌善舞，其民歌曲调具有浓郁的南亚气息。特别值得一提的是夏尔巴人与生俱来的登山天赋，他们具有独特的生理特征：血压低、肺活量大、躯干偏长、善于攀登。那些来自平原的登山爱好者们为了攀登海拔 8000 米以上的高峰，做足了准备，但到了海拔 5000 米以上，面对大量的登山器材和设备，就开始感到力不从心，这时就要依靠夏尔巴人了。夏尔巴的老人、孩子、妇女，在海拔 6000 米以上的高山上，既不用氧气，也没有特别的设备。他们背负着沉重的设备，在呼啸的寒风中，在无路的山体上攀登自如。他们不图“登山健儿”的虚名，仅仅只是为了挣钱。实际上，在好多破纪录的登山活动中，都有他们的贡献。如果统计攀登海拔 8000 米以上的纪录，无疑，夏尔巴人首屈一指。

绿色长廊

从拉萨出发逆拉萨河东行70多公里，就到了拉萨和林芝的交界地米拉山。米拉山海拔5020米，山顶长年有雪，虽然海拔高，但因为进到林芝地区的印度洋暖湿气流的浸漫，牧草却长势良好，是优良的高山牧场。且由于离拉萨近，旧时西藏贵族和寺院多从此处索取畜牧产品，供自己食用。

翻过米拉山后，就到了林芝地区境内。首先进入的是林芝地区的第一个景点邦杰塘草原，这里海拔4700米，距离工布江达县100公里，草场面积15平方公里。这里除了美丽的风景外，还有水质优良的温泉。牧民喜欢把牛羊赶到泉边喝水，据说喝了这种泉水的牛羊肉质鲜嫩，没有膻味。下到山脚，感觉就和山的另一面大不一样。视野里出现了灌木，空气也开始湿润起来。一条溪流，不经意地出现在公路旁，这就是秀美绝伦的尼洋河真正的源头，也意味着进入了尼洋河的河谷，虽然它显得过于狭窄。

工布江达县位于青藏高原著名的山脉念青唐古拉山的南麓，处在尼洋河上游地区。从米拉山到工布江达县城，虽然路途不算远，但著名的景点不少，有太昭古城、唐蕃古道、甘丹村泥石流遗址等。

太昭城是清朝末年清政府在此设立的一个县制单位，当年这里店铺林立，市镇繁华，藏、汉、回等民族的商贾云集，就连尼泊尔、印度的商人也是常来常往。这里既是经济重镇，也是交通要道。史书记载，“江达乃西藏咽喉重地，驻扎官兵防守”，“江达设守备一员，兵120名”。直到20世纪上半叶，这里仍不失为西藏重镇。现在这里当年的景象全无，只有残存的碑文和先人的墓地，不禁让人产生思古之悠情。甘丹村的泥石流遗址就在公路近旁，对于许多人来说，能够亲眼目睹泥水将巨石从山上冲下来后的形状，也算不易。满地的石头呈浑圆状，它们全是在运动的过程中被磨平了棱角的。

工布江达县城坐落在尼洋河的北岸，应该算是一座新城。这里每到雨季之后，满街都是卖野生菌类的摊点，街道两旁摆满各式家什，里面装的不是松茸就是青冈菌，或猴头菌，或鸡枞菌，不一而足。价格也不是很贵，关键是这些菌类都是山林里自然生长的，是名副其实的绿色有机食品。不过随着旅游的人越来越多，人们对野生菌趋之若鹜，这些东西的价格也是一年一变。

在工布江达，可以见到当地人穿的工布衣服，和拉萨及其他藏区的藏装不一样。这种衣服叫“果秀”，是套头式长坎肩，无缝接，以当地产的织物为原料，据说有良好的防水功能。从工布江达出来，有两处重要景点，一个是阿沛庄园，一个是秀巴千年古堡。阿沛庄园的历史古老，公元 7 世纪，吐蕃王朝内斗，失败一方的两个儿子逃到这里，为寻安身之地，向天祈祷，之后射出一箭，箭就落在现在的阿沛庄园。射箭的王子脱口而出“阿沛”，意思是命运安排。于是在此修建山庄。后来到了 17 世纪，这里分封给了贵族阿沛家族，阿沛家族以世袭贵族身份在此定居。现存的阿沛庄园建于 19 世纪初，大部分房屋已经损毁，只有少量的建筑物。

秀巴古堡位于西藏林芝工布江达县 318 国道旁，已有 1600 多年历史，是西藏年代最古老、历史最悠久、古堡群最密集、结构保存最完整的古堡群。经专家考证，证实古堡始建于唐朝后期。古堡群由 5 个高低不同的堡垒组成，间距大约为 30 米至 50 米，各个堡垒相互呼应，互为犄角。古堡是由片石和木板搭建而成，内部空，上不封顶，外观呈现出 12 面 12 棱柱的几何状体，内为规则的八角形。堡垒墙体厚约 2 米，非常坚固，内侧则嵌有木板，可供防守一方登顶攻击。古堡顶层设有了望孔，视野开阔，防御时亦可向来犯敌人

林芝的喇嘛林寺。寺庙三面被原始山林围抱，正面对着尼洋河谷地，风光十分秀丽。

放箭。堡顶可燃放狼烟示警，传递讯息。古堡周围也经过一番精心布置，以石砌房屋环绕，高低互为策应，形成了一个易守难攻的防守体系。古堡历经千年风雨，依然雄伟挺拔，异常牢固，真实展现了一千多年前藏民族精湛的建筑工艺。

快到林芝，尼洋河变得宽阔起来。尼洋河是雅鲁藏布江的支流，在米林县境注入雅鲁藏布江。每到春天，两岸最为吸引人眼球的就是绵延不断的桃树，大片粉红色的桃花把河谷和公路两边浸染得如诗如梦。有一首歌里唱道，“尼洋河啊尼洋河，两岸桃花红似火”，整个河谷里都涌动着夏季热情奔放的前奏。这是一条美轮美奂的河流，除了夏季大雨，河水略显混浊外，基本上清澈无比。尤其是秋冬时节，河水湛蓝，一路倒映着白云青山，宛然舒缓。河流时而隐进丛林，时而漫过平原。自然倒伏河中的古树，被多情的河水轻柔地抚慰，仿佛倾听一个关于生与死的童话。

进到林芝之前，还有一个美丽的湖泊，就是错高湖。这个湖距公路46公里，是林芝地区的重点名胜。湖的总面积37平方公里，湖水的平均深度约有60多米，湖水碧波如镜，湖的四周雪山连绵起伏，原始森林密布，四季不同的美景，全部映在湖中。此外，这里还是西藏特有的藏香猪的原产地。

八一镇属林芝县，原来这里是尼洋河畔的一个巨大的荒滩，只有驻军和几家企业单位。上个世纪末，林芝地区行署迁到这里，随之开始大规模兴建，在对口支援下，这里已建成了一个颇有林区特色的绿色高原小城，一应设施完备，成了人们休闲度假的理想之地。前两年这里修了机场，每天有航班起降，飞拉萨、飞成都，生活和交通都极为便利，甚至连拉萨的老人们也开始思谋着在这里安度晚年。一直是自西向东流淌的尼洋河，从这里折向南，汇入雅鲁藏布江。

从八一镇往东十几公里，是林芝县城，中间要经过巴结乡有名的巨柏林。林芝的朗县、米林到尼洋河中下游一带的河谷中，常有零星的柏树分布，塔形的树冠以及挺拔的树干十分惹眼，这即是西藏特有的古树——巨柏，亦称为雅鲁藏布江柏树。巴结乡境内的巨柏自然保护区内的柏树十分集中，生长良好，是一片比较完整的巨柏纯林。据测算，该树林已存在2000年以上，其中最大一棵柏树围18米，高50米，树龄2500年，被当地的苯教信徒视为“苯教神树”。古柏林在当地藏族群众心目中是圣地，传说苯教开山祖师辛饶米保的生命树即是古柏，所以林中那些最大最古老的树身上总是缠挂着风马旗，树林中到处都有嘛呢堆，常有信徒远道前来朝拜。

林芝县在八一镇崛起之前，是林芝地区的中心。这里在上个世纪70年代，最著名的特产是林芝果园的苹果和易贡产的茶叶和辣椒。一到秋天，各个单位都要派出生活车到林芝去拉苹果。苹果只有两个品种：红香蕉和黄香蕉，红香蕉含糖高，甜得沾手；黄香蕉香，老远都香味扑鼻。一车苹果拉回来，各家都会分个好几十斤，吃不完，就用报纸一个个包起来，放进窖藏白菜萝卜的地窖里，一个冬天都保鲜。易贡离林芝不远，不过过去路不好，总是塌方，出产的辣椒量不大，但却是奇辣无比。听老人讲，“文革”时在易贡办学习班，没菜吃，只好拿辣椒下饭，一锅白菜放几个辣椒进去，就辣得让人冒汗。最有名的还是易贡茶厂产的茶叶，以绿茶为主，泡出的茶汤绿中泛黄，清香怡人，最主要的是特别经泡，几泡之后，茶色都已经很淡了，茶味依然不减。后来内地来的商人看好这种茶叶，搞垄断性收购、外销，西藏反而买不到了，偶然碰到，价格已是翻了几十倍。

从林芝县出去10多公里，是景色撼人心魄的色季拉山口。人们来到这里，总会停下车，下来感受松涛美景。举目四望，古树参天，耳畔松涛阵阵，头顶上的树挂如画如梦，把人完全带进了一个自然的王国。从这里，可以看到位居“中国十大最美丽山峰”首位的南迦巴瓦峰。南迦巴瓦峰是喜马拉雅山东端最高峰，海拔7782米。

南迦巴瓦在藏语中有多种解释，一为“雷电如火燃烧”，一为“直刺天空的长矛”。后一个名字来源于藏族史诗《格萨尔王传》中的“门岭之战”。在这段说唱史诗中，南迦巴瓦峰被描绘成状若“长矛直刺苍穹”。南迦巴瓦峰充满了神奇的传说，因为其主峰高耸入云，当地相传天上的众神时常降临其上聚会和煨桑，那高空的狂风造成的旗云就是神祇们燃起的桑烟。据说山顶上还有神宫和通天之路，因此居住在峡谷地区的人们对这座陡峭险峻的山峰有着无比的推崇和敬畏。关于南迦巴瓦在西藏民间故事里还有一个传说。很久以前，上天派南迦巴瓦和拉加白垒两兄弟镇守东南。弟弟加拉白垒勤奋好学武功高强，个子也是越长越高。哥哥南迦巴瓦十分嫉妒，于是在一个月黑风高之时将弟弟杀害，将他的头颅丢在了米林县境内，化成了德拉山。上天为惩罚南迦巴瓦的罪过，于是罚他永远驻守雅鲁藏布江边，永远陪伴着被他杀害的弟弟。这个神话故事很生

20世纪80年代初，西藏唯一的印刷厂设在林芝。在一遍遍的校对修改印稿之余，我们会到厂区后面的大山里采木耳，时值冬天，朽倒的青冈树身上，长满了黑木耳和银耳。

动地向我们解释了这两座山的特点：我们现在看到的加拉白垒峰顶永远都是圆圆的形状，那是因为它是一座无头山：南迦巴瓦则大概自知罪孽深重，所以常年云遮雾罩不现身形。

再往前，就是林芝的王牌重镇鲁朗。这里的风景和色季拉不同，不光有风花雪月、翠木万千，更有极富工布地区特色的民居建筑。另外，“石锅鸡”是这里的特色食品，真正的石锅，取材于雅鲁藏布江大拐弯之后江边的悬崖峭壁上的石头。这种石材质地绵软，易导热，烹煮出的食物能最大限度保持其本来滋味，历来是当地人生活必需品。但现在因为市场需求量大，就有人用别的石头打磨成石锅向外销售，有的旅游者慕名购买，辛辛苦苦背回家，不是饭还没煮熟就裂成两半，就是锅里的水老也烧不开。

这条绿色长廊的上方，就是二次世界大战时期著名的“驼峰航

二战期间在“驼峰航线”坠落的美军飞机残骸。地点在今林芝地区的朗贡。

线”。驼峰航线是中美两国在“二战”期间，也是中国抗日战争处在最艰难阶段，为坚持抗战，保障中国战略物资运输，共同在中国西南山区开辟的空中通道。这是世界战争空运史上持续时间最长、条件最艰苦、付出代价最大的一次悲壮的空运。航线西起印度汀江和阿萨姆邦，东至中国昆明。提供给中国的物资从美国运至印度卡拉奇，再到汀江和阿萨姆邦，然后向东横跨喜马拉雅山脉、高黎贡山、横断山、萨尔温江、怒江、澜沧江、金沙江，进入中国的云南和四川省。这一地区海拔平均在4500米—5500米上下，最高海拔达7000米，飞机只能在雪峰山谷间穿行。起伏的山峰使航线看起来像骆驼的峰背，因此被称为“驼峰航线”。

“驼峰航线”途经高山雪峰、峡谷冰川和热带丛林、寒带原始森林以及日军占领区，加之这一地区气候十分恶劣，强气流、低气压和冰雹、霜冻，使飞机在飞行中随时面临坠毁和撞山的危险，飞机失事率高得惊人。有飞行员回忆：在天气晴朗的时候，我们完全可以沿着战友坠机碎片的反光飞行。他们给这条撒着战友飞机残骸的山谷取了个金属般冰冷的名字“铝谷”。因此，“驼峰航线”又称为“死亡航线”。在长达三年多的艰苦飞行中，在这条航线上，美军共损失飞机1500架以上，牺牲优秀飞行员近3000人；前前后后总共拥有100架运输机的中国航空公司，先后损失飞机48架，牺牲飞行员168人。

2002年，中美两国组成联合搜寻队，进入喜马拉雅山原始森林，寻找当年坠落的飞机残骸和牺牲的飞行员遗骨。在人迹罕至的大山深处，搜寻队找到了见证半个多世纪前那段非凡岁月的飞机残骸，这些曾经搏击长空、让大山深处的人们惊叹并为其创作了神话传说的钢铁之鹰，散落在荒芜的深山里，仿佛依旧散发着血与火的硝烟。

这条绿色长廊的最后一站是波密。这里风光无限，但恐怕最令人难以忘怀的是波密的雨。波密的雨纷纷扬扬，尤其是在漫长的春季，润润的雨，柔媚的雨总是不停地飘洒。“波密”是藏语，意思是祖先。这雨仿佛就是祖先的抚慰，四面的青山绿水，行走着的千里万里的游子，在祖先无言的抚慰下，永世安宁。

边关隘口

在中国西南边陲的西藏自治区日喀则地区，从亚东到拉萨，穿越喜马拉雅峡谷和冈底斯山脉，有一条由低海拔到高海拔的崎岖古道。这条道路充满艰险，却也风光万千。沿途不断变幻的森林、湖泊、雪山、荒原、冰川景观，如诗如画；城镇、乡村和牧场点缀其间，又使这条道路洋溢着生命的气息。数百年来，作为一条重要商道，它连通着西藏腹地和不丹、锡金、尼泊尔和印度诸国，使西藏这片高天厚土透过这里，向世界散发着它的神秘气息。

亚东，是西藏中部喜马拉雅山脉中一条自北向南的断裂山谷，地处喜马拉雅的南麓，海拔 2800 米。由于受印度洋暖湿气流的影响，这里一年四季树绿花红，林海苍茫，各种珍稀野生动植物资源丰富。亚东河源自雪山，永不间断的清流翻卷着洁白的浪花，沿山涧峡谷奔腾而下，流向境外。亚东除了绝美的自然风光，有三处景观特别有意义，它们分别是清代海关遗址、修建于 20 世纪 30 年代的英国邮电局旧址和格鲁派寺庙东嘎寺。它们所负载的内涵，折射出近代中国国运的盛衰，象征着一段沉重历史的开始与终结。

自古以来，亚东就是关隘要道。早在清代，中央朝廷就在今天的亚东下司马，设立了海关，派驻官员，验货纳税。人们现在一般把这里叫做“老海关”。老海关遗址处在乃堆拉和则里拉两座山峰之间的一片平缓的坡地上，这块地方形似二牛抬杠，所以其地名也就用了藏语里表述这个意思的词“涅东”，后变音成“亚东”，并且这个称谓延扩开来，成了现在自康马县往南整个亚东县境的总称。海关遗址历经百多年风霜雨雪，早已破败不堪，但身处其境，仍可依稀看到它昔日的影子。在崇山峻岭中少见的这片坡地上，一条荒草横生的大道上下贯通。当年的海关公事房背临山涧，门朝大路，如今只能见到一溜房屋的残墙断壁。它的对面，就是海关府的衙门，而衙门的大门并不对着公事房，而是朝着山坡下。这座建筑相比之下尚属完好，门窗屋顶皆存，门前的院子里还有一棵挂果的苹果树，未经修剪的枝干几乎铺盖了整个院子，看起来很有些年头了。衙门的左边紧靠山脚一侧，则是一座关帝庙遗址，可惜留存下来的只有房屋四面的墙基了，墙体厚约一米，是用青石垒砌而成，显得十分厚重。在遗址的下方，有田陌的痕迹，据说当年的海关关员们也是种粮种菜，自我补充给养。在遗址的上方，是乃堆拉和则里拉两山夹峙的山口，再往前不远，就是国境线了。想象当年，这里马帮驮队络绎不绝，操着不同语言和口音的人们或是往上或是往下，交织在这条蜿蜒于深山的古道。他们运载的货物，如一条涓涓物流，最终溶入远方的人海。而1904年，英帝国主义的入侵，打破了和平边关的宁静。最后，随着清王朝的崩溃，“老海关”结束了自己的使命。

在今天亚东县城的所在地，亚东县中学后面的山坡上，有一处完好的建筑，除了窗户玻璃荡然无存外，整座房屋几乎没什么破损，从门厅上方清晰的“1936”字样上，使人明确无误地知道了它的建筑年代。英帝国主义在1904年通过战争攫取了在西藏的多项权利，使当时的亚东下司马及其以南地区实质上沦为了英国殖民地，为了进一步强化其占领，英国将其商务代理处从老亚东搬迁到此。当年这里说是邮电局，实际上是英国人的一个综合办事机构，它总揽了英国殖民者西藏事务的指挥权，其职能一直延续到1947年印度独立后被印度接掌。1951年西藏获得和平解放，1954年中华人民共和国和印度政府签订协议，驱逐了半个世纪以来外国在西藏的一切势力，驻扎在亚东的印度“卫队”也被迫撤离，亚东终于彻底回到了祖国的怀抱。英军当年在江孜建造的邮电所、军营、医院、商务处等设施在1954年年楚河发洪水时尽数冲毁，这座建筑也就成了在我国西藏土地上入侵者留下的唯一显著遗迹。整座房屋是英国庭园式风格，平房坡顶，石木结构。房屋藤萝花草缠绕，门前有宽阔的走廊，屋内地面全部铺着实木地板，中间客厅还有一座考究的壁炉。在房屋左侧约三十米处，是用板材搭建的厕所。屋后的山坡上，杜鹃花正在寂寞地开放，艳阳林涛，风景如故，却早已换了人间。

坐落在日宾岗的格鲁派寺院东嘎寺，距今已有500多年的历史。寺院修建在海拔3900米的山坡上，背后的山顶长年被白雪覆盖。历史上，寺庙僧人最多时达200余人，曾经是当地政治、宗教和文化中心。也许是因为自然条件的便利，寺庙制作的藏药质量上乘，也研制了很多藏药制作秘方，出过不少医道高明的僧医，在藏区颇有名望。更使这座寺庙闻名遐迩的是西藏近代史上一个重大的事件：1950年底，西藏地方政府企图以武力抗拒解放军进藏，在藏东昌都一线布防重兵，遭到解放军的沉重打击。刚刚亲政的十四世达赖喇嘛在西藏地方政府中亲帝分子的挑唆下，从拉萨出走亚东。在这里一方面和国际反华势力勾搭，图谋外国介入西藏事务；一方面和中央政府周旋，徘徊观望。这期间，西藏地方政府派出的代表和中央人民政府签署了关于和平解放西藏的《十七条协议》，亲帝分子不甘心失败，紧锣密鼓地准备实施投靠外国的计划。就在这紧要关头，1951年7月14日，新中国中央人民政府代表张经武取道印度来到亚东，广泛约见了随同达赖喇嘛滞留在亚东的西藏地方政府官员和僧人代表，对他们动之以情、晓之以理，揭露了帝国主义妄图策动达赖喇嘛出走的阴谋。16日，在东嘎寺的主殿二楼，张经武与十四世达赖喇嘛举行了具有历史意义的会晤，并向达赖喇嘛转交了中央人民政府主席毛泽东写给他的信。张经武向达赖喇嘛阐述了中央对西藏的立场，详细解释了“协议”内容，打消了达赖喇嘛的顾虑。随后，西藏地方政府给毛主席发去电报，表示欢迎张经武的到来，达赖喇嘛也最终于 7 月底返回了拉萨。从此，东嘎寺成了历史转折的象征。

1904 年，英帝国主义在扩张野心的驱使下，借口属民（实际上是间谍）被西藏当局抓捕、尼泊尔的牲畜进入西藏境内被西藏人驱赶、英国利益受到威胁等，对中国中央政府和西藏地方政府横加指责，并组成了一支火力兵力都十分强大的“使团”，对西藏实施彻头彻尾的侵略。实际上这场侵略战争是英帝国主义者蓄谋已久的，早在 1888 年，英帝国主义就通过亚东的隆吐山在西藏地区发动了第一次侵华战争。1904 年的入侵，正如当时大英帝国印度总督寇松的自白：派遣使团进入西藏的目的，难道不正是就一项新的条约进行谈判吗？所谓“新的条约”，就是把自己的意志强加于人。“大英帝国在亚洲的疆界，对我来说总是有一股特殊的魅力，”寇松一语道破了天机，其实质是想把远隔重洋的大英帝国的所谓“疆界”划到亚洲。一言以蔽之，英国入侵西藏的行动，完全是帝国主义强权政治的强盗逻辑使然，是为了进一步扩大其势力范围以获取更大利益的霸权行为。而作为中国近邻的尼泊尔、锡金和不丹等国，趋炎附势，为虎作伥，在英军入侵西藏的行动中，扮演了很不光彩的角色。他们要么装聋作哑，要么积极为侵略军提供人力物力，更有甚者，充当马前卒，公开诱骗恫吓西藏地方政府，要其接受英帝国主义的无理要求。

帝国主义嗜血的本质在他们入侵西藏的行动中暴露无遗，接二连三的屠杀在通往拉萨的道路上一次次重复；西藏军民一个又一个不畏强暴、反抗侵略的壮举在一次次战斗中展现。百年过去，山川河流依旧，刀光血痕仿佛。虽然难以深切体验彼时情境，然而踏勘当年战场，抚今追昔，不禁使人生出几多敬仰，几分感慨。

英军的入侵行动，并不如他们想象的一帆风顺，尤其是出了亚东沟以后，陡然增高的海拔和高原冬日里的奇寒迟滞了英军北上的速度，更使侵略者胆寒的是西藏军民抵抗的意志。在亚东县堆纳乡以

亚东的清政府海关遗址。

乃堆拉山口的边境线上，中印两国士兵隔着铁丝网交流。

北的古鲁村一带，藏军两个代本（团）的一千多人部署了防线，做好了抗击敌人的准备。占据并滞留在喜马拉雅第三峰卓玛拉日峰脚下堆纳地方三个月之久的英军，要想继续北进，必须通过藏军的防守阵地，而首当其冲的，是往北 10 余公里处的古鲁村曲米辛果隘口。曲米辛果是日喀则江孜地区农业和牧业之间的分界线，藏语里的意思是“土地尽头的泉水”。这里一面是连绵的喜马拉雅山脉，一面是波涛荡漾的多钦湖，藏军在山上用石头垒起了工事，从山脚到湖边构筑了掩体，防御的正面是一马平川的荒原。双方兵力相当，按正规的战斗来说，这种形势对进攻的一方未必有利，英军正是看到了这一点，他们采取了卑劣的手段。当他们前进到距离藏军阵地不远处，看到“上千支滑膛枪和步枪正穿过墙上的枪孔瞄准他们”时，他们又玩起了惯用的谈判伎俩。藏军指挥官走出阵地，和他们谈判。在谈判进行的过程当中，英军一方面迂回部队，将缺乏战争经验的藏军包围，一方面声称为了表示谈判的诚意，要求藏军熄灭随时可以击发的火绳枪的火捻。惨剧就此发生：英军在藏军熄灭火捻、几乎毫无还手之力的情况下，用当时最为先进的马克沁机枪和梅特福特枪向完全暴露、近在咫尺的藏军疯狂扫射，失去有效反击手段的藏军只有挥舞手中的冷兵器扑向敌人。结果可想而知：等同于被缴械的藏军战士面对敌人的杀戮……“他们没有逃跑，他们转过身去，背对着那道墙缓慢地走开。子弹像暴雨一样向他们倾泻着，许多人不断地倒下，直到他们被半英里之外的山崖挡住。”“这不是战斗，而是一场大屠杀。”后来的英国作家费莱明这样描述并为这场战斗定性说。惨绝人寰的十余分钟过后，“战斗”结束，藏军 700 多具尸体和近 200 名伤员横陈在自己家乡春风迟来的冰冷土地上，他们体内的热血如一朵朵红花向外绽放，融化了尚未解冻的泉水，汇成一条血河，流向雪峰下的湖泊。除了伤员，没有人被俘，面对死亡，没有人投降，一个都没有。

曲米辛果的大屠杀，激起了全藏人民的极大愤慨。西藏地方政府从各地调集人马，赶赴康马县至江孜一线，以图阻止英军的进犯。然而，装备的悬殊和战争经验的极端缺乏使得这场战争毫无悬念，虽然藏军在康马、藏昌、乃宁寺、冈底斯峡谷等地进行了顽强的抵抗，给敌军造成重大损失。尤其是在将近两个月的江孜平原战斗中，藏军官兵和从各地调集来的民兵，不仅一次次挫败了敌军的进攻，还多次组织反击，曾一度使英军陷入困境。1904 年 6 月 6 日，守卫江孜宗山的守军不慎引爆弹药库，英军乘机抢占了宗山城堡，作为拉萨大门钥匙的江孜失守。英军于 1904 年的 8 月 3 日进抵拉萨，迫使西藏地方政府签订了城下之约《拉萨条约》。

在整个侵略战争中，英军所犯下的罪行罄竹难书。他们破坏农田、抢夺牲畜、拆毁民房，焚烧了古老的乃宁寺和紫金寺，将其中的佛像、经卷、法器、唐卡画等寺庙文物抢掠一空，还从寺庙和民间劫掠了大量的金银珠宝和绸缎，用数百头牦牛装箱运走。英军占据江孜期间，当地官员和人民控告英军各种卑劣行为的文书像雪片一样飞往西藏噶厦政府，其中一件是这样写的：

江孜宗政府列宗尼雪百拜叩首呈述：

自英国侵略军到达江孜以来，差民的土地和缴租的土地共下种 100 多（藏）克，所有庄稼都被敌人的牲畜吃、踏光了，没有一点收成。另外除去年的休耕地，还有 120（藏）克下种的土地也被敌人的牲畜踏得无法下种。我们家里的农具、生活用品、牲口草料等物，都被敌人抢掠一空。我代仁布宗及加措西堆支出的三匹驿站上的马匹，被抢走了一匹青马和一匹黄马（黄马价值 40 两藏银）。另外在堆那冲色和强巴家里存放的驿站用品，有方形藏毯 6 床、矮桌三张、高桌子三张、火炉子 4 个等东西，最低价值 18 两 9 钱的物资被抢走。其次江孜宗各地 90 个岗（堆）所征派的马草，装满了大约 200 度长的房子，也全部被敌人抢光。

另外抢走的油、柴、豌豆等物也是很多，因无法统计所以未计算在内。

以上所报属实并无丝毫虚报。如果对这些失物进行赔偿我请求恩赐给我一些。

谨呈

呈文所反映的英军在占领期间的所作所为，只可能是沧海一粟。较之于财产损失，更令人痛惜的是国家主权、民族尊严的丧失。英帝国主义通过战争，得到了他们想要得到的东西甚至更多。在后来的数十年间，他们利用一切手段，在西藏社会进行渗透，腐蚀拉拢西藏上层，培植亲英势力，分裂西藏地方和祖国的关系，使西藏社会更加动荡不安。战争及其侵略者经营的后果，如一头水怪，在百年历史长河之中，时不时总要翻起几股浊流。

在江孜县，我收集到一首当年传唱的抗英诗歌：

保卫西藏的乃琼护法神
在哪儿也难看到
当像鸟毛一样的敌人来到了亚东
骑着黑马的护法神到哪儿去了呢
“和平谈判成功英国人撤出了亚东”
是当初护法神的预卜
敌人却继续进攻
我们丢失了帕里宗
英雄莱丁色牺牲于敌人之手
是因为敌人到了还没有接到抵抗的命令
英勇的部队败于敌手
像母亲一样的政府仍然昏迷不醒
三角头的护法神以沉默的姿态

又在“鲁布”地方以凶厉的“朵玛”诅咒
但敌人的部队像钻山的狐狸又吃掉了江孜宗
戴金帽的三角头护法神也被欺诳了
快收起你金银装饰的骄傲吧
你也不过是一个光会吃的魔鬼
懦弱的“宇妥”大少爷
像萝卜做的“朵玛”一样
三角头的护法神
像装满假话的口袋
大敌当前之际
政府没有果断的决心
惨无人道的英国狼
在田地上挖满了战壕
耀武扬威的敌人
叫喊连天地侵占了我们的家乡

乃堆拉山口是亚东通往锡金的重要门户，历史上曾经是蜿蜒在崇山峻岭数千公里的“茶马古道”的终点之一。从海拔 2800 米处的下亚东盘山而上，约一个小时后，我们来到了乃堆拉国门要塞。这里海拔 4800 米，虽然明显比山下寒冷，但因有暖湿气流通过，还有些高山植物生长。驻守在这儿的边防战士们把它们移栽在罐头盒里，摆成了很好看的造型。山口不像我们想象得狭小，有大约数十米宽，在山口的最高点，横着一条现实生活中比较陌生的带刺铁丝网，这便是国境线。中国军人和印军士兵就隔着一道铁丝网站岗放哨。铁丝网的两端分别是陡峭的山脊，山脊上双方的地堡掩体犬牙交错，有的阵地相距最近只有不到 10 米。从上个世纪 60 年代到上个世纪末，印度不甘心其在西藏利益的失落，多次挑起边境争端。在战争阴影的笼罩下，边境气氛一直很紧张，而乃堆拉山口因为双方几乎是绞在一起，总是摩擦不断。近些年，随着国际大环境的改变和中印两国关系的缓和，边界地带剑拔弩张的气氛有所缓和。我们看到，铁丝网两侧哨兵的神态都还比较安然，印军士兵也任由我方人员拍照，隔着铁丝网合影。两边的士兵隔着铁丝网也不时地轻松交谈。看到这种情景，想起西藏的一位军旅诗人以《铁丝网上的和平鸽》为题写的一首诗，其意境大概就是由此情状而生。今天的乃堆拉，除了军人、碉堡和铁丝网使人联想到战争，感受不到战火硝烟的气味，但愿永远不要有。

近　邻

尼泊尔是西藏的近邻，历史上就和西藏有着千丝万缕的关系，现在，各种联系愈发紧密了。

上个世纪的八九十年代，因为工作关系，我去过几次位于日喀则地区聂拉木县的樟木口岸。每次到了那里，都要从坐落在半山腰的樟木镇下到谷底连接中尼两国的友谊大桥，桥的那一端，就是友好邻邦尼泊尔。望着和我们这边一样的清山绿水，实在想象不出尼泊尔是个什么样子。改革开放以后，西藏最早的对外开放对象就是尼泊尔，外贸公司经常从尼泊尔进些瓶装的咖喱辣椒和外皮松软、体形硕大的橘子拉到拉萨来卖。这两种东西的味道颠覆了我们以往对于四川青辣椒和四川红橘的认知，懂得了同样的名称之下不一定有同样的内涵。

在樟木镇上，时常可以见到一些尼泊尔的商人和山民。商人大量采购中国产的布匹、胶鞋、收音机、水瓶之类的日用品，运回尼泊尔；而那些山民则充当背夫，在错落不平的山道上，上上下下，虽然负重，但每遇行人，他们都很谦恭地让路。镇上也有一些尼泊尔边民摆的地摊，卖一些尼泊尔出产的水果、香料及传统的廓尔喀弯刀。因为生活在西藏，对尼泊尔的传闻听到的多一些，加上近年尼泊尔的工艺品几乎已占据了拉萨大部分旅游商品市场，内地来藏旅游办事的朋友离开拉萨前总要带一些西藏纪念品回去，但他们的行囊里，装的往往是产自尼泊尔的工艺品。这些东西虽说不值得称道，但其浓郁的特色散发出的异域气息依然使人迷醉，所以总想找机会到尼泊尔去看看，满足一下诸多的好奇心。2001 年 9 月，应尼泊尔皇家学会教育理事会的邀请，西藏文联组成西藏文学艺术代表团，我成为其中的一员，赴尼泊尔进行友好访问。

尼泊尔位于喜马拉雅山南麓，分北部高山、中部温带和南部亚热带三个气候区。人口 2300 万，大致分为两个种系：一是来自北方的蒙古种系，即藏尼血统，主要有尼瓦尔、达芒、古容、林布、夏尔巴等民族；二是来自南方的印度雅利安种系，即印度－尼泊尔族系，主要有廓尔喀、塔卡、库曼等民族。尼泊尔语为国语，上层社会通用英语。居民中 86% 信奉印度教，8% 信奉佛教，4% 信奉伊斯兰教。尼泊尔首都加德满都由三个古老的城镇加德满都、帕旦和博得岗组成。加德满都河谷四面环山，平均海拔 1600 米。

尼泊尔时间和北京时间相差两个小时，早餐后从拉萨贡嘎机场起飞，空中飞行两个多小时到达加德满都，正好又是早餐时间。九月的拉萨气候凉爽宜人，而此时的加德满都河谷正是雨季的尾声。从机场到宾馆的一路上，细雨纷纷，空气十分湿闷。密集的人流穿行在杂乱无章的大街小巷，如果不是身着鲜艳纱丽的妇女不时映入眼帘，此时此地，很容易和中国南方的某处乡镇混淆。我们所在的宾馆名叫“皇家狮子宾馆”，坐落在皇宫大道上，是一座小巧的三星级酒店，整洁舒适，但硬件设施显得略为陈旧。进住宾馆后的第一件事便是除去身上的厚衣服，西装革履一番，和邀请部门的负责人进行礼仪性交流，并按照他们制定的日程活动。在和尼泊尔各界的交往中，深深体会到尼泊尔人民对中国人民的友好情谊，对喜马拉雅山另一侧的西藏的向往。好客的主人除了给我们充分展示尼泊尔文学艺术的方方面面，也使我们尽可能地领略了尼泊尔众多民族的风情。在各种座谈会的间隙，我们也游览了加德满都的名胜古迹。从现代化视角来看，这座城市无疑是落后的：交通混乱，道路破旧不堪，城市公共设施不全，空气污染严重等等。但另一方面，从历史文化名城的角度来说，它的文化传承比较完整，历史遗存丰富。

市内随处可见年代久远的庙宇、宫殿、佛塔和神像以及历代国王的造像等等，大都保存得十分完好。置身其中，深深地感受到南亚文化的古老气息。传说加德满都最早是一个大湖，是文殊菩萨从中国的五台山来到这里，用宝剑将湖劈开，湖水流淌成河，湖底成了今天加德满都河谷。组成今天加德满都市的三座古城加德满都、帕旦和博得岗在二百多年以前，分别是三个不同的国家，它们都有各自的皇宫和皇宫广场。三城镇各以其丰富多彩、特色浓郁的文化积淀享誉世界，使尼泊尔王国首都如一粒闪亮的明珠，镶嵌在喜马拉雅南麓。三座古城中，加德满都城位居中部，现在的王宫、议会等国家机构都设在这一带，也可以说是尼泊尔王国的政治中心。除此之外，老王宫、老城街巷、佛塔、印度教庙宇等无不展示出浓浓的南亚风情。帕旦城在加德满都城南边，以穿城的巴格玛底河为界。帕旦城以铸造业驰名，是三个古城中最早建造佛塔和佛寺的地方，因此，它的佛教建筑比较集中，同时也是传统艺术的大本营。小城内到处可见金银铺面，按传统打造工艺制作的佛像和金银制品琳琅满目，摆满了橱窗。店主大都恬静和蔼，既不刻意推销，也不麻木不仁，不管是介绍商品还是讨价还价，都是声调平和，娓娓道来，仿佛在向你讲述一个远古的故事。我们还参观了铸造作坊，目睹了一块金属如何变成精美艺术品的全过程。在加德满都以东 20 公里，便是闻名遐迩的雕刻之城博得岗。博得岗所处地势较其他两城高，像是丘陵地带，老城四周被绿色植物包围着，几乎看不到任何现代的风景。城内数百年前的建筑大多保存完整，木刻艺术几乎占据了所有建筑的木面，据说城里还有 1300 多年前嫁到吐蕃的尼泊尔赤尊公主的故居，但我们没有找到。青石铺地的老皇宫广场和广场上的石雕怪兽以及游人的身影在夕阳的映照下显得光怪陆离，让人觉得很不真实，像梦幻。穿行在博得岗幽深的街巷，沐浴着纷纷细雨，历史的沉厚气息扑面而来。看着一组组、一座座、一件件精美绝伦的雕像，还有街沿上用玉米粒下棋的老人、木楼窗户里若隐若现的女子身影和嬉闹奔跑的儿童，仿佛置身于童话世界。作为世界文化遗产，这里每天都吸引着大批来自世界各地的游客。

尼泊尔西北部重镇博卡拉，距加德满都200公里，是著名的旅游、避暑胜地。这里气候相对于加德满都河谷要凉爽。每年到了旱季，风和日丽，天气晴朗，世界各地都有大批游人前往观赏壮丽的喜马拉雅雪山。虽然雨季还没过去，但我们仍然决定去造访这座美丽的边城。

出了空气质量欠佳的加德满都市，就进入了满目苍翠的崇山峻岭，丽日高悬，白云在头顶涌动，艳丽的花朵点缀在浓绿之中，潮湿清香的气息拂面而至。尼泊尔的森林资源保护得非常好，茂盛的森林几乎看不到砍伐的痕迹。据说，也曾有人提出用木材换外汇的主张，但终未被采纳。沿途，我们经过了第苏里河、莫尔香第河和白河三条河流，因为是雨季，河水显得浑浊而宽阔。翻译说，到了枯水的旱季，河面上就不时可见乘筏漂流的人。我们虽然没有看到木筏，但却看到了瀑布。山涧的流水自高高的山顶跳跃而下，如一条条白色的银链挂在葱翠的山峦。汽车行驶三个小时之后，到了一个叫“古林达”的地方吃午饭。这是一处别墅式的山庄，据说是由外国人投资建的，国王也曾光临过这里。山庄依山而建，顺着绿树掩映的石阶下去，穿过一个又一个精致的凉亭，我们进到山腰由板材搭建的餐厅。坐在宽阔的屋檐下，喝着中国茶，品尝着尼泊尔风味的午餐，欣赏着古树上婀娜多姿的树挂，听着谷底河水的喧腾，加之一阵阵穿堂的山风掠过，令人十分惬意。饭后散步，在山脚又发现了一个游泳池，枝叶繁茂的热带植物掩蔽着一汪不规则的蓝色的水，在闷热的空气中展示出一分凉爽，引得大家欲罢不能，畅游一阵，又在美景中留影，这才又重新上路。出了大山，进入白河流域，眼前逐渐开阔，绿色的台地连绵不绝，构成了十分独特的景观。道路两旁的菩提树被仔细地用水泥台保护起来，衣着艳丽的妇女、老人和孩子坐在水泥台上面，在菩提树的浓荫下享受时光。他们身

2001 年，尼泊尔首都加德满都街景。

后，便是他们简陋但却几乎全部被鲜花簇拥的家园。一路上见不到工矿企业，空气清新甜润，一派田园风光。

博卡拉笼罩在清凉的雨雾之中，城内没什么宽广的街道，房子也是十分随意地散布在繁茂的植物当中。我们住进了一家名为“绿色和平”的酒店，准确地说这里倒更像是一幢别墅，白色的建筑分上下两层，共有十来间房屋，结构分外精巧。房子的外墙，绿色藤蔓攀援而上。店主告诉我们，最好轻易不要开窗，以防蛇虫进来。还不到旅游季节，除了我们，宾馆里没有其他客人，几个人推门相向，很有点居家的感觉。

琵琶湖，是博卡拉最美的景观，湖面狭长，傍着一面起伏的青山蜿蜒而生，另一侧的岸边，则散布着一些红顶白墙的别墅群。越过如画的旷野，远处，壮丽的喜马拉雅山连绵起伏，山顶上是终年不化的积雪。下午我们到达湖边的时候，细雨初住，雨雾升腾形成大片大片的白云往高空飘浮。我们分乘两艘游船，荡着绿波划向湖心。湖面虽然气象万千，但我们所有人的视线无不被雪山牵引。也许是地势的缘故，从这里遥看喜马拉雅群山，比在西藏境内看上去更加巍峨雄奇，令人震撼。在众多的山峰中，有一座被尼泊尔人称作“鱼尾峰”，这座山峰坐落在珠穆朗玛峰的正南方，位于尼泊尔境内，海拔5000多米。这种海拔高度的山峰在西藏真不算什么，但它的造型十分优美，又终年积雪，旱季天气晴朗时，和群山一起倒映在琵琶湖里，真称得上是千姿百态。所以它成为一个著名品牌出现在尼泊尔各类旅游指南中。小船在静静的湖面划行了半个多小时到了湖心岛，大家下船参观了岛上的神庙。神庙内外和周围的树上有许多的野鸽子，游人并不多，显得冷清。待我们游完神庙往回返时，已是暮色依稀，喜马拉雅群山正往迷蒙的雾霭中隐去。

早晨6时，我们冒雨离开寂静的博卡拉市区，前往尼泊尔最为著名的胜地兰毗尼园。兰毗尼是佛祖释迦牟尼诞生的地方。据说，2500多年前，佛祖就是在园内的一棵菩提树下从其母的腋下降生人间。全世界的佛教信徒都把这里视为心中的圣地，亲临膜拜，是佛教徒们最大的心愿。兰毗尼园坐落在尼泊尔最大的平原特尔瑞伊平原的南端，距尼印边界只有十来公里。特尔瑞伊平原自西向东横亘着至少五条大河，因为雨季，河水浑黄。在路旁的水沟里，不时可见冒雨张网捕鱼之人。一路上雨都没有停，我们到达兰毗尼园的时候，雨下得更大了，地上到处都积满了水。我们全部打着赤脚，撑着雨伞，游览这座神圣的园林。在游览的过程中，雨越下越大，雨伞几乎失去了作用，雨水顺着头发满脸流淌，全身几乎湿透。但大家游览的兴致似乎更浓，认为这雨水是佛降甘霖，有幸沐浴，福莫大焉。兰毗尼园占地广阔，原有的建筑已了无踪影，满园只见芳草萋萋，古木森森，在园林深处，有佛祖出世时所在地的一片残垣。这块遗址被一个简陋的棚子罩住，内中供有一尊释迦牟尼塑像，守卫不许人们进到里面。大家也顾不得雨水从屋檐狂泻，争相脱帽整衣，在遗址前留影。遗址近旁，有排列规整的砖塔，共有 18 座，有人说是十八罗汉塔。塔群旁边有一个水池，池水碧绿，一棵巨大的菩提树影倒映池中，雨雾飘缈，整体上很有点仙境意味。除了拍照留影，大家还捡拾了一些圣迹处的石子、菩提树叶等作为纪念。因为兰毗尼园的神圣内涵，世界上很多国家和地区都在园内建有佛寺，尤其是南亚佛教盛行的国家，所建寺院因大小乘和教派不同而风格各异。由于时间所限，我们只参观了西藏萨迦教派兴建的珠久曲林寺和中华寺。珠久曲林寺的建筑风格和藏区萨迦教派毫无二致，只是供奉的佛像更有南亚韵味；而中华寺，则是红墙碧瓦，殿堂宏伟，宽大的院子里满植花草，木鱼声声，伴着和尚的诵经声传出很远。据说，各个寺庙都极力展现各自的传承和民族风格，颇有竞争味道，而最具优势的是珠久曲林寺，除了藏传佛教的神秘外，它就建在佛祖诞生地的旁边。

大家意犹未尽地离开兰毗尼园，在去酒店的路上，顺道到尼印边界看了看。边界就在一条季河边上，河里的水只能淹到脚脖子，河不宽，大约有四五米。河两边分属尼印两国，都是繁杂的街市。除了“神牛”依然是那么悠闲地冒雨在大街上漫步，人们比在其他地方显得忙碌一些，装卸货物的卡车乱七八糟地停在边关，不断有人旁若无人地从界河上过来过去，似乎也没人过问，给人的感觉像是逛街。只有界河两边的军警和印度那边扯起的一条“欢迎到印度来”的横幅，明白无误地告诉人们这是边界。

夜晚，到达下榻的菲拉哈娃市的涅槃酒店。在温馨的烛光下，大家一边回味着白天非同寻常的兰毗尼园之行，一边进餐，都觉得十分满足。

在尼泊尔王国的东南部，距离加德满都200公里，有一处占地900多平方公里的野生动物保护区，它就是著名的齐顿国家野生动物园。这里除了大片茂密的原始森林，还有辽阔的沼泽地和交错的河流。典型的亚热带气候使这里气温湿热，植物生长茂盛,孟加拉虎、鳄鱼、金钱豹、犀牛、梅花鹿、猴子、孔雀等野生珍稀动物出没其间。

我们从菲拉哈娃市到齐顿，除了公路，还走了许多乡村小道，穿过很多的村庄，充分领略了尼泊尔乡村景色。我们经过的是尼泊尔平原地区的农村，据说这里一年收获三季水稻，但即便这样，农民们还是显得比较贫穷，除了个别人家的房屋是水泥结构，大量的农舍的屋顶是用稻草盖的，墙壁用泥砖垒起来，十分简陋，也没什么特点。农家的房前屋后都种有瓜豆，尤其是南瓜，几乎家家户户都有栽种。硕大的南瓜有些爬在草棚上，真让人担心会把屋顶压垮。正是将要收获的季节，金黄色的稻子在地里等待着人们收割，但并没有繁忙的景象，也见不到农业机械的影子。人们似乎很悠闲，时常可见成堆的村民坐在四壁通透的草棚下面，无所事事。忙碌的倒是猪牛鸡鸭，它们随心所欲地在田边地头觅食美味。

因为道路泥泞而且一路都在下雨，车速一直很慢。我们到达齐顿国家野生动物保护区时，已是傍晚时分。住地在森林的边缘，是一座木材搭建的别墅式宾馆，每间房子只有一张大床，住两个人，还有壁虎、蜗牛和蚊子做伴。好在有一个挺不错的游泳池，大家为了摆脱闷热的空气和蚊蝇的叮咬，不管会不会游泳，都跳进池子里泡着。直到夜露泛起，稍有凉意，大家这才进屋休息。

第二天一早，我们先乘坐吉普车到达原始森林的入口。这里已有数头驯养的大象等待着游人。选好两头大象，顺着梯子爬上平台，然后再下到象背上，大象背上固定着一个类似倒扣的方桌一样的木架，上去的人各把着一条木棍面朝不同的方向坐好，由驯象师驾驭着大象进入原始森林。一进森林，就像进入了一片绿色的汪洋大海，有种被淹没的感觉。乔木、灌木和攀附植物遮天蔽日，没有道路，只有大象驮着游人进来踩出的小径，但这种小径也被疯长的植物阻断。坐在前面的驯象师不时挥舞着长刀，披荆斩棘，而我们则屏住呼吸，一边体验森林王国带给我们的陌生感受，一边瞪大眼睛，在绿色的缝隙间搜寻野生动物的影子。但在第一片密林里，我们什么也没有看到。走出这片林地，前面是一条不算小的河流，我们期望能在这里见到鳄鱼，在河边的沙滩上等了半天，也不见鳄鱼的踪影，倒是看到了到河边喝水的孔雀。它不仅没有惊慌失措，还为我们展开了美丽的羽翎。告别了友好的孔雀，大象驮着我们涉河，真让人担心它那笨重的身躯会不会陷进去。令人惊讶的是它十分轻易地就渡过了河，一边还不时将长长的鼻子伸进河里吸水然后又喷射出来。在大象的背上，我们一边欣赏周边的美景，一边互相拍照，觉得十分舒畅。上岸后又进入了另一片更加茂密的森林。在这片林地里，我们看到了梅花鹿和黑脸猴子，还看到了不知是老虎还是豹子巨大的身影。林中也有空阔的地方，但这种地方往往是汇聚的雨水形成的一片水塘。阳光从高高的树隙间洒落进来，照在横躺在地的巨大朽木上，形成的光斑给人一种十分怪异的感觉，奇形怪状的树木藤蔓加上森林特有的寂静和不知何时何地突然会出现的林中猛兽，令人生起一种模模糊糊的恐惧。好在这种状况没有持续多久，我们就走出了这片森林。在走出绿色屏障的那一刻，我们几乎被眼前的美景惊呆：前面是一望无际的芭茅丛，烟红色的花絮如织锦一般铺向辽远的天边，并随风起伏，虽然天色阴暗，但这片浩瀚的烟红为天地间增添了亮丽。刚从茂密的绿色丛林出来，眼前辽阔的壮美景观使人荡气回肠。也许是因为我们的动静，还没等我们从沉醉中醒过神，两头犀牛从我们面前的芭茅丛中窜出。驯象师驱象紧追，大象一头栽进了芭茅丛。芭茅长得有两人多高，坐在象背上，也不过跟它的花絮看齐。因为下面全是沼泽，大象奔跑的动静就显得格外惊心动魄。大家既要手忙脚乱地拨开芭茅的花絮看犀牛，又生怕被从象背上颠下去，一时紧张得不行。犀牛很快奔进森林，我们随后也跟了进去。在一片矮树丛中，我们看到了犀牛的全貌：庞大的身躯上白斑点点，独角挺立，一双大而黑的眼睛警惕地注视着不远处的我们。不知不觉，林中暮色四合，并有零星的雨点飘落。我们匆匆走出原始森林，天光大亮，落日仰射云端，天际一道彩虹横空出世，抛在我们的前方，两头大象一前一后，驮着我们向彩虹中走去。

第六章 居家拉萨

生活片断

现在，拉萨虽然已经发生了很大的变化，但从规模和人口来说都还只是一座小城，这里较之于急急惶惶的现代世界，还是有一种格外悠闲的感觉。拉萨居住的人家仍然是以藏族为主，虽然汉族、回族和其他民族的人也不算少，但从真正居家过日子的角度来说，扎扎实实过日子的，还只有藏族。拉萨的城市规模比半个世纪前扩充了30倍，扩充的重要部分是房屋和道路建筑。从上个世纪80年代开始，拉萨兴起了一股盖房热，大多数土生土长的拉萨人或在拉萨工作的外地藏族人，大都享受到了政府优惠的住房政策。他们以极其低廉的价格买到了土地的使用权，纷纷建房盖屋，名曰“退休房”。这种退休房一般都是占地三四百平方米，修建成二层，个别的三层。也有的机关单位成片地修，职工只要出很少的钱，就可以分到有院子、有围墙、独门独户的二层房屋。这种房屋结构合理，采光好，有足够的空间，在世界范围来看，也是一种理想的居家模式。

房子的主人十分精心地收拾自己的居所，在院子里栽花种草，每间屋子都细分了不同的功用，都按其功能摆放着恰当的装饰和实用物件，而且都拾掇得纤尘不染，宗教活动场所和世俗生活场所都有着完好的设计，相得益彰。而其他从内地来这儿打工的人虽然很多，但他们大都是租房居住，有些人在这里待的时间也不短了，但总还是一种临时观念，所以，在提高生活质量、整肃生活条件上就比较马虎。因为毕竟在遥远的内地的那个家才算得上自己真正的家，而这里，只是暂时的栖身之所。不过近些年这种状况也发生了一些变化，随着人们观念的开放，工作和生活的流动性普及，加上西藏各方面的条件越来越好，一些内地的汉族，尤其是一些画家、艺术家，认为西藏是一个非常适宜自己进行创作和生活的地方，他们也开始在拉萨购买商品房，安家立业。我曾经问一个已经退休好几年还客居拉萨、家在内地某大城市的老画家，你退休了为什么还不回去呢？他说，我正准备在拉萨买房子。又不无幽默地说，人总得在适宜人类生存的地方待着吧。还有为数众多的经商者，更是瞄准了拉萨房价未来的升值空间，在拉萨大量买房置地，自己居住的同时，期待着房价上升。另外，林芝地区的八一镇也是内地人喜欢待的地方。这里的气候和拉萨有很大的不同，终年温暖潮润，满目青山，风景诱人。海拔比拉萨低了近一千米，清新的空气中含氧量也比拉萨要多。前两年又通了航，交通一下子变得十分便利，现在拉萨人在长假期间也经常开车拉着一家人到这里度假。

拉萨城里的藏族家庭，具有真正的家庭意味。温暖祥和，大多都是三代同堂，家庭成员之间的关系也比较稳固。一个家庭里，大家各司其职、各行其是，很少为家庭琐事相互没完没了地计较。一般的传统家庭里，还多少带有一些母系氏族社会的遗风，比较重视母亲而忽略父亲。而父亲作为一家之主，又始终被全家人众星捧月般地维护着，但这仅仅是出于一种社会礼仪的需要。在实际处理家庭重大事务时，孩子的舅舅往往会发挥不容忽视的影响力。藏族有句俗语：舅舅掉进河里，救他时也不能揪头发。老人除了在家里干点力所能及的事情外，一天的主要时间用于宗教活动，在他们看来，为家庭祈福、修好来世，也是对家庭的一份贡献。他们在家庭大事上，因为对外界缺乏了解，发言权并不是很大，但却每时每刻都受到家庭成员们的尊重和呵护，对于他们的要求，家庭总是设法满足。

藏族人对孩子的溺爱无以复加。他们很少打骂孩子，不管这个孩子多么调皮，惹下多大的祸，大人们都可以予以原谅，原因只是一个：因为他是孩子。孩子们从小在家里都是自由自在地生活，不大受拘束，对于他们过于放肆的行为，大人们顶多拿一些孩子平时比较恐惧的事物吓唬一下，而很少责罚。孩子们从小到大都生活在关爱、温暖之中，即便长大到可以自食其力的年纪，家庭对于他们来说，仍旧是一个温暖的港湾。

家庭中，作为母亲的妇女，始终处在中心的地位，不管她的年纪大小，她都得挑起家庭的重担。侍奉丈夫、养育孩子是她天经地义的职责。她们负荷沉重，但却毫无怨言，而且丝毫看不出是男人压迫的结果。这一方面是习俗的积淀，另一方面，藏族人乐观的天性在妇女身上表现得最为突出。在她们身上，虽然眼泪和欢乐并存，但在她们的一生中，欢笑肯定多于哭泣，不是生活中有那么多的喜悦，而是她们善于创造喜悦。在大多数聚会场所，只要有三个以上的女人在一起，朗朗的笑声总是不绝于耳。她们可能因为某个人的衣着、举止、表情而发笑，会因为一个有趣的话题而笑，也会因为相互间传递的某一个暧昧的眼神而笑。总之，她们每时每刻都在寻找笑的源泉，而且往往是一笑而不可收，闹得旁边的人莫名其妙。

过去，形容藏族人“一顶帐篷一群牛，一件长袍一把刀，一支火枪一匹马，一幅唐卡一盏灯、一串念珠一条狗”——这主要说的是游牧人家。农区的人家情况稍有不同，但他们的共同点是经常将自己的财富送到寺院，说是献给神灵，实际上，是为那些 生献身宗教，用毕生精力和心血来探求宗教哲理和佛学修持的人们带去供养。深受佛教思想浸润的藏族人，施舍似乎是其生活中的一部分。他们不仅供养寺庙，对普通乞丐也是常常施以接济。尤其是在宗教节日或是庆典，乞丐们的收获往往十分丰厚。比如每年藏历四月的“萨嘎达瓦”（藏历四月的别称。相传佛祖释迦牟尼于藏历铁猴年萨嘎达瓦月七日降生；木马年萨嘎达瓦月十五日成道；铁龙年萨嘎达瓦月十五日圆寂。故藏族人把此月视为佛祖降生、成道、涅槃月），要举行各种点灯礼佛、放生转经的活动。佛事活动在寺庙举行，放生一般是在河边，把从市场上买来的鱼类放进河里，也有放生牛羊的，那就还得上山，挂经幡，抛扬“风马”。转经主要是转最外环的转经道“林廓”，这条长近六公里的转经道上，一连数日，人流汹涌，沿途桑烟缭绕，诵经声汇成一股巨大的声浪浮在城市上空。转经路上坐满乞丐，他们不光要钱，当然也得念经。还有些僧人属于化缘，面前摆着经书，一页页翻读，人们会自动往他面前放钱。来转经的人，事先要换大量的角票和一元的纸币，转一圈下来，数十几百元也就出去了。

藏族人的人生态度比较豁达，对身外之物比较淡然。这可以视作他们对人类无限膨胀欲望的独特认识和自觉抑制，对一切生命的尊重和处理人与自然、人与人关系方面的宽容和友善。基于这种清醒和理智的认识，对周围世界的通融和对自己言行的节制就成了一种必然。藏族人信仰的基础是即使不能给一切有情众生创造快乐和福祉，至少不希望造成痛苦。因为佛教的转世观念深入人心，藏族人对生老病死都看得比较平淡。他们重视灵魂，轻视肉体，既不会因为活着而乐不可支，更不会因为死亡而痛不欲生。这从为超度亡灵所念诵六字真言的方式可以看出，这时念诵六字真言，声调和平常有很大的差别。“沉重却不悲哀，苍凉却不绝望，凄婉却不揪心，缠绵却不死气沉沉，虚空却不游荡，高亢却不漂浮。”声调里饱含深情的祝愿，对死者此生此世所作所为的包容和慰藉，以及企盼其灵魂走好，顺利到达天堂。通过“嘛呢”长调，把美好的祝愿之心传向山川湖泊，日月星辰。

在西藏生活的汉族人，上个世纪80年代以前，基本上都是国家单位里的职工。当时西藏生活条件差，一般的生活用品大多是公家配给，更重要的是有落叶归根的观念，觉得总有一天要离开西藏。诸种因素加在一起，西藏的家自然经营得就十分马虎，不管是从抚慰亲情还是从休养身体方面，都寄望于休假。西藏早期的休假规定的是三年一次，人们把微薄的工资省吃俭用地积攒起来，用于休假时的花费。几年不回去，回去了，三亲四故总要打发，父母总要孝敬。大多数人家的孩子都放在内地，由父母或是亲戚带，自己没有亲自抚养，心中总是怀有歉意。这种歉意有对父母的。有对亲朋的，更多的是对自己的孩子的，弥补的唯一办法就是花钱，除了自己的积蓄，休假时都会从单位借些钱。往往是辛辛苦苦几年的血汗，一趟休假便折腾个精光，还要欠下公家一大笔债。当然这还算是正常的，有些人早年离家，父母已不在人世，家产自然也早被亲戚们分得精光，回到故乡连一个落脚之处也没有，只好今天东家，明天西家地瞎混。这样混自然不自在，花的钱也更多，但也无可奈何。那时还不兴旅游，到哪都得出示介绍信，再说也舍不得拿着钱去游山玩水，有的人干脆就到必去的亲戚家转一圈之后，找个便宜的旅馆住下，挨到假期满。那时成都的几个招待所，经常住着好些这样的“休假”者。身心不光谈不上放松，花费还让人肉疼，说是休假，跟个逃难的也差不多。有的人只好放弃这种“休假”，若干年不回去，这样一来又是问题，孩子几年不见，早已认不得父母是何许人。风尘仆仆的双亲一见自己的孩子，自然要亲近，但孩子却像见了敌人一样，躲在一旁。被人生拉硬拽地扯出来，却是见了父亲叫叔叔，明明是他妈，他偏叫阿姨，搞得父母热泪长流，唏嘘不已。

后来，情况有了很大的改观，休假时间从三年一次，改为一年半一次，最近又调整为一年一次，而且在藏工作的人大都通过或公或私的渠道在内地中意的城市购置了房产，没有了后顾之忧。加上现代社会突然加速的人员流动，出差学习的机会越来越多，好多人一年去内地三五次也不算稀奇，公干之余顺便了结一些私事也属正常，加上现代通讯技术的发达，早年间困惑人们的休假的诸多不便和心酸已不存在。只是老一辈的人没有享受到，说起当年休假那些事儿，仍是词语沧桑，表情凄凉。

近些年里，拉萨的变化无时不在。人们在拉萨河谷修房子架桥跟玩儿似的，世俗生活的便利大量地堆砌在面前，各种新事物层出不穷，让习惯了简单质朴的生活、习惯了依靠自身克服艰难困苦的人们甚至手足无措。有人感叹说，过去我们有牛羊和糌粑就可以过一辈子，现在这些东西我们真的都需要吗？人们的认知跟不上眼前的变幻，或多或少地影响着对事物的判断。

在拉萨生活，可以过得非常恬淡，也可以忙得焦头烂额，除了工作外，忙的好多内容属于人际交往方面的应酬。尤其是到了夏季，西藏本身的节假日多，纪念活动多，加上内地的各路神仙都在这个季节到西藏考察、观光、旅游、做项目，公事私事混作一团，都得付出时间和精力来应酬。尤其是到了 8 月份，拉萨人更是忙得不可开交。前些年，国家为了扶持西藏的教育，在内地许多城市开办了专门的西藏班，西藏的孩子有很多考上了这种班。西藏的父母想孩子心切，又怕孩子受不了内地这个季节的闷热，每到暑假，便要孩子飞回到家乡度假，假期将完，又要送孩子坐飞机回学校。回去之前，按照传统，要搞欢送仪式。以前仪式比较简略，大多是在机场车站送酒送茶献条哈达什么的，现在却搞得轰轰烈烈。在离家的前几天，家长们便广发请帖，邀请亲朋好友前往祝福，具体方式是到某林卡或是度假村吃喝玩乐，参加的人自然得包着钱带上哈达。有的单位领导的子女搞欢送，帖子一发，单位人倾巢出动，去了以后，送上哈达红包，说几句吉祥祝福，便往麻将桌上钻。麻将在旧西藏就有，但普及程度不高，主要是在贵族阶层流行，现在完全大众化了，不管是婚宴还是欢送，主要娱乐形式就是打麻将。每次这类活动都是支起几十桌麻将供来客消遣，一打起麻将来，很多这类场合应有的传统内容自然就免了，敬酒歌也少有唱的了。有些人打麻将手气不顺，主人来敬酒他都不耐烦，三口一杯变成了一饮而尽，谁来敬的酒也顾不得看一眼，双眼只盯着麻将桌。

欢送孩子要搞这类活动，婚庆、搬新居更是要搞，你搞我搞大家搞。拉萨人带着哈达和红包，一天到晚走马灯似的忙得团团转。近年，这种风气有所改观。

收藏西藏

拉萨城虽小，却是一个无限宽广的天地，各色人等在这里都活得有滋有味，尤其对于一些艺术家来说，这里真不亚于天堂。西藏独特的文化反映在生活的各个领域，衣食住行的各种物品同时也是文化和艺术的载体，艺术家们对其情有独钟，收藏自然成了一个热门。随着现代物质渗入当代人们的生活，过去的很多用具和用品已失去了使用功能，但附在其上的独特的艺术和审美价值却光芒不减，不过许许多多的拥有者却看不到这一点，他们把看起来用不着的东西拿到八廓街，卖到专门收旧货的小摊上，这些摊贩们再以高价转卖给国内外的旅游者。这是在早期，后来眼看旧货行情好，就有人专门收旧货，这中间不得不佩服康巴人，他们是最早倒卖这种旧货的一群人，他们不怕吃苦，利用自己前瞻性的眼光和聪慧的头脑，跑到农村牧区，用一些非常实用但价值并不高的货物或少量钱财，从老实巴交的农牧民手上收“旧货”，然后拿到拉萨甚至内地，高价卖给喜欢这类东西的人。后来这些东西越来越少，而价格却日益攀升，一些不法分子就把目光转向了寺庙。西藏的寺庙就是博物馆，各种宝物差不多都在寺院。过去因为宗教原因，除了往里捐，谁也不敢动寺院的东西，所以寺院对文物的管理也不严格。好多寺院对文物连登记编目都没有搞。开放以后，旅游者来得多了，一些境外的文物走私犯在寺院参观，用相机拍下某件东西，然后在西藏当地找见利忘义之徒，指明要这件东西，窃贼就想方设法从寺院偷文物出来。上世纪的八九十年代，抓到不少这类犯罪分子。

上个世纪80年代初，八廓街还是一种原始风貌。今天的冲赛康市场所在地，是拉萨传统的商品交易区。那时这里还没有修楼，是一片空地，地面全是泥地。每到星期天，是市场最兴旺的时候。那些卖旧货的摊贩们在自己的那块地盘洒上水，略干后，铺上毡毯，在上面将古旧物品一一摆上，任人选购。那些有门面的商人，铺子里的东西自然更多更好，除了旧货，门口还赫然挂着虎皮、豹皮、叉子枪（藏式火药枪）、羚羊头、盘羊头之类。在冲赛康市场的西面，总聚集着一大堆头缠英雄结的康区人，他们主要是贩卖藏族人喜爱的传统珠宝：天珠、蜜蜡、珊瑚、绿松石、琥珀等。他们不是口头讲价，而是互相抖开宽大的袖袍，把手掩在袖子里，两个人抓着手，用指头说话。外人不知道他们如何讲价，也不知道生意成与否，只能通过两个人的表情作一个猜想。

改革开放初期，因世人对西藏还所知甚少，旅游者寥寥，所以，完全便宜了在拉萨城里工作的收藏爱好者，一方面东西多，更重要的是没有假货，不过那时工资低，购买力差，经常是看到自己喜欢的东西却花不起那个钱，但欣赏还是要的，所以买不买东西不说，八廓街总是要转的。

拉萨人少，业余生活也比较单调，大家的兴趣都往收藏上凑，一时间，冒出了一堆西藏艺术或文物专家，谈论收藏、展示藏品，成了大家业余活动最重要的内容。谁买到一件好东西马上就传得沸沸扬扬，刺激得大家都往地摊上跑，星期天在旧货市场碰见的尽是熟人的面孔。

说起搞收藏，拉萨不乏其人，有专门收藏“擦擦”（一种小型泥佛）的，有专门收藏唐卡（布画）的，有专门收藏经书板的，有专门收藏茶壶的，也有专门收藏陶器的，还有的人专门收藏藏币……多数收藏者都是西藏传统文化的追捧者，他们一边收藏，一边研究，出了不少的成果。

不过，把收藏搞得轰轰烈烈、在全国都有影响的，还当推原来在西藏文联工作的叶星生先生。叶星生从少年时期就开始学画画，我还见过“文革”中他画的毛主席像。他先后就职于拉萨市城关区、西藏革命展览馆、西藏群众艺术馆、西藏文联，最后调到北京。虽然主业应该也是画画，但事实是他收藏西藏民俗文物的名气反而大过画家名气。关于他如何搞收藏，各种媒体介绍了不少，他自己也说了很多，从在山南地区一位老人手里收藏一把夜壶（据说是）开始，历经40年风风雨雨，终于成了正果，最后将收藏的数千件民俗文物捐献给了西藏博物馆。对他这一壮举，政府自然予以褒奖，以表彰其保护民族文化的一片赤诚。此举一出，自然社会瞩目，大报小报、广播电视争相报道，他自己也是当仁不让，在种种场所表达他对西藏文化的一片深情。一方面是真情实感，一方面是语言表达能力很强，叶星生说起自己的收藏历程和藏品，无不充满感情。比如，因为没有结婚，他就说他的藏品就是他的三宫六院七十二嫔妃；因为穿着老是没型，生活总是马虎不讲究，他就说他的钱财都用来收藏民族文化珍品了。不过叶星生确实有钱没钱都是比较节俭的，他的袜子经常有洞，很少买衣服，好多穿戴都是别人送的，上面也总是沾着烟灰或是被烟灰烫出的大洞小洞。抽烟更不讲究，啥烟都抽，只要能冒烟就行。他喜欢结朋交友，许诺请客，但又不愿花销太大，为了节省，他要把不同场合、不同背景下邀请的不同的宾朋找时间凑在一桌，点的菜品尽量简单，以咸辣下饭菜为主，“不要太油了”，是他请客点菜时常说的话。有时就在饺子馆吃个饺子，可以要个白菜番茄汤，也算请了一顿饭。至于一桌子人之间是否认识，是不是冤家对头，饭吃得是不是舒服，他是一概不管，反正答应请吃饭已经兑现。在西藏的时候，他爱把人叫到家里。在成都的老母亲心疼他，经常要把自己腌制的泡豇豆、泡仔姜、剁椒、腊肉之类的吃食给他带过来，他会用这些东西当作料加工做鱼，拉萨的鱼那时比较便宜，也就几毛钱一斤。买来鱼整上一锅，一拨人吃过，隔天他会再叫来一拨人，往这剩汤剩水里加些萝卜白菜，继续请客，美其名曰“老汤”。

叶星生几十年下来，确实收藏了不少好东西。2002 年，他将以高价从来路不明的人手中收藏来的色拉寺一幅珍贵唐卡送还色拉寺，受到寺院僧众一致好评。一时间，成了拉萨家喻户晓的人物。人们都知道他是一个大收藏家，尤其是八廓街那些卖旧货的摊贩，还有一些文物贩子便开始主动送货上门。过去，叶星生收购文物，都是不辞劳苦深入八廓街那些曲里拐弯的深巷，进到灯光暗淡、不明深浅的文物贩子的租住房，凭着一口川音藏语，费尽心思和人讨价还价，往往还因对方要价太高，自己力不从心难以到手而有遗珠之憾。对实在想要的好物件而又暂时无力付款的，就给人打白条，好在大家相互熟知，也不在乎。不过时间长了，古董商人就给叶星生取了个外号，叫“巴斯加冲”，意思是“白条汉商”。叶星生本想捐赠之后在收藏领域金盆洗手，拣起画笔画画，他也确实在各种场合都表达过这种意愿，无奈本性难移，一见“好东西”，还是难以割舍，只好又重操旧业，继续走他的收藏之路。不过成名之后，叶星生再也不用挎个破包顶烈日、冒严寒去搞收藏了，他只用躺在文联大院楼上楼下的寓所里，等人主动送货上门就行。为了对藏品有个统计归类，也方便求教专家，叶星生自己成立了工作室，自任最高领导，指挥着几个招募来的“学生”登记藏品、编号拍照，一天到晚忙得不亦乐乎。对叶星生而言，形势变成了对自己十分有利的“买方市场”。开始是熟悉的小贩上门推销，后来熟不熟的都来了，一来就是一屋子人，东西也是摆得一地都是，叶星生要从中精挑细选，还要讨价还价，搞得他也是疲惫不堪。后来进行了些改革，首先是杜绝一堆人往家里钻，一次只能进来一个。叶星生那时虽说也是五十多的人了，但还是贪睡，一般上午基本是在床上，院门紧闭，由“秘书”或是工作室人员把守。等到起床吃饭之后，才开始往院子里放人，一次只放一个小贩入内。卖东西的小贩深谙推销之道，进到屋子里，不说卖东西，先向墙上挂的叶星生和国家领导人的大幅合影恭恭敬敬献上洁白的哈达一条，嘴里还要念叨几句祝福的话语，然后才展示自己带来的货物。这个时候叶星生就很享受地抽着烟、喝着茶看着这一幕。正因为如此，对别人带来的东西，叶星生好歹也得买上一两件。叶星生收藏几十年，一般情况下是火眼金睛，不会照单全收，只挑精品，不过也有看走眼的时候。一位在叶星生家门口久等不得入的康巴小贩，尿急之下，径自走到单位围墙下小解，围墙是过去用土坯垒起的老墙，一股尿柱之后，竟滚落一块形状怪异的石头，小贩灵机一动捡起，在衣襟上擦拭一番放进怀里。待进到叶星生家，其他东西先不出示，先掏出这块石头，吹嘘说这是一块天降石，在某个寺庙呆了上千年，被奉为神物云云。叶星生接过，把玩良久，一番讨价还价之后，掏50元买下，并将其命名为“苯教崇拜物”。后来这事在小贩中传开，自然也到了叶星生的耳朵里，他也只能哂然一笑。

小贩们卖得多，叶星生买得少。好在文联是一个文化单位，除了叶星生，收藏爱好者不乏其人，小贩们单指靠叶星生一人收购显然不行，索性把他家门口当成了八廓街，就地摆开了摊位，搞得像文物一条街。他们每天一大早就到文联“上班”，中午就在文联食堂买饭吃，搞得承包文联食堂的四川老板笑得合不拢嘴。下午继续摆摊，直到单位下班，他们才收拾东西“下班”回去。时间一长，文联大院议论纷纷，说这又不是自由市场，怎能容忍摆摊卖货？于是就有领导找叶星生谈话，希望他的门前不要搞成集市，影响职工出行。叶星生也觉得这种样子实在不妥，几次三番向小贩们宣告再不买东西，要求他们撤除摊位，但小贩们我行我素，叶星生只好一天到晚大门紧闭，对试图闯进的小贩声色俱厉地一阵乱骂，但这样还是不行，最后为表示和摊贩们的彻底决裂，用藏汉两种文字书写一告示贴在大门上，上书“本人钱财已光，无力购买物品，请勿再来骚扰”云云，而且在后面几天坚决不再买东西。但摊贩们仍不撤出，依旧在他门前“上下班”，叶星生一看不行，再贴一告示，仍用藏汉两文，上书“这里是文联，是我工作生活的地方，不是八廓街，不许摆摊设点，如不听招呼，肆意骚扰者，后果自负。叶星生 2003 年 1 月 5 日”。叶新生经过这一番心力交瘁的博弈，好不容易才将文联院内的摆摊风波平息下来。

当然，小贩们跑到文联院内来摆摊设点卖东西，主要是冲着叶星生，但除了他，也还有其他人买，文联各门类的艺术家都有，经常有人围在各个摊子跟前，挑选各自看上眼的东西，和小贩们讨价还价。所以说，文联院子里形成的“集市效应”，责任也不全在叶星生，本人就是爱买者之一，尤其喜好藏刀。

藏民族在漫长的历史长河中，创造了灿烂的文明，在生活的方方面面，都折射出了独特的光芒。在人类共有、最为熟知的刀具上，同样展示出别具一格的风采。藏族的金属冶炼技术在远古时期，已达到相当的高度，同时，也产生了精良的刀具。随着时代的进步，藏刀的分类也日渐细化，不同的地理气候和物产，以及人们的审美取向，决定了刀的形制、用料和装饰风格各不相同。但总体上来说，藏刀更接近刀的本质特性，轻灵、花哨在藏刀体系中很难寻觅，相反，古朴、凝重、厚实是藏刀的特点。西藏的刀就风格而言大致可分为四个板块：前后藏地区、工布地区、安多地区和康区。人们常说的拉孜和南木林藏刀是前后藏地区藏刀的代表。拉孜和南木林都地处西藏日喀则境内的西南部、雅鲁藏布江上游，高海拔、多矿藏，这里的匠人打制的藏刀注重刀刃的钢火，讲究刀的实用性，从鞘到柄几乎全部使用金属，以银和铁居多。经过千百年的实践和经验积累，在刀的打制程序上，形成了一整套独特的定式，如在淬火时，利用西藏特有的酥油、羚羊血和藏青果等，经反复锻打而成。因而，西藏拉孜和南木林藏刀在全藏有“锋利”的美名。刀的鞘、把一般不镶珠宝，要么是铁，要么是银，有的也会在上面镂刻一些吉祥图案。地处藏东的林芝地区一带，也叫工布地区，居住着藏族、门巴族和珞巴族，这里山高林密，野兽出没其间，靠山吃山，人们伐薪狩猎是家常便饭。所以人们使用的刀具以宽、长为多。刀鞘多为木质，外面用兽皮包裹，一般是用野兽腿骨上的皮，有些还带有爪子。外在装饰主要是附在兽皮上的毛色和趾爪。其用途除了捕猎格斗，更是人们在密林中披荆斩棘的利器。安多地区主要以放牧为主，牧民的刀主要用于宰杀和吃肉，有严格的男用女用之分，男式刀长度在一尺以上，女式刀在一拃左右，刀鞘的底部和刀柄的末端上翘，呈船形。安多人喜欢珠宝，头饰、胸饰、腰饰无不光灿耀人，这些饰物同样被用在刀上，刀鞘和刀把描金错银，镶嵌着珊瑚和绿松石，是精美的艺术品。康区人性格粗犷豪放，刀对于他们来说，主要是战斗的武器，他们爱刀胜过爱牛羊，一把好刀就是一笔财富，其形象也会因之而无形中高大起来。正因为如此，他们不仅对刀本身有较高的要求，对其作为衬托武士气概的刀的外在形制也有特殊的喜好。刀鞘材料一般使用黄铜、白铜或纯银，镶珠嵌宝，正面雕龙画凤，背面线刻卷草，佩在身上，起到了美观和威慑的双重作用。

藏刀在藏族人的日常生活中，至今仍在发挥着不可替代的作用，它的实用性和其独特的装饰效果，受到越来越多的人的喜爱，来藏旅游者都要购置一两把作为赠送亲朋的礼物或自己把玩。受市场需求的驱使，藏刀作坊如雨后春笋一样冒了出来。这些新做的藏刀，除了在刀鞘的镂刻上继承了一些传统工艺外，基本机刻机磨，和过去完全手工打制的老藏刀已不可同日而语。正因为这样，真正的藏刀爱好者才要千方百计去寻找“老刀”。现在市场上，一把没有装饰物的一尺左右的老刀，也贵得吓人。

记得有一年冬天的上午，我和几位同事到八廓街调查一件文物流失的事情。经过旧货市场，那天不是星期天，况且又是上午，市场上也没几个摊位，匆匆而过的时候，我的眼睛不由一亮，在一个地摊上，我发现了一把长约一米、宽约六七厘米的藏刀，我不由停下了脚步。摊主的目光先是迎着我，后又随着我移到了刀上。我还没说话，他先滔滔不绝地开始赞美。这把刀的确值得赞美，刀鞘通体用鲨鱼皮包裹，而且显然是一把老刀，因为如果年代不久远的话，鲨鱼皮基本上还是呈其本色——灰白色，而包裹这把刀鞘的鲨鱼皮已完全发黑了。整个刀鞘均衡地用三个铁卡子箍住，刀柄铁质，用细细的黄铜丝缠绕，刀柄的顶端，是一个铁铸的非常抽象的骷髅造型。更令人惊异的是刀身，不仅寒光闪闪，而且是双刃，这在藏刀中十分罕见，与其说它是一把藏刀，不如说它是一把藏式剑更准确一些。提在手上，沉甸甸的，双刃十分锋利，仿佛是在无声地告诉人们它所经历的腥风血雨。接下来自然是讨价还价，摊主开口要300元，这在当时是一笔不小的数目，我自然要还价。我的理由有两条：第一，这把刀刀鞘的末端鲨鱼皮有一块铜钱大的破损，影响了它的美观；第二，现在这种刀没有什么实用价值，虽然锋利，又用不着拿它上战场。摊主认为我说的有道理，最后我们以200元成交。可是就在交钱的时候，我才发现我身上总共只有几十元钱，公务在身，我不可能回去取钱，但我肯定不甘心让这把刀落入别人之手。我先把手头上所有的钱给他，作为定金，告诉他我一会儿让人来取刀时把钱补给他。然后我找了个电话打给朋友（那时还没有移动电话），说在什么地方什么位置什么样的摊位有一把什么样的刀，交多少钱把刀拿回去。这把刀是我比较喜欢，它的古朴和透出的威严使我爱不释手。

天地物语

西藏文联院子地处拉萨市的西面，最早是一片沼泽荒滩，长满了树木和芦苇，院子里流水潺潺，猫狗成群结队。沼泽地上虽说盖了些房，但还是显得荒凉。一到雨季，芦苇疯长，直长到一人高，晚上一个人在大院里走，心里还有点发怵，为了营造一点热闹的气氛，住户们大都养个动物什么的，我曾经想过养大型动物，比如马呀熊呀什么的，不过始终没实现。

苍苍茫茫的青藏高原、令世代居住在盆地和平原的民族不断猜想却永久仰望的地球第三极上，伟大的藏民族在这里生活着、繁衍着，和平均海拔 4000 米以上险峻的自然环境进行着不懈的协调和抗争。在这片高地上，充当人类忠实助手、伴随着这里的人们走过艰难历史行程的，便是雪域高原人们视为朋友的良犬藏獒。

西藏民间传说，雪域的犬类大致可分为六种：即熊侄狗、虎侄狗、豹侄狗、狼侄狗、狐侄狗和鹰狗。前五种狗是早期五种兽类和猎狗交配后繁衍而成的狗的家族。这些狗，除了具有犬类共同的忠诚、机警等特性外，还具备了所属不同野兽的外形和性情特征。而鹰狗，传说是由苍鹰卵生孵化。据说这种狗生长于悬崖断壁之间，苍鹰将其孵出之后，稍稍长大，它便将同窝小鹰撕食，苍鹰再不敢回窝，它饿得整日狂吠。这期间，如果没有人发现，它就只有饿死或掉下悬崖摔死。正因如此，这种狗十分难得，只能是偶然碰运气。鹰狗两胁长有翅骨，身长不足一尺，对有毒物十分敏感，主人常将其放在袖内，如若碰上有毒的茶酒，它会冲出打翻杯碗，不使主人中毒。因此，它的另一别名也叫袖狗。此种狗十分罕见，目前全藏也难觅得几只。

藏獒属熊侄狗，据说其远祖是黑熊，所以从体态上看依然有熊的遗传。它个大毛厚、凶猛耐寒，十分适应高寒地区，是西藏牧人最为喜爱的犬种。它既能帮牧人放牧牛羊，还能守帐护围，不用说一般豺狼不敢贸然侵犯，就是大型猛兽如豹、熊等见了藏獒，也大多避让。我在藏多年，时常到农村牧区工作，见到过各种各样的西藏犬，尤其是藏獒，也听到过许多这类狗勇猛、忠实于主人的传说和故事。正因为藏獒性忠诚、形威猛、善格斗，得到了雪域高原人们的格外喜爱。近些年，了解藏獒的人越来越多，一些人到高原，从农牧民手中收购纯种的藏獒，带回到家乡喂养。有些人是出于对藏獒的喜爱，但更多的是以赢利为目的，繁殖出小藏獒高价贩卖，一条好藏獒，动辄数十万上百万，还有炒到千万元以上的。纯粹的商业炒作，从两个方面将藏獒这种良犬慢慢窒息：一方面，在适宜藏獒生长并能充分发挥其实用功能、平衡物种的青藏高原，优良的藏獒品种日渐稀少，使得害兽量大增，牧人的牛和羊深受其害；另一方面，藏獒被弄到平原地区，脱离了天然的生长环境，被剥夺了在自然界中牧畜、驱兽、护主的功能，完全被当成了繁育工具。它们大都被圈在笼子里，苦熬着平原地区的酷暑和潮湿，和内地动物园里的牦牛一样，油亮的皮毛褪去了光泽，还成片地脱落，完全失去了高原动物特有的精气神。几代下来，各方面严重退化，连个宠物都不如。

我第一次喂养藏獒，是在上世纪 90 年代初，得到那头藏獒纯属偶然。一天，在拉萨的大街上，偶见一牧民牵一头半大的藏獒，经询问，牧民说要卖，要价 500 元。经讨价还价，300 元成交。带回家后，用铁链锁上，精心喂养，不久就长得膘肥体壮。虽不是见人就叫就咬，但它那种威风凛凛的架势令人望而生畏，一时间，搞得门庭冷落，客人稀少。后因回内地休假，将狗托付给其他人照料，不幸的是因喂养不当，致使腹胀而亡。后来又养过几次藏獒，但品种都不是很纯，也都因为离开西藏时间太长或送人或丢失，每次都搞得人很难受，所以养狗的心思便淡然了。

回内地之前，有朋友从藏北“无人区”带回一只狼崽，送给我喂养，虽然从家人到邻居到单位同仁都极力反对，但我仍坚持留了下来。我认为，但凡动物，不管是凶猛的还是温顺的，只要相互交流到位，总能沟通。小狼崽全身麻灰色，野性十足，一双小三角眼迸发着凶光，在院子里窜墙扒门，一副随时要逃的样子。而且它还不怕人，人一走到跟前，它便龇牙舞爪，做出一副撕咬的架势，不让人靠近。安全起见，我去专门为它焊制了铁笼，给它带上狗的项圈，把它拴进去。开始，每次我下班回来，总是看到它在笼子外面，我十分纳闷，它是怎么从10厘米宽的间隙中钻出来的？后听人说，狼天生有一种缩骨本领，但凡脑袋能通过的空隙，身体便能通过。恍然大悟后，用铁丝再次将铁笼加密实。喂食是一大难事，每次将牛肉、猪骨及动物下水送到铁笼前，它那副穷凶极恶的样子实在让人害怕，有一次我喂食不小心，也许是它饿急，张口直奔我手腕，厚厚的带绒皮衣袖口直接被生生咬下一块，所幸没受伤。后来再不敢贸然将食物送过去，只好用铁丝串上递入。我时常牵着它出来散步，每次放它出来，它都表现得急不可耐，从笼子里狂突而出，拽着人直跑。院子里的家狗野狗群起而出，对着它狂吠不已，但没有一条狗敢上前，所以每次它一出门，总是闹得全院子不得安宁。随着它一天天长大，为防万一，再牵着它散步，不仅要抓紧铁链，而且还要拿根鞭子在手上。也正因为每天给它喂食和时常带它散步，我们之间建立起了相互的信赖，我相信它不会咬我，它也不怕我，每次我还离家很远，它就会在笼子里欢跳不已，期待我不是给它喂食就是带它出去。每次散步回来让它再进笼子可不容易，必须先准备好一块鲜肉，从笼门丢进去，待它跟着肉窜进去只顾吞食的时候将门关上。一年多以后，狼已成年，全身灰麻，一溜铁黑色顺着脊梁直达尾部，再带它出门散步，大人小孩纷纷奔逃，只敢远远地张望。每每入夜，尤其是圆月高悬的夜晚，它总要对月长嚎，声音十分恐怖，由此引起了左邻右舍的强烈不满，极力要求我将狼处理掉。只有画家罗伦张先生，对我这头狼和我养狼的行为表达了肯定和称赞，他说，这头狼十分霸气，芸芸众狗在它面前只有夹着尾巴哀号的份，简直不成样子。再说，人本身就是动物，动物和动物友好相处有什么不好？

这是我从小养大的藏北草原狼。

这期间，单位一位来自藏北的民俗学家，家中养有数头纯种藏獒，这些狗凶猛异常，人一进院子，便群起而扑，如果不是手腕粗的牛毛绳从肩背处将其死死拉住，人早就被它们撕碎了。我这样养狼之人，每次进那院子，也恐惧得要死。见到这么纯正凶猛的藏獒，我又动了养狗之心，便请求主人产下狗崽之后务必分我一只。几个月后，传来了藏獒产仔的消息，我跟主人要的时候，主人表示可以给我一只，但要求我首先将狼处理掉，理由是“藏獒是狼的天敌”。听说要处理狼，一些朋友便嚷嚷着要杀狼摆狼肉宴，我自然是不肯。于是，我遍访拉萨的单位和朋友，希望将我的狼收留，但是徒劳。任我如何游说，就是没有人愿将这个凶恶之物收容，一般人是惧怕，再说谁愿与狼为伍呢？我找到狼狗培育中心，他们说他们从没养过狼，所需狼狗全是由内地提供，狼他们不需要。无奈，我找到罗布林卡管理处。罗布林卡园林内一直养着一些动物，我想容下我的狼不是问题。管理处的领导是老熟人，当下答应问题不大，但要研究一下。研究的结果是饲养员强烈反对，说他一个人侍候一堆猴子和现有的几只狼与熊已十分不易，加之夜晚狼嚎早已令住在园内的广大群众不满，再弄一只狼进来，显然属于乱来，坚决不接受。最后，领导屈从饲养员，遗憾地告诉我，我的狼他们难以收容。我一筹莫展。朋友们磨刀霍霍，商讨着如何将狼杀死，有的说用刀，有的说用枪，最后考虑到干净利落，决定用枪。于是，有的人去张罗借步枪，有的人在朋友中间广散“英雄帖”：某年、某月、某日，在某处大块吃狼肉，大碗喝狼汤。随着“狼宴”时日的临近，我的心情愈发沉重，除了每日按部就班给它喂食、喂水，更频繁地带它出去遛，让它尽可能多地享受自由奔放。它活蹦乱跳，精气神十足，并未意识到自己末日将至。我曾想过将它放生，开车将它送到郊外或者更远的牧区，让它去自由生活。但想想又觉不行，它虽然是一头狼，但却从未有过野外生存经历，难保不饿死；也正因为它是一头狼，更难保它不会野性大发，向人发动攻击，这些都有悖我的放生初衷，便放弃了这个念头。我体会到在人们心目中野物和家物的区别。它如果是一条狗，这些问题都不会存在。那么，我的狼只有死路一条了。但在我内心里，仍然不希望看到它死去。那天，就在持枪的朋友在赶往我家的路上，我接到了另一位朋友的电话，说有人愿意要我的狼，而且是拿去喂养，我大喜过望，来不及听完，放下电话先给持枪的朋友打手机，让他不要来了。他当然十分失望，说好不容易借到一枝半自动步枪，想过把打猎的瘾，我说这个瘾你就别过了。我再次和另一位朋友联系，详细询问有关事宜。要狼的是解放军的一个连队，连长不知从哪儿听说我这儿有只狼要处理，希望能给他们，还保证说不杀。拉狼的那天，一辆大卡车拉着一个班的解放军战士和一个大铁笼来到了门口，但下手抓的时候却犯了难，因为狼脖子上没有脖套，面对龇牙咧嘴的狼谁也不敢伸手。我只好让所有人走出院子，关好门，然后把狼从笼子里放出来。趁它的注意力被院子外边的人声吸引，我靠近它，一边轻轻地拍着它的背，一边小心翼翼地给它套上脖套。外面，他们已将铁笼抬下来，将笼子的门对着院门。我打开院门，把狼拉进了笼子。战士们将笼子抬上汽车走了。一个月以后，我去看过一次，他们有专人喂养，每天有肉有鸡蛋，但狼的精神不怎么好，蜷卧在铁笼里，有点奄奄待毙的样子。这时，又有北京援藏干部找上门来，说北京长城脚下开辟了一野生动物保护基地，基地内有各种动物，当然也包括狼，但却没有西藏狼，他们想把这头狼运到北京，让它在野生动物保护基地生活。我欣然同意，并主动表示可以去给解放军做工作。经过一番小周折，狼顺利地上了飞机。我希望我的狼在长城下生活得自由自在，有机会我也会去看看它，但愿它还能认识我。

打发走了狼，我将狼窝打扫得干干净净，迎来了一头不满两个月的小藏獒。它血统很纯，它的父母都是来自草原深处的纯正藏獒家族。虽说只是一头小狗，但光看它的体态就令人心跳：大大的头，宽宽的嘴，毛色黑亮，胸前有褐色斑纹，眉骨处两点黄褐，据说是两只神眼，双目清澈明亮，四肢粗大有力，脚蹼多肉墩厚如熊掌。刚来的时候，它还恹恹的，大概是不适应环境，过了两天就开始活蹦乱跳。一般来说，小藏獒在 1 到 6 个月的时候最易患病，照料不好或喂食不当，极可能发生上吐下泻的病症，而一旦泻量过大，很难治愈，死亡率很高。尤其是拉萨地区较之牧区气候炎热潮湿，藏獒要有一个适应环境的过程。此外，还必须对这种环境下滋生的各种细菌产生抵抗力。所以，掌握藏獒习性、不乱喂东西十分重要。我先将小藏獒放在屋里，精心喂养，待长到两个多月，才放进笼子。看着它一天天长大，所有来访的人都赞不绝口，更有人早早地预订了狗崽。但不幸它还是病倒了，症状就是拉肚子，我带着它到处求医问药，还把藏医请进家门，好不容易才治愈。问病因，说可能是因为关在笼子里。想想也是，藏獒从来都是野外生存，何曾被人关在笼子里？于是，将它拴养院内。一年多以后，我和家人赴内地休假，只好将它寄养在朋友家中。朋友也是一位爱狗之人，还信誓旦旦地说要找一只纯种公藏獒来配种。但当我回到内地不久，朋友就打来电话说，他因为搬家，在迁居的过程中，把我的藏獒弄丢了。我当时心里很不是滋味，得到一条纯种藏獒越来越不易了。但也无可奈何，只是在内心祈望，但愿拿走狗的人也是一个爱狗之人，能够好好喂养它，不要因为一点钱财而使它遭遇一再被转手倒卖的命运。

拉萨有许多令人迷醉的风景，尤其是夏日，蓝天白云，满目苍翠，每每一场夜雨之后，拉萨河谷四周的群山更是云雾蒸腾，胜似仙境。因为西藏地广人稀，主要还是因为佛教思想渗透了人们的脑海，人们把杀生视作十恶不赦的大罪，所以，人与野生动物混杂一起、和睦相处的画面也是一大美妙景观。草原上，羊群里混进个狐狸什么的不足为奇；村庄里，黑颈鹤飞到农家的院子里觅食也是常事。西藏的动物资源一直很丰富，直到前些年，拉萨城市四周还不时可见各种飞禽走兽，拉萨城里人们放生的牛和羊四处游走，成群的野狗在城市的街巷为抢夺地盘而发生的争战之声常常在夜半将人从睡梦中惊醒。只是到了近年，这种景象才不复存在。放生的牛和羊不见了，野狗们像是突然间消失了，在城里几乎见不到它们的踪影，只是在拉萨的几座大的寺庙里才能见到神情落寞的野狗，它们的领地早已丧失，只要走出寺庙，它们就可能痛遭杀手，被人灭而烹之，寺庙成了它们最后也是最安全的避难所。不仅如此，甚至连麻雀也成了稀罕之物，那种叽叽喳喳富有生气的啼叫声已然零落。人们这时开始叹息，开始怀念那些和野生动物们和睦相处的日子。于是，那些个爱好打猎的人开始从内心深处反省，加上近年环境保护意识的增强，纷纷收枪入库。顺带说一句，西藏的枪支管理过去一直不是很严，农牧民们喜爱枪支，很多人拥有土造的叉子猎枪，后来配枪的范围又广，军用步枪、手枪散落在民间的很多，人们玩枪就跟小孩玩玩具似的，现在的情况当然已不是这样了。不打猎了，但总得琢磨一些充实闲暇时光的活动，于是，野外垂钓成了猎人们的首选，因为钓鱼和打猎有异曲同工之妙。

拉萨的垂钓热也是近年的事，藏族传统的娱乐或体育活动中，都没有这个内容。在西藏，只是到了“文革”以后，方有少量的汉人开始钓鱼，但因为禁忌的约束，所以钓鱼的人并不很多。改革开放以后到西藏谋生的人多起来了，当地人们的观念也有了更新，某些方面的禁忌开始被逐渐打破，藏族不吃鱼的说法起码在西藏的城市已经过时。江河之畔出现了捕鱼人的身影，在拉萨的菜市场上，每天都有来自拉萨河的主要鱼种白鱼和雅鲁藏布江裸鲤与其他水产品一同出售。当然，这些鱼肯定不是钓起来的，而是用正常或非正常手段捕捞上来的，其中也有些恶劣的做法，如电击、爆炸等。面对市场需求，在利益的驱使下，西藏的江河均不同程度地出现了无节制地滥捕现象。针对这种情况，2002 年 5 月，拉萨市渔政部门首次发布了休渔通知，要求 5 月至 7 月间禁止在拉萨河张网捕鱼，以利鱼类产卵，并且禁止捕捞拉萨河鲇鱼等濒危鱼种。应该说，这是一个很好的举措，高原鱼类生长缓慢，一旦破坏了它的生态平衡，恢复起来相当困难。捕鱼和钓鱼应该说是两个不同的概念，前者是一种利益行为，而后者则含有修身养性、休闲娱乐的文化认同。

拉萨是一座消闲的城市，2000 年前后虽然市区人口只有近 30 多万，但是流动人口多，由于地理和历史传统的原因，四川来藏经商务工者甚众，尤其是每年夏秋两季，人们挤满了大街小巷的酒馆茶楼，发廊歌厅也是人气旺盛。蜀风西渐，麻将盛行，工作之余，吃饭打牌、喝酒唱歌成了人们主要的消遣方式。但也有人把兴趣转向了户外活动，野外垂钓成了人们口边的热门话题。

以前，拉萨的水域里只有那么三五种鱼，近年品种多起来了，除了原生鱼类外，异地的草鱼、鲤鱼、鲫鱼等鱼类也开始大量繁殖，对其来源有两种说法。一说是放生的结果，改革开放以后，拉萨的菜市场空前地繁荣起来，除了各种蔬菜让人们大开眼界外，各类鲜活的水产品也都被空运到了拉萨。西藏是一个佛教思想深入人心的地区，对于随意杀伤生灵的行为十分反感，早先，布达拉宫下的菜市场几乎成了屠宰场：活剖鳝鱼、现杀鸡鸭、生宰龟兔，这在天天围着布达拉宫转经的信教群众看起来，实在是罪孽深重，惨不忍睹。在人们的强烈要求下，销售鲜活家禽水产的摊商不得不搬迁到远离布达拉宫的西郊。藏族老百姓有放生的传统，看着活蹦乱跳的鱼鳖鳅鳝将要被人煎炸，于心不忍，便花钱买来将其放生。一些水族不适应高原水域，难以生存，一些适应性强的鱼类存活了下来并开始繁殖。另一说是内地来的农民在承包的鱼塘里试验性地放养了一些内地的鱼苗，某年夏天下大雨，将鱼塘冲垮，鱼苗四散，在适当的水域找到了存身之所并迅速繁衍。像鲫鱼，现在几乎所有湿地苇塘都有，前往垂钓，既无危险，又捎带休闲郊游，更为人们的户外活动增添了有趣的内容。于是，热衷于此道的人与日俱增，形成了一股热潮。

拉萨钓鱼主要有三种方式。

一种是在拉萨河钓拉萨河原生鱼。以前，拉萨河及附近水域鱼的种类比较单调，寥寥无几的垂钓者只在江河湖畔钓钓西藏水域的原生鱼，因为水深河宽，一般使用甩杆，但这种钓法比较费劲，钓路也窄，趣味性不大。面对大江大河，万一有个闪失性命难保，所以持这种钓法的人始终不多。

另外还有一种就是钓高山鱼，这种钓法要求条件比较高，钓者除了要有良好的身体素质和较为专业的钓技外，还得具备过硬的交通工具。这种钓法对季节和时辰要求不是很高，除了冬天，一年中白天的任何时间都可以。从拉萨开车往拉萨河的上游方向或者西行二三十公里，山谷众多，汽车开进任何一条有山溪流淌的山谷，沿山涧水逆流上行，穿过农田和村庄，一直上到高山草甸地带，再也无路可行，这才算到达目的地，而这里往往已是海拔接近4000米的高寒牧场。钓者下车，各自携带钓具，到水边垂钓。此地的涧流一般都不宽，但因为落差较大，水流湍急，河床巨石之间形成或深或浅的水潭，肉质鲜美的高山无鳞鱼便生活在这种水潭里。在这么高的地方，涧水的来源有两个，一是山峰的冰雪消融，二是高山清泉，所以，水质清澈，可直接入口，生长其中的鱼自然更是珍贵的美味。钓者沿涧水向上，一个水潭一个水潭地试钓，如果上鱼，便多钓一会，如等了片刻还不见动静，说明此潭无鱼，便得移动。向上走很累人，涧边全是大大小小的卵石，一脚踩滑，就可能掉进水里。在这种地方钓鱼，要求眼明手快，因为水的流速快，浮漂不稳，看不大清楚，鱼一旦上钩，稍提慢了，鱼就可能钻进石缝，不是跑鱼就是断线。这样边走边钓，不知不觉就上到了海拔4000米以上，地貌更显荒芜，身体明显感到寒冷。好在注意力全在水面上，而且走走停停，不像专门登山那么吃力。走到再也往上爬不动或觉得没鱼了或觉得山风大受不了了，便往回返，又一路钓下来。这样一个来回下来，往往会有沉甸甸的收获。

最具垂钓之神韵的还是在苇塘边钓鲫鱼。5月至10月，是钓鲫鱼的黄金时节，虽说早春天气也可以出动，但毕竟水冷风寒，别说人难受，鱼也懒得咬钩。到了5月，拉萨才刚刚迈进夏日的门槛，天空也从春天的阴云弥漫而变得明朗起来，时不时的一场夜雨，涤尽天地间的尘埃，蓝天如洗，空气清新得能让人沉醉。每每节假日，三两朋友相约，清晨驱车赶到郊外，在村旁的苇塘或是水荡边选好钓点，开始准备。垂钓之前，首先得“打窝子”，实际上就是用鱼喜欢的香饵把鱼引过来，打窝子下不下水都可以，如果图方便，向水面撒些香饵便可，但为了取得比较好的垂钓效果，还得要下水打窝子才行。下到水里后，选择一处距离适当、鱼便于藏身的水面，清理掉水底容易挂钩的杂草，集中地放入香饵，然后上岸下钩。如果运气不错，那种肚皮发黄、脊背发黑的鲫鱼会接二连三地上钩。这种活动一般都是一整天，清晨天还没亮，钓者就到了塘边，一边垂钓，一边看着天空由深蓝慢慢变白，变得彩霞飞涌，至到日出东方。呼吸着清新的空气，沐浴着和煦的阳光，绿水芳菲，四野悄然，如入化境。一天下来，即便少有所获，人也神清气爽，有脱胎换骨之感。钓者往往要到晚霞满天、暮霭四合才会恋恋不舍地收杆卷线，打道回府。既是带有休闲性质，所以除了垂钓，支帐野炊，采菇摄影也是垂钓活动的内容。此外，还可根据时令，从附近农家采买一些时鲜果菜、自养鸡鸭之类。

在拉萨钓鲫鱼，一般用蚯蚓做钓饵。蚯蚓是人工培养的红蚯蚓，从成都空运进来，在成都的零售价是每包 4 角钱，到了拉萨每包卖 2 元，即便这样，拉萨的花鸟店里也还常常断货，可见拉萨的垂钓一族十分庞大。除了钓鱼的蚯蚓成了热门商品，其他渔具也十分旺销，不大的城区里，渔具店不下数十家，还不包括散布在小商品市场卖渔具的摊位。总之，历史上没有过的垂钓之风在古城拉萨刮起过。

另一方面，垂钓者也成了环境保护主义者，在充分享受野外垂钓带来的乐趣的时候，人们也越来越感到大自然的可贵和值得珍惜，为了长久保持垂钓的良好环境，大多数人会收走自己丢下的垃圾，碰到破坏生态、唯利是图的小网眼捕鱼、电鱼、炸鱼者，主动予以制止。垂钓，真正成了人们修身养性的活动。

当拉萨的天空变得高远，大朵的白云再不像夏天那样浮在人们头顶，空气开始凉爽，河水也由淡淡的黄色变绿，老城的屋顶上响起孩子们放飞第一个菱形风筝的欢呼声时，预示着季节的悄然转换。拉萨城里秋天最直观的景象一是河边帐篷突然之间琳琅满目，到处是欢度沐浴节的男女老少；二是天空中除了不时有候鸟飞过，从早到晚都有在晴空里大战的风筝起起落落。

民间传说，医圣宇拓·云丹贡布在世时，有一年，可怕的瘟疫流行，许多老百姓卧床不起。医圣从雪山和森林里采来各种药物，奔走在辽阔的草原和农庄，为患病的农牧民治病。无数面临死亡的病人在他的治疗下恢复了健康，青藏高原上到处传颂着医圣的名字，人们称他为药王。后来，医圣在一次意外中去世，可怕的瘟疫又来了，许多人因此丧命，生命垂危的老百姓只好跪在地上，向苍天祈祷，希望佛祖保佑。一天，一个被病魔折磨得九死一生的妇女，做了一个梦，梦中医圣对她讲，“明天晚上，当东南夜空出现一颗明亮的星星的时候，你就到河里去沐浴，以后病就会好起来的”。果然，这个妇女依言下到河中洗澡之后，病痛立刻消失了，很快恢复了健康。传开以后，所有的病人都来到河中洗澡，后来便形成了沐浴的习俗。人们说，天上出现的这颗星，就是医圣变的，他借星光把治病、保健康的药撒在河里，利益众生。实际上，根据藏族天文历算的推算，藏历的七月初，当金星（藏语叫做“巴桑”）出现在东南天际之时，是一年中河水最为温润的时间，这个时段只有一周左右，这时的水一甘、二凉、三软、四轻、五清、六不臭、七饮时不损喉、八喝下不伤腹。这个时候沐浴，可祛除病痛，有利健康。

传统认为，沐浴的最佳时间是在晚上金星升起之时。过去，在拉萨一带，人们大都随着金星升起，一家人扶老携幼来到河边，安安静静宽衣解带，下到河里沐浴净身，洗完之后就回家了。从形式上看，似乎带点儿宗教性的肃穆。而如今的“沐浴节”已经不同以往，人们把这个时节当节日过，当逛林卡，在河边搭起帐篷，白天黑夜都在河边，洗被褥洗毯子，然后铺在河边晾晒。其实洗澡的时间倒不是很多，毕竟水还是凉，总不能老是泡在河里，主要内容还是唱歌跳舞，吃喝玩乐。尤其现在旅游的人多了，听说有个“沐浴节”，出于好奇，都往河边跑，下水的胆子没有，抱个相机像个贼似的在河边树丛里往外探头探脑，总想照点裸体啥的。总之，这项延续了数百年的民间习俗，味道有些变了。

和河边沐浴的热闹场景交相辉映的是天上的风筝。

西藏放风筝的习俗主要流行于雅鲁藏布江中部流域的农业区。而放风筝的时间是与农民的麦收联系在一起的。不能太早，也不能太晚。人们认为，西藏的天空和大地遍布神灵，放风筝的举动也会影响神灵对季节的判断。风筝放得太早，风神就会早早地跑出来凑热闹，到了麦收时候，风神的力量已经用尽，风力不够无法扬场；风筝放得太晚，天气转凉，放风筝的人容易受病魔侵袭。麦收时节，天气不冷不热，天高云淡，清风徐徐，风筝便于起飞，也为收获的季节增添一分喜悦。

西藏风筝最大的特色在于形状几乎全是棱形的，用韧性很好的白色藏纸打底，上面用红色和黑色绘出各种带有宗教意味的图案，既有象征飞行迅疾、洞察事物、法力无边的特性，又表示拥有者敢于战斗的强大的内心。拉萨有专门做风筝卖的，不过这种生意的季节性很强，所以不多，好多人都是自己做。拉萨人放风筝的目的不单纯是为了观赏和自娱自乐，最重要的是要和别的风筝“打架”。天上经常是两三个或者更多的风筝搅作一团，就看谁断线掉下来。

为了自己的风筝所向无敌，事先要做很多的准备工作。首先是风筝的个头不能太大，太大了虽然好看，但增加了线的负荷，一旦开战，只有断线败走的份；再就是线要结实，不光要保证自己的风筝不断线，还要能用自己的线拉断别的风筝的线，这就需要在自己的风筝线上加装备，办法就是在整轮线上涂抹玻璃胶。玻璃胶都是自己制作，各有不同的配方，但主要的成分是玻璃。我们上学时放风筝，是把玻璃砸成粉末，用糌粑调和，抹在线上。后来又有人发明用白糖水、强力胶水加植物纤维调玻璃碴，使其紧紧附着在线上，发挥“锯齿”作用。最后关键还是要看风筝放飞者的技术，要善于抢占制高点，和其他风筝交战时该松线时不能硬拽，该“拉锯”的时候不能松懈。

过去人们放风筝主要是在楼顶上，藏式楼房都是平顶，几乎每座楼顶上都聚集着一群大人小孩，个个仰望着天空，为空中的激战呐喊助威。一旦有风筝断线飘落，便发出一连声的“掉下来啦掉下来啦”的呼喊，有人扭头就往楼下跑，去拣战利品。不过能完整地拣到一个风筝的不多，早有人从各个楼里跑出来，跟着飘落的风筝跑，到了跟前你抢我夺，一个好好的风筝往往被扯个稀烂。

秋日里，拉萨的天空到处飘扬着大大小小的风筝，使高邈空阔的蓝天变得生动了。

西藏情结

西藏在改革开放以前，对于外界来说，还相当陌生。那时传媒不发达，民族间交往也少，人们对于西藏的印象停留在上个世纪五六十年代的宣传上。那时的宣传不像今天的旅游宣传，比如说现在说高原天蓝地阔，空气清新，那时说成是满目荒凉、清冷缺氧；现在说崇山峻岭，风光无限，那时说交通落后、生活不便；现在说万千冰峰，雪域胜景，那时说狂风暴雪，天气寒冷；现在说农牧区田园自然美景，那时说落后原始，人们脑海中的西藏基本上就是个外星世界。那个时代在西藏生活的不管是藏族人还是汉族人，都因为强烈的紫外线而皮肤黝黑，又因为地处高寒而衣着臃肿，不像现在有那么多的护肤品。没有条件注重保养，也没有现在又轻又薄又保暖的面料，人人都是一件皮大衣或棉大衣往身上一裹，形象上就更显粗糙苍老。回到内地，不管是参加会议还是在火车上旅行，一听说是西藏的，马上就会被人注目，眼光里除了好奇更多的是怜悯，接下来就会被问起好多稀奇古怪的问题：你们在那儿吃什么，有米吗？听说你们那儿没法踢足球，一踢就要滚到山下去是吗？听说你们那儿到处都是冰雪，你们是不是住在雪洞里啊？酥油茶是什么东西？是不是把清油烧热了喝啊？你们那儿的人是吃生肉吗，天啊，生肉怎么吃呀？一到吃饭的时候，更让人难受，每上一个菜，总有热心人关切地问，这个东西见过吗，这种菜吃过吗？一顿饭下来，搞得你浑身不舒服。不过这种事也是随着时代变化而变化的，现在西藏人到内地，总会听人说：哇，西藏？我去过，太漂亮了！没来过的也会说，从电视上看你们西藏真美，有机会一定去看一看。

西藏的地理气候还是原来那个样子，所不同的是社会发展了，条件改善了，自然条件中使人感到难以忍受的一面正逐步削弱，而使人感到优越的另一面更被人强化，使人觉得西藏这块土地真是一片胜地。对此，一些人还是不能认同，有些人确实是身体难以适应，刚下了飞机高山反应大得要死要活，又被送上飞机返回内地，这种遭遇使他们对西藏心怀恐惧。而另一些在藏工作了两年回到内地大肆渲染西藏这不好那不好的人，就有点别有用心了，实际上他们在西藏两三年活得挺自在，尤其是90年代以后，西藏各方面的条件跟内地的差距越来越小，生活质量和当年的老西藏们过的日子也不可同日而语。经历一种新的生活，见识一些自己以前没有见过的人和事，其实是丰富了他们的人生。

一批又一批的汉族人来到了西藏，又一批一批返回了内地。他们来时的原因和动机各不相同，留在心中的西藏情怀也各异，但不管怎么说，西藏岁月总是一段挥之不去的难忘的记忆。在“西藏人”（在西藏工作若干年，参与到西藏的社会进程中去，对西藏的社会历史文化有一定了解的人，他们有资格称自己为西藏人）相对集中一些的内地城市，他们不管是老十八军一辈，还是后来到西藏又回到内地的稍年轻一些的人，都还是生活在自己一帮人的圈子里，在自己熟悉的老友间走动。看西藏新闻，听西藏广播，读西藏报纸，和西藏的友人保持着联系，从各种渠道探听西藏的消息，了解西藏的变化，比对自己的家乡还要关心。即便是那些上世纪末曾在西藏呆过一些年头的人，现在在内地仍在肩负繁重的工作，也时不时地相聚一起，缅怀共同经历的人和事。这究竟是一种什么样的情怀？说起来不可思议，既不是战争年代的友情，也不是什么亲朋至友，但就是喜欢往一堆凑，只要这些人一聚在一起，似乎就形成了一个气场，在这个气场里，大家就有了一种还在西藏时的感觉，那种久违了的浪漫、那种大度、那种难以言表的亲热又回到了人们中间。说到底，这实际上就是一种西藏的魅力。

有过西藏经历的汉族人是这样，那么藏族呢？在内地生活的藏族人，五省区都有，但仔细观察，你会发现青海、四川、甘肃、云南的居多，西藏的很少。原因是多方面的，历史原因是因为西藏相对于其他四省，过去更封闭一些，和内地的交流、交融少一些；自然原因是气候，藏族人怕热，内地炎热的夏季对高原民族是个难以克服的障碍；现实的原因是内地飞速趋赶现代化的步伐太快，令人感到生活就像跑步，这对于悠闲惯了的西藏人来说，无疑也是一个挑战；当然还有生活方式，酥油茶和牛羊肉，是藏族离不开的传统食品，这种东西内地过去相对少一些，现在倒是不缺了，不过质量上实在难以超过牦牛和高海拔上生长的羊的肉质。

西藏的魅力是一种综合体，包含了自然和人文两个方面。西藏自然的博大和雄浑，带给人的心灵撞击和精神愉悦非居住在城市楼盘中人能够想象，它把人的心胸扩展到了能够容纳百川；优秀的藏族文化和人们对待生死以及处世方式所产生的潜移默化的影响在物欲横流的社会笑傲人间。二者合为一体，使人体会到人的真正价值，既不会不知天高地厚，藐视他人，亵渎神圣；也不会为利所驱，活得低三下四。而这正是体现一个人格健全的人的本质要素，因此，这种魅力是一种永恒的魅力。

后记

在藏生活34年，回到内地以后，仍和西藏有着千丝万缕的联系。在写完这堆杂乱无章的文字时，感觉仍然生活在西藏。事实也是这样，这些年里因为工作，每年都要回西藏几次，每次回去，除了一点新奇，浸润身心的西藏阳光和风，会使我立马触摸到这片高原由近及远的气息，许许多多的人物和场景会很自然地浮现在脑海，生发出难以名状的情愫。

这本书完稿于离开西藏的次年——2004年，因为种种原因，即将付印却终没出版。本打算重新结构，但却没有，一是因为我自己太过懒惰，对往事缺乏梳理，二是因为毕竟离开了那里，对近年西藏的事物缺乏深刻感受，所以，只好在原稿的基础上作些添充修改。感谢中国藏学出版社洪涛社长和冯良女士关注这本书稿，没有这种关注，这本书稿也许仍将沉睡在我的电脑里。

此时，我正坐在位于拉萨的小院里，拉萨城的夜晚，是真正意义上的夜晚，没有内地城市里永不停歇的车流和夜生活恼人的嘈杂。刚刚有一阵秋雨下过，之后的风已带来了凉意，与之呼应的是小院里的树有叶片飘落。

西藏的生活经历，是我人生的一座高地，直接地影响了我对事物的认知和感受，而结果都使我受益，我为此感到庆幸。

西藏于我，已是血脉相连，也许是太亲太近的缘故，描述起来反而走样。在藏所见所闻所感当然也远不止这些，只能把自然沉淀在脑海中的一些过去的情状作一番简单叙述，供人茶余饭后翻看一眼。如果能让喜爱西藏而又未涉足西藏的人从另一个有别于旅游手册和风光介绍的侧面再多知道一点西藏、能勾起经历过那些年代和事情的人们的一丝回忆，我就很满足了。

作　者

2018 年 10 月

图书在版编目（CIP）数据

雪域山水藏地人：我的西藏生活/金志国著．—北京：中国藏学出版社，2019.3

ISBN 978-7-5211-0148-5

Ⅰ.①雪…　Ⅱ.①金…　Ⅲ.①回忆录-中国-当代　Ⅳ.①I251

中国版本图书馆CIP数据核字（2019）第046229号

雪域山水藏地人

——我的西藏生活

金志国 著

出版发行	中国藏学出版社
印　　刷	中国电影出版社印刷厂
开　　本	787×1092毫米　1/16
印　　张	19.5
字　　数	252千
图　　片	53幅
印　　次	2019年3月第1版第1次印刷
书　　号	ISBN 978-7-5211-0148-5/I·173
定　　价	65.00元

图书若有印装质量问题，请与本社发行部联系

E-mail:dfhw64892902@126.com　　电话:010-64892902

版权所有　侵权必究